2016 年主题出版重点出版物

辽宁省作家协会重点作品扶持项目

共和国工业长子的追梦历程

大机车

DAJICHE

GONGHEGUO GONGYE
ZHANGZI DE
ZHUIMENG
LICHENG

鹤蜚 著

大连出版社
DALIAN PUBLISHING HOUSE

© 鹤蜚 2016

图书在版编目（CIP）数据

大机车 / 鹤蜚著. 一大连：大连出版社，2016.5
ISBN 978-7-5505-0992-4

Ⅰ.①大…　Ⅱ.①鹤…　Ⅲ.①报告文学—中国—当代
Ⅳ.①I25

中国版本图书馆CIP数据核字(2015)第248024号

出 版 人：刘明辉
策划编辑：代剑萍
责任编辑：刘明辉　张　波
封面设计：蓝瑟传媒（大连）有限公司
版式设计：张　波
责任校对：杨　钟　彭艳萍
责任印制：阎　骋

出版发行者：大连出版社
　　　地址：大连市西岗区长白街10号
　　　邮编：116011
　　　电话：0411-83620442　0411-83620941
　　　传真：0411-83610391
　　　网址：http：// www.dlmpm.com
　　　邮箱：dlszhangbo@163.com
印 刷 者：大连金华光彩色印刷有限公司
经 销 者：各地新华书店

幅面尺寸：170mm×240mm
印　　张：21.5
字　　数：340千字
出版时间：2016年5月第1版
印刷时间：2016年5月第1次印刷
书　　号：ISBN 978-7-5505-0992-4
定　　价：58.00元

目 录

引子　国人的极致迁徙／001

第一章　沧桑印迹：屈辱中诞生的大连铁道工厂／005

《中俄密约》催生中国东省铁路公司／006

东方自由港／008

大连第一家铁道工厂兴建／010

为掠夺异地重建——东北头号大工厂／015

满铁四十年"高速运转"／019

"风光"一时的"东亚珍品"／022

第二章　暗夜明灯：可歌可泣的机车工人斗争史／024

伤痕累累的老槐树／025

疾风骤雨的革命斗争史 / 028

大连中华工学会——光耀中华的名字 / 031

第三章　永载史册：追求长青梦想的民族英雄 / 037

大机车走出共产党员大连第一人 / 038

老铁山上的美丽候鸟 / 040

骄子情怀 / 042

世纪老人的荣耀 / 044

赤心永鉴 / 047

第四章　绝地重生：废墟中的大机车 / 049

惨不忍睹的破烂工厂 / 050

粉碎国民党封锁 / 052

第五章　凤凰涅槃：开启中国机车新征程 / 056

成就中国最大机车制造企业的雏形 / 056

红色"引擎"的动力 / 059

中国工人的骄傲 / 061

田汉夫人安娥与大机车结缘 / 063

工人捐赠朝鲜战场"大连铁路工厂职工号"战斗机 / 067

第六章　中苏携手：那些永难忘怀的岁月 / 069

开往莫斯科的专列 / 069

聘请专家与培养人才 / 072

北七街 19 号——风雨中的小洋楼 / 075

"建议大王"巴霍莫夫 / 077

特殊的"生日派对" / 080

难归故里 / 082

阿盖耶夫首推计件工资制 / 086

第七章　肩负使命：十年奠定中国最大的蒸汽机车生产基地 / 089

雄关而今从头越 / 090

脱胎换骨的重生之路 / 092

蒸汽机车的国家任务 / 094

中国蒸汽机车第一家 / 100

特殊的颁奖词 / 101

激情燃烧的岁月 / 105

第八章　"巨龙"腾飞：内燃机车开启中国机车历史新篇章 / 108

中国首台内燃机车牵动人心 / 108

120 多个备选名字 / 116

"巨龙"横空出世 / 119

京剧《巨龙红旗游月宫》/ 120

第九章　亲切关怀：那些伟岸的身影 / 122

周恩来与大机车的不解之缘 / 122

刘少奇和邓小平同行视察大机车 / 126

出特刊只为传佳音 / 128

康克清大姐的叮咛 / 130

第十章　艰苦创业：打造内燃机车中国第一厂 / 133

大机车强身健体 / 134

吹响内燃机车的建设号角 / 136

第一台"ND 型"内燃机车研制成功 / 137

首获铁道部一等奖 / 139

为了告别的聚会 / 140

援建坦赞铁路 / 143

第十一章　"东风"万里："国宝"进入黄金时代 / 145

夯实根基 / 146

了不起的"东风 4 型" / 147

50 多条生产线称霸行业 / 149

"毛泽东号"机车组的期待 / 150

中国机车告别大批进口的历史 / 153

第十二章　往事荣耀：数不尽风流人物 / 155

失聪的工程师 / 156

"专家"的力量 / 159

第一代设计师的优秀代表 / 164

第十三章　长子情深：胸怀开阔勇担当 / 167

305 条英雄好汉 / 167

共和国长子情怀 / 170

建造东北第一人行立交桥 / 172

第十四章　中外合作：从合作伙伴到竞争对手 / 175

走出去天高地阔 / 176

不断升级的合作之路 / 179

"东风"劲吹 / 181

铸就 1000 台内燃机车的传奇 / 183

"机车摇篮"的 1988 年 / 187

"东风 6 型"走向世界 / 188

第十五章　沧桑砥砺：中国机车奏响民族工业的时代最强音 / 190

中国铁路线上的"大连制造" / 191

第一份国家海外订单 / 192

勇敢的"自我淘汰" / 195

大机车的"中国心" / 198

第十六章　风雨洗礼："东风"万里谱华章 / 200

角力中国铁路大提速 / 200

"非洲雄鹰"青睐大机车 / 204

"钢铁丝绸之路"上的检验 / 206

百年大机车厚德流光 / 209

第十七章　再造优势：铸就中国机车新时代 / 211

"大力牌"电力机车创造历史 / 212

重拾"老本行" / 213

来自大西北的召唤 / 215

伊拉克——大战前的坚守 / 218

中国首列城轨车辆大连下线 / 220

曲线轨道上的一匹野马 / 222

第十八章　大机车改制：而今迈步从头越 / 224

改制后的第一份大单 / 225

蓬勃的"心脏" / 227

引进技术，接轨国际 / 230

文化助力 / 232

牵手庞巴迪 / 236

登高远望 / 238

聚集人才的高地 / 240

第十九章　筑梦天下：民族工业的世界传奇 / 243

喜获国家科技进步一等奖 / 244

国产大功率机车开上"世界屋脊" / 247

泪洒唐古拉山口 / 250

新兴的"无辫"有轨电车 / 256

中国企业史上内燃机车最大出口订单 / 257

登陆大洋洲 / 259

电力机车冲出国门 / 260

永远的"毛泽东号" / 262

第二十章　红旗红 机车蓝：城市精神的原乡 / 266

凝聚人心的力量 / 266

滨海路上的蓝色河流 / 268

"机车之夏"的情怀 / 271

机车俱乐部——无法抹去的记忆 / 273

风景这边独好 / 278

守望城市工业历史文脉 / 280

第二十一章　深深依恋：那片我热爱的土地 / 284

　　硬汉也柔情 / 285

　　运动员变身"洋机神医" / 292

　　金牌"80 后" / 295

　　永远绽放的"机车玫瑰" / 299

第二十二章　中国机车："一带一路"的国家名片 / 302

尾声　中国机车的大连样本 / 305

附录　大连机车车辆有限公司大事记（1899 年—2014 年）/ 310

参考文献 / 322

后记 / 325

引　子

国人的极致迁徙

　　每当年关将近，上至国家领导人，下至普通百姓，都会同时把目光聚焦到轰轰烈烈的春运上。春运，几乎与每个中国人息息相关。春运是一场国人共舞的温情大戏，那延伸的铁轨的另一端是家的牵挂，漂泊在外的人总会忍耐遥远旅途的苦楚艰辛，因为再艰难的旅途，也抵挡不住归家的诱惑。春运，像不可阻挡的巨大洪流，裹挟着国人的思乡之情和团圆之梦，将传统节日——春节的内涵用一种集体的奔走和短暂的迁徙推向了极致。

2015 年 1 月 29 日，北京天气晴朗，万里无云，人们只是稍微感觉有些凉意，仿佛冬的严寒已经过去，就连电视屏幕上的气象播报员也神情怡然地告诉观众朋友：这样的好天气较适宜旅游，您尽可陶醉于大自然的美好风光中。然而，在这个年关将近的日子，恐怕没有多少国人会有心思去旅游，更为严峻的任务正在逼近。

当天从交通运输部举行的新闻发布会上传来消息：2015年春运从2月4日开始，在未来的四十天里，全国公路、铁路、民航旅客发送量将达到28.07亿人次，比上年同期增长3.4%。春运期间，交通运输部等五部门联合开展"情满旅途"活动，围绕社会关注的春运服务方面的热点问题，加强部门间协同，采取综合措施，为旅客提供更好的服务。

担任春运重任的首选交通工具当然是火车。

2014年以来，中国铁路运输部门逐渐更换新型车体，装备最先进的牵引动力设备，实现时速由120公里向160公里升级，快速、特快列车向直达列车升级，对有一定代表性的旅客列车进行冠名，打造服务品牌，搭建了以列车为载体，以传承文化、宣传旅游资源为主题的合作桥梁。高品质的列车服务需要高质量、高性能的火车头承担牵引任务。2015年春运期间，"伊斯佳号""QQ星号""松花湖号""大理号""西柏坡号"等冠名号列车集体亮相，其中九

由大连机车车辆有限公司研制的被称为"最快火车头"的我国首批新型"和谐D3D型"客运机车

成以上的冠名号火车选用了大连机车车辆有限公司生产的客运机车作为牵引动力。在进出首都北京的 40 对直达特快列车中，由大连机车车辆有限公司研制的"和谐 D3D 型"火车头牵引的就有 28 对。"和谐 D3D 型"火车头执行繁忙线路的旅客列车牵引任务，领跑春运，成为中国铁路真正的"客运王"。

"和谐 D3D 型"客运机车最高时速可达 160 公里，凭借 7200 千瓦的功率，可轻松牵引 20 节旅客列车车厢，一次最多可输送 3000 名旅客。它不仅可以在铁路客运专线上行驶，也可以在全国所有的电气化线路上快速牵引直达和特快旅客列车，实现我国高速铁路客运专线和普通铁路的并线运用，满足客运形式多样化的要求。目前，它是我国铁路旅客列车牵引的主打车型。

或许没有多少人知道，无论是在美丽的南部非洲，还是在广袤的中国大地，到处都有大机车的身影。在全球电力机车中，每 5 台就有 1 台产自大连，而在遍布中国的无数条铁路线上奔跑的火车中，每 2 辆火车头就有 1 辆出自大连机车车辆有限公司。

有着"机车摇篮"之称的大连机车车辆有限公司就坐落在大连繁华的西安路商业区兴工街正对面——中长街 51 号。"大机车"是中国机车行业，也是大连人对它的习惯性称谓。

历经不同的历史阶段，大机车这座中国铁路史上最具传奇色彩的工厂，以其曲折而又辉煌的历程，成为当之无愧的中国机车的摇篮。从新中国第一台"和平型"蒸汽机车问世，到新中国第一台内燃机车、和谐电力机车等机车产品问世和批量投放市场，中国机车经历了从修理到研制、从蒸汽机车到内燃机车、从替代进口到批量出口、从单一品种当家到多元化经营、从直流传动技术到交流传动技术的一次次重大转变，大机车成长为中国轨道交通装备行业中唯一一家既能研制内燃机车又能研制电力机车和城市轨道车辆的行业领军者，内燃机车产量稳居全国同行业第一位，占全国总保有量的一半以上，出口缅甸、巴基斯坦、马来西亚、新西兰等国家。大机车是我国火车头生产最多的工厂，是名

出口阿根廷的机车正在装船

副其实的"中国机车第一厂"。

大机车和大连这座城市一起，即将迎来 116 岁的生日。对于一座城市来说，116 岁可能还过于年轻，但对于一座工厂来说，116 岁，足可以笑傲江湖！

可以说，百年中国机车的历史浓缩在大机车。

大机车，你有着怎样的辉煌，你又有着怎样曲折的经历，你又是如何泅渡过历史的长河，不屈前行？……

第一章

沧桑印迹：屈辱中诞生的大连铁道工厂

在旧中国近半个世纪的沧桑岁月里，大机车先后被沙俄和日本侵占，几经易主，历经磨难。

1840年，英国殖民主义者发动鸦片战争，打开了中国的国门，之后美国、法国、俄国、日本、德国等资本主义列强接踵而至，软弱的清政府与西方列强签订了一系列丧权辱国的不平等条约。1896年6月3日，清政府与沙俄签订了《中俄密约》。1898年5月7日，清政府又与沙俄在北京签订了《旅大租地条约》，实现了沙俄"在太平洋上获得可靠支柱"——取得不冻港，占领大连和旅顺口，向远东扩张的重要步骤。多灾多难的中国铁路被战火撕开了口子，在战舰炮火下催生的大机车也开始了一段长达四十年的耻辱历史。

《中俄密约》催生中国东省铁路公司

沙俄经年的谋算，只为攫取远东出海口……

沙俄自 18 世纪以来就怀有称霸世界的野心，地域辽阔和自然矿藏丰富的东北三省早已令沙俄侵略者垂涎。19 世纪中期，沙俄以军事、政治、外交等手段，吞并了中国西北、东北边疆大片领土，获取了通向太平洋的出海口海参崴，并计划将其建设成为重要的海军基地。

然而，海参崴一年中有五个多月的封冻期，无法担负和成就沙俄称霸世界的野心。因此，攫取远东出海口成为沙俄远东扩张计划的重要目标，寻找一个天然不冻港成为其远东扩张计划中的重要环节。沙俄将贪婪的目光投向了旅大地区（今辽宁大连）。该地区位于辽东半岛南端，与山东半岛的烟台、威海隔海相望，是守卫东北和京津的门户，军事和战略地位十分重要。正因为大连在经济与军事战略上的重要地位以及天然良港的自然条件，西方帝国主义列强尤其是日俄两国对此地觊觎已久。

1875 年，沙俄就曾建议修筑一条从伏尔加河到黑龙江的铁路，十年后《中法新约》的签订加速了沙俄推进筹建西伯利亚铁路的步伐。1890 年，沙皇亚历山大三世颁布命令，必须着手"从速修建西伯利亚铁路"。自此开始了野心勃勃的疯狂扩张。

沙俄的东进引起了英国的不甘，早在第一次鸦片战争期间，英国就曾多次派人在大连勘测，绘制海图，并在所绘制的海图上把大连湾以英国女皇的名字命名为"维多利亚湾"。为了阻碍俄国修建铁路计划的实施，英国暗中支持正在筹建中的天津至山海关的铁路向关外延伸。

英国的插手令沙俄十分不满，1891 年 3 月 30 日，沙俄先声夺人，颁布了建筑直达海参崴的西伯利亚铁路的命令，6 月 1 日，西伯利亚铁路东端工程在海参崴正式开工建设。

1891 年 6 月 30 日，清政府为修建关东铁路在山海关设立了北洋官铁路局，以英国工程师金达为总工程师，关东铁路是中国官办的第一条铁路。

同年 8 月，为了对抗德、奥、意三国同盟，俄、法两国订立协约，法国给予俄国大量贷款，以支持其修筑西伯利亚铁路。

此时的日本正被经济危机所困扰，国内各方面矛盾突出。为摆脱困境，日本决定发动大规模的侵华战争。1894 年 7 月，中日甲午战争爆发，第二年 4 月，战败的清政府与日本和谈，被迫签订了屈辱的《马关条约》。

东省铁路公司董事会副主席兼总工程师盖尔别茨，1898 年 4 月到旅顺、大连考察商港港址

《马关条约》的签订触犯了沙俄的利益，条约签订六天后，俄国联络德、法，三国联合以日本占有辽东半岛有碍于远东和平为由，"劝告"日本放弃占领辽东半岛，史称"三国干涉还辽"。1895 年，清政府向蛮不讲理的日本政府缴纳了 3000 万两白银"赎金"后，日军于年底撤出辽东半岛。

日本"还"辽后，沙俄加快了侵占东北的进程，先是派出近百人的勘探队，分 4 批非法进入中国境内，为西伯利亚铁路延伸至中国勘测线路，后又于 1895 年 12 月 10 日在圣彼得堡设立了华俄道胜银行，假借合办铁路之名取得在中国东北修建与经营铁路之权。1896 年 5 月 14 日，沙俄利用清政府特使李鸿章前往沙俄祝贺沙皇尼古拉二世加冕的机会，将俄方拟就的中俄合办铁路合同交给李鸿章。同年 5 月 30 日，沙俄政府与华俄道胜银行签订秘密协定，规定华俄道胜银行依照俄国法律组建中国东省铁路公司。1896 年 6 月 3 日，李鸿章与俄国外交大臣罗拔诺夫、财政大臣谢尔盖·维特签订了《中俄密约》，并于同年 9 月 28 日在北京互换生效。《中俄密约》的内容从外表看是中俄合办铁路，实为沙俄独占铁路及路权；名为私营，实为沙俄政府经营。

这是沙俄强加给清政府的强盗条约，其核心是借地修路：以中俄结成军事同盟共同对付日本为幌子，允许俄国以华俄道胜银行的名义组建铁路公司，建筑并经营一条从西伯利亚大铁路引入中国境内，通过黑龙江和吉林两省直达符拉迪沃斯托克（海参崴）的铁路，达到侵占中国领土的目的。谢尔盖·维特说，这条铁路修成后，将使"俄国能在任何时间内在最短的路上把自己的军事力量运至海参崴并集中于满洲、黄海海岸及离中国首都的近距离处"。

1897年3月1日，总部设立在圣彼得堡的东省铁路公司正式成立，同年8月28日，在中俄边境的大小绥芬河合流处的三岔口举行了东省铁路开工典礼，一条开辟远东国际商港的铁路大动脉开始启动。

沙俄通过《中俄密约》，不仅轻易把中国东北地区纳入了独占的势力范围，而且对帝国主义列强瓜分中国起到了极其恶劣的带头作用。

东方自由港

列强们的野心在大规模的城建中昭然若揭，他们在中国大地上深挖的每一锹土，都浸透着疯狂掠夺的急迫与焦灼……

沙俄在取得了修筑东省铁路的特权后，野心勃勃地又把侵略的魔爪伸向了我国东北地区的南部，力图强占中国已动工修建的旅顺军港和大连港，同时谋求修建东省铁路南部支路的特权。由于清政府软弱无能，再加上沙俄步步紧逼以及采取欺上瞒下等卑鄙手段，1897年12月15日，沙俄的5艘军舰开进了旅顺口，继而以武力做后盾，施展野蛮的外交手段，迫使清政府接受其侵略要求，并于1898年3月27日在北京与清政府签订了《旅大租地条约》（原称《中俄会订条约》），5月7日又签订了《续订旅大租地条约》。根据两份条约规定，俄国将获得"修筑中东铁路（即东省铁路）支线的特权"，进一步明确了俄国修筑铁路及在租借地附近的独占权。同年5月，东省铁路东线从哈尔滨和绥芬河同时开工。6月9日，俄国在修筑东省铁路的同时，兴建了哈尔滨临时总工厂，开始承担机车车辆维修的任务。7月6日，中俄双方又签订了《东省铁路公司续订合同》，议定中国政府允许东省铁路公司修建自哈尔滨起通往旅顺、大连湾海口的支路，并定名东省铁路南满洲支路，并享有沿线的森林砍伐、煤矿开采、自定关税等特权。

东省铁路是19世纪末至20世纪初沙俄修筑的一条纵横中国东北的"丁"字形（也称"人"字形）铁路，它的轨距为1524毫米，超过当时的国际标准轨距1435毫米，因而被称为宽轨铁路。其干线西起满洲里，经哈尔滨，东至绥芬河，横穿黑龙江、吉林两省。支线从哈尔滨起向南延伸，经过长春、沈阳，直达辽东半岛的最南端旅顺口，纵贯吉林、辽宁两省。沙俄就是通过这样一条"丁"字形的铁路，使得中国的东北成为其势力范围。

此后，沙俄在大连湾一带辟建商港。1899年8月11日，不可一世的尼古

东省铁路是沙俄为了掠夺和侵略中国、控制远东而在我国东北地区修建的一条铁路，1896年至1903年间修筑完成，西起满洲里，东至绥芬河，南至大连。1903年7月14日，东省铁路全线通车营业，全长2400多公里

沙俄达里尼特别市市政厅（后用作大连自然博物馆，现闲置），1902 年 5 月 30 日正式开厅，1904 年 5 月 28 日被俄军放火烧毁

拉二世以敕令形式向全世界宣布，未来的商港将实行开放自由港制度，向一切国家商船开放，进出口货物一律不征关税，宣布商港附近城市命名为达里尼市——"达里尼"俄文为遥远之意，宣布海港为达里尼港，大连港正式诞生。

为确保大连港口和市政建设，东省铁路公司收买了大连东、西青泥洼等村落 3300 公顷的土地，作为修筑商港和建设市街用地。1899 年 9 月 28 日，大连商港和城市市街建设一期工程正式开工建设，由东省铁路公司大连建设事务所组织施工。

大连第一家铁道工厂兴建

从日俄战争到日俄媾和，铁蹄蹂躏下的大连成为强盗血战和争夺的饕餮筵席……

1899 年 9 月 28 日，大连商港和城市市街建设一期工程正式开工建设，作为第一期项目之一的东省铁道机车制作所也同时开工建设。这一天便成了大机车的建厂日。

1901年7月，哈尔滨至旅大间的东省铁路南满支线建成，东省铁道机车制作所工程基本完工，厂址位于现中山区胜利桥以东偏北、造船厂以西的团结街和民主街一带。1903年7月14日，全长1514.3公里的东省铁路干线及全长974.9公里的南满洲支线正式通车运行。东省铁路通车后，作为东省铁路附属的东省铁道机车制作所也开始经营，主要从事铁路机车客货车辆的修理。而那时，东省铁路上运行的所有机、客、货车全部从国外购买，这些机车经过一段时间运行后，最终都要到东省铁道机车制作所进行修理。

东省铁道机车制作所是大连第一家铁道工厂，也是东北三省乃至全中国最早的铁道工厂之一。

就这样，中国早期铁路事业在国家命运的坎坷与动荡中艰难前行。

这期间，国内修建了多处机车厂。1897年，兴建了卢汉铁路卢沟桥机厂，后毁于战乱，于1901年在长辛店重建，成为后来的长辛店机车车辆工厂的前身；1900年10月，德国的山东铁路公司在青岛四方火车站旁开始兴建胶济铁路四方工厂，成为后来的四方机车车辆工厂的前身；1901年，卢汉铁路兴建了江岸机厂，成为后来的江岸车辆工厂的前身；1905年，沪宁铁路在吴淞兴建了机器厂（后迁往常州戚墅堰地区），成为后来的戚墅堰机车车辆工厂的前身；同年，正太铁路兴建了石家庄总机厂，这也是后来的石家庄车辆厂的前身。还有早期兴建的胥各庄修车厂、中东铁路哈尔滨总工厂等，这些早期的铁道工厂与大连东省铁道机车制作所一起，构筑了中

1903年冬，东省铁道机车制作所的工人正在进行维修作业

东省铁道机车制作所作业场（一）

东省铁道机车制作所作业场（二）

国最早的铁路工业。

东省铁道机车制作所建成后，虽然设有组装、机械、锻冶、铸造、制罐、客货车以及裁缝等职场（相当于现在的车间），但是这些建筑质地粗陋，厂房为木质结构并用铁皮板搭建而成，机械设备严重缺乏，机车组装修理能力低下。当时，东省铁路刚开始运行，东省铁道机车制作所在还未来得及改造发展和更新设备的情况下，便很快陷入了战乱之中。

　　"三国干涉还辽"迫使日本从辽东半岛撤出后，日本一直耿耿于怀。而沙俄对中国东北资源疯狂掠夺，大规模修筑东省铁路，强租旅大两港，又借出兵剿平义和团之机侵占东北，大有变中国东北领土为沙俄所有之势。1903年，沙俄派驻旅顺的"关东州"长官阿列克塞耶夫升为远东总督，总管沙俄在远东的行政、军事以及外交等事务。此时的日本一刻也没有放弃重新夺回旅大的野心。日本的一些资本家对富饶的中国大地早已垂涎三尺，沙俄的行为也让日本帝国主义眼红心热。日本纺织大亨播木利向政府提议："必须把满洲完全置于日本的影响之下，通过把我们的同胞移居满洲，将使它成为我们的粮仓，通过开发那里的矿藏，将把它变成日本的财富和力量的真正源泉。"殖民者贪婪的嘴脸已经暴露无遗。

　　日本的军国主义势力通过甲午战争得到了很大的加强，战后的日本更是完全置于军事控制之下，军界要人对沙俄在东亚的扩张更是不能容忍。

　　自1895年起，日本就"卧薪尝胆"，扩军备战，随时准备夺回中国东北。

大连早期机车库

经过近十年的战争准备，日本政府于1904年2月6日向俄国递交最后通牒，宣告双方谈判破裂，并断绝外交关系，向俄国开战。1904年2月8日至1905年9月5日，日俄战争在中国国土上爆发了，最终以沙俄的战败而结束。

日俄战争令俄国的拓展受到阻挠，这场战争不仅是对中国领土和主权的粗暴践踏，而且使中国东北人民在战争中遭受了巨大的损失和人身伤亡。它确定了日本的强国地位，改变了远东的力量对比。

日俄《朴次茅斯和约》规定，俄国将长春宽城子到旅顺口的铁路和一切支线及附属的一切权利与财产均转让给日本。在1905年11月至12月举行的中日东三省善后事宜会议上，日本又强迫清政府承认由日本继承沙俄在东北的各项侵略设施和特权，日本由此全面取得了南满铁路〔原为东省铁路的一部分（长春至大连段），日俄战争后，改称南满铁路〕的垄断地位。旅大地区沦为日本殖民地，东省铁道机车制作所也从沙俄手里易主到了日本人手里。

在日俄战争期间，日本侵占铁路的主要目的是运送战争物资和兵员，以供战争需要。俄军败退时，俄军将辽南地区的机车和客运设施全部掠往北方，为适应战争需要，日本必须将原来东省铁路的宽轨铁路改建成适应日本机车和车厢的标准铁路。日军野战铁道提理部于1904年7月从日本国内运来机车、客货车和改建工程材料来到大连，开始进行改建工程，先后通车到金州、旅顺、昌图、公主岭等地。截至当年11月11日，全部改建工程完成并通车运行。1906年1月4日，日军野战铁道提理部在完成日军撤归运输任务后，开始接管东省铁道机车制作所。日军将东省铁道机车制作所更名为大连工场，负责管辖客运和货运业务。1907年4月，日军野战铁道提理部将大连铁路事业移交南满洲铁道株式会社（简称满铁），结束了日军直接控制南满铁路的时期。此时，工厂也正式由满铁接管，并于4月23日开始营业。至此，满铁成为日本帝国主义对中国东北在外交、经济、军事等方面殖民侵略活动的指挥中心。

同年7月30日，日俄在圣彼得堡签订《日俄密约》。日本承诺不在"北满""为本国或日本人民或他国人民之利益，觅取任何铁路或电信之让与权，并不直接或间接阻挠俄国政府在此区域内寻求让与权之任何行动"；俄国对于"南满"也有对等的义务。附款划定了"南满"与"北满"的分界线：从俄朝边界西北端画一直线到珲春，从珲春画一直线至镜泊湖的极北端，再画一直线至秀水甸子，由此沿松花江至嫩江口止，再沿嫩江上溯至嫩江与洮儿河交流之点，再由此点起沿洮儿河横过东经122度止。日俄两国以此线将中国东北三省划分为两个部分，线北为"北满"，线南为"南满"。

日俄侵略者在中国土地上的肆意瓜分，使屈辱中生存的大机车从沙俄强盗的口中移至日本侵略者手中，这真是"才出虎穴，又入狼窝"。

为掠夺异地重建——东北头号大工厂

工厂易主，那遮天蔽日的阴霾笼罩着天地，屈辱中生存的大机车开始了多灾多难的历史……南满洲铁道株式会社沙河口铁道工场，一度成为亚洲最大的机车制造工厂。

满铁本社在大连儿玉町成立并开始营业后，便从日军野战铁道提理部手中接管了大连工场，当时还在大连火车站院内，厂房极为简陋，没有机械设备。满铁对南满支线的改轨和修复，使原有的机车、货车、客车均无法运行使用，需要重新购置和组装。大连工场专门负责组装机车、客车、货车，改造、修理和组装宽轨机车、车辆等，承接满铁各种订货和供应各分工厂的重要材料物品，还承担社内杂工事的制修。当时大连工场中都是些木质结构的临时建筑，设备差、规模小、作业场地严重不足，无法完成承接的组装等工程。当时仅有工人943人，都是闲散作业，大多是日、俄、朝籍工人，中国工人仅18人。虽然日本接管了辽阳分厂、公主岭分厂，并在安东（今丹东）建立了分工厂，但这3家分工厂都是临时修理厂，规模很小，无法满足工厂的要求。

当时日本尚缺乏供应大型机车车辆的能力，完全依靠从欧美国家进口。满铁开业当年，从美国订购了 205 台机车、95 辆客车、2090 辆货车、100 辆卡车的部件，用于"创业"。同年 5 月，满铁购置的机车及客货车部件陆续运抵大连工场，把厂区堆得满满的，如果不能快速组装完成，后续运来的材料就无处堆放。满铁大连工场日夜作业，又从运输部补充 600 多名工人，在美国技师的指导下，于 1907 年 6 月 18 日组装完成了第一台蒸汽机车，9 月 30 日组装完成了第一辆货车，12 月 29 日组装完成了第一辆客车。

机车车辆组装完成后，厂区内无处存放，就移送到大连周水子车站侧线。至 1908 年 6 月，南满支线铁路改标准轨道后正式运转，工厂共组装机车 122 台、客车 69 辆、货车 1331 辆、卡车 100 辆；购置的机车有轴式坚定型货运机车、轴式客运机车以及草原式调车机车、双端式机车等，客车均为木质，货车包括棚车、高边车（敞车）、平车等，共计 2000 多辆。满铁原有的窄轨车辆，也送到了大连工场拆卸和重新改装。

满铁经营规模不断扩大，随着车辆的增加和任务的加重，原工厂已经不能适应机车生产需要，厂区窄小也无法扩建，而日本侵略者出于对东北资源掠夺的需要，急需大量的铁路运输工具和设备。考虑到将来发展规模的需要，满铁决定从 1908 年 7 月 8 日起开始建设新厂区，把工厂迁移到大连郊外，即沙河口一带。

1908 年 7 月，工厂易地重建。这是 1909 年时的场面。右边为原锅炉职场厂房，上面架子为事务所（厂）部，中间挖地基的地方是现厂工会办公处

新厂区建设历时三年，于 1911 年 8 月 9 日工程竣工。新厂区面积 91 万多平方米，还配套建设了住宅区。工程竣工之日，工厂全部作业同时开始。工厂又新建各种车间，增加了各种机械、工具、器械等，扩充装备。

新厂区开工建设的同时，原工厂也逐步搬迁，住宅区也与大连市内通了电车。截至工程竣工，办公处最后迁移完，原工厂全部搬迁至新厂区。

新厂区办公处为二层红砖楼房，新建工厂安装了汽机、汽缸和机械工具设备、起重机设备、电气动力设备、采光取暖通风和防火装置等。主要的装配职场建筑面积达 3100 平方米，配有架空 100 吨起重机 1 台、30 吨起重机 2 台，机车试转准备室 1 栋。旋盘职场为铁骨砖瓦构造，建筑面积 5254 平方米，其中起重机、车床、旋盘等设备都是当时最先进的。工厂用水有独立的管道，供水能力为每天 20 万吨。工厂还设有污水处理所，采取石炭层过滤，日处理能力 15 万吨。

原有的工厂搬迁后，又陆续新建了铸铁、模型、制罐、客车、台车以及建材、货车等职场。厂区内建有铁道运输线，使用 2 台蒸汽机车和 12 台蒸汽起重机运输材料，还建有起重机运输线，其中有 10 吨起重机运输线和 60 吨起重机运输线各 1 条。

新建成的工厂总投资 631 万日元，厂区内部结构仿照德国克虏伯的埃森工厂设计。工厂同时可容纳机车 26 台、客车 36 辆、货车 130 辆。同时还具有制作其他各种机械用具的能力，年车辆制造能力为机车 20 台、客车 48 辆、货车 600 辆，年修配车辆能力为机车 240 台、客车 360 辆、货车 3600 辆。

同年，工厂易名为满铁沙河口铁道工场，又称大连铁道工场。此时，满铁沙河口铁道工场成为当时东北头号大工厂，也是亚洲的大工厂之一。

随着满铁沙河口铁道工场生产经营规模的扩大和生产任务的增加，原有的日本技术人员和熟练工人严重不足，而中国工人中技术型人才和熟练工人也非常短缺。为加紧经济及资源掠夺和军事侵略，工厂开始对职工进行培训，在沙河口新厂建成的同时，建设了满铁沙河口工场技工见习养成所。1909 年 12 月 1 日，技工见习养成所第一期开学，学制四年，第一批招收 20 人，其

沙河口工场作业场

沙河口工场办公处

沙河口工场电气部办公楼

中日本人13名，中国人7名。工厂新招收工人采取两种途径，一是从社会上直接招收，二是办技工见习养成所招收学员，毕业后加入工厂。

进入沙河口工场技工见习养成所要经过考试，考入的学生大多是有一定文化的年轻人，他们大多数受过小学和中学教育，有一定的文化基础。中国共产党大连地区早期领导人王立功、金伯阳等进步青年就先后进入沙河口工场技工见习养成所。这些年轻人好学上进，探求新思想，不甘心做亡国奴，可以说，后来发起成立工人组织和进步团体的骨干分子，绝大部分是技工见习养成所毕业的中国见习生。

据原满铁沙河口工场技工见习养成所毕业的于全福老人回忆，他于1919年考入满铁沙河口工场技工见习养成所，采取半工半读方式学习。当时为培养技术工人，所有的中国见习生都住在工厂附近的一个板（金属板）房里，第一年先到职场劳动。当时他是学木工的，每天和工人在一起刨荒料、抬木材。转过年开始上课，学习内容包括数学、物理、化学和一些技术科目。在工厂，他接触到的许多进步青年都毕业于技工见习养成所。

满铁沙河口铁道工场全景

满铁四十年"高速运转"

侵略者恨不能一口吞没中国大地上所有的财富，他们的贪婪和欺压总是结伴而行，满铁的丰厚回报，使得沙河口工场一扩再扩……

沙河口工场最初由满铁运输部管辖，在厂长秋山正八之下，设有事务所、守卫及消防诘所、技术研究所、地方出张所、技工见习养成所等10多个机构，后来归满铁铁道部管辖。"七七"事变前，为适应全面分化战争的需要，工厂又归伪满的铁路总局工作局管辖。

沙河口工场以制造和改装满铁使用的机车、客货车为主营业务，兼营其他铁路车辆的制造，同时还从事一般铁路、煤矿等各种工业机械的制造修理业务。

沙河口工场组装制造的部分蒸汽机车（一）

1912 年，满铁沙河口铁道工场开始实施制造蒸汽机车的计划。1914 年，工厂制造出第一台"坚定型（CS）"货运蒸汽机车。1915 年，沙河口工场开始制造铁骨木制客车。从第二年起，工厂开始扩建铸造等职场，同时开始承包鞍山制作所的各种机械、设备、材料的制造和大连机械制作所（大连起重机厂前身）的部分订货。同年，为抚顺煤矿制造煤矿用电气机车和"太平洋 2 型"客运机车。

后来，随着生产任务的增加，沙河口工场又陆续增建了翻砂、钳工、总装配等职场，工人增至 5472 人，其中中国工人 3087 人，已经占全厂职工一半以上。1916 年工厂产值近千万日元，制造组装机车、客车、货车、守车等共计 261 辆，改造及修缮机车、客车、货车等共计 2363 辆，成为当时整个南满地区最大的机械工厂。当时工厂的技术水平也是一流的，它还帮助了像大连机械制作所那样的中等规模的机械工厂。

沙河口工场先后制成了独立设计的"收利希型"货运机车、"啪西尼型"客运机车、煤矿用电动机车、"得卡型"和"啪西尼型"货运机车、"咪卡尼 1 型"货运机车、"太平洋 5 型"客运蒸汽机车等多种机车，并为从各种军用机械到乘人用的汽车等多种产品提供设计制造服务。

第一次世界大战后，铁价暴跌，鞍山制铁所停止扩建，沙河口工场失去了大批订单，经济危机一度使满铁不得不收缩经营范围，只限定在车辆的制造和修缮上。作业量的锐减则使生产能力过剩，沙河口工场精简机构，裁减工人

2000余名，并先后合并了安东工厂和公主岭工厂。1928年，沙河口工场改称大连工厂。后又合并了辽阳工厂，改称大连铁道工厂。

由于工厂一再扩充，厂房增至73座，一年中仅制造修配所需要的材料分别为钢铁4490吨、铣铁2900吨、松木8800立方米、杨木1314立方米。

满铁沙河口铁道工场创建后，虽然经过经济危机、业务萎缩，但生产状况一直稳步发展。到"九一八"事变后，工厂的业务量激增，不仅要生产普通客货车，而且还要生产特别列车、保温车、通风车、冷藏车和军刀等紧急军需物资，直接用于战争。到1939年产值已经达到4000万日元，走向了"飞跃发展"之路。

日本侵略者肆无忌惮地在旅大地区扩张，他们大摇大摆地疯狂掠夺，那些饱浸着中国工人血汗的产品，成为侵略者堂而皇之的财富……

沙河口工场组装制造的部分蒸汽机车（二）

沙河口工场组装制造的部分蒸汽机车（三）

沙河口工场组装制造的部分蒸汽机车（四）

"风光"一时的"东亚珍品"

20世纪30年代驰骋在中国东北大地上的豪华特快"亚细亚号"，在近十年的运行时间里尽显"风光"。然而，无论曾经怎样"风光"，它也终将无法阻挡侵略者走向灭亡的命运，"东亚珍品"最终可悲地消失于战局骤变的铁路线上……

1934年11月1日上午，大连火车站格外热闹，站台上到处都是日本富豪、高级军官、外国商人、外交官等身份显赫的人，他们是受邀前来体验最新型豪华特快"亚细亚号"列车的。这之前，满铁在日本、伪满洲国各领事馆驻地等提前发售豪华车票，大肆宣扬。

"亚细亚号"列车牵引采用沙河口工场制造的"SL-7流线型"机车。1934年2月至8月，工厂制成了2对4列从大连至新京（今吉林长春）的"亚细亚号"流线型特快旅客列车。第二年9月1日，线路又延长至哈尔滨。

满铁将"亚细亚号"列车定为"特急"快车，列车包括行李车、1节三等车、餐车、1节二等车和1节一等空调包厢车、1节流线型头等展望车。

为了适应东北地区极大的温差，列车全部为封闭式，装备美式空调装置，安装双重车窗；为减轻空气阻力，车体外部改为流线型；为减轻轴承摩擦力，使用滚动轴承；为减轻车体重量，使用强力钢及镁、铝等轻金属，改用电气熔接法；座位是电钮自动式，牵引动力为"太平洋7型"机车。"亚细亚号"列车车头为天蓝色，车身为浓绿色，是当时世界上最豪华的旅客列车。

"亚细亚号"列车编成4列车，其中1列存于沙河口工场，1列在大连作为备用，其余2列每日行驶。

这是当时世界上跑得最快的列车，平均运营时速为85公里，最高测试时速为130公里。当时世界各国的铁路运营均速为82.5公里/小时，"亚细亚号"列车的时速远远超过了当时欧洲国家和美国的火车时速。一时间，"亚细亚号"

列车成为当时达官贵人和各国驻伪满洲国外交官争坐的新宠。

"亚细亚号"当时被称为"东亚珍品"，此后满铁制造的高档客车都以"亚细亚号"列车为标准。1941年7月，"亚细亚号"暂时停运，年末恢复运行。

"亚细亚号"是当时世界上最快的列车之一，号称"东亚珍品"

1943年，日本殖民当局为满足太平洋战争的需要，急剧扩大生产规模，工厂职工达到了空前的 9146 人，是工厂自建厂以来，职工人数最多、生产规模最大的一年。同年3月1日，随战局的演变，"亚细亚号"

"亚细亚号"机车

彻底停运。"风光"一时的"亚细亚号"终于从满铁线上消失了。

无论曾经怎样风光，"亚细亚号"注定要从中国的土地上消失，因为，正义终将战胜邪恶，任何侵略者都必将走向灭亡之路。

满铁经营的四十年间，在军事扩张、经济掠夺的轨道上高速运转，殖民者无耻地从我国攫取了大量财富，工厂也成为日本实现大陆政策的关键性的产业部门，成为日本侵略我国所用铁路交通工具和满铁扩展铁路工业所需物资的重要来源地。

第 二 章

暗夜明灯：可歌可泣的机车工人斗争史

　　每当我们国家和民族蒙受巨大苦难的时候，总会有许多英雄豪杰冲锋在前，他们是思想解放的先驱，他们是革命胜利的火种。在历史的长河中，他们中许多人像流星一样转瞬即逝，但却在千万人的心头，永远闪耀着巨星般的光芒……

日本侵略者为了长期经营大连，把大连作为进一步侵略东北乃至全中国的桥头堡，对大连进行了比沙俄时期更加巨大的投资，兴办各种工厂企业，以获取更大的利益。大连工人队伍迅速发展壮大，到1925年时，大连地区中国工人已经达到了10多万人。在这支产业工人大军中，满铁沙河口铁道工场的人数最多。在那黑暗的漫漫长夜里，工厂里正悄悄地涌动着革命的洪流，成为大连工人运动的发源地……

伤痕累累的老槐树

那棵老槐树虽然依然挺拔，却无法忘记曾经的屈辱；那座大挂钟
如今早已成了古董，虽然依然在走，却回荡着曾经沉重的哭泣声……

在大机车正门口有一棵老槐树，远远看去，它高大、硬朗、丰满、壮硕、盘根错节，直指苍穹。冬天里，它枝干挺拔，倔强地任凭寒风粗暴地肆虐侵扰；夏天里，它枝繁叶茂，温柔地倾听着鸟儿的呢喃。这棵老槐树已经默默地生长了一百多年，虽然历经百年风雨，却依然威武不屈。在一百多年前，最早陪伴在老槐树身旁的还有一座大挂钟，大挂钟产自日本，足有一米多高。槐树陪伴大挂钟，经历了岁月的洗礼，记载了太多的沧桑往事。

这棵老槐树最早不是用来给工人乘凉或者遮风挡雨的，是为了惩罚工人时吊打、凌辱中国工人的；大挂钟也不是为了方便工人看时间的，更不是用来装饰的，而是日本侵略者逼迫中国工人上下班打卡用的，是日本工头专门为监督中国工人而定制的。在日本侵略者统治工厂的四十年里，老槐树常常也被皮鞭打得遍体鳞伤，记录下了那一幕幕悲惨的场面，大挂钟也见证了那一段中国工人的辛酸史、屈辱史。有朝一日人们若能破译植物的语言，老槐树一定会向我们倾诉那一幕幕历史的悲剧。

1996 年 10 月，大机车工会曾在老槐树旁设立了一块牌子，上面写着：

这棵老槐树是厂史中记载的工厂门前的三棵槐树之一。在日寇侵华的年代里，曾经有许多中国劳工被捆绑在树上，惨遭毒打和凌辱。为了使人们牢记历史，工厂将这棵老槐树保留下来，作为历史的见证。

甲午战争后，旅大地区沦为殖民地，日本把大连开辟为商埠。当时大连工商业发达，海关税收在全国排第三位，仅次于上海和天津，旅大地区成为日本帝国主义开发满蒙、侵略东北的基地。日本帝国主义对当地人民采取高压奴役的殖民政策，"关东州"法律曾明文规定，对朝鲜人和中国人仍然施行笞刑，他们对中国工人血腥压榨，如蝗如蚁般地掠食。

为了便于统治，满铁在沙河口工场建立了完整的管理机构和殖民统治政策。员工有严格的等级区别，分为月俸者、雇员、佣员、临时佣员、见习工和徒工。场内有40多名巡警、13所守卫岗。员司由正门出入，正门终日开放；工人出入门只有两处，一处为中国工人出入门，一处为日本人出入门，只在上下班时间开放。中国工人出入的卡子门用管子拦成四条小道，每条小道只能走一个人，小道的中间有一个高台，出入时必须登上高台才能通过。

挂在沙河口工场大门口的大挂钟（正、背面）

每天早晨，中国工人排队打卡进厂，下班又排着长队在很窄的通口处，上台阶被当成小偷搜身检查，稍有不顺服和怠慢，便被吊在厂门前那棵老槐树上用皮鞭子蘸凉水抽打。繁重苦累的劳动没有时间限制，加班加点、通宵作业几乎是家常便饭。中国工人们被迫如牛似马地劳动，只能吃橡子面和化学粉等替代食物。当时流传着这样一首民谣：

> 橡子面，半月光，
> 草根野花度饥荒。
> 北风吹，地不长，
> 穷人瞪眼见阎王。

日本殖民者制定规章制度是为了压迫、剥削工人，特别是针对中国工人设立了防卫系、劳务系等机构，镇压和监视中国工人。中国工人的劳动条件和生活条件恶劣，每天工作少则十小时，多则近二十小时，犹如生活在十八层地狱里，受尽欺负、凌辱、剥削和压迫。日本殖民者给日本工人的待遇远远高于中国工人，

20世纪30年代，沙河口工场日本技师住宅

对中国佣员实行了民族歧视政策。日本工人享受的住房和生活待遇，中国工人根本享受不到。中国工人的工资收入十分微薄，不足日本工人的1/4，甚至是其1/7。伤亡事故几乎天天发生，工人的生命安全毫无保障，还经常受到日本工头的鞭笞和搜身。

当时沙河口工场日本厂长在1926年5月12日给上司的一份报告中这样写道："沙河口工场的职工大体日本人和中国人各半，虽然其技术和能力无大差别，而其平均工资日本人是3元27钱，中国人是82钱，是（前者）1/4的比例。"在工资差别最大的1930年，日本佣员的工资是3日元，中国佣员的工资是0.55日元，前者是后者的5.45倍；临时工的情况更为严重，达到8.1倍。

由于日本殖民当局的残酷统治，加上当牛做马的劳作、待遇低下、居住条件恶劣，中国工人普遍患有职业病。日本厂主和日本工人住在厂区东部的砖瓦房，而中国工人住在厂区西部被称为"西官房"的简易住房，或住在附近用破木板和茅草搭成的窝棚。恶劣的工作和生活环境使瘟疫猖獗，日本殖民当局以预防传染为借口，将所谓的病人拉出去杀害。当时在工人中间流传着这样的顺口溜：

人在家中坐，

祸从天上来，

你要打个盹，

上山火烧埋。

大机车老职工于连杰曾经写过回忆文章《那座钟和我们的工厂》：

那座钟是座大钟，挂在工厂正门里，足足有一米多高，上边走时，下边打卡，是日本人专门为监控中国工人特制的钟。大连解放后的很多年里，那座钟一直没有挪动过，机车厂青年经常被带到大挂钟前，听老师傅讲述那挂钟的故事。久而久之，那钟便成了永远的诉说，那钟的故事便成了历史的回声，诉说着那场战争，诉说着那段世界史，诉说着那段工厂史……

疾风骤雨的革命斗争史

"虎牢天险今谁主，马角生时我却来。醉抚危舷望灯火，商风狼藉暮潮哀。"

1911 年 11 月 10 日，时年 38 岁的梁启超来到旅顺。梁启超对于国家兴盛有着执着期盼和不懈追求，然而面对千疮百孔的家国山河，他又苦于无法实现心中抱负与理想。他在旅顺写下了著名的七言绝句《舟抵大连望旅顺》，从中可以看出当时的旅大地区在侵略者统治下惨遭蹂躏。日寇铁蹄下的大连沙河口工场的中国工人生活饱尝辛酸，工运浪潮风起云涌。

1902 年，年仅 29 岁的梁启超摒弃了"华夷之辨"，率先提出"中华民族"概念。1911 年 11 月 9 日至 13 日，梁启超在大连

第一次世界大战爆发后，东北物价疯狂上涨，特别是银价昂贵，金银比价变化很大。沙河口工场工人的工资是以日元支付的，而市面交易用的是小洋，工人领取工资后必须兑换成小洋，由于换到的小洋减少，工人的生活更加困难。1916 年 12 月 4 日，工厂铸造工人杨振和率先举起反抗的大旗，他组织 400 多名中国工人举行了三天抗日罢工，要求工厂给工资低的工人增加工资。

自那以后，工人为了求生存多次罢工，工运浪潮风起云涌。1918 年 1 月 25 日，满铁沙河口铁道工场的 1000 多名中国工人和 800 多名日本工人联合罢工，向厂方提出增加工资、发给加班津贴和夜班补助、每月公休两天、危险作业岗位增加津贴费等条件。当时日本厂方对罢工工人实行分化瓦解、部分安抚的办法，迫使工人复工。罢工进行了九天，但是因为缺乏统一的组织领导，工人们只取得了微薄的成果。

虽然此次罢工没有取得胜利，但是中国工人从中得到了锻炼，斗争意识被唤醒。同年 9 月，中国工人以物价上涨、生活困难为由，向厂方提出了增加工资、与日本工人同工同酬的请愿书，遭到拒绝。从 10 月 7 日开始，在杨振和、刘玉柱、王茂林、曹德俊 4 名有威望的老工人带领下，全厂中国工人举行了罢工，工厂在罢工的打击下停产一周。最后，厂方答应了给中国工人增加工资，罢工胜利结束。但中国工人也付出了代价，罢工领导人杨振和、王茂林遭到了逮捕，受尽了折磨，被驱逐出"关东州"，刘玉柱和曹德俊被工厂解雇。

日本资本家对工人剥削的加剧也激起了日本工人的反抗。日本工人的经济地位决定了他们与日本殖民当局和资方有着不可调和的矛盾，他们与中国工人联合开展的斗争，成为早期工人运动的重要组成部分。当年，大连日本职工最大的团体是沙河口工场的"友爱会"，1919 年 5 月，友爱会在册人数为 1200 余名。1919 年 11 月，沙河口工场又成立了"大陆工友联合会"，这是当时大连地区较有影响的日本工会组织。其间，沙河口工场还成立了其他一些工人组织。这些团体和组织在工人斗争中发挥了一定的作用。日本工人和中国工人一道，为了维护自身的利益，不断地进行反对资本家的罢工斗争。

随着经济危机的影响日益加剧，大连市百业萧条，中小工商业者纷纷破产，厂商都被迫降薪裁员，大批工人面临失业。1920 年 4 月，沙河口工场预谋裁员。终于，在一个阴云密布的早晨，日本资本家正式宣布了裁减中国工人的决定。这个不幸的消息好比晴天霹雳打在了中国工人和他们的家属身上。消息刚刚宣布不久，沙河口工场的门前就拥来了众多工人家属，其中有白发苍苍的老大娘，也有怀抱孩子的年轻媳妇，还有大大小小的孩子们。他们聚集在工厂门前，每个人都焦急地等待着，期望能听到家人"没有被裁"的好消息。然而，中国工人大多得到的都是"辞职令"，这一份份辞职令就像烧红的铁块烤得人们心里发焦。辞职令对于这些在殖民统治下的工人无疑是最残酷的打击，中国工人们除了出卖劳动力之外，一无所有，失业等于把他们及其妻子儿女推向饥饿和死亡的深渊。虽然以傅景阳等为首的工人代表多次与厂方谈判协商，但是厂方执意裁员。

5 月 1 日早晨，工人开始罢工。当天下午工人召开联合抗议失业大会并通过决议，要求停止裁减工人。会后，全厂 5000 余名中日工人举行了声势浩大的游行示威，傅景阳等 18 名工人代表向满铁再次提出要求，要求停止裁员、增加工资，但是日本殖民当局并没有给予答复和解决。工厂中日工人的斗争，使满铁和"关东厅"殖民统治者如临大敌。6 月 7 日，他们从大连、旅顺抽调了 200 多名警察和 70 多名宪兵把守工厂的各个重要部门，第二天，强行裁减了 1330 名中国工人和 540 名日本工人，还有 65 名职员。但慑于中日工人的团结，工厂方面也不得不做出重大让步：发给被解雇工人解雇金，被解雇的工人延期半个月搬离宿舍。6 月 10 日，历时四十天的大罢工以工人的胜利宣告结束。

先驱者永垂不朽，他们是时代的荣耀与骄傲，风起云涌的革命浪潮，正激荡着那些新鲜的血液……

沙河口工场是在强盗帝国的霸权下诞生的，可以说，工厂甫一诞生，就被烙上了殖民地的烙印，成为外国侵略者掠夺中国人民财富的工具，中国工人用血汗铸就的产品在中国的土地上竟然成了屠杀中国同胞的武器。耻辱、劳累、贫寒、饥饿，中国工人的脖子上缠着太多的绳索。

中国工人的骨头是坚硬的，哪里有压迫，哪里就有反抗。日本帝国主义的经济掠夺同时也唤起了中国工人阶级的觉醒，各种抗争和罢工活动正是在这种情况下展开的。而引起日本侵略者震动的沙河口工场中日工人联合大罢工，其规模和气势是空前的，在大连工人斗争史上写下了重要的一笔。它为殖民地时期工人运动的开展提供了经验，培养了中国早期工人运动的骨干与领袖人物，为大连地区中国工人进步团体的成立奠定了基础。

革命力量逐渐凝聚，革命浪潮暗流涌动。

1920 年 7 月，沙河口工场的工人傅景阳、于景龙、王立功、辛培源等先后加入了进步团体大连中华青年会，学习科学文化知识，接受民主主义启蒙教育。1923 年京汉铁路工人"二七大罢工"的消息传到大连，傅景阳、于景龙等三十几名青年工人时常聚在一起，酝酿成立像关内工会那样的中国工人自己的团体。但是在日本帝国主义统治下的大连，中国工人公开打出工会的旗帜，日本殖民当局是不会答应的，而成立地下组织又不利于团结更多的工人，也不利于开展工作。这些有知识、有文化的进步青年们苦思冥想，期望探求出一条革命之路。

据记载，1919 年至 1923 年，南满铁路工人罢工 132 起，其中，大连市内发生 40 余起，居南满各市镇之首位，大连、旅顺工人罢工次数占南满各地罢工总数的 1/3，大连成为"南满劳资纠纷的中心地"。

大连中华工学会——光耀中华的名字

站在大连黄河路人流湍急的闹市中默默矗立的小红砖楼前，仿佛能听到工人们正在唱着大连中华工学会的会歌："我们工人创造世界人类食住衣，不做工的资产阶级反把我们欺。起来起来齐心协力巩固我团体，努力奋斗最后胜利定是我们的！"

曾几何时，大连中华工学会的火炬传遍了十里厂区，工人运动在大连风起云涌，劳动者的呐喊在辽南大地上回荡。

那铿锵有力的歌声犹在耳畔……

大连中华工学会的成立，点燃了在日本帝国主义严密统治下的大连地区的革命火种。从此，大连工人运动进入了有领导、有组织的斗争阶段，促进了大连工人运动的兴起和大连地区反帝爱国统一战线的形成，谱写了大连工运史上一曲曲辉煌篇章。

黄金町107号，这个殖民地色彩浓郁的地名，或许不被太多的大连人所熟悉，但是说到大连沙河口区黄河路658号的那栋二层小红砖楼，了解大连历史的人都会知道，这里是大连市第一个工人运动组织——沙河口工场华人工学会的旧址。小红楼位于闹市区的主要道路上，虽然经过百年的城市变迁，尽管近些年来房地产产业异常红火，许多知名的开发企业都看中了这块风水宝地，但让我们这个城市感到骄傲和欣慰的是，我们的城市管理者高瞻远瞩，在这个黄金地段保留下了这栋意义非同寻常的小楼。

知识，在思想萌芽初发时，总会让心灵的力量渐增，那斗争的激情，总是被压迫和屈辱催生着……当时在大连，识字的中国工人不多，这些有文化的工人受进步思想的影响，逐渐成长为工人的领袖。20世纪20年代初期，"五四"新文化运动的影响不断扩大，广大穷苦工人朦朦胧胧地意识到对新生活的向往，逐渐觉醒，开始自发地走上反日斗争的道路。

1923年12月2日，大连第一个公开的工人团体——沙河口工场华人工学会召开了成立大会，竖立起"劳工神圣"的牌匾，以傅景阳为代表的沙河口工场有志青年和其他爱国人士在一幢小楼里庄严宣布，沙河口工场华人工学会正式成立。这是中国东北地区最早出现的中国工人自发成立的工会组织，从此，工会和工人运动如同星星之火，迅速燃遍大连、辽宁乃至东北地区。

当天出席会议的代表有百余人，加上一些列席代表和来宾，共有138人。工学会的办公地址就在当时的黄金町107号，当时每月租金18元。工学会机关办公楼前悬挂着"沙河口工场华人工学会"和"工人业余学校"两块大牌子。成立大会上，大家通过了章程和会旗。傅景阳专门讲解了工学会章程，工学会

1923 年 12 月 2 日，中国东北地区第一个公开的工人组织——沙河口工场华人工学会成立，翌年改称大连中华工学会，沙河口工场成为大连地区工人运动的发源地

章程共有 21 条，开宗明义宣称："在当今之世界，作为一个战士，如果不从巩固团体，不断地随着时势的发展而站在竞争的战场中，就不可能得到安定生存。盖世上不论何事都无不依赖于人们的智慧，始得有所成就。我们学习的目的，即在于启发智能，我们青年是先锋，最富有上进心。""本会以加强友谊、相互接济、协同一致、增进学识为目的。"

据原中华工学会副委员长、沙河口工场工人党员唐宏经后来回忆，1924 年年初，李震瀛来大连指导工作，他先后多次给工人们讲演，在工人中间产生了很大的影响。他强调，工人只有团结起来，才能改变自己的地位，实现没有压迫、没有剥削的社会。李震瀛在大连期间，经常与工学会干部研究工作。他提出，你们这个"沙河口工场华人工学会"的名称很狭隘，不利于广泛发动工人群众，若是改为"大连中华工学会"，范围会更广，力量也会更强大。大家听了他的话都非常震动，"华人"是外国侵略者对我们的称呼，改为"中华"多有力量，多能显示我们民族的气魄。

1924 年夏，中国共产党早期工人运动领袖、中共中央委员、年轻的邓中夏

邓中夏，中国共产党第二、第五届中央执行委员，第三、第六届候补中央委员，1922年任中国劳动组合书记部主任，1924年到大连指导工人运动

来到大连，他住在工学会，指导工学会的工作。他号召广大工人要团结起来，强调只有把工学会办得坚强有力，才能使工人团结起来解救自己。他指出，工学会应当把大连到宽城子的南满铁路全线的工人都组织起来，开展工会活动，使工学会的力量更加强大。邓中夏的话让工学会的人开阔了视野，明确了工人的斗争不能只局限于一个工厂、一个地区。

工学会遵从李震瀛和邓中夏的指示，开始向外扩展。工学会在1924年4月和10月先后派沙河口工场锻冶职场工人侯立鉴与铰镔职场铆工戚铭三、李长生等骨干，到福纺纱厂（全称为满洲福岛纺绩株式会社，大连纺织厂前身）、大连船渠工场（大连造船厂前身）等中国工人较多的日营工厂开展工作，成立工学会船渠支部等工会组织，并在大连机械制造所等市内机械制造业的日营大工厂中发展会员。

在李震瀛和邓中夏的指导下，工学会成立一周年之际，沙河口工场华人工学会正式改名为大连中华工学会。

大连中华工学会设立了文牍、讲演、体育、娱乐、救济、交际和夜校7个部，选举傅景阳为会长，于景龙为副会长，又选出了各部的正副主任和干事。当时出席大会的代表还在沙河口工场运动场照了纪念相。

凡·高说，一间暮色中的书店，宛若黑夜中发出的光芒。每当夜幕降临，黄金町107号工学会的小楼里都聚满了人，许多会员到这里阅读报纸、书籍，听课，交流。工学会的夜校，分高级班和初级班。初级班由不识字和识字不多的工友参加，学习《千字文》等国文、算术和白话尺牍课程，有时还组织体育活动。高级班由有一定文化水平的工友和"官徒"参加，开设国文、算术、尺牍、日本语课程，学习《论说文范》《秋水轩尺牍》等书籍。两个班虽没有明设政治课，但秘密地以文化课为掩护，随时向工人宣讲时事和革命道理，对工人进行爱国主义教育。

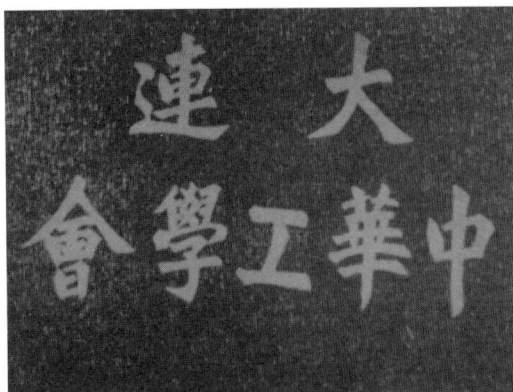

大连中华工学会会旗

工学会夜校引起了殖民当局的注意，他们经常派便衣到工学会夜校监视，沙河口警察署还经常派警察到工学会课堂"旁听"。夜校就派人放哨，在敌人的严密监视下巧妙地周旋，用革命道理提高斗争信心。

大连中华工学会夜校对大连工人的觉醒和斗争觉悟的提高产生了积极的影响，使向往光明的工人兄弟仿佛看到了漫漫暗夜里的那盏指路明灯。参加工学会的人数越来越多，至1925年年底，全市工学会会员已经达到3000余人。

大连中华工学会成立了英文、日文、汉文3个班。图为英文班全体师生于会馆（黄金町107号）前合影

　　大连中华工学会是大连最早出现的中国工人自己创建的现代工会组织，它的成立揭开了大连工运史上崭新的一页。它有完备的章程、健全的组织、灵活的策略。它的出现，对带动大连乃至东北地区工人运动的发展，对提高大连乃至东北人民反对侵略者的斗争意识，都具有非常重要的意义。

　　大连中华工学会的成立和活动的开展，点燃了大连乃至整个辽南地区工人运动的火炬，标志着大连工人运动已经形成了有领导、有组织的斗争联合体，标志着大连工人运动的兴起和大连反帝爱国统一战线的形成，成为中国共产党领导下的中国工人运动的重要组成部分，为党组织培养和输送了一大批骨干，对大连地方党团组织的建立和发展起到了重要作用，在大连地区、东北地区乃至中国铁路工业的工运史上都留下了光辉的篇章。

　　如今，黄金町 107 号小楼已经维修一新，远远看去，格外庄严。近百年来的风云变幻、风雨飘摇并没有减少它的魅力，它反而随着时间的推移，更加迷人，充满了独特的韵味。小楼前的石碑上刻有"大连中华工学会旧址""省级文物保护单位"的字样。这栋小楼承载过大连劳苦工人追求自由与幸福最早的期望，写下过大连工人运动最光辉的革命斗争历史，见证过青年革命家的光荣与梦想，更激发过几代中国人实现中国梦的万丈豪情。

大连中华工学会旧址

第三章

永载史册：追求长青梦想的民族英雄

　　我们是旅顺、大连，孪生的兄弟。

　　我们的命运应该如何地比拟？——

　　两个强邻将我来回地蹂躏，

　　我们是暴徒脚下的两团烂泥。

　　母亲，归期到了，快领我们回来。

　　你不知道儿们如何地想念你！

　　母亲！我们要回来，母亲！

　　这是著名学者闻一多先生于 1925 年在美国留学期间创作的组诗《七子之歌》中的一首，专门写大连和旅顺。"七子"所指为澳门，香港（今香港岛），台湾，威海卫（今山东省威海市），广州湾（今广东省湛江市），九龙（今香港九龙半岛），旅顺、大连。诗人选择了七块地，各写了一首诗歌，哀叹饱受欺凌的祖国，也以此唤起全国人民的觉醒。

大机车走出共产党员大连第一人

1925年2月，32岁的毛泽东回到家乡韶山，通过创办农民夜校，建立农村基层组织，发动农民进行反封建、反剥削的革命斗争。而此时，远在中国北方大连的一个年轻人正式加入中国共产党，成为共产党员大连第一人。他庄严地宣誓，要将一生献给共产主义事业。

在大连瓦房店以东30多公里、西临渤海20多公里的复州城镇，从西汉时期建立县治至大连解放初期，这里一直是州、县治所在地，也是著名的历史文化名城。建于清道光二十四年（1844年）的横山书院，曾经是清末的最高学府，也是辽南唯一现存的古书院。从建院至1905年前后六十年间，复州考生高科连捷，甲于辽南，造就了一大批贤达人士。

1900年6月，傅景阳出生在这个著名的文化古镇，父母给他取名傅成春。小时候的傅景阳非常聪明，7岁时就读于复县县立第一小学，四年后，考入当时有名的复县县立高等小学，15岁时以优异成绩考入大连满铁沙河口工场技工见习养成所，成为该所第七期见习生，1919年12月毕业后被分配到沙河口工场台车职场当钳工。

从少年时代起，傅景阳就酷爱读书，到了满铁沙河口工场技工养成所后，他开始接触一些进步报刊，他从报上看到有关"五四"爱国运动和孙中山的"三

傅景阳，共产党员大连第一人

民主义"、俄国"十月革命"等文章，逐渐接受了民主主义思想，懂得了一些争取工人解放和救国的道理。他加入了老同盟会会员、大连地区中文报纸《泰东日报》编辑长傅立鱼发起的大连中华青年会，受到了启蒙教育，开始觉醒。他相继和当时在泰东日报社做工的关向应、赵悟尘等同志接触，后经关向应介绍认识了《泰东日报》编辑、北京共产主义研究小组的刘恂躬，开始学习《共产党宣言》等革命书籍，并在工人中宣传马列主义，继而领导大连地区的革命运动。1922 年年初，他结识了我党早期领导人罗章龙。1923 年 12 月 2 日，

傅立鱼，大连中华青年会会长，中国同盟会会员，1913 年来大连任《泰东日报》编辑长

以他为首的 30 余人发起创立了沙河口工场华人工学会，使大连地区的工人阶级第一次登上了政治舞台。1924 年 6 月，傅景阳由中国共产党中央派到东北进行革命活动的干部李震瀛和陈为人两位同志介绍加入中国社会主义青年团，当选为共青团大连特支工运委员，不久结识了邓中夏。

1925 年 2 月，他代表大连中华工学会出席在郑州召开的中华全国铁路总工会第二次代表大会，在会上做了《关于大连工运情况》的报告，被选为执行委员。会后，为贯彻会议精神，他首先在沙河口工场发起组织大连地区第一个国际性组织——中日工人恳亲会。上海"五卅惨案"发生后，他积极组织大连工人和各界爱国人士声援上海工人阶级的反帝爱国运动，发起成立了"沪案后援会"，被选为执行委员，领导大连工人阶级和社会各界市民群众举行示威游行、散发传单、开追悼会、募捐等。

1925 年，经李震瀛介绍，傅景阳加入中国共产党，成为大连地区也是辽宁省第一个中国共产党党员。同年 7 月，他担任了中共大连特支工运委员，兼任沙河口工场党支部第一任党支部书记，成为大连地区地下党组织创始人之一。

1926年，傅景阳赴天津出席中华全国铁路总工会第三次代表大会，被选为执行委员。福纺纱厂工人大罢工开始后，他不顾敌人的威胁和镇压，6月24日，在福纺纱厂门外召开了近3000人的声援福纺罢工大会，并做了慷慨激昂的讲话。第二天，他被捕入狱。在法庭上，他同敌人进行了不屈的斗争，表现了坚强的无产阶级革命气节。在监狱中，虽然被敌人施以酷刑，但他始终没有暴露自己的共产党员身份，更没有向敌人屈服，他积极同党组织联系，念念不忘正在开展的工人运动，表现出了一名共产党人大无畏的革命精神。

1927年春，经党组织的积极营救，日本殖民当局被迫宣布傅景阳无罪，并释放出狱。出狱后，他被大连日本殖民当局驱逐出境，回到原籍。傅景阳曾先后从沈阳到各地寻找党组织未果，成为终生遗憾，后病死于沈阳，年仅42岁。

老铁山上的美丽候鸟

大连老铁山是冬季来临前候鸟由北越海南迁的栖息地。老铁山上孤独的灯塔和那些美丽的候鸟，见证了岁月的轮回和时代的波涛中先驱者搏击风浪、奔向自由的身影，激励着后来者勇往直前……

在辽东半岛最南端的旅顺老铁山上，有一座著名的灯塔，这座灯塔系清政府于1893年请英国人建立的，至今已有一百二十多年的历史。灯塔位于旅顺的最高峰，三面环海。灯塔前沿南北方向的海面恰好是黄海和渤海的分界线，与山东蓬莱隔海相望，蓝色的黄海和黄色的渤海在此交汇，泾渭分明，形成一道清晰的界线，天然地划分出两个海域，堪称大自然的奇观。这里也是候鸟南北迁徙的中转站，每年秋季，老铁山上候鸟有上百万只，景象蔚为壮观。

1904年，在美丽的老铁山脚下双甸子村一个富裕农民家庭，诞生了一个男孩，名叫王立功。王家在当地是大户，父亲王逢信，全家上下十几口，种有300多亩土地，日子过得殷实富足。

少年时代的王立功聪敏好学，16 岁那年他从旅顺师范学堂附属公学堂毕业，在在满铁当工人的姐夫徐立胜的带领下，以优异的成绩考入满铁沙河口工场技工见习养成所，成为第二期见习生。

王立功到技工见习养成所后，开始接触进步青年，沙河口工场华人工学会（后改为大连中华工学会）成立后，他先后被推选担任工学会组织部干事和宣传教育部副部长、部长等职。他文笔好，被称为"秀才"，他利用业余时间，为工学会夜校学员讲课，教工人识字，进行革命宣传，同时，

1926 年 10 月，王立功当选中共大连地委工运部副部长

他负责编写、组稿、印刷和发行的《工学会周刊》很受欢迎。王立功后来到满铁客车场当木型工人。他心灵手巧，多才多艺，很快精通了业务。

1925 年 2 月，他经傅景阳介绍加入了中国共产主义青年团，被选为共青团大连特支青工委员。1926 年春，他加入了中国共产党，担任中共大连特支工运部部长兼地下党交通员。接着他在沙河口区小列家屯王阳街 63 号举办了党员训练班，发起成立"大连中华职工见习同窗会"。同年 7 月，王立功被选为地委委员、工运部副部长。同年底，受中共大连地委委派，王立功和辛培源两人到上海向党中央汇报大连"四二七大罢工"（即福纺大罢工）的斗争经过，后受党中央委派，由上海直达广州，参加省港罢工胜利结束后的总结大会。王立功回到大连后，主编发行了《大连工人》和《大连人民》两份油印月刊，转载中央指示和大连各界人民的反帝爱国斗争情况。王立功还代表大连中华工学会到汉口参加了第四次全国劳动代表大会。返连后不久，大连地下党组织遭到破坏，王立功遭到通缉。

此时王立功身患重病，他告别父母妻儿，拖着病重的身体到了哈尔滨，找到了北满党组织，并一度担任了中共北满地委书记。之后，王立功深入工厂、

矿山等地，组织工人开展斗争。

1927 年 10 月，中共满洲省临委成立，王立功担任职工运动委员会书记，领导全东北的工人运动。1928 年 9 月，满洲省临委改为满洲省委。1929 年 2 月 26 日，中共中央根据王立功在满洲省临委工作期间表现出的工作才能，正式任命王立功为中共满洲省委书记。同年秋，"中东路事件"爆发，党中央决定让参加中央党训班学习的王立功和唐宏经提前毕业，奔赴东北，加强中东路斗争前线哈尔滨特委的领导力量。

1930 年 9 月，王立功肺病复发，由于当时党的活动经费紧张，无钱治病，耽误了治疗时机，住院期间靠医院的医生接济。这时的王立功已经因病不在满洲省委任职，但他利用在烟草店当杂役的条件，继续开展地下斗争。后因为敌人追杀，到了上海，这时的王立功已身无分文，处境十分困窘。1933 年 1 月 10 日，他给分别多年的叔兄王立忠写了一封家信，他写道："为了人类幸福，弟近数年来事多劳碌，生活恶劣，因之身体渐弱，病势渐增，所以不能帮助你们去过日子，也许你明白我的意思吧！"

1934 年初春，王立功病情恶化，不久在沈阳病逝，时年 30 岁。这位从大连沙河口工场走出来的工人运动的先驱者，走完了他光荣而艰辛的岁月。他像一只受伤的美丽的候鸟，在老铁山上美丽的花丛中永远地安息了。

骄子情怀

26 岁的人生虽然短暂，却放射出耀眼的光芒，历史的长卷里，记载着他光辉的名字……

金伯阳，原名金永绪，曾用化名杨赞文、辛永溪，别名北扬（"伯阳"即从"北扬"演变而来），汉族，1907 年生于辽宁省旅大市旅顺老铁山麓金家屯（今旅顺口区铁山镇金家村）一个富裕的农民家庭里。他目睹了长工的沉重劳动和广大农民的贫穷生活情景，因此，他深切地同情劳动人民，并与他们建立了深厚的感情。

金伯阳1925年考入满铁沙河口工场技工见习养成所第十六期做见习生，后参加大连中华工学会。1926年经王立功介绍，加入中国共产主义青年团，曾任工学会宣传部宣传干事，负责保管和分发《青年周报》《中国青年》《向导周报》等革命刊物，刻印《大连人民》刊物。

金伯阳1929年加入中国共产党，任中共满洲省委机关机要文书兼交通

抗日民族英雄金伯阳

员。第二年，他到哈尔滨开展工人运动，1931年2月，当选为中共满洲省委候补委员，同年12月任省委常委、职工运动委员会书记、巡视员等职。他多次领导和发动东省铁路及烟草公司工人的罢工斗争，并和赵尚志一起组织哈尔滨反日总会。1932年两次被派参加远东赤色职工国际会议，同年秋天，同杨靖宇一起在南满一带铁路沿线巡视工作，开展抗日武装斗争。1933年夏天，到磐石县等地领导对日作战，同年11月15日，在战斗中为掩护战友而牺牲，年仅26岁。

金伯阳是从大连沙河口工场走出来的年轻人，他是机车工人的英雄。他怀揣着真理和革命理想，为祖国叹息，为民族悲悯，不甘心为亡国奴，一生追随党，坚持革命真理，为中国人民的解放事业奋斗终生，成为民族英雄。

金伯阳在中国共产党中央委员会1935年发表的著名的《八一宣言》中被列为民族英雄，被家乡人民称为"铁山骄子"。他家乡的金家村小学已经易名为伯阳小学。1981年，家乡人民在旅顺八一烈士陵园建立了金伯阳烈士纪念碑。1997年党的生日那天，旅顺太阳沟风景区解放桥广场矗立起一尊4米高的金伯

阳半身铜像，铜像正面基座镌刻的"抗日民族英雄金伯阳"几个金色大字在阳光下格外耀眼夺目。

世纪老人的荣耀

他以超群的智慧、超人的勇气、超凡的组织能力，为中共"六大"在莫斯科的胜利召开做出了重要贡献，在中国革命史上写下了重要篇章……

中共"六大"期间，唐宏经任满洲省临委代表团书记，当选为中央候补委员

1993年11月23日上午，大连下起了冬天里的第一场雪，那天的天气非常寒冷，雪花在狂风中漫天飞舞，但大机车厂史陈列室里却洋溢着一派热烈的气氛，大家正围坐在一位红光满面的老人身边，聚精会神地听他在讲着什么。他就是时年92岁高龄的唐宏经老人，他正在回忆六十多年前，他带领当时的满洲省临委代表团远赴莫斯科参加党的"六大"那些个不平凡的往事。

唐宏经，曾用名唐韵超，1901年3月出生在金县董家沟，16岁那年进入满铁沙河口铁道工场，先后在铰镔职场（现车体车间）和制罐职场（现焊接车间）当学徒和铆工，曾参与发起沙河口工场华人工学会。1926年年初，他加入中国共产党，曾任大连中华工学会副委员长、工学会党支部书记、中共大连地委工运部部长等职，后任中共满洲省临委执行委员、常委、工运部部长，满洲省委常委、工运部部长，哈尔滨市委职运委员等职。

1927 年大革命失败后，中国共产党开始走上了独立领导中国革命的道路，迫切需要召开一次全国代表大会以统一思想，明确中国革命的性质、对象、前途等重大问题。处于革命低潮的中国共产党人面临着险恶的环境，汪精卫对共产党人采取的"宁可错杀一千，决不放过一个"的血腥政策，使党很难找到一个安全的开会地点。就在这时，中央得知，赤色职工国际第四次代表大会、共产国际第六次代表大会和少共国际第五次代表大会将于 1928 年春夏在莫斯科举行，考虑到届时中共也将派代表团出席这几次会议，遂将中共"六大"会址定在了莫斯科。

1928 年 1 月 20 日，沙河口工场重新建立党支部，开展了张贴反日标语、散发反日传单等一系列地下活动。

1928 年 4 月，满洲省临委接到中共中央决定在莫斯科召开"六大"的通知，通知要求满洲省临委在全省选举 5 名代表参加"六大"。当时中共中央考虑到中共党组织领导机构中知识分子较多，需要增加工人和农民出身的干部，按通知精神，要求满洲省临委多选举工人和农民代表。基于大连沙河口铁道工场早期党组织在东北地区产生的影响力，加上中央提出要多派工农代表的指示，满洲省临委研究决定，以沙河口工场工人党员唐宏经及朱秀春、于治勋、王传碧为代表，在全省选出 5 人组成代表团参加大会。代表之一的朱秀春是在到达莫斯科后加入中国共产党的，入党介绍人正是唐宏经。

1928 年 6 月 18 日至 7 月 11 日，中共"六大"在莫斯科近郊兹维尼果罗德镇的塞列布若耶乡间别墅召开，这是我党历史上唯一一次在中国境外召开的党的代表大会。140 多位代表冒着生命危险前往莫斯科参加会议。在参加"六大"的 142 名代表（其中工人代表 44 人）名单中，有许多在中国共产党历史上闪光的名字，他们是周恩来、刘少奇、罗章龙、李立三、邓中夏、邓颖超、瞿秋白、关向应等。

这次大会完全是秘密的，出席大会的代表由国内秘密地分批到达莫斯科，其中周恩来、邓颖超等主要领导是经大连前往莫斯科的，而承担重要护送任务的正是唐宏经。

中共"六大"召开之前，唐宏经接受当时中央一位常委的秘密指示，担任秘密护送到莫斯科参加会议的代表的负责人。组织上担心南方代表的语言问题，担心他们暴露身份，让唐宏经组织人员护送南方代表到莫斯科开会。唐宏经按照上级指示，机智有谋，周密安排，分两次从满洲里护送周恩来、邓颖超夫妇和李立三等党的重要领导人，以及山东和云南等地的党代表成功过境满洲里，到达莫斯科，得到了当时我党设在哈尔滨工作站的党组织的肯定。组织要求唐宏经继续护送罗章龙和夏曦等第三批代表，并随他们一起去莫斯科开会，唐宏经用他的机智和大胆圆满地完成了任务，跟随最后一批代表，顺利地抵达莫斯科，保障了会议的顺利召开，为中共"六大"的召开建立了不可磨灭的功绩。

中共"六大"是一次具有重大历史意义的会议。毛泽东后来曾评价说："第六次全国代表大会的路线是基本上正确的，因为它确定了现时革命的资产阶级民主主义性质，确定了当时形势是处在两个革命高潮之间，批判了机会主义和盲动主义，发布了十大纲领等，这些都是正确的。"

中共"六大"期间，唐宏经任满洲省临委代表团书记，当选为中央候补委员。可以说"六大"的胜利召开，唐宏经做出了重要贡献，在中国革命史上，写下了光辉的一页。大连地区解放后，他组织大连工人成立了职工总会，担任大连总工会主席、市参议会议长，并重新负责党的领导工作，任中共大连市委常委，负责总工会的工作。新中国成立后，他担任东北人民政府劳动部部长兼东北总工会常委等职务。

2005年2月16日，唐宏经在大连逝世，享年104岁，他走过了世纪沧桑，留下了永不磨灭的功绩。

赤心永鉴

　　他是从大机车走出来的革命家，他是中国工人阶级的杰出代表，他是思想解放的先驱，他在工人阶级中播撒革命的火种，他是我们城市的光荣与骄傲。

　　侯立鉴，又名侯康光，化名吴凤山，1891年出生在大连市沙河口侯家沟一个贫苦的农民家庭。他念了四年书，16岁到市内一家私营工厂当学徒，后来在沙河口工场做工时，结识了傅景阳、王立功、高及三等进步青年，常常一起寻求民族解放的道路。大连中华工学会成立时，他是第一批会员。

　　工学会为了扩大组织，发展会员，利用大连福纺纱厂公开招工的机会，将侯立鉴派去开展工作。侯立鉴到福纺纱厂后，经常利用午休时间和空闲时间，将他熟读的《三国演义》《水浒传》绘声绘色地讲给工友们听。工友们都听得津津有味，时间长了，侯立鉴干活儿的铁工房成了工友们聚会的场所。在同工人接触的过程中，他了解工人们的要求，有意识地讲些英雄人物的斗争故事，讲"二七大罢工"关内工人团结斗争的故事等，启发工友们的觉悟。

　　1925年3月，福纺纱厂的日本人田中定治郎无故杀死中国工人李吉祥后逃走，侯立鉴带着工友追凶，迫使日本殖民当局拘捕凶手。他领导工人群众和被害人家属同厂主谈判，向厂主提出了4

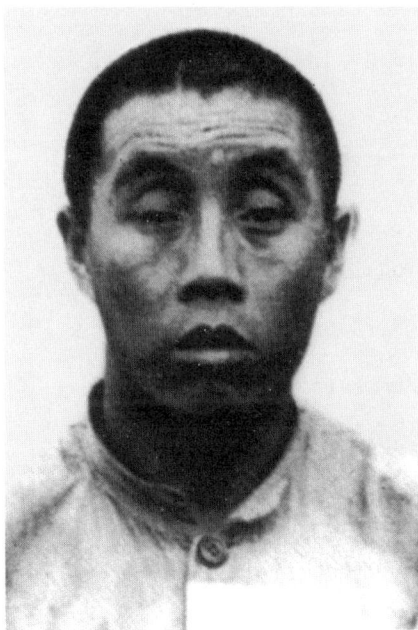

1926年4月27日，福纺纱厂千余名工人举行大罢工，侯立鉴任大罢工总指挥

项要求，厂主拒不接受，侯立鉴领导工人消极怠工，给工厂造成了很大损失。死者家属还带来了五十几名农民冲进工厂砸机器，厂主被迫答应了要求。3 月 6 日，福纺纱厂全厂停工，在哀乐声中，厂主角野久造和日本的大小工头垂首戴孝，跟着送殡的队伍向市郊辛寨子墓地进发，沿途有大量群众围观，显示了中国工人团结斗争的威力。这一年，他宣布成立福纺纱厂工学会分会，并任分会委员长。

1926 年年初，侯立鉴经傅景阳介绍加入了中国共产党。同年 4 月 27 日，福纺纱厂千余名工人举行大罢工，侯立鉴任大罢工总指挥。4 月 29 日，日本厂主勾结日本殖民当局以谈判为名，诱捕侯立鉴等 3 名代表。在旅顺监狱里，种种酷刑都没有使他屈服。侯立鉴在监狱里整整三十五天，后经地下党组织多方营救出狱。出狱后他并未停止斗争，6 月 19 日，他再一次被捕，直到 1927 年 2 月他才被党组织再次营救出狱。

1927 年 7 月 24 日，大连地下党组织遭到严重破坏，侯立鉴再次被捕入狱。1930 年出狱后，他又积极投身到革命活动中，介绍沙河口工场工人江崇仁、褚丕禄、黄耀典加入中国共产党，重新组建了沙河口工场党支部，并发展福纺纱厂李有久等 8 名青年加入共青团，组建福纺纱厂团支部。

侯立鉴的活动严重地威胁了大连日本殖民当局的统治，他被工厂开除。1933 年 4 月，党组织派他到新京（今长春），以在福昌公司从事修理工作为掩护，继续从事革命活动。同年 10 月，大连党组织再一次遭受破坏，他在敌人的跟踪追捕中，转移到哈尔滨，化名吴凤山，住在南岗的益昌泰水磨房，继续从事革命活动。

由于长期的牢狱折磨和艰苦的革命斗争，侯立鉴积劳成疾，于 1935 年去世，年仅 44 岁。

侯立鉴的革命意志坚定不移，他的生命虽然短暂，但那不平凡的革命斗争经历，却彰显着一个革命者爱国、爱党的赤子之心……

第四章

绝地重生：废墟中的大机车

　　1945年8月6日8时15分，美军一架B-29轰炸机飞临日本广岛上空，投下一颗代号为"小男孩"的原子弹。8月9日，美军又出动B-29轰炸机将代号为"胖子"的原子弹投到日本长崎。随着蘑菇云的腾空而起，城市瞬间变成废墟。8月15日，曾经不可一世的日本天皇向全世界宣布，日本无条件投降，9月2日正式签署投降书。日本帝国主义也结束了对大连地区长达四十年的殖民统治。

　　就在日本天皇宣布无条件投降的前一天，中苏两国签订友好条约，其附属协定约定，中苏合办中国长春铁路（简称中长铁路），包括原东省铁路和哈尔滨至旅顺的两大干线。9月22日，投降书签署的第二十天，中长铁路苏联代表到长春上任，9月27日向满铁总裁宣布："满铁的法人资格消灭，丧失了管理权，满铁的理事全部解职。"作为日本侵华大本营推行大陆政策得力工具的满铁彻底覆灭。至此，日本侵略者被赶出工厂。随后，满铁沙河口铁道工场更名为中长铁路大连铁路工厂。

惨不忍睹的破烂工厂

　　强盗不甘的溃逃、丧心病狂的摧毁，留下了废墟中的大机车，破败不堪，残喘难生……

　　工厂创建初期，主要从事修理东省铁路运行的蒸汽、货运和客运机车，后来工厂又从美国购进部件，组装了少量的蒸汽机车，同时进行车辆保养、修理。工厂易地重建后，主要进行客、货机车的修理。

　　1914年，工厂制造了第一台蒸汽机车。1921年以后又专门制造南满洲铁道株式会社内用的机车。"九一八"事变后，工厂又增加了军用车辆的生产。仅在1902年至1934年间，工厂生产的蒸汽机车占南满铁路使用的蒸汽机车总量的90%以上，工厂具有相当的实力。

　　日本殖民统治期间，利用沙河口工场，用中国人的血汗攫取了巨额财富，四十年间，新造组装蒸汽机车516台，客车775辆，货车5355辆；修理蒸汽机车6904台，客车14345辆，货车93893辆。他们利用这些机车车辆，对中国进行了残酷的军事侵略和疯狂的经济掠夺。

　　随着日本在太平洋战争中的惨败，日本南满洲铁道株式会社决定停止新造和组装机车，只从事修理工作。

　　日本殖民者不甘心战争的失败，更不甘心把大机车这样一个亚洲最大的铁道工厂完整地留给中国人，在侵占后期，为了加速掠夺，工厂的设备长期处于超期、超负荷的运转状态，机器损毁情况严重。1945年，他们在战败投降前夕撤离工厂时，穷凶极恶地有意识、有组织地对工厂进行了几乎是毁灭性的破坏。他们拆除和损毁厂房，将机车生产有关设备等进行了拆卸、肢解和损毁，烧毁了全部的生产和生活用的管线管路，所有的图纸资料和档案也全部烧毁。在日本侵略者撤离前的一段时间里，远远望去，兴工街一带的工厂厂区内外狼烟四起，状况惨不忍睹。工厂几乎是一夜之间从当时东北独一无二、亚洲屈指可数的大型铁道工厂，被摧毁成了一片狼藉、几近瘫痪的破烂工厂，满目废墟，面目全非。

日本殖民统治时期，工厂的技术几乎全部掌握在日本人手中。据90多岁的老工人王安福回忆，日本工人在组装机车主要部件时，把车间的门关得紧紧的，厂房外面还派人把守，防止中国人偷学技术，如果发现中国工人偷看，都要施以鞭刑。日本投降前，工厂里600多名工程技术人员中，只有2名中国人。更让人气愤的是，当时，工厂的日本侵略者临撤走前指着断壁残垣、满目废墟的工厂，狂妄地对中国工人说：我们走了，你们中国人只能在这里种高粱了……

日本投降前夕对工厂的破坏，使工厂基本上处于瘫痪和停顿状态。工人们由于长期在日本殖民统治下做工，思想尚未觉悟。当时的局势也比较混乱，政局尚不稳定，受到各种反动舆论的影响。社会上形成的抢劫之风也波及工厂，一时间，工厂的工具、设备和原材料等丢失严重。当时，苏联红军为了维持生产，除了厂长、总工程师、生产科长几个关键部门领导职务由苏军军官及苏联专家担任外，其他管理部门仍由日本人把持。工厂原来的劳务系副主任蔡荧英和汉奸韩世英等人把日本统治时的"劳务系"的牌子翻过来，变成了"人事科"，用两面三刀的手法，骗取苏军驻厂代表的信任，维持原班人马对工厂的管理。

苏军进厂后，清查了工厂的固定资产，整顿了组织机构，废除了日本人的工作制度，实行了八小时工作制，将留在工厂的日籍技术人员集中起来，根据回忆重新绘制整理地下管网图。由于设备损毁严重，中国人自己的技术力量又非常薄弱，工厂已不能进行机、客、货车组装和制造，只能从事机车修理工作。

1945年10月中旬，经过努力，工厂工人刘文阁牵头自发组织成立了大连铁路工厂职场（车间）职工会，随后成立警备队，自觉进行护厂等工作。其间，大连市党组织以市职工总会筹委会的名义，派共产党员孙明业（后担任中共大连市沙河口区委书记）、苏菲到大连铁路工厂开展工作，并举办了工人训练班。

1946 年，中共大连市沙河口区委宣布成立大连铁路工厂党支部，有 10 多名工人先后在大连工人训练班学习期间入党，成为工厂党组织恢复后的第一批骨干力量，并配合苏军开展恢复生产的工作。至 1946 年年底，全厂已有中共党员 129 人，除原有的 3 个党支部外，组立职场、工机职场、工具职场、铰镟职场、台车职场、货车职场、利材职场先后建立了党支部。

工厂党组织成立后，开展了反奸清算斗争，重新选举成立了厂工会委员会，并派厂主要领导与苏联副厂长苏姆扎可夫一道，去北满等地采购了 17 节车厢的米面、猪肉和年货，分发给全厂职工，让职工过好战后的第一个春节。

当时工人工资仍然沿用日本侵占时的工资制度，由于日本殖民当局的殖民统治，中国工人大多从事繁重苦累的辅助工作，中日职工工资差别很大。工厂党组织以工会名义，开展增加中国工人工资的斗争，重新评定工资标准：生产工人分为七级，行政管理人员分为十四级，中日职工同工同酬。中国工人普遍增加了工资，消除了不合理的剥削现象，维护了中国工人的利益，工会党组织赢得了工人的信赖。

粉碎国民党封锁

国民党对大连的全面封锁，使大连这个三面环海的城市几乎成了"孤岛"，面对饥饿和贫穷，大机车人携手面对，共同走过……

1946 年的冬天格外漫长，尤其是进入隆冬时节，大连的天气异常寒冷，同样寒冷的还有厂房和车间。由于国民党的封锁，大机车已经停产好长时间了，工人们一边忍受着缺衣少食的困窘，一边与漫长的冬季艰难抗争着。

自 1946 年下半年起，国民党反动派发动内战，对大连地区海陆进行了全面封锁，全市 300 多家工厂因缺乏原料全面停产，10 万产业工人大多失业，百姓生活极度困难，经常处于饥饿状态。产业工人众多的大连铁路工厂也陷入严重的生产和生活困境，原材料短缺，生产任务量小，各种车辆的修理量不足以往的 1/3。

面对国民党军队的封锁，在十分艰苦的条件下，工厂千方百计打破封锁，有步骤地开展工作，克服困难修复设备和生产线。根据工厂的形势，全厂将 20 个职场缩并为 14 个，有计划、有组织地向其他工厂分流工人，解决就业问题。到 1947 年年初，工厂修理和生产量进一步减少，产品销路闭塞，产、供、销停滞。为维持生产，工厂与苏联对外贸易部签订了外委合同，加工一批各种类型的机器、锅炉等产品，外委了一批修理任务，暂时维持工厂的运行。

为了粉碎国民党的封锁，中共旅大地委做出《关于开展生产运动的决定》，在上级党组织的领导下，工厂党组织以职工会名义组织职工进行生产自救，利用业余时间搞农副业生产，组织职工在工厂西部空地开荒种地，到工厂西部煤堆里捡煤渣，用于生产和职工取暖；组织职工家属织渔网、纳鞋底，增加收入，解决职工家庭生活困难；组织采粮队冒着生命危险为全厂职工采运粮食。工厂职工会还成立救济部和职场组织互济会，想办法救济生活困难的职工，发放救济金、粮食和无息贷款，应对危机。

另一方面，解放后的大连在恢复经济建设和社会发展等方面都需要大量的人才，作为大型工厂代表企业的大机车，过去工厂的重要岗位都被日本专家、日本技术工人和管理人员把持，中国工人只能干些粗重的力气活儿，根本不懂技术。此时，工厂急需专业技术人才和管理人才，培养自己的技术管理人员和技术工人成为工厂的当务之急。

1946 年春，中长铁路大连铁路工厂成立了青年技术学校，技校选址在厂区内，同年 5 月，青年技术学校第一期正式开学，首批招收 200 名学生，全部是工厂在职青年徒工、勤杂工和工人子弟。他们大部分的文化水平只有小学程度，还有 1/3 是文盲。青年技校学制两年，开设了机车、客货车、电焊、钳工、铆工、机器、打铁、制图等 9 个专业工种。学校没有统一的教学计划，教学大纲和教材、教学内容由任课教师根据自己的知识和经验，参照一些日本课本和技术书籍、报刊文章等自编、自审、自教。

在工人工资很难维持生活的困难状态下，工厂依然出资加大对学校的投入，这对于当时把工资当成救济金一样的工人来说是难以理解的，对管理者来说是需要长远的眼光和坚定的魄力的。青年技术学校的创建，不仅培养了中国自己的技术人才，更为工厂后来的发展凝聚了新生力量，打下了一定的基础。1948年，青年技术学校招收了第二期共386名学员，主要是来自市内和农村具有高小文化的青年。这一年，工厂开始逐步恢复生产，根据生产需要，这期学员1/3修业一年，其余修业两年，新增了翻砂、电器两个专业工种。当时，为了鼓励工人学习，在技校学习的学员每月都有1100元（旧币）的薪水和16公斤粮食。学校的教师不仅能领取薪水，还有家属粮，这在当时极为困难的情况下，已经非常难得了。

后来，学校招收的学员越来越多，还增设了政治、国文、数学、物理、工业学以及体育、文娱、俄语等课程，教学内容逐渐丰富。同时学校还在不断改进教学的内容和形式，在紧张的课程学习之余还举办了话剧、合唱、演讲和报

1954年至1972年，中长铁路大连铁路工厂青年技术学校外观

告会等丰富多彩的文化活动。这些学员毕业后都分配到工厂的各个岗位，其中部分学生还被派到东北三省与机车相关的行业工作。

中长铁路大连铁路工厂青年技术学校是我国解放区铁路工业系统建立最早的技术学校，也是当时

早期车工实习情景

大连唯一正规的培养技术人才的学校。正是有了培养人才的自觉意识，有了尊重知识的自觉行为，工厂才会不断地发展壮大，成为中国机车行业的领军者。

第五章

凤凰涅槃：开启中国机车新征程

"建立自己的企业，发展自己的机车工业，自立于世界民族之林"，正是饱经摧残的大机车人长久的期望。经过沙俄与日本的长期殖民统治，大机车人在屈辱与血泪、愤怒与抗争中，铸就了不屈的灵魂。有着优良革命传统的大机车人，肩负着振兴中国机车工业的历史使命，开始了艰苦奋斗的征程。

成就中国最大机车制造企业的雏形

夜以继日的艰苦奋战，跨越万道雄关的决心，大机车以骄人的战绩，首次在国人面前亮相就令人赞叹……

连续多日，大机车厂区内一片繁忙，推着小推车的人都是带着小跑，厂区内成百上千的工人正在挥汗如雨地推车、铲土、清理残垣破壁……一座高大的厂房前，十几个工人正站在高高的梯子上，叮叮当当地忙着修理门窗、镶玻璃、修复四面透风漏雨的破厂房……仅几天工夫，厂区内清理并运出的垃圾就达十几辆列车之多。经过一系列整修和清理，大机车的机器转动起来了，厂房里的烟囱冒烟了……

这就是大机车的恢复生产运动。

1947年秋季，东北民主联军收复了大石桥以南地区，粉碎了国民党对大连的封锁，大机车也开始投入恢复生产的热潮中，大机车人怀揣报国安邦的雄心壮志，开始了新的征程。

当时，大机车的生产任务由东北铁路总局下达，原材料从苏联对外贸易部购买。这时期的新造产品重点围绕即将到来的新中国建设急需产品展开，主要有15吨轨道蒸汽起重机、卧式锅炉等十几个品种，修理各种蒸汽机车车型已达20多种。这些产品的设计和生产大部分没有图纸，工人们就采取仿制的笨办法，照葫芦画瓢，自己动手制造机车汽缸、车轴等大小部件，同时按照旧货车仿制出了新货车。这一时期仿制的车型主要有"C1型"敞车、"P1型"棚车、"N1型"平车等，这些产品都是国家建设急需的产品。大机车也成为当时全国解放区仅有的两家能制造货车的企业之一。

全国解放前夕，国家急需大批机车，大机车又快马加鞭，开始了昼夜不停的生产。工厂快速地恢复了制动机、压延和冶金职厂、对车职厂、货车职厂等几十条生产线，招收了6000多名新工人。大机车全面恢复生产后，除了继续完成苏联对外贸易部的任务外，开始新造货车。1948年，由工厂修理的20台蒸汽机车首次通过海上运到了东北地区其他解放区，支援前线，大机车200多名优秀工人自愿报名到前线支援解放战争。

1949年9月18日，在中华人民共和国举行开国大典前夕，也是全国解放战争即将取得胜利的关键时期，大机车为新中国的诞生献上了一份精彩的厚礼：在解放战争胜利后的第一次工业展览会——大连工业展览会上向世人展示中国机车制造企业的实力。这次展览会选择在9月18日这个特殊的日子举行，无疑是经过精心策划的。对于一座被日本侵略者统治了四十年的城市，在这样的日子里向世人全面展示中国工业成就，体现了中国人当家做主的雄心壮志，对展现中国工人自强不息的精神风貌和推进各项事业的发展都具有极其重要的历史意义。

此次工业展览会会址选在大连市中心的中山广场南侧（横跨今大连市总工会和博览大酒店两院），内设铁路交通、机械、造船、纺织、化学、通信器材、建设器材、公用事业、食品工业、手工业、文化教育、卫生保健、农林、中苏友谊等 17 个展馆。大连 102 家大型企事业单位以实物、模型、图表、文字等形式参展，展出了大连自 1945 年以来工业生产的成果和发展变化以及城市与文化建设等方面的重大成就。来自上海、北京、天津、南京等地的全国 40 多个代表团参观了展览会，他们对大连的工业建设成绩一致称赞，称其为新中国工业建设的典范。展览从 3 月底开始筹备到 11 月底闭幕，历时八个多月，参观者达 30 多万人次。

大机车在此次展览中闪亮登场，展位处于展览馆重要的一号展馆，就是大连机车工业—铁路交通馆的展馆。据曾经参观过展览会的退休老工人刘爱华回忆，当年，展览会盛况空前，她跟随父母参观展览时，大机车的展馆里人头攒动，大家争相目睹新型吊车和货车。虽然当时年龄很小，但她至今印象深刻。

在当年旅大的重工业建设中，车辆工业占据着重要的地位，而短短几年时间里，大机车从一个依附于日本帝国主义的殖民地工厂，转变成为新民主主义的工厂，这是一个艰苦的转变和发展过程。从馆内展览的成品来看，有日本殖民统治时期从未制造或者不能制造的空气压缩机、制动筒等 15 种新产品。这些新产品的设计与生产，改变了原来机车工厂只能拼凑加工的状况，而全国工厂很少能生产的载重 30 吨的冷钢火车轮也开始恢复生产。还有 15 吨的吊车和 45 吨的货车、船舶上用的稳车、锅炉等产品都由大机车生产。当时大连铁路工厂的机械设备、人力、物力和生产能力都有很大提升，已经具备了大量制造客车（一、二、三等客车，行李车，邮政车等）、货车（包括棚车、敞车、油槽车、保温车等）的生产能力，大机车成为中国机车工业最有实力的工厂之一，取得了让世人瞩目的成就。

展览会举办期间，中华人民共和国成立了。大连，在经过半个多世纪的屈辱和抗争之后，用最能体现城市实力的工业展览会向刚刚成立的新中国献上了一份厚礼。作为"共和国工业长子"的大机车，也开始走上了快速发展机车工业、走向辉煌的征途。

红色"引擎"的动力

企业的发展离不开党的指引，党组织从来都是企业前进的航标和制胜的法宝……

1949 年 4 月 1 日，旅大区党委在大连市文化宫召开中共旅大区活动分子大会，向全市人民公开党组织。大会之后，大机车党组织公开，并及时向全厂公布了党员名单。此时，大机车拥有党员总数达 607 名，拥有党支部 17 个，在全市各企业中名列前茅。

党组织公开后，工厂开展的第一项重要活动就是向党献工具、献器材活动。工人们纷纷把各自保存和收集的各种器材、工具共计 3500 件献给工厂。这是工厂第一次凝心聚力的活动，不仅提高了工人的觉悟，培养了工人爱厂的感情，让广大职工对工厂充分信赖，也让工人体会到了当家做主人的责任感。

同年，大机车还成立了团组织，发展了 103 名青年团员，组建了 5 个团支部。

党组织公开和团组织成立后，积极开展工作，对工人进行爱国爱厂的教育，并结合生产实际开展活动和工作。同年 8 月，针对工厂废品多和材料、燃料、动力消耗大等浪费现象，大机车开展了第一次生产节约竞赛活动，提出每人搞一项发明创造和做一个技术改进，以实际行动助力新中国机车工业的振兴。

随着生产的逐渐恢复和各项秩序的逐渐稳定，党组织又提出了发展生产、改善民生、发展文化、培养干部的新方针。从这一方针不难看出，培养一支有文化、懂生产、懂技术的干部队伍，已经是党的工作的重中之重了。

早在刚刚开始苏军管理期间，工厂就开始有意识地培养中国管理人员。首先是工厂开始积极提拔和培养中国的技术工人，逐步地从机要部门开始代替日本人。从一组数据中不难看出当时的情况：1945年，中长铁路大连铁路工厂的全体员工中日本人占48%，中国人占52%，此时的机要部门完全由日本人掌握；到1947年的上半年，中国员工就占了84%，日本员工占的比例只有9%，其他的是苏联员工。新中国成立后，大机车里的中国干部就已经达到1734人。

在培养干部的同时，当时的中苏企业管理者提出了普遍提高工人科学与技术水平的办法，请有技术的老工人讲课，大家一起研究讨论，收到了很好的效果。当时工厂还开办了17个业余的工人技术夜校，工人白天在工作中发现的问题，晚上就学习分析解决这些问题。工人技术夜校一方面解决生产中遇到的实际问题，另一方面讲授算术等基本知识。工厂还利用青年技术学校，长期培养工人子弟和优秀青年，由工厂发给维持生活的工资，抽调工厂中的技术工人担任教员，苏联的工程师和技师帮助学校编写教材。从青年技术学校毕业实习满一年的工人，可以成为工厂的技术工人。这些办法在短时间内为工厂培养了大批的人才，实施一年多的时间里，就培养了近千名涉及十几个不同工种的技术工人，电气、旋盘、锅炉、翻砂、钳工等分厂的分厂长也逐渐能独立担负起管理工作。

当时的管理者提出"工人的生活只能在生产发展中求得改善，而干部培养却在任何时候都不可或缺"。虽然资金极度紧张，工厂仍拨付培养经费，在工厂的计划成本中专列"人事养成费"一项，计划成本中的"一般经费"和"补助工薪费"，也具有同样的用途。

大机车采取很多办法鼓励工人学习科学技术，提高专业技能。如"超额累进奖薪制"中规定，当产量超过35%时，累进奖率只是40%，但当产量超过75%时，累进奖率即增至100%。这是因为，前者一般可以通过加大劳动强度来争取，而后者没有技术的显著改进很难达到。

经过全面培养、重点选拔，再加上通过蒸汽机车、车辆、铸工、锻工、金属加工、电焊、财务经济、工厂管理等方面的训练班、业余文化班、干部轮训班等形式的培养，工程技术人员迅速提高了政治、文化、技术水平，许多锅炉工、翻砂工、钳工、车工、铆工成长为副厂长、工程师、技师、科长、车间主任、工段长等各级管理者，许多没有读过书的工人成了高中毕业生和大学生，许多杂务工也成长为优秀的工程师和党的好干部。

这一系列措施的施行，激起了广大工人当家做主的豪情，也为工厂后来的发展奠定了良好的基础，大机车开始昂首阔步地前进。

中国工人的骄傲

新中国的成立，使饱受压迫的机车工人开始当家做主，他们以主人翁的热情投入火热的生产之中，涌现出许多杰出的代表……

1947 年，在粉碎了国民党对大连地区的封锁后，大连铁路工厂开始制订新的生产计划，全力投入迎接新中国诞生的生产建设中来。为保证计划的完成，同年 10 月，大连铁路工厂职工会组织了大连解放后第一次大规模的立功创模竞赛活动。

活动立即得到了全厂职工的积极响应，激发了职工们的积极性，一时间人人争先进、处处争上游的"争当模范"的运动轰轰烈烈地开展起来了。当时，工厂开始修复生产设备，缺少材料，大家就到废品堆里去找；没有图纸，大家就凑到一起凭多年的经验摸索着干。有人宁肯自己饿肚子也要把饭让给工友吃，有人宁愿自家不生炉子挨冻，也要把工厂奖励的煤送给老工人。

很短时间内，大机车修复了 3600 多台设备和 75 条生产线。中国工人在这块被日本侵略者说成"只能种高粱"的废墟上创造了奇迹，一台台修好的机车，一辆辆新造的货车、客车源源不断地开出工厂，支援前线和新解放区的建设……

1947 年 11 月 30 日，在关东职工总会召开的奖模大会上，来自大连铁路工厂的薛吉瑞被评为关东地区的特等模范，同时大连铁路工厂还有 6 人被评为关东地区的一等模范，14 人被评为二等模范，49 人被评为三等模范，在整个关东地区的企业中名列第一，也是大连地区的第一名。

薛吉瑞是大机车第一个市级以上劳动模范。1948 年 7 月，薛吉瑞在东北地区第一次职工代表大会上被评为东北铁路总局一等模范，1949 年被评为旅大地区劳动英雄。

薛吉瑞，1911 年 2 月出生于山东烟台，1924 年曾入满铁沙河口工场技工见习养成所学习，1946 年加入中国共产党。薛吉瑞早年曾经参加大连中华工学会，担任小组长。他在大机车先做工人，后来担任锅炉分厂副分厂长（当时的分厂长为苏联人）。当时正值国民党封锁大连，他积极组织分厂职工开展反国民党封锁、反工贼的斗争。他组织职工想尽办法寻找生产原材料，没有材料就在废铁堆里找，没有粮食就勒紧腰带，开荒自救。他没有一点儿当领导的架子，整天和工人一起在艰苦的环境中苦干。

在工厂的第一次立功创模活动中，他有不懂的技术问题虚心向老工人请教，刻苦钻研技术，整理出锅炉丝对、前后水室、压水管子等技术表格，组织厂里的青年成立了青年职工突击队。有一次，他带领锅炉分厂的职工抢修一台蒸汽机车，每天加班干十几个小时，只用七天时间就完成了需要十几天才能完成的工作任务。他还曾创下提前四天完成 12 台罐车的生产任务的纪录……

我曾经听一位老工人介绍过薛吉瑞，说他曾经连续五天五夜工作在车间，即使生病了也不休息。今天，在一些人眼里看来，这样干活儿有些不合人性或者不可思

薛吉瑞

议，但是在那个年代，大机车人就是这样创造了奇迹。那是一段激情燃烧的岁月。

我曾采访过在大机车车体车间工作过的许京生。他告诉我，他刚到工厂时，看到大家每天早晨很早来到工厂上班，由于他家住得远，他乘早晨最早的电车也要 5 点钟才能到厂，而有的工人 3 点多就已经点火生炉子开始干活儿了。自己每次来，看到大家都到了，都在热火朝天地干活儿，都有些不好意思。因为不想当"落后分子"，为了早晨能够第一时间和大家一起工作，他有时晚上干脆住在车间里，这样的事在车间里比比皆是。大机车职工的"要强"由来已久，大机车人干工作都有股不服输的劲头……

薛吉瑞每月都能超额完成生产任务，他不仅自己成为响当当的劳模，在他的带动下，他所在的锅炉分厂也被评为模范分厂。薛吉瑞于 1949 年作为旅大工人的代表被选为全国工人代表，随中国工人代表团到欧洲参加世界工联代表大会，并先后到苏联、捷克斯洛伐克、罗马尼亚、匈牙利、波兰等国参观访问，把中国工人阶级的光荣带到了世界，把大机车人的精神带到了世界。

薛吉瑞曾担任锅炉分厂技术员、副分厂长、总调度、代理厂长等职。1953 年薛吉瑞入中国人民大学学习；1954 年 8 月后，历任第一机械工业部机车车辆工业管理局材料处处长，国家机械设备成套总局材料处处长、办公室主任、顾问等职；1984 年 3 月正式离职休养；1995 年病逝。

田汉夫人安娥与大机车结缘

"1949 年到 1952 年，俱乐部放映电影 180 部。其间，著名作家安娥在工厂体验生活，以工厂劳动模范薛吉瑞的事迹，撰写了长篇报告文学《一个劳动英雄的成长》。"

安娥

这是我在《铁道部大连机车车辆工厂志》的第 495 页里看到的几行文字，这短短的几行字吸引了我的注意，看到安娥的名字时，更是不由得心中一热。说到安娥，有些读者或许还有些陌生，但说到《中华人民共和国国歌》的词作者、著名的剧作家田汉，许多人都会知道。安娥正是田汉的夫人。

安娥是位了不起的女作家，尤其以她的戏剧和歌词作品闻名遐迩，她在中国文学史上有着极其特殊的地位。

安娥何时到的大机车？《一个劳动英雄的成长》又是怎样的一本书？带着这些疑问，我开始找寻安娥的事迹和她在大机车体验生活的轨迹。

安娥出生于 1905 年，原名张式沅，曾用名何平、张菊生，河北获鹿人。安娥曾就读于国立北平艺术专科学校（中央美术学院前身），1925 年加入中国共产主义青年团，随后加入中国共产党。1926 年 7 月，安娥受中共北方区委委派，随邓鹤皋、尹才一同志一起来到大连。安娥到大连后，即被中共大连地委分配做宣传工作和妇女运动工作，并参与了当时福纺工人大罢工的领导工作。为了安全，她和邓鹤皋等人隐藏身份，居住在大连黑石礁的一户人家。1927 年春至 1929 年秋，安娥到莫斯科中山大学学习，回国后在上海中共中央特工部工作。1932 年因中共中央机关遭到破坏，与党组织失去联系。

1933 年至 1937 年，安娥在上海参加进步文艺运动，曾任百代唱片公司歌曲部主任。20 世纪 30 年代，她根据自己 20 年代在大连做地下工作时在黑石礁生活的经历，创作出了闻名于世的《渔光曲》《新莲花落》等作品。1935 年 2 月，以《渔光曲》为主题曲的电影在莫斯科国际电影节获得荣誉奖。抗日战争全国爆发后，安娥任战地记者，随丈夫田汉辗转武汉、重庆、桂林等地。抗日战争胜利后，她曾在上海市实验戏剧学校执教。

1948 年，安娥赴解放区，1949 年重新加入中国共产党，并出席了当年第一次全国文代会。1950 年，她还到朝鲜前线慰问。新中国成立后，安娥相继在北京人民艺术剧院、中央实验歌剧院工作。

安娥一生创作勤奋，主要作品有诗集《燕赵儿女》，剧本《高粱红了》《洪波曲》《战地之春》等，还创作了儿童剧《假姥姥》《海石花》，并与田汉合作完成了戏曲剧本《情探》。安娥还创作了许多耳熟能详的歌词作品，著名的有《卖报歌》《三个姑娘》《节日的晚上》等。

新中国成立后，火热的生产建设热潮吸引了安娥，她急切要求到生产一线体验生活，她曾经从事过地下革命活动的大连无疑是首选。1949 年冬，安娥向有关领导提出要到生产一线去体验生活时，几乎是第一时间就想到了大连。她对大连充满了感情，在大连开展地下工作时才二十几岁，新中国成立时，她已经人到中年，她急迫地想深入到生活中去，描写祖国的建设和火热的生活，于是她来到了大连。

她首先来到了大机车，后来又到大连水泥厂、大连海港等单位采访和体验生活。在大机车深入生活期间，正赶上许多苏联专家在工厂工作。安娥经过细致的采访，完成了采访报道《苏联分厂长塔拉索夫——大连中长铁路苏联分厂长》《苏联大嫂》等作品，并完成了介绍在大机车工作的苏联专家工作和生活的《苏联专家特写集》。

她深入工厂车间，来到生产一线，与大机车工人交朋友。那时候工厂刚刚恢复生产，工人们生产干劲格外高涨。当时，工厂的第一个劳动模范薛吉瑞的事迹深深地吸引了安娥，她几乎天天跟着薛吉瑞一起下车间，跟着他一起劳动。经过一段时间的采访，她以薛吉瑞为原型，完成了 6 万多字的长篇报告文学《一个劳动英雄的成长》，1951 年 10 月由劳动出版社出版，成为劳动出版社当时出版的"劳动文艺丛书"之一，由新华书店华东总分店面向全国发售。

我在大机车档案资料室里看到了《一个劳动英雄的成长》这本书的复印件。

这部报告文学作品只有6万多字，由于出版时间久远，又是竖版，书籍上的文字有些已经模糊不清，加上文字是繁体字，读起来非常吃力，我用了一天的时间才读完了这本书。

在这部长篇报告文学中，安娥用细腻的笔触忠实地记录了她所经历的20世纪50年代大机车热火朝天的生产建设情况，描写了薛吉瑞怎样由一个日本帝国主义压迫下的穷苦工人成长为劳动英雄的事迹，也表现了以薛吉瑞为代表的中国工人的觉醒和成长的革命历程。安娥的写作手法平实自然，朴实无华，但描写却非常细腻，可见她在工厂深入生活时采访的细心，其中有一段这样描述：

薛吉瑞只好把当兵报仇的雄心暂且放下，怀着满腔仇恨回到了养成所继续干活儿。一方面听信舅舅叔叔的话，孝顺母亲，维持家庭。一方面听信老典们的话，团结工友反抗日本工厂主的剥削压迫。他知道用硬的办法，和敌人拼个你死我活的机会还没有到来，暂时只可用软的办法，比如今天刺鬼子一"枪"，明天动员工友砍鬼子一"刀"，集小胜为大胜，采取群众性的稳步攻击，由四面八方不断去袭击鬼子，削弱鬼子的力量。

1930年薛吉瑞19岁，在满铁养成所期满毕业，鬼子人事系提拔他到满铁工场锅炉职场做正式工人。第二年就爆发了"九一八"事变，鬼子压迫工人一天比一天厉害，在现场，不许工人互相多说一句话，只要看见两个缠一块儿说到两句话以上，立刻就打人。工友们只得干完活儿，吃完饭，各自闷头去睡。鬼子们看见就说："这个人是大大好工人，不打的有。"

有一天，锅炉厂鬼子组长分给王师傅一件活儿，王师傅接过来一看，鬼子把线画错了，要是照鬼子的方法去干，准坏！坏了，鬼子一定会赖是王师傅干坏的。王师傅和鬼子辩了几句，鬼子顺手拿起一条厚木板，把王师傅的头打开了一分多深的裂口！血顺着脸流到肩上，王师傅要鬼子开伤票送他进医院。鬼子不但不给他开，还逼着他非要立刻把活儿干完。

虽然安娥的这本《一个劳动英雄的成长》不像她的其他作品那么有名，但是这本书却有着特殊的意义。要知道，这是新中国成立以来第一部专门为工人创作的文学作品，主人公是了不起的大机车工人。安娥不仅用文字真实地记录下了这一段工厂的历史，也为大机车留下了宝贵的精神财富。

1956 年，安娥由于身体原因停止了文学创作。1976 年 8 月 18 日，这位历经坎坷、一生充满传奇色彩的女子与世长辞了，她留给大机车人无尽的思念。

工人捐赠朝鲜战场 "大连铁路工厂职工号" 战斗机

1950 年 6 月 25 日，朝鲜战争爆发。随即，美国盗用联合国旗帜武装干涉朝鲜，9 月，美国军队在朝鲜的仁川登陆，后又悍然北犯。中国人民为了抗美援朝、保家卫国，于 10 月 25 日派出中国人民志愿军奔赴朝鲜，与朝鲜人民军并肩作战。

在抗美援朝、保家卫国的大潮中，大机车人响应党和国家的号召，积极地投身其中……

朝鲜战争爆发后，1950 年 7 月 10 日，中国人民反对美国侵略台湾朝鲜运动委员会在北京成立，并在 7 月 14 日发出《关于举行 "反对美国侵略台湾朝鲜运动周" 的通知》。抗美援朝运动开始在全国形成第一个高潮。

当大机车职工看到抗美援朝总会的号召后，热情高涨，工厂职工发扬崇高的国际主义精神，采用多种方式投入到抗美援朝、保家卫国的行动中。那段时间，大机车承担了抢修从朝鲜运回来的机车车辆的工作，他们夜以继日地工作，保证了机车修理任务的完成。

1951 年 6 月，"中长铁路大连铁路工厂抗美援朝会"根据广大职工对增产捐献飞机大炮援助志愿军的意见仔细地做了研究，经过热烈的讨论后，决定将超额收入捐献出来购买一架飞机，支援朝鲜战场。大家一致同意，全厂职工除每月义务劳动一天外，还做出节约增产的计划，职工将超额完成生产任务的收入抽出 50% 捐献出来；在完成生产任务的过程中，职工多提合理化建议，改进工作中不合理的现象，争取多得奖励拿出来捐献。除此，机关职员包揽了 3000 吨筛铁末子的任务，三个月收入为 1 亿多元；全厂通讯员将多写稿子的稿费的 50% 捐献出来。全体员工热情澎湃地投入捐献一架飞机的运动中。

经过全厂职工的共同努力，仅半年时间，全厂职工就以超额收入人民币（旧币）6.7 亿元购买了一架战斗机，命名为"大连铁路工厂职工号"。在献出战斗机的同时，大机车还在积极报名参军的职工中挑选了 93 名优秀职工赴朝参战。

为了支援抗美援朝工作，解决参战人员的后顾之忧，工厂还专门制定措施，派人深入参加抗美援朝的员工家里，开展优抚工作。工厂将参加抗美援朝的职工按金州、旅顺、甘井子、老虎滩和沙河口五个大区划分，由党政工团负责人组成 12 人慰问团到参军职工家里走访慰问，了解家庭情况，解决实际问题，免除参军职工的后顾之忧。

大机车职工郑广明在朝鲜战场上荣立了一等功。另有两名职工在朝鲜战场上光荣牺牲，他们怀着大机车人对国家的忠诚，永远地留在了异国他乡。

整个抗美援朝期间，大机车修理了从前线运回的"过破"蒸汽机车、货运机车、客车机车等 4500 多辆。大机车人在完成繁忙的生产任务的同时，还为朝鲜金川工业大学代培实习生，培训管理与技术人员，包括局长、科长、车间主任、技术员以及三、四级技术工人，其中技术工人的工种包括焊条制造、锻工、立车工、气焊工、车工、压力机工、铆工、机车组装钳工等。大机车人为中朝友谊做出了积极的贡献，也为世界和平做出了积极的贡献。

第 六 章

中苏携手：那些永难忘怀的岁月

大机车的发展与苏联专家所倾注的心血分不开。苏联专家巴霍莫夫、别洛乌斯、拉卓姆克夫、西蒙尼、谢苗诺夫等是其中的优秀代表，每当提起这些名字，了解大机车历史的人都对他们充满敬佩之情，他们为大机车的发展做出了重要的贡献。

开往莫斯科的专列

开国领袖毛泽东坚信，用不了多久，属于中国的东西一定会回到中国人的手里……

1949 年 12 月 6 日晚 9 点整，编号为 9001/02 的"主席专列"从北京火车站启动，毛泽东乘坐这趟专列前往莫斯科。列车经过五十多个小时的运行，安全行驶了 2300 多公里，于 12 月 9 日凌晨 1 点 30 分抵达国门满洲里。毛泽东在满洲里没有过多停留，就换乘苏联的宽轨列车，再次踏上远赴莫斯科的行程。12月16日中午，毛泽东乘坐的专列抵达莫斯科，在站台上受到苏联党和国家领导人的热烈欢迎。

此次远行，在新中国刚刚建立不久，毛泽东率中国党政代表团首次出访苏联，除了参加斯大林七十诞辰庆祝活动，当然还有更重要的事宜。新中国成立初期，百废待兴，作为新中国的开国领袖，毛泽东公务繁忙，日理万机。毛泽东此时专程出访苏联，不仅仅是为斯大林祝寿，更重要的是要让中长铁路和旅顺口等真正回归祖国。要知道，无论是中长铁路还是旅顺口都是中国不可分割的一部分，旅顺口不回归，就仿佛一个家不完整，中长铁路不回归，就好比没有归家的孩子漂泊在外，毛泽东的心里一天也放不下。此次赴苏，毛泽东要了却这个心愿，让家园完整，让游子回归。

这一天终于来到了。

1950年2月14日，在莫斯科，周恩来代表中国与苏联签订了《中苏友好同盟互助条约》和《关于中国长春铁路、旅顺口及大连的协定》，毛泽东与斯大林出席了签字仪式。根据《中苏友好同盟互助条约》和《关于中国长春铁路、旅顺口及大连的协定》的规定：不迟于1952年年末，苏联军队即自旅顺口海军根据地撤退，并将该地区的设备移交中华人民共和国政府；在苏军撤退及移交上述设备前的时期，中苏两国政府派出同等数目的军事代表组织中苏联合的军事委员会，双方按期轮流担任主席，管理旅顺口地区的军事事宜；现时大连所有的财产凡苏联方面临时代管或者苏联方面租用者，应由中华人民共和国政府接收。中苏两国出现了友好共事的新局面。

2月17日，在外奔波两个多月的毛泽东，乘上专列，离开莫斯科回国。

笔者曾经在一部描写中长铁路的专题片中，看到了当年中苏两国在莫斯科签字时的老照片，在那些历史照片中，特别认真地看了当年参加签字仪式的毛泽东的照片。照片中毛泽东的表情凝重，又有几分释然，要知道，对于年轻的新中国来说，国家的统一在毛泽东心中的分量是何等重要。而同在现场的苏联军方的领导人，他们脸上的表情同样格外凝重。据说参加签字的一位苏联将军曾经号啕大哭，悲痛不已。这位苏联将军，或许是感觉痛失了宝贵的东西，因为这意味着苏联在战后通过《雅尔塔协定》和《中苏友好同盟条约》实现的远东战略目标——太平洋出海口和不冻港，将于 1952 年付诸东流，那份得而复失的痛心，让他难以自持。而对于新中国，收获的则是失而复得的沉重和欣慰。毛泽东的远东之行，为新中国废除一切不平等条约开启了大门。

1950 年 5 月 1 日起，根据中苏《关于中国长春铁路、旅顺口及大连的协定》，大连铁路工厂开始了中苏合营共管。工厂科室、分厂（车间）主要领导由中苏双方轮流担任，担任重要职务的苏联专家有：厂长西特罗夫，总工程师阿里西果夫和安德列耶夫，总冶金师雷巴果夫，总会计师阿杰耶夫，总机械师斯达洛夫、扎依柴夫，总动力师黑鲁僚夫，设计师甫拉才恩克，总工艺师载柴夫等。生产计划科和技术科、车辆厂、修械厂等技术部门领导仍由苏方担任。直到 1951 年，厂长才由西特罗夫和董良玉共同担任。

中苏共管期间，苏联专家帮助工厂开展技术革新。安德列耶夫、保格莫洛夫在制造铁路平车、修理机车车辆和其他生产中应用短弧电焊；巴格拉少夫、格道果利耶夫采用了钢壳铜衬轴瓦的办法；雷巴果夫、格鲁申切夫帮助铸钢分厂把碱性电气熔化炉改为酸性熔化炉；阿列夫耶夫帮助制动机分厂施行按指示图表进行生产；安德列耶夫、扎依柴夫、阿列夫耶夫、保达夫采娃等帮助改组台车分厂和施行台车修理新造流水作业法等。其间，苏联专家还为工厂各分厂、各科室领导干部讲授有关生产技术及经济方面的课程。

苏联专家做了大量的技术改进工作，无法一一表述，就如一台机车是一个复杂的综合体，像一个人的身体，你不能说哪个地方重要、哪个地方不重要，哪个发明了得、哪个发明无关紧要。机车上每一个细小的部件看似无足轻重，却又都关乎生命。正是这些专家对每项新技术的研发，对技术的改进、推广、使用，以及对一个个零件的革新，才提高了整个机车的运转和奔跑能力。苏联专家的技术推进工作起到了不可或缺的重要作用。

1951 年 1 月，苏方将在大连代管或者租用的 25 个工厂以及 2 个发电厂和水电站、大连港以及百货公司、影剧院等财产，全部移交给中华人民共和国政府。但此次大连铁路工厂和大连铁路局、造船厂并没有移交。

1952 年 8 月 17 日，周恩来总理率领中国政府代表团再次访问苏联，9 月 16 日双方发表了公报，公布了《中苏关于中国长春铁路移交中华人民共和国政府的公报》和《关于延长共同使用中国旅顺口海军根据地期限的换文》。《换文》指出：为了保障远东和世界和平，苏联军队自共同使用中国旅顺口海军根据地撤退的期限予以延长。同年 12 月 31 日，中苏两国政府发表关于苏联政府将中国长春铁路移交给中华人民共和国政府的公告，并在哈尔滨举行了公告签署仪式。大连铁路工厂和大连铁路局同时移交中华人民共和国政府，中长铁路的中苏共管当日结束。至此，大连铁路工厂也正式移交中华人民共和国，大连铁路工厂真正成为中国人自己的企业。

中苏合营共管的两年零八个月期间，中国正处于国民经济恢复时期，在苏联专家的帮助下，工厂在生产技术管理、基本建设、干部培养等方面，都做了大量工作，为中国独立经营打下了基础。

聘请专家与培养人才

1950 年，在大机车工作的苏联管理人员、专家以及技术人员达到 86 人。苏联专家在中国的指导，为大机车乃至中国机车的发展做出了积极而重要的贡献。而培养自己的技术队伍，也成为大机车最早的人才计划……

1953 年 1 月 1 日起，大机车由我国独立经营，工厂更名为大连机车车辆制造工厂，隶属于铁道部机车车辆制造局。工厂保留了原科室的机构，各分厂改称车间。全厂设有机车、锅炉、新机器、客车、货车、台车、钢铁构造、制动机、铸钢、翻砂、打铁、电焊条等 20 个车间。同年 8 月 22 日，工厂划归第一机械工业部，厂名变更为第一机械工业部大连机车制造工厂。1958 年 7 月，工厂重新划归铁道部，由机车车辆工厂总局领导，改名为铁道部大连机车车辆工厂。工厂的管理人员全部由中方担任。

原来在工厂工作的苏联专家巴格拉少夫和西特罗夫应铁道部聘请，作为技术顾问继续留在工厂，指导修理机车和制造车辆，直到 1954 年 3 月期满回国。

工厂专门设置了专家工作室。工厂聘请的苏联专家对工厂各项技术工作的推进贡献很大，每年都有主管部、局专家组及兄弟单位的苏联专家临时来厂帮助指导工作。铸造专家协科拉诺夫指导解决了电炉冶炼、冲天炉改装、离心铸造机设计、硬模铸造、铸钢件变形及缩尺控制和铸件补焊等问题；工具专家包格祥讲授了工具管理知识，指导成立工具科；沙洛威依指导解决了工厂改扩建和扩大生产等问题；锻造专家捷哥洽廖夫讲授了热处理技术操作及快速处理方法，指导进行了 D 轴锻造；机车设计专家阿布拉莫夫指导机车设计工艺和试制生产等，并提出了多项合理化建议。

1957 年，国家提出生产内燃机车逐渐替代蒸汽机车，工厂再次向中央提出聘请苏联专家的建议。1958 年 3 月，苏联内燃机车设计制造专家别洛乌斯被聘来厂。第二年，苏联机车制造专家拉卓姆克夫、工夹具设计专家西蒙尼和谢苗诺夫临时来大机车帮助指导技术工作。

据记载，1953 年独立经营以后，虽然大部分苏联专家陆续回国，但仍然有中国政府聘请的一定数量的苏联专家在工厂工作，仅 1957 年到大机车参观、考察、指导工作的苏联客人就有 12 批之多。1960 年，苏联内燃机车设计制造专家别洛乌斯最后一个离开中国。

大机车除聘请苏联专家对建设生产等进行指导外，还开始了自己的人才培养计划，工厂派出工程设计人员和技术工人到苏联学习。从 1954 年到 1960 年，大机车共派出 20 多名技术人员和工人到苏联学习考察。他们是锻冶车间的刘德胜、韩云清、张清方、崔仁祥、王仁玉，铸钢车间的孙建浩、方元佑、于智明，电焊条车间的杜成熙，还有方元佑、张清等。他们分别在苏联伏罗希洛夫格勒（卢甘斯克，1935—1958 年和 1970—1989 年曾称伏罗希洛夫格勒）机车制

1956 年，苏联伊尔库斯克青年团代表来大机车参观

造厂和莫斯科焊条制造厂学习炼钢、锻造、热处理、电焊条制造等生产技术，掌握了炼钢、锻造、热处理、电焊条制造等科学技术。他们还到科洛姆纳内燃机车制造厂和卢甘斯克内燃机车制造厂学习、考察内燃机车设计、制造等科研新成果。1961 年 7 月，最后一名到苏联学习的人员回到祖国（至此，在以后的近二十年间，大机车再也没有派出一名人员出国学习考察。直到 1980 年改革开放后，工厂才重新开始派出工程技术人员出国学习）。

这些留学苏联的工人和技术人员学成回国后，对工厂的发展起到了积极的作用。正是这些到苏联学习考察的大机车的工程设计技术人员组成的班底，用他们的所学刻苦钻研，再加上第一代中国自己培养的机车专业的毕业生的加入，才打造出了中国最早的机车工业的技术力量，使大机车以他们为主力的技术队伍不断地发展壮大，一代代机车人，开始了从无到有、不断成熟，继而走向辉煌的光荣之路。

北七街 19 号——风雨中的小洋楼

> "这是一栋令人震撼的建筑，虽然历经百年风雨，但暗红色楼
> 体外墙仍然棱角分明、线条清晰，木质门窗依旧保存完好。这栋小
> 楼承载着的正是一个企业的过去……"

这是大机车老干部部邢海写的《百年企业，百年建筑》一文的开头，这篇文章详细地介绍了北七街 19 号楼的建筑结构和历史。北七街 19 号楼是 1911年大机车迁移到沙河口时的首批建筑之一，当时是为沙河口工场的日本厂长所建。日本投降后，苏联红军接管工厂时，厂长是刀罗津斯克运转中校，他是第一个住在此楼的苏联厂长，1954 年离开的厂长西特罗夫是在此居住的最后一位苏联厂长。

中方全面接管工厂后，几任厂长董良玉（后调任旅大市建委副主任）、李青（后任旅大市机械工业局局长，沈阳市委书记、市长等职）、王国先（后任国家物资部机电局副局长），都先后在此楼居住生活过。

我曾经多次到过这栋小楼，在这里采访过姚敏之主任，他是新中国第一批进入大机车的大学生之一，1953 年毕业来到大机车时，曾经与苏联专家共事过。随着采访的深入，这些苏联专家的故事让人感动，那些往事，如云烟般

北七街 19 号小洋楼建成于 1911 年，是大机车迁移到沙河口时建造的首批建筑之一

在我眼前飘浮，挥之不去。

因为特殊的历史原因，在中国工作过的苏联工厂负责人和工程技术人员回国后，有些人受到了各种运动的冲击，人生命运发生了巨大的变化，尤其是最后一位苏联厂长西特罗夫跌宕的命运更是令人感慨。他回国以后，受到了不公正的待遇，被当时的苏联当局隔离审查，最后，被撤销领导职务，到一家研究所当了清扫工，天天打扫卫生。

中国改革开放后，工厂最后一位苏联厂长西特罗夫的夫人曾经给当时的大机车领导写信，表达了要到中国来工作和生活的愿望，也表示她对大连充满美好的回忆。时任副厂长兼总工程师魏富琳接到信后，内心久久无法平静，虽然半个世纪过去了，但那些如烟往事萦绕心头，久久挥之不去。魏富琳毕业于长春工业大学，于1948年4月到当时的大连铁路工厂工作，是当时大连铁路工厂为数不多的几个大学生之一。1952年至1953年间，魏富琳曾经担任工厂技术科科长，在苏联专家的指导下，负责技术工作。他曾经陪伴过西特罗夫厂长和许多苏联专家。在与苏联专家朝夕相处的日子里，他虚心向苏联专家学习，建立了工厂技术工作规章制度，并在苏联专家的指导下，成功研究出5吨蒸汽卷扬机的齿轮铣刀技术，制造了45吨铁路吊车，解决了一个又一个生产难题。工厂在恢复生产期间，进行机、客、货车修理的同时，还积极组织开发新产品，先后组织研制了水泵用立式锅炉、A型蒸汽天吊、门式吊车、铁路吊车卷扬机、敞车、棚车、冷藏车、夹板车等产品，并投入批量生产。

自从苏联专家撤走以后，魏富琳也和苏联专家们失去了联系，对他们的情况也知之甚少。当他从西特罗夫夫人的信中得知他们的一些消息后，立即给她回信。1994年5月，得知工厂副总工程师谷春江等三人要到俄罗斯考察机车生产等情况后，魏富琳委托他们，在繁忙的考察间隙，一定要去看望当年的苏联专家西特罗夫的家属。谷春江一行带着魏富琳的叮嘱，专程坐火车前往西特罗夫的家中，看望其家属。

西特罗夫的女儿答应到机场接机，双方约好在莫斯科机场见面，但谷春江一行在机场左等右等不见西特罗夫的家人，他们只好放弃。考察工作完成后，谷春江一行专程赶往西特罗夫的家中，等到了这位昔日厂长的家中，才知道事情的原委。原来，由于某些特殊原因，这一家人非常紧张和小心，西特罗夫的女儿当时已经到了莫斯科机场，也看到了谷春江一行，但当她看到俄罗斯官方的人员当时在场，她犹豫了好久，还是放弃了在机场见面的打算，又坐车返回了家中。

当谷春江一行来到西特罗夫的家中时，还是被眼前的一切震撼了，这个昔日在中国大连沙河口北七街19号居住过的最后一位苏联厂长，曾经的技术权威，如今却家徒四壁，十分贫穷。西特罗夫早已去世，他的夫人看到来自大机车的客人时，就像看到了久别重逢的亲人，拥抱着谷春江等人，激动的泪水止不住地流了下来，泣不成声。多少青春年华已经逝去，多少人间悲欢浓缩在记忆深处。西特罗夫的夫人已经是白发苍苍的老人了，她有些激动，她说她热爱中国，喜欢大连，更喜欢在大机车的那一段生活，在中国大连经历的一切，都让她充满了美好的回忆。她说，那段在中国的时光是她人生中最美好的时光。

她的家境十分困难，儿子每周利用休息日到外地去贩卖土豆补贴家用。虽然生活困难，但西特罗夫夫人依然给谷春江一行精心准备了美食：每人一张油饼，配蔬菜沙拉，配红酒。她说这是她招待客人的最高礼遇。这一餐饭吃得谷春江一行心里很不是滋味，他们三个壮实的汉子都忍不住泪流满面，感慨万端。临走时，三个人只留下回去的车票钱，把身上所有的钱全部都留给了西特罗夫的夫人，留给了这位昔日中国厂长的夫人。

"建议大王"巴霍莫夫

巴霍莫夫说："我爱中国，我爱大连，我会永远想念你们……"

当年，许多像巴霍莫夫这样支援中国的苏联专家，他们远离祖国，怀着一腔共产主义情怀，一心扑在他们热爱的机车事业上……

1957年2月14日，是西方的情人节，这一天也是《中苏友好同盟互助条约》

签订七周年的纪念日。这天早晨，苏联专家巴霍莫夫早早起床，他从住处的窗口往外望去，天气格外晴朗。只是初春的大连还有些寒冷，寒风吹打着窗户，送来阵阵凉意，他不由得想念起远在莫斯科的家人。这一天他在日记中写道："离开莫斯科来到中国已经两年多的时间了，我亲爱的家人，你们还好吗？时间过得真快，而我还有许多许多工作没有完成……"

巴霍莫夫身材高大，相貌英俊，是个崇尚自由浪漫而又热情奔放的人。但是在这样的情人节早晨，他却无暇顾及其他，早早地来到车间，开始了一天繁忙的工作。

新中国成立后，我们制造机车是从仿造开始的。为了适应国家经济建设事业发展的需要，工厂自1953年起停止了修理机车的业务，担负起新造机车车辆的任务。1955年工厂开始设计自己的新型机车，这是一项十分生疏而艰巨的工作。如何改变工厂的面貌使之适应新要求，如何组织机车车辆的生产，都是摆在工厂面前需要解决的问题。1955年年初，巴霍莫夫来到工厂。巴霍莫夫是苏联机车制造专家，他在苏联国内领导过机车制造厂，担任过工程师，试制过好几种新机车，熟知技术理论，积累了实际经验。

大机车的孙长连曾经在苏联专家办公室协助巴霍莫夫工作，他回忆说，苏联专家非常敬业，他们毫无保留地向中国工人传授苏联的新技术和先进经验，注重提高产品质量，督促完成计划。记得1955年，大机车全年的生产任务因刨主车架机床能力薄弱而无法完成，巴霍莫夫几乎天天在车间里研究、琢磨。他提出采用苏联先进刀具强力刨刀提高机床效能的建议。一开始，大家还抱着怀疑的态度，唯恐机床损坏，反而更影响生产。巴霍莫夫亲自指导、操作，结果刨一台主车架由过去的110小时降到28小时，保证了全年任务的顺利完成。工厂还用此项技术帮助齐齐哈尔等地的兄弟工厂加工主车架。巴霍莫夫还推广使用苏联标准刀具，提高生产效率一半以上，其中最突出的是使用摇杆技术，竟提高了生产效率3倍以上。他经过认真调查研究与分析，从编制计划到机车组装，提出许多宝贵的建议，这些建议奠定了大机车新建机车的生产技术秩序，改变了生产面貌。

巴霍莫夫在工厂期间，合理划分劳动组织结构，改进生产管理，建立和健全各种规章制度，改进机车制造和冶金生产工艺等。他还在技术改进、试验、焊接及培养设计和工艺工程技术人员等方面提出建议，帮助处理生产中的薄弱环节。工厂设计人员在巴霍莫夫的直接指导下很快地掌握了从拟定技术规划书到设计施工图的整个设计过程。

巴霍莫夫对金属的利用一向很是重视。他经常说，中国进行社会主义建设，需要金属的地方很多，特别是有色金属，应尽量做到不用或用替代金属。机车主动轮均重灌铅这一项，经他研究并节约用量，仅 1956 年就为国家节省铅 40多吨，价值近 7 万元，这在 20 世纪 50 年代可是个不小的数目。

1955 年，大机车开始了蒸汽机车的试制。在试制"和平型"新机车过程中，巴霍莫夫解决了从试制到组装、从试运到牵引各个环节碰到的许多陌生又复杂的关键技术问题。在巴霍莫夫的指导下，全体工程设计人员用了一年多的时间，便设计和试制成功了现代化的新型干线"和平型"货运蒸汽机车，还对"咪卡尼 1 型""2-4-2 型"等机车进行现代化改造设计，试制成功了"建设型"机车。和巴霍莫夫同期在工厂工作的阿布拉莫夫等专家，在设计与制造"和平型"机车过程中废寝忘食，热心指导，帮助我国培养了第一批机车设计人员。工厂在此基础上，陆续设计出了"人民型""红旗型"等干线货运与客运机车。巴霍莫夫在工厂工作的三年多时间里，提出了各种合理化建议近 300 项，这些建议绝大部分都得到采用，巴霍莫夫成为苏联专家中的"建议大王"。

1958 年 5 月 26 日下午 2 点，大机车在工厂礼堂举行了一场特殊的欢送会，欢送巴霍莫夫回国。那天，参加联欢会的专家除了巴霍莫夫本人，还有苏联内燃机车专家别洛乌斯、机车制造专家拉卓姆克夫、工夹具设计专家西蒙尼和谢苗诺夫等。巴霍莫夫坐在主席台上，心情激动，他在大机车工作了三年多时间，对大机车人和大机车的一草一木都充满了感情，但他离开莫斯科的家已经三年多了，他又特别想家。一边是满满的思念，一边是万般的不舍，他的心里充满了复杂的情感，他的眼里也含着依依惜别的泪花。

副厂长王国先代表工厂致辞，他激动地说："我们工厂由原来的修理厂改变成为大批制造机车车辆的工厂，这与巴霍莫夫同志的重大贡献是分不开的。巴霍莫夫同志传授给我们先进经验，我们要使它永远开花结果，使中苏友谊在工厂里万古长青。"

巴霍莫夫走上讲台，全场立即响起了经久不息的掌声。巴霍莫夫两眼含泪，他站在话筒前久久说不出话来。过了许久许久，他有些哽咽地说："再过几天我就要回国了，我永远牢记着你们所给我的良好印象，永远牢记着中国人民在建设自己的新生活中光荣的事业。"他说："请允许我以俄罗斯人所有的那种心意，祝你们在今后的工作中获得更大成就，并祝福你们生活幸福。"他的讲话使礼堂里掌声不停，一个小女孩上台把鲜花献给巴霍莫夫，眼含热泪的巴霍莫夫激动地把小女孩抱起来，举过头顶，向大家不停地招手致意。

1958年5月31日，巴霍莫夫启程回国. 早晨8点40分，火车缓缓启动，巴霍莫夫登上火车，他站在车厢门口，向送行的人们挥手告别。车已经开出很远了，他还在不停地挥着手，他知道，这一别也许永远不会再回来，而他，对这片土地已经难舍难分。他不停地挥着手，站台上送行的人们也都眼含热泪，目送着火车渐渐远去，久久不肯离开。

特殊的"生日派对"

共同的信仰，让大家有了共同的信念，那超越国界的友谊总是让人难忘……

1950年6月30日，天气异常炎热，这一天要进行最后一台车的试运行，已经有过多台新车试车经验的工人王景成早已做好了试车的准备。试车是在正午时分，天气暴热，王景成想到苏联分厂长纳廖道夫已经好几天没有睡一个囫囵觉了，便想让他好好休息休息。根据经验，王景成感觉这台新车不会出什么大问题，试车无论如何不能让专家去了。他和大家悄悄地商量，决定提前一小时发车试车，到时候，等纳廖道夫发现时，新车已经开到了金州车站，纳廖道夫就是想追也追不上了。

11 点整，新车提前一小时发车了，火车在炽热的轨道上轰隆隆地行进着，很快就要到达金州站。工人王景成坐在火车的后面，他看看手表，正好 12 点整。他得意地对身边的徒弟小周说："纳廖道夫先生这时肯定在新车出车厂处到处找我们呢！"一想到纳廖道夫着急的样子，两人不约而同地哈哈大笑起来。

两人正说着话，火车"咔吱"一声停了下来，还没有到达试车的终点站怎么会停下呢？王景成和徒弟小周一起推开车门往前面看，只见一个穿着工作服的人蹲在机车轴箱旁检查着。他俩以为是火车司机，一齐大声喊道："司机师傅，火车怎么停下了？"那个人回过头来，竟然是纳廖道夫先生。原来是机车大轴发热，轴油烧了，冒出了烟，被纳廖道夫发现了。幸亏发现及时，他让司机给轴箱多加油后，指挥司机再慢速往工厂开回去。

王景成和小周暗暗地松了口气，幸亏纳廖道夫来了，不然非抓瞎不可。纳廖道夫上车后开玩笑地对他俩说："你们俩提前一小时发车就能瞒过我吗？试车可不是儿戏，出了问题怎么办？"

机车一路上走走停停，纳廖道夫也一次又一次地下车检查，等回到工厂后，天已经黑透了。看到纳廖道夫并没有要下班的意思，大家也主动跟着忙碌起来。大家几次劝纳廖道夫回去休息休息，他根本不听，拿着工具和大家一起车上车下地干起来。时间不知不觉地过去了，等太阳重新照进车间时，已经是第二天清晨了，他们整整忙碌了一个晚上。机车终于修好了，纳廖道夫擦了擦满脸的污渍和汗水，拍了拍王景成的肩膀，问道："你知道今天是什么日子吗？"

王景成疑惑地看了眼小周，两个人恍然大悟，看着纳廖道夫，齐声说道："今天是'七一'啊，是党的生日啊！"

苏联专家和技术人员一起研究图纸

纳廖道夫高兴地抹了抹小胡子，开心地大笑道："对喽，今天是党的生日。如果我们不能按时完成任务，拿什么向党的生日献礼呢？现在好了，我们的生日派对是在工作中进行的，这真是太有意义了。"

难归故里

远离故土，告别亲人，那些曾经动人的身影永远地留在异国他乡的土地上，虽然经过几十年沧桑变迁，他们永远让人怀念……

1950年春天，有着三十多年机车生产经验的老专家安德列夫来到大机车担任总工程师。正是由于他的提议和指导，大机车建立了电焊条厂，开始自行制造电焊条。

记得那是1950年夏天，到工厂没有多久的安德列夫到工厂现场检查工作。他刚跨进一个车间的门口，一眼就看见几个工人正拿着从苏联运来的一批短弧焊条在进行电焊作业。他不由得停住了脚步，自言自语地说："好小伙子，莫斯科的短弧电焊也学会了。"

"砰砰砰！"突然一阵铁锤击打钢梁的声音引起了安德列夫的注意。他走过去，拾起电焊工人砸下的焊条药皮，有些不解地问正在操作的电焊工人："这是怎么啦？"

"不好焊。电流一小，焊波就不好而且慢，电流一大又咬肉。我不会焊这玩意儿，如果不要药皮还好焊一些！"正在焊接的工人很难为情地说。

安德列夫心疼地对工人说："这些电焊条是专门从苏联运来的，砸坏一根就少一根。"他心里有些沉重，难过地搓了搓手，又检讨似的责备自己没尽到责任，没早跟工人说明白。

那天，他把所有电焊工人召集在一起，戴上电焊护罩，亲自操作给工人看。那天的天气炎热，车间里更是热得透不过气来，他戴着护罩，手拿焊机，边焊边比画，一会儿就累得满头大汗，但他仍然不停歇地教工人们如何掌握电流、电压和电焊条的角度。站在旁边的电焊工人虚心地跟着安德列夫学，他们看着满地的焊条药皮，又瞅着专家，心里十分难过。安德列夫走了后，他们都非常自责，有的工人说："以后再也不能砸电焊条药皮了，这电焊条是从莫斯科运来的。莫斯科工人为制造电焊条也是流过不少汗的，我们应该好好学习安德列夫同志教给我们的短弧电焊技术。"很快，电焊工人在安德列夫的指导下掌握了短弧电焊的技术，安德列夫感到很满意。

提起电焊条，凡在工厂工作过的人都知道，尤其是20世纪50年代，我国工业机械化程度不高，电焊条在工业上的用处非常大，生产什么产品都离不开电焊。

不久，因为清河发大水，铁路被冲断停运了一个时期，工厂从苏联订购的电焊条不能及时运来，当时工厂正在制造抗美援朝急需的油槽车，时间不等人。工厂领导多次召开会议研究，认为治本的办法就是要建立电焊条生产车间。

当时，安德列夫看到工厂的生产因为电焊条的问题受到了影响，他想：中国工人掌握了短弧电焊技术，如果再能制造电焊条，岂不是两全其美吗？于是，在一次工厂生产研究会议上，他提出要建设电焊条厂的建议，他说："短弧电焊条是我们每天生产不可缺少的东西，过去，是从苏联运来，虽然成本不高，但是，加上运费，数字也是相当庞大的。我想，从今年起，建设一座电焊条分厂自己制造焊条，省下一笔钱来，好用在其他更重要的建设上。"

不久，安德列夫负责拟订的建设电焊条分厂的方案获得了中央铁道部的批准，这个方案他考虑了半年之久，方案的具体实施由他负责。他根据厂务会上提出的因陋就简的原则，决定亲自设计现代化的电焊条车间。车间的厂房就选在工厂的南头。日本殖民统治时期，那里曾经是冶金研究所。日本投降后，那里的机器全部被破坏了，除了剩下的几幢破旧的有门少窗的铁皮墙壁长满黄色铁锈的破厂房外，其余什么也没有。院子里枯草过膝，浊水成潭，安德列夫领着工程技术人员来看厂址时，指着荒地上稀疏的厂房幽默地说："好地方，好地方。那个房子可以安电炉，后面可以做轧钢厂房，旁边是拔丝车间，这边是办公室，还有洗澡间……"经他一番描绘，大家仿佛看到了滚轮纷飞的轧钢厂和钢花飞溅的情景。

安德列夫时时刻刻操心工厂建设，对工作充满热情和干劲，似乎永远不知疲倦，全然不顾自己有严重的胃病。自电焊条车间开始建设以后，安德列夫事必躬亲，最多一次连着十几个晚上没有好好睡觉。在连续好几个月忘我工作后，大家感觉他明显瘦了许多，眼窝也开始陷下去了，有时工作时脸上现出一阵阵痛苦的表情。当时陪伴安德列夫的张工程师觉得不对劲，多次劝他休息。有一天，他从安德列夫的夫人那里得知，安德列夫晚上常常胃疼得睡不着觉。

安德列夫是个工作狂，他每天都在现场工作到很晚才回去。随着电焊条车间建设的加快，安德列夫的病情也越来越严重，工厂请示铁道部让安德列夫回国治疗。不久，铁道部的命令下来了，但安德列夫再三打报告，要求把归国期限延后到年底。他的病情经过一段时间的治疗也有了好转，厂里便批准了他的要求。

当时，正是建设电焊条分厂的关键时候，厂房和机器还没有安装好，还要东拼西凑制造电焊条的熟练技术工人。安德列夫把所有的苏联专家组织起来，轮流加班给中国工人讲课。他每天工作十多个小时，还要每天坚持讲两个小时的课。他还注重女工的培养，在短短的半个月里，就有30多名女工学会了压延、熔化等技术。

在建设电焊条分厂的日子里，安德列夫的胃病已经很厉害了。大家劝他好好休息，他就笑着说："肚子疼一点儿，没什么要紧的。"有一次改进科科长张祥明劝他说："安德列夫同志，你的病那么严重，为什么还不休息？"他说："我休息？这是哪儿来的话？我到这里不过是几年的工夫，我要在这几年内，把技术力量全部贡献给中国的社会主义建设事业。建设电焊条分厂，今天不干，等多久干呢？要早日制造出短弧电焊条来。"

安德列夫每天早晨6点上班，晚上10点下班，没有节假日。经过两个月紧张的工作，一座崭新的设备现代化的电焊条分厂终于建成了。当工人们运用流水作业法制造出第一根焊条时，全厂职工高兴极了。安德列夫也高兴地举着电焊条喊道："和莫斯科的一样！和莫斯科的一样！"

当时，他还对工厂的领导们说："中国一定很快会有自己独立强大的工业，昨天我们没有的今天有了，今天没有的明天也一定会有。"

第一批短弧电焊条试制成功的消息，就像一股暖流一样流入全厂职工的心中，工人们的脸上呈现着灿烂的笑容。安德列夫每天早上都怀着兴奋的心情来到电焊条分厂的车间，仔细地观察着每个工人的生产情况。看到工人不扎袖口，干起活儿会有危险，他就连忙叫工人停下机器，亲手给工人扎上；看到有的女工工作时披散头发不戴工作帽，他就提醒说："姑娘，不戴工作帽危险。"

电焊条分厂建成后，安德列夫又转入了推行潮模铸造的工作，而他的胃病也越来越严重。有时安德列夫在现场正工作着，突然疼得眼泪直往下掉，后来，他开始一点点吃不下饭。但他一天也没休息，到医院看病也趁着午休时间去，工人们经常看到他捂着肚子、弯着腰坚持工作的情景。直到医师诊断他患了胃癌，决定非手术不可，他才恋恋不舍地离开了工厂住进了医院。临走之前，他还再三嘱咐："翻砂潮模铸造法，一定要按计划推行，我还要回来检查！"

安德列夫虽然身在医院，但是他的心却一分钟也没有离开工厂，没有忘掉潮模铸造。每逢有人到医院探望他，他就详细地询问工厂内的生产情况。直到动手术后，直到停止呼吸，他还念念不忘工厂……

1951年11月4日早晨，安德列夫与世长辞了。听到安德列夫逝世的消息，工人们非常悲痛。在安葬那天，工人们自发地去送他，把深深的怀念送给这位把生命留在异乡的国际友人。

电焊条车间正式投产后，除供应本厂生产需要的电焊条外，当年外销1000多吨焊条，满足了全国各地厂矿的生产需要。20世纪50年代，大机车还先后试制成功自动电焊条、自动焊剂和各种高级合金焊条。这些成就的取得，浸透着苏联专家安德列夫的心血与汗水。

安德列夫，将生命留在中国大地上的苏联专家，大机车人永远怀念你……

阿盖耶夫首推计件工资制

对于百废待兴的新中国，一点一滴的进步都来之不易……

新中国成立初期，要管理上万人的庞大企业，实现劳动力平衡，掌管各类人员的工资标准，开展计件工资制和实施各种奖励办法，对当时的管理者来说，都是非常复杂生疏、困难重重的工作。大机车聘请了劳动工资方面的苏联专家阿盖耶夫、牙阿尼、尤费里科夫、什毫林等人，正是他们的全面指导，帮助工厂建立了一系列完善的工资制度等规章。

今天看来，实行计件工资制不算是什么问题，但对刚解放不久的工厂来说，却不是一件轻而易举的事。当时大连没有这样的先例，就是在全国来说亦不多，工厂既缺乏实行计件工资制的经验，又没有熟悉定额工作的专业干部。当时有些人不了解计件工资制的优越性，工人怕实行计件"赔了本"——因达不到定额而拿不到基本工资，有一些干部也怕麻烦，使这项管理制度的推行遇到不少阻力。

阿盖耶夫是在中国工厂推行计件工资制的第一人，他亲自给定额工作人员和管理人员讲课，耐心地讲解苏联在这方面的成功经验，反复交代工作方法并亲自指导以增强管理者的信心。遇到某些干部认为"人多好办事"并要求增加人员的情况时，阿盖耶夫等苏联专家就严肃地给工人们算大账，要求干部、工人艰苦奋斗，体谅国家的困难，全面提高工作效率，减少非生产开支。

阿盖耶夫等苏联专家在工厂期间，培养了许多劳动工资工作方面的专业干部。20 世纪 50 年代，工厂已有工人出身的定额师 10 多人，还有 30 多名定额技术员和 10 多名劳动统计员，在全国处于领先水平。当时锻工车间的工人蒋本智就是阿盖耶夫、尤费里科夫等苏联专家一手培养起来的工资经济

机车人与苏联专家在研究工作

师，还有工人出身的刘大年、吴连奎、张世恭等先后被任命为工厂劳动工资的负责人。

在与苏联专家共同管理工厂的时期，因为贯彻按劳付酬原则，管理人员指标又控制在最低限度，实行了计件工资制度后，劳动生产力大大提高了。定额管理制度的实施，对提高当时的企业管理水平、推动生产起到了积极的作用。

第七章

肩负使命：十年奠定
中国最大的蒸汽机车生产基地

从 1949 年到 1959 年，新中国成立十年间，大机车已经从一个设备陈旧的修理破烂机车、客车、货车的古老工厂，成为中国规模最大、具有现代化装备的，大量制造新式机车、漂亮客车和经济耐用的各种货车的主导工厂之一。

十年，在历史的长河中极其短暂，但大机车的发展和变化却是惊人的。那废墟上破烂的场地和倒塌的厂房不见了，代之而起的是一座座高大宽敞整洁的厂房，那些七零八落的老旧机床，经过修理和技术改造，恢复了青春，运转起来了。

十年，大机车走上了以机车开发带动技术改造、以技术改造推动技术开发的成功道路，大机车各项事业得到了巨大发展，为国家创造利润超过 1.46 亿元。

十年，大机车已经拥有了 1000 多名能够设计各种机车，负责工艺、冶金、动力、设备等技术工作的工程技术人员。

雄关而今从头越

第一个五年计划开始时，我国的工业化水平很低，毛泽东对此有过一段形象的描述："现在我们能造什么？能造桌子椅子，能造茶壶茶碗，能种粮食还能磨成面粉，还能造纸，但是一辆汽车、一架飞机、一辆坦克、一辆拖拉机都不能造。"

1953 年，国家第一个五年计划开始施行，它成为我国工业化的起点。而大机车人并不知道，从第一个五年计划开始，大机车将开始一次又一次地走技术改造之路……

1953 年 1 月 1 日，大机车正式结束中苏共管，由我国独立经营，大机车归属中央人民政府铁道部机车车辆制造局领导。铁道部对所属 20 个机车车辆工厂进行生产结构调整，划分为制造厂和修理厂两大类。第一批被确定为机车车辆制造工厂的有大连厂、齐齐哈尔厂和四方厂 3 家，大机车为货运蒸汽机车和货车的制造厂，齐齐哈尔工厂为敞车、棚车等通用性货车的制造厂，四方厂为客运机车和客车的制造厂。大机车成为新中国第一家被确定为制造货运蒸汽机车的企业，正式更名为大连机车车辆制造工厂。

大机车由我国独立经营后，工厂各级领导开始由大机车人担任，实行厂长负责制。此时，工厂除了聘请苏联专家外，国家也抽调了一些优秀干部到大机车担任领导工作：1928 年参加革命的东北铁路党校校长巫敏担任工厂党委书记，铁道部华北厂务处处长胡瑞琪担任工厂代理厂长，中共山东分局财委副书记李青担任工厂厂长，青岛机车厂厂长刘伟任第一副厂长兼总工程师，大机车组成了新中国成立后完全由中国人担任的集体领导班子。

从这一年起，货车、客车由以修理为主转成以制造为主。工厂停止货车修理，转为成批制造敞车、平车、棚车、罐车等各种货车和客车。独立经营的第一年，大机车取得了可喜的成绩，全年制造各种货车1300多辆，总产值达到原计划的3倍多，独立经营有了良好的开端。

当时工人劳动水平还相对低下，技术水平不高。工厂存量不多的设备，基本是日本殖民统治时期遗留下来的旧设备。这些旧设备虽然经过多次大修，但精度差，有的设备维修重新组装后，由于没有检验工具和标准，单凭肉眼看，用手去摸去感觉，机床加工出来的零件精密度差，使用率不高。用于生产的原料一般也都使用万能料，加工量大，浪费量大，流水作业在路线、节奏、运输等方面均不够完善，时断时续，转向架组装常因铸钢零件及轮轴供应不上而被打乱。车体构架主线装配线由于厂房不够长，不能直线连续式地进行作业，只能应用两条线做并行的移动。车钩与缓冲器的组装是由30磅的大锤人工打入，台车组装采用落后的手工操作方法。在机械加工、铆焊、铸造、锻造等方面，高效率的新技术推广与应用不多，切削的速度还很低，硬质合金刀具未被广泛应用，工夹具使用得不多，自动电焊、高效率的多头电阻焊、快速炼钢、快速加热等技术还没有应用或者刚开始推行。木工的干燥时间长，设备落后，产量不高，质量不能保证。货车的油漆没有人工干燥装置，影响生产和质量。厂区内无主要道路，大部分道路与铁路交叉。厂区内破旧小房多，部分铆焊等作业在露天进行……可以说，大机车无论是厂房设备、工艺装备，还是工人技术等，都不能适应工厂由修理工厂转为制造工厂的需要。

为了有计划地进行社会主义建设，国家编制了发展国民经济的第一个五年计划：集中所有力量发展重工业，建立国家工业化和国防现代化的初步基础；有步骤地促进农业、手工业的合作化；继续进行对资本主义工商业的改造；保证国民经济中社会主义成分的比重稳步增长。

第一个五年计划从1953年开始执行，它成为我国工业化的起点。随着第一个五年计划的实施，全国铁路运输量急剧增长，对机车车辆工业提出了新要求：需要拉得多、跑得快、效率高的机车来担负起繁重的运输任务。

承担这一重任的无疑是无往不胜的大机车人。大机车人抓住历史上第一次机遇，开始了脱胎换骨的第一次技术改造。

脱胎换骨的重生之路

从1876年中国进口第一台"先导号"蒸汽机车，到新中国成立的七十多年时间里，中国共进口4069台蒸汽机车。这些机车有140多个车型，分别产自英、法、德、日、苏等国家的30多家工厂，中国也被称为"万国机车博物馆"。

中国还没有一台属于自己的蒸汽机车……

儿时的记忆总是那么深刻，小时候，每当看到冒着滚滚浓烟的火车从远处飞驰而来，听着火车由远及近的轰鸣，我总是不由得为这飞驰而来的庞然大物兴奋。那时候并不知道，这种一路白雾喷薄的风驰电掣般奔跑的火车头其实就是蒸汽机车。

在1953年之前，中国还没有制造过一台真正属于自己的蒸汽机车。当时的大机车别说新造机车，连待修的破旧机车都不多。然而，为新中国建设需要而建成的铁路网，像蜘蛛网一样迅速地在全国各地铺开，提高火车头的运行速度和生产数量，越来越急迫地成为国家的紧要大事。

1953年1月1日，大机车正式结束中苏合营共管，由我国独立经营。这一年铁道部决定研制属于中国人自己的蒸汽机车，这项重大的国家任务交给了大机车。消息传来，全厂上下一片沸腾，大机车人要研制第一台属于中国人自己的蒸汽机车，这是何等的骄傲啊！曾经参与过蒸汽机车设计研制工作的姚敏之，是当时工厂为数不多的大学生之一，他告诉我，接到国家研制第一台蒸汽机车的任务后，大家都特别自豪，中国人心里其实一直憋着一股劲，就是要靠自己的力量，让日本侵略者临走时轻蔑地对中国人说的"你们中国人只能在这里种高粱了"的混账话见鬼去吧，这是历史赋予我们的机遇，作为新中国的年轻知识分子，我们就是要为中国人争气。

那段时间，工厂上下都在为研制中国第一台蒸汽机车做准备，大家早出晚归，炉膛里的火焰总是烧得旺旺的，夜晚车间里的灯火总是彻夜不息，工人们的脸上总是洋溢着笑容，大家拧成一股劲，投入新机车的研制中。

工厂新机车的研制伴随着第一次技术改造全面铺开。同年4月，国家计委决定对大机车进行扩建，扩建工程被列为苏联帮助中国兴建的156项重点建设项目之一。

1954年2月27日，第一机械工业部机车车辆工业管理局下发通知，大机车开始着手资料收集工作。同年3月，第一机械工业部设计总局第一设计分局的工作人员来到工厂。工厂从各个车间抽调优秀技术人员和工人230人，组成了基建队伍。同年4月17日，成立了工厂扩建资料收集办公室，对工厂现状进行了全面调查与测定，对生产产品类型、数量、方法，工艺布局，工艺过程，工时定额，材料定额，设备数量、类型、效率，建筑物结构、通风采光以及公路和铁路布置，电力电信线路敷设，地下工业管道等，都编成了全面系统的资料，从根本上改变了工厂各种技术资料残缺不全的局面，为设计工作提供了可靠的依据，也为工厂的维修工作奠定了坚实基础。

1954年9月，由第一设计分局负责大机车的改扩建设计工作，主要包括工厂与车间的生产线、平面布置、工艺设备数量、工艺过程、劳动量、技术经济指标等，同年开始了地质勘探，并完成了工厂的现状平面图和上千张建筑平面图、立面图和剖面图的绘制。工厂先期进行了小批量的建筑工程和设备购置，在改造的同时，工厂还扩建了职工医院、幼儿园，并在西山村新建了一批共计6000多平方米的平房住宅。工厂还自行设计建造了一条由工厂通往马栏河的排渣铁路专用线，对堆积如山的工业垃圾彻底进行了清理。

万事俱备，只待英才，机车事业发展离不开技术和人才。在新中国成立初期，大机车仅有三人受过高等教育，其中一个人大学未毕业，被称为"两个半"大学生。专业技术人员的缺乏成为制约机车工业发展的一个瓶颈。

大连机车车辆技工学校学员与他们制作的蒸汽机车模型

　　1954年11月，第一机械工业部机车车辆工业管理局将原有的技术设计人员调入大机车，又从全国各地抽调一批工程技术人员，分配来一批大专院校的毕业生，与工厂原有的设计人员一起，组成了100多人的设计队伍，在大机车成立了机车设计科，从事旧型蒸汽机车的改进和新型蒸汽机车的设计工作。从此，大机车成为我国铁路动力装置的主要设计开发基地。

　　这是中国第一家专业机车设计中心，对年轻的新中国机车工业来说，机车设计中心的成立具有划时代的意义。

蒸汽机车的国家任务

　　每当蒸汽机车冒着浓烟飞驰而过时，我们首先看到的是车头前的圆形面孔，还有圆形面孔上方立着的烟囱，它其实就是一个烧火的锅炉。锅炉中的火把锅炉中的水加热成为蒸汽，蒸汽进入锅炉下面两侧的汽缸，推动汽缸的活塞，带动机车两侧的摇杆，再带动机车车轮的转动，从而将火车带动起来继而奔跑。蒸汽机车的重量约 100 吨，主要零部件都是用钢铁制造的，所以，看上去非常笨重。

1954 年 12 月 23 日，大机车举行了第一台自行制造的"咪卡尼 1 型"蒸汽机车的出厂典礼，标志着大机车已有能力自己制造蒸汽机车，实现了新中国成立后工厂蒸汽机车由修理转制造的历史性转变。这是大机车仿制旧车型制造的"咪卡尼 1 型"蒸汽机车，全部图纸由第一机械工业部机车车辆制造局设计部门提供，后经局部改造，改称为"解放型"蒸汽机车，时速 80 公里。当年，工厂仿制了 5 台"咪卡尼 1 型"蒸汽机车，这些机车是新中国第一批自主制造的蒸汽机车。

虽然大机车生产出"咪卡尼 1 型"蒸汽机车，迈出了新中国机车制造工业的第一步，但是这种机车毕竟是照葫芦画瓢——依照人家的机车式样照搬而来的，大机车人要制造中国人自己设计的机车。

制造属于中国人自己的蒸汽机车，成为 20 世纪 50 年代大机车承担的国家任务，全厂上下开始投入新型蒸汽机车的研制工作中。工厂开始有计划地派送干部到大连工学院、辽宁财经学院等高等院校学习，为工厂的发展培养和储备人才。

1955 年是工厂建设蒸汽机车和货车生产基地重要的一年。货车制造已经步入正常轨道，中国第一块"机车设计科"的牌子在大机车挂起来不久，新年伊始，大机车开始试制中国第一台自主设计的蒸汽机车——轴式为 1-5-1 的"和平型"蒸汽机车。它以大型货运干线机车作为设计目标，参考了当时比较先进的苏联蒸汽机车的设计资料，在苏联专家的指导下，全厂 200 多名设计人员参与了设计，当年 9 月就通过了设计草图。

1956 年，施工图纸和技术文件全部完成。可以说，"和平型"蒸汽机车的整个设计十分严密，设计人员对所有运动件绘制了运动轨迹图，对所有装配件绘制了关系位置图，而且设计计算、设计说明等文件资料非常齐全，所有图纸文件经过多次审查校对，整个机车上万个零部件的设计重量之和与总装后的实际重量仅差 130 公斤，误差率只有 1‰。通过设计，大机车也建立了一整套严密的设计程序和规章制度，为新中国培养了一支专业的蒸汽机车设计队伍。

1956 年 3 月 15 日，第一台自行设计的蒸汽机车全套图纸全部下达到各车间，新车型的各项技术要求高，零部件、结构都十分复杂，有很多是工人们从来没有见过的。这些图纸就像高山一样耸立在大机车工人面前，但是大机车人从来也没有被困难吓倒过，他们不会忘记日本侵略者离开工厂时说过的话——"你们中国人只能在这里种高粱了"，这刺耳的声音犹在耳畔。大机车人就是要靠自己的双手，制造出属于自己的机车，用铁的事实回击日本侵略者的轻蔑。

吴连石，当时二十出头，在车间担任钻床工，参与了第一台"和平型"蒸汽机车的部件加工任务，克服了许多技术上的难题。自"和平型"蒸汽机车试制以来，他从未休息过一天，一心扑在工作上，每天起早贪黑、刻苦钻研，总结出了一套切实有效的操作方法和注意事项，为班组批量生产创造了条件。

宋伟仁，"和平型"蒸汽机车试制工作的优秀代表。自打设计科成立后，他就参与了整个旧蒸汽机车改造和新型蒸汽机车的研制工作，并从节约有色金属、减轻机车重量、修改增补图纸中的公差和基准面及技术条件等方面进行改造。为了配合苏联专家工作，他组织设计人员学习俄语，并要求设计人员在设计、试验、鉴定、运用、维修全过程中做到"七事一贯制"，建立了一整套严密的设计程序和规章制度。

还有青年工人孟令和以及他的工友们，一起攻克了自动电焊技术的难关，确保了新型蒸汽机车研制任务的顺利完成。

当时，机车锅炉的设计要求是将全部的铆接改为电焊，而且是自动电焊，为此，大机车从苏联采购了一台自动电焊机。可是，自动电焊技术是一项全新的技术，别说工厂从来没有人使用过，就是在全国也没有成熟的经验可以借鉴，况且锅炉非同小可，质量不能有一丝含糊，否则就会爆炸，造成事故。青年工人孟令和从事电焊工作不久，他带领班上的几个工人准备进行安装，但打开包装一看便难住了，又是架子，又是导轨，还有漏斗，零件既多又陌生，大家一时不知所措。后来，孟令和找来了焊接科技术员王锡福，在他的指导下，好不容易才安装好自动电焊机，但是试验时，却怎么也焊不出合格的样品。

此时，全厂各部门的好消息不断传来：庞大的汽缸很快进入加工阶段，各种复杂的部件也有很多被工人制造出来了。但是锅炉——机车的"心脏"，自动电焊技术的难关他们依然无法攻克。

按设计要求，"1-5-1 型"机车的锅炉筒和火箱须全部采用最新技术，并且是自动电焊。几百米的焊缝，都要经过 X 光的透视检查，焊缝不准有气孔。首先焊接的是纵接缝，一切顺利。接下来焊接的是横接缝，把几个圆胴往一起焊的时候，产生了偏移，X 光透视结果，焊缝里面有气孔，不行，铲掉了重新焊，还是有气孔，再来。一次又一次反复的焊接试验之后，终于查到了真正的原因：焊药潮湿引起焊接气孔。当 X 光检查质量达到 100% 时，经过一个多月煎熬的电焊工人们按捺不住激动的心情流下了幸福的眼泪。

转眼到了 8 月，上海钢铁厂、四方机车车辆工厂、天津弹簧工厂等兄弟单位制作的部件都相继完成，厂内机车部件试制成功的捷报频频传来。全电焊锅炉、铸钢汽缸、密闭式司机室、混合式给水预热装置、加煤机、风动摇炉器，一道道技术难题硬是被技术人员和工人们逐个啃下来，一个个部件硬是被成功制造出来。

1956 年 9 月 18 日早晨，大机车装配车间职工对装配好的新机车各部分进行了最后一次检查。上午 11 点 30 分，工厂领导、苏联专家、技术人员和试运人员登上了新机车。司机走进司机室，拉动行走机，只见新机车喷出一团团的浓烟，响着"嘟嘟"的汽笛声，轰然启动了。新机车开始以每小时 15 公里的速度前行，逐渐增加到每小时 30 公里、50 公里，最高时速达到 70 公里……经过长途运行试验，一路上机车行走平稳，没有发生故障，圆满地完成了试运行任务，试制取得了成功。

经过一年零十个月的艰苦奋战，我国第一台自主设计的大功率货运蒸汽机车终于在大机车工厂试制成功。它的试制成功，结束了我国仿制机车的历史，开启了中国蒸汽机车制造的全新时代。

　　1956 年 9 月 26 日，天空格外晴朗，庆祝机车试运行成功剪彩典礼在大机车装配车间旁边的停车场上举行。铁道部将新机车命名为"和平型"（后改为"前进型"）。新机车矗立在欢呼喧闹的人群中，在灿烂的阳光照耀下，刻着"和平"两字的五彩车标和五角星闪耀着夺目的光彩，漆成深灰和深蓝两种颜色的车身，衬托着锃明瓦亮的机件和 14 个红白相映的大车轮，显得格外威武壮观。

　　庆祝大会结束后，全国铁路超轴能手、老司机王宝琦精神焕发地走进了司机室。司机室里宽敞明亮，油漆的天棚，光滑的地面，有暖气和热饭设备、皮沙发椅子、自动加煤机和自动给油器。王宝琦知道，这个司机室经过了七次设计，是征求了全国铁路司机的意见修改完善的。他兴奋地大声说："能捞着开这台火车头，俺这辈子知足！这是俺们自己制造的火车头，从中国有铁路的时候算起，这还是头一遭啊！"他在现场干部职工的注视下，信心十足地拉开了气门，只听见一声震耳欲聋的长鸣，机车徐徐开动起来，大口地喷着蒸汽，开出了工

　　1956 年 9 月 26 日，大机车中国第一台自行设计的"和平型"蒸汽机车试运行成功剪彩典礼

厂，开向了北京……大机车人要用中国人自己设计和制造的机车向国庆节献礼，它将在天安门前向全国人民展示我们中国工人阶级的力量和智慧。

"和平型"蒸汽机车各项技术指标领先世界，它比以往在中国使用得最多的"咪卡尼1型"机车的性能更加优越，重量只比"咪卡尼1型"机车重31吨，最大轮周功率为2780马力，马力增大了80%，在4‰的坡道上以同样的速度行走时，新机车比"咪卡尼1型"机车能多拉1220吨货物；在4‰的坡道上拉同样重的货物时，新机车每小时能比"咪卡尼1型"机车多跑19公里，每万吨公里省煤12%。新机车采用了全电焊锅炉，装备了各种先进的自动化仪表和设备，能自动加煤和清除煤渣，润滑油也能自动送到各个部位，取代了许多笨重的体力劳动。无论是从功率等级还是从各项技术经济指标来看，"和平型"机车都达到了当时蒸汽机车设计的先进水平，超过了英国当时最新式的"0-3-2型"机车的经济性能。对于一个刚刚从战争废墟上站起来不久的工厂来说，这是多么了不起的成就！

司机王宝琦在北京试运行新机车时，百忙之中给全厂工人写了一封信，汇报新机车在试运时的情况：

"10月末，新机车载了3538吨货物，从丰台开到了天津。列车有1公里长，仅跑了1小时50分钟就到达目的地，比'咪卡尼1型'蒸汽机车多拉1倍以上的货物，时间也快了1个多小时。"

新机车经过四个月的实际运行考验之后，1957年1月，又在铁道部科学研究院的主持下，在徐州进行了牵引热工试验。试验结果证明，新机车已经跨入世界先进蒸汽机车行列，在跑得快慢、拉得多少、煤的消耗和结构性能四项指标上，都优于同类产品。国家正式决定，将"和平型"蒸汽机车作为大型干线机车的基型车，投入批量生产。

据参与机车批量生产和第一台"和平型"机车试制工作的姚敏之回忆，当时研制蒸汽机车时他才二十多岁，主要负责主车架工艺工作。在试制过程中，他针对新引进的刨床难以控制等工艺技术难题，在苏联专家巴霍莫夫的建议下，积极推行强力刨刀法，并细致研究刀具的几何形状，掌握刀具的特点，设计了全套夹具，提高了生产效率，使加工一台主车架从过去的 110 个小时降低到 28 个小时，每月生产能力由 5 台提高到 17 台……

"和平型"机车的诞生，在中国机车制造史上揭开了独立设计制造的新篇章。

中国蒸汽机车第一家

"和平型"蒸汽机车是我国第一台自行设计的蒸汽机车，大机车也由此实现了由修理蒸汽机车向制造蒸汽机车的转变。在"和平型"蒸汽机车设计基本结束后，大机车结束了"咪卡尼 1 型"老式蒸汽机车的生产，1956 年 4 月开始进行"1-4-1 型"机车的设计，1956 年 8 月投入试制，1957 年 7 月试制成功，命名为"建设型"。

"建设型"机车在性能、节能和外形方面都有了改善，功率和牵引力都有了大幅度的提高，这种成本低、效率高、拉得多、跑得快的新型机车广受欢迎，国家决定大批生产"建设型"机车，以满足经济建设的需要（这种机车直到 20 世纪 80 年代仍然是我国干线货运蒸汽机车的主要车型之一）。当时生产这种机车的工厂有大机车、戚墅堰机车车辆工厂、北京二七机车车辆工厂、大同机车工厂，但大机车的产量最高，仅 1957 年就生产蒸汽机车 97 台，占全国总产量的一半以上，年产各型号货车 2076 辆，占全国总产量的 1/3，大机车成为我国最大的蒸汽机车和货车生产基地。同时，为适应我国开发大庆油田的需要，铁道部确定大机车为中国罐车设计主导厂。

在此期间，大机车还为青岛四方机车车辆工厂设计了"人民型"干线客运机车，代号 RM，轴式 2-3-1，这种机车更适合长途调整运行，成为当时我国干线客运的主型机车。1957 年下半年，大机车设计了工矿运输及调车用的轴式为 0-3-0 的"工建型"蒸汽机车，交由成都机车工厂和太原机车工厂投入生产。

此后，工厂研制的蒸汽机车达 10 余种类型，有"跃进型""星火型""上游型"等（有的用于矿山企业的车型直到 20 世纪 90 年代中期才停止生产），并设计了中国第一辆无底架罐车、第一辆容积最大的轻油罐车。工厂总计设计开发了各类车辆 20 多种，其中有 5 种机车研制开发成功后交由大同、成都、四方、唐山、太原等地的兄弟工厂投入批量生产。大机车也成为新中国第一个蒸汽机车的研制生产基地，具备了"机车摇篮"的雏形，带动了中国蒸汽机车工业迅速发展。

正是第一次技术改造，为新型蒸汽机车的研制和生产打下了坚实的基础，此次技术改造历时七年，被喻为"脱胎换骨的改造"。大机车由此实现了由修理蒸汽机车到制造蒸汽机车的转变，工厂提高了设备加工能力，达到了年产 296 台蒸汽机车的水平，超过了原设计的 220 台蒸汽机车的生产能力，货车最高年产量为 2535 辆，达到了设计的生产能力。大机车七年共实现利税超过 1.73 亿元，相当于国家投资的 3.2 倍，工厂累计生产的蒸汽机车占同期全国生产总量的 40% 以上。

特殊的颁奖词

> 他们是工作在生产第一线的产业工人，他们是地地道道的"土专家"，他们用聪明智慧和质朴的情感，为中国机车事业的发展，坚持不懈地追求……

我采访过大机车老技术人员唐关达，他在大机车从事技术工作四十多年，每当回忆起全厂工人积极搞技术革新的情景时，他都感慨万端，大机车人为技术改造和技术革新"点灯熬油"的那些经历依然历历在目，仿佛就在昨天，那种热火朝天的干劲至今仍让他热血沸腾，感动不已。他送给我一份他搞技术革新的材料，项目之多让我惊讶，仅他个人在几十年的职业生涯中搞的大大小小的技术革新、技术发明就达几百项之多。大机车人搞发明创造、搞技术革新已经蔚然成风，不仅科研技术人员搞，普通工人也搞。从 20 世纪 50 年代至今，工厂上上下下搞技术革新的热情就从未减弱。

20 世纪 50 年代还是"土法上马"的特殊时期，先进的生产设备和仪器不多见。随着工厂的发展和技术改造的推进，大机车人不等不靠，开动脑筋，开始了各种各样大大小小的技术改造和技术革新。工厂在加速培养和建立具有现代科学文化知识的科研技术队伍的同时，充分调动工人的积极性，发挥工人们的聪明才智，使更多的工人掌握科学技术，成为工厂的主导技术力量，工人工程师队伍不断壮大。

这些工人工程师产生在"大跃进"和技术改造与技术革新的大潮中，仅1960 年就先后提拔了两批共计 26 名工人工程师。他们凭借在生产中多年积累的丰富经验，攻克了各种技术难关。这些工人工程师中，年龄最大的是铸铁车间 60 多岁的老工人赵文恒，他是全厂有名的"老铁人"，解决了机车汽缸的质量问题。而被群众称为"活辞典"的动力科外线老工人唐东成，解决了 22 千伏主轴开关改为自动操作、电线管连接用焊接代替可动连接和 33 千伏双层母线隔离作业等重大革新问题，这些都得益于他在丰富的实践经验中的积累和发现。可以说，工人工程师在那个特殊年代里，对鼓舞干劲、打破传统观念、促进生产都有着非同寻常的意义。这些工人工程师与那个时代一起，已经写进了大机车的历史，成为大机车前进历程中重要的组成部分。

从工人中培养"专家"，既是工厂发展的需要，也对促使工人重视科学技术具有十分重要的意义，不仅带来了生产的高效，也使机车生产出现了第一个高峰。据记载，大机车 1960 年全年制造蒸汽机车 296 台，钢水近 4 万吨，工业总产值达 9098 万元，是新中国成立后的最高水平，机车产量超过了前四年的总和。大机车职工总人数达到了空前的 11894 人，成了真正的万人大厂，创下了历史纪录。

正是大机车注重工人技术力量的培养，不断地提高工人的技术素质和责任心、创造力，给了工人积极的鼓励，才使工厂一步一个脚印地踏实向前。今天看来，一些发明成果和改造项目似乎有些"不起眼儿"，但正是大机车人一点一滴的进取求精的精神，一点点地凝聚着智慧和力量，才形成了巨大的力量，使大机车长盛不衰。

如今半个世纪过去了，大机车人没有忘记他们。历史会记住这些平凡、质朴而聪明的机车工人。今天，在书写大机车历史的过程中，我们重新阅读他们当年的获奖理由，仍然心生感佩。

以下是工厂对当选的工人工程师们（第二批）的颁奖词：

赵文恒，铸铁车间造型工段老工段长，时年68岁，具有四十二年的冶炼、造型经验，被誉为"老铁人"，他解决了机车汽缸裂纹、缩孔等质量问题。

唐东成，动力科外线工段长，被称为电力外线系统的"活辞典"，对工厂"天上挂的、地下埋的"电路系统了如指掌，解决了22千伏主轴开关由手动操作改为自动操作、电线管连接用焊接代替可动连接等4项重大革新问题。

王好进，机械车间六级钳工，实现了350多件发明创造和革新项目，被誉为"土专家"。

卢兆义，工具科六级钳工，切削工艺专家，是群众公认的专家。

冯宝贵，金构车间工段长兼党支部书记，是经验丰富的电焊工人，是车间解决关键问题的革新技术能手。

徐德义，机车车间工段长，熟悉镗床、铣床技术，曾针对车间薄弱环节和关键课题提出许多重大革新，实现了58项，提高了生产效率。

周玉芳，铸钢一车间七级造型工，车间技术革新的带头人，提出重大革新项目20余件，并应用于生产，解决了机车大件产品的质量问题。

门如杰，机车车间六级镗旋工，擅于解决车间生产关键和薄弱环节的问题，先后解决了防止汽缸镗床蹦刀、实行多机床管理、使用滑板托加工胎具等若干革新问题。

高汝乐，车辆车间工段长，担任工人理论教员，曾提出重大革新建议 26 件。

张家义，车辆车间七级电焊工，熟练掌握电焊、气焊、木工、电气等技术，是多才多艺的"多面手"和"土专家"，提出并实现革新建议 34 件。

张增远，铸钢一车间电炉冶炼工，不仅对本车间生产有许多重大革新，同时还经常为兄弟厂矿解决生产关键技术问题。

张文明，铸铁车间技师，实现 10 余项重大革新，解决了许多冶炼关键问题。

王连有，基建科技师，从一个文盲自学达到高中水平，熟谙电气安装试验维护技术，将 60 多台手动机床改为自动机床。

王贵善，电焊条车间电炉冶炼工段长，在改进和扩大电炉容积上起了重大作用，使电炉由原日产 2 吨提高到日产 15 吨。

张生有，铸钢二车间技师，提出了许多有建设性的革新建议。

毕恩杰，车辆车间技师，积极搞技术革新，解决了不少重大生产关键问题。

姜希金，铸造车间技师，在生产中不断创造新技术，解决了许多重大关键性问题。

谭云长，工厂技校技术员，在指导学生实习技术过程中起到了积极的作用。

李云起，工厂技校实习教员，具有丰富的铸造生产经验，在铸造三通生产中，实现了漏模造型半机械化，创造了全国纪录。

李德宝，检查科检查员，在检查中不断地摸索和改进技术难题，先后提出了 60 余项革新建议。

这些颁奖词朴实无华，一如那一张张朴实无华的面孔，他们和中国机车的历史一起，永远让人铭记。

激情燃烧的岁月

没有花前月下的浪漫，没有风花雪月的柔情，有的只是披星戴月的奔跑，多的是充满力量的干劲……

1958 年，轰轰烈烈的"大跃进"拉开了序幕。第一个五年计划的顺利实施和完成，鼓舞了大机车职工。大机车人同全国人民一道，走进了"大跃进"时代。在那样一个特殊的岁月里，大机车人的热情被点燃了，潜力和能力都被无限地开掘。

元旦刚过，旅大市特等劳模、机械机车主车架小组组长崔兆南便带领他的伙伴们，带头向工厂上报一份请愿书：计划用二十六天的时间，完成两个月的工作量，提前跨进 3 月份的生产。元旦后，崔兆南和他的同车床伙伴李绍先，加班加点马不停蹄地开始工作，不断研究改进，使刨机进一步发挥了强力刨刀的威力，送刀量由 1.2 毫米增大到 1.57 毫米，连续三次突破生产定额，仅用了二十二天就完成了全年的计划指标，创造了奇迹。

一马当先，万马奔腾。俗称"机车脊梁"的主车架生产快速跃进以后，带动工厂各个环节紧紧跟上，在崔兆南的带动下，全厂上下掀起了一个追先进、争上游的热潮。

"那时候，国家建设日新月异，我们

崔兆南

当工人的只有一个想法，就是尽全力为国家建设服务，多出力，多贡献。有的职工家住得远，就干脆住在了工厂。有的老工人连续加班加点，有时吃着饭就坐着睡着了。那时候大家一点儿私心都没有，都一门心思扑在工作上，那真是一个激情燃烧的年代啊！"退休老工人于师傅提起那段经历，仍然满怀激动之情。

大机车在全厂范围内开展技术革命，涌现出了许许多多的革新迷，仅崔兆南的往复刨床就经过了前后37次革新，生产效率提高了八九倍。还有被称为"青年革新家"的乐清发，他一直在研究改变伸缩烟管的设备。1958年，他在参观全国工业交通展览会的时候，看到牡丹江机车车辆厂伸缩烟管的设备很好，激发了他的灵感。他回厂后开始试验，但是试验了半年还是不好用。后来，他去牡丹江参加冰球赛，看到满载着大灯罩管的列车时，又动了改进伸缩烟管设备的心思。他趁着在牡丹江的机会，专门到工厂学习了这门技术，回来后又进行了多次试验，最终研制成功，使工作效率提高了七八倍。

技术改造促进了技术革新的深入开展、生产能力的提高，工人们的干劲格外高涨。工厂适时地顺应工人们的热情，组织开展了各种生产竞赛、比武等活动，全厂工人开始了空前的大竞赛，可以说是日日比武、天天跃进，出现了许多在当时有效提高工作和生产效率的发明创造。工人张洪奎发明了土铁炼钢的办法，被人称为"土专家"。他提出了4项重大革新建议，仅其中用氧化铁皮代替镁砂一项，一年就节约资金18万元，这在当时是非常了不起的。他还创造了降温法延长转炉寿命。金构车间工段长王福祥，一年中提出的46件革新建议全部实现，节约用煤700多吨，而且节约了氧气和人工、水电等费用。1960年，时年已经61岁的李德声老师傅，敢想敢干，打破了先座炉后座轮的组装机车的老规矩，提出了抛弃座炉工序，用空车架座轮先找板线的新方式，保证了机车的正常安装，大大提高了工效。

在各项革新中，有项另类的四八交叉作业法推广得比较普遍。四班八小时交叉作业法就是在原有的劳动组织和设备的基础上，将每昼夜三班、每班工作八小时，改为每昼夜四班、每班工作八小时，上下班之间进行交叉的联合作业制。

这最早是由煤矿职工提出的，可以说是生产组织上的一次变革，在当时的生产形势下，具有许多优越性：加强了生产前的准备工作，大大减少了非工作时间，人力和设备的潜能得到了充分的发挥，既增产又减人，还能加强各班组之间的团结和互相协作，促进了技术交流，改善了工作和劳动条件，使工人能够劳逸结合。

在那个特别的年代，国家百废待兴，工人们火热的干劲和热情给工厂带来了巨大的变化，为工厂发展注入了激情和活力。他们创造的生产工具和设备，大大提高了劳动效率，创造出的新的技术和成果，使工厂的生产效率成十倍、成百倍地提高，对提高生产技术、促进科技进步具有重要的意义。

第八章

"巨龙"腾飞：内燃机车
开启中国机车历史新篇章

传说中，凤凰是人世间幸福的使者，每五百年，它就要背负着积累于人世间的所有不快和仇恨恩怨，投身于熊熊烈火中自焚，以生命美丽的终结换取人世的祥和与幸福。同样，在肉体经受了巨大的痛苦和轮回后，它才能以更美好的躯体获得重生，其羽更丰，其音更清，其神更精。

中国首台内燃机车牵动人心

1893年，德国人鲁道夫·狄塞尔发明并获得柴油机专利，于1897年试制成功世界上首台柴油机。1912年，德国和瑞士试制成功了世界

上第一台 1000 马力的内燃机车。1924 年，苏联成功试制出第一台 736
千瓦的干线内燃机车。一年后，美国通用电气公司（GE）制造出第一
台 220 千瓦的调车机车。

　　时代的狂飙终将裹挟着技术革命的浪潮滚滚而来……

进入 20 世纪 50 年代中期，世界发达国家已经停止了蒸汽机车的制造。

由于我国煤炭资源丰富，石油资源短缺，因此，50 年代国家大量使用蒸汽
机车。蒸汽机车虽然为新中国的建设立下了汗马功劳，为铁路事业做出过巨大
贡献，但蒸汽机车效率低，加上国际上内燃机车的发展，蒸汽机车被淘汰已是
历史的必然。

据铁道部北车集团专家林宏迪教授介绍："蒸汽机车技术落后，驾驶它劳
动强度很大，司机吃烟，司炉流汗。一位老铁路司机回忆说，当年他在鹰厦线
上跑车当司炉，从邵武到鹰潭 147 公里，要挥锹向炉膛填煤 5 吨多。一到高坡
困难地段，就要与副司机轮流铲煤，一路汗流浃背，真是累得不行，苦不堪言。
可见驾驶机车的司机劳动强度有多大。"而且蒸汽机车又被称为"煤老虎"，
每千台蒸汽机车每年用煤 350 万吨以上，火车跑不了多远就要停下来加水加煤，
牵引区段相对较短，利用率相对较低，烟尘污染环境。蒸汽机车的这些短板，
使其无法和内燃机车相比，内燃机车取代比较落后的蒸汽机车是世界机车发展
的趋势。

建造多拉快跑、节能轻快的现代化的内燃机车以代替蒸汽机车，成为国家
迫在眉睫的任务，一场关乎中国铁路运输牵引力动力革命的战役打响了。作为
铁道部的设计中心和中国铁路机车的主要生产基地，大机车又承担起了我国第
一台干线货运内燃机车的设计和试制工作。

这之前，大机车经过苏联接管、中苏共管、独立经营几个阶段的发展，加
上之前的技术储备，工人综合素质稳步提高，技术日臻熟练，经过多年外派技
术人员的学习考察，以及苏联专家的指导，工厂已经初步具备了研发、生产内
燃机车的基本条件。1957 年下半年，工厂抽调精干力量，开始了内燃机车的设

计和试制准备工作。

内燃机车较蒸汽机车具有许多优点，它的热效率比蒸汽机车高 3 倍以上，运行准备时间短，启动加速快，可提高铁路通过能力 25% 以上。尤其是在缺水缺煤的地区，坡道、隧道和森林、油矿地区，内燃机车的优势更为显著，不仅可改善司乘人员的工作条件，每千台节约运行维护人员万人以上，在铁路线路建设上，还可以不建设上煤上水的设施，减少近一半的机务段，每千公里可节约投资 2000 万元左右，可以节约大量优质煤。因此，试制、生产内燃机车，对整个国民经济发展具有重要意义。

1958 年 2 月，国家技术委员会、第一机械工业部和铁道部共同下达了试制干线内燃机车的任务，由大机车承担。同年 3 月，大机车开始进行内燃机车设计和试制工作，计划于 1960 年前完成。

设计开始时，首先缺乏的是成套的参考图纸和资料，当时只有专家随身带来少量的苏联的内燃机车资料和海军部门提供的柴油机检修图纸。首次试制的内燃机车是在苏联专家的指导下，仿照苏联的电传动内燃机车设计的。

最初决定生产内燃机车时，有些人说内燃机车是"老虎屁股摸不得"。当时，为了制服内燃机车这只老虎，完成内燃机车的设计和试制生产工作，中央有关部门组织了一场大会战，以大机车为主力，从全国各地抽调机械、化工、冶金等部门的 100 多家工厂以及 10 多家科研单位和高等院校的精干人员参与。大家有股子劲儿，管他什么老虎不老虎的，只要有胆量，老虎屁股照样摸。

此时铁道部决定，将部内内燃机车专业的技术人员组成研发设计队伍，充实到大机车的技术力量中，还在部属相关单位调来了一部分设备给大机车配套使用。

就这样，我国第一台内燃机车的试制工作全面铺开了，全厂职工提出了"和时间赛跑，分秒必争，速度快，质量好，力争达到国际水平，把内燃机车早日开到北京去见毛主席"的口号。

当时正处于"大跃进"的高歌猛进中，大机车职工还提出了一个豪迈的口号："提前试制成功内燃机车，不用十五年，使内燃机车超过英国！"在当时"大跃进"的热潮中，英国这个老牌工业强国根本不把雄心勃勃的大机车工人放在眼里。然而，那时中国的机车厂还从来没有生产过内燃机车，要把制造内燃机车的愿望一下子变成现实，不是单靠决心和口号就能完成的，困难可想而知。

内燃机车是以内燃机作为动力装置的机车，其动力装置主要是柴油机，所以内燃机车也称为柴油机车。内燃机车很少受外界条件限制，只要有铁路，内燃机车就能奔跑，即使在缺电少水等恶劣情况下，也照跑不误。内燃机车主要由动力、传动、辅助装置以及车体车架、走行部等部分组成。柴油机启动后，带动同轴的发电机发电，供应给位于转向架上的牵引电动机，牵引电动机带动车轮转动，从而使机车奔跑起来。

在内燃机的研制过程中，全厂职工感到最棘手的就是柴油机和电动机。柴油机是内燃机的心脏，电动机是内燃机的大动脉，这两个部件技术精密，结构复杂，工厂从来没有制造过。动力科电修工段的工人，过去主要修理电动机，从没有制造过，更何况电动机立起来比人还高。至于内燃机设备上的困难就更多了，一台内燃机由约10万个零件组成，需要经过几十万道工序，需要很多专业设备还有各种合金钢材，这些专业设备和金属材料，在当时"一穷二白"的情况下，工厂根本没有。在物资匮乏和设备还相当落后的20世纪50年代，用得最多的好办法是"土法上马"。聪明智慧的机车工人硬是通过自己的努力，将梦想照进现实。

例如，内燃机车中柴油机上使用的连杆，当时国外普遍采用15吨的模锻锤来锻造，工厂没有这样的设备，国家也没有现成的设备调拨，如果用毛坯直接加工，就少了锻造这道工序，如果用铣床铣一根连杆，需要半个月的时间才能完成。当时的老工人由忠国、宋宝田，技师姜锡金、刘文科等人几乎天天在一起研究琢磨，提出了一个又一个方案，最后一致决定，用工厂现有的3吨重的锻锤一个一个地分段锻造。产品试制成功后，与国外进口的连杆进行技术比较分析，化验和解剖的结果基本一致。

机车制造，技术先行。大机车从千里之外请来了苏联内燃机车设计制造专家别洛乌斯，加入这个雄心勃勃的大机车设计团队中，开始了设计和试制内燃机车的工作。

有了专家的指导，大家心里有了底气。别洛乌斯是个性情中人，他一到大连，来不及休息，第一时间就走进了工厂，详细地了解了内燃机车的设计情况。当时的总设计师王恩铭告诉别洛乌斯，工厂没有内燃机的技术资料，也没有参考图纸，大部分设计师对内燃机车的构造原理了解不多。别洛乌斯并没有吃惊，好像这一切早在预料之中。他给设计人员打气说，不要怕，在中国共产党领导下的人民，什么奇迹都能创造出来。当他听说工人要赶在第二年的"十一"前提前完成内燃机车的生产任务，要把新机车开到北京见毛主席时，深受感动，对工厂的负责人说："给我准备一张办公桌，搬到设计科办公，这样有问题可以随时解决，进度也会更快。"别洛乌斯常说："我要是离开内燃机车，就像少了什么东西似的。"他曾经和工厂领导说："我最盼望的是早些把内燃机车开到北京，这是有政治意义的大事，对中国的社会主义建设和尽快地赶上世界先进水平都具有重要意义。"

就这样，苏联专家别洛乌斯在中国大机车的设计科，开始了他在中国内燃机车的设计工作。

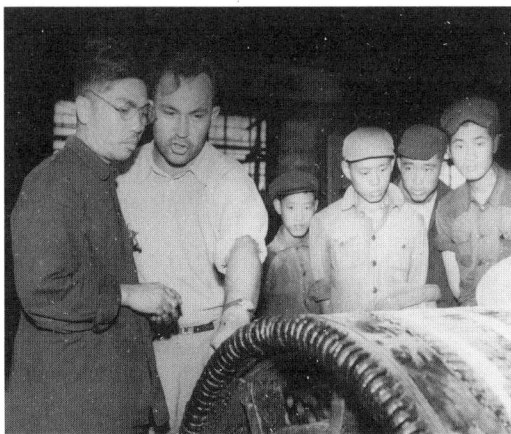

苏联专家别洛乌斯（左二）和内燃机车主任设计师付景常工程师（左一）在主发电机转子旁

第一台内燃机车的设计开始了，由于缺少数据，公式算不出，别洛乌斯放弃休假，找来许多参考书，凭着丰富的设计经验，把疑难一个个解决掉。那段时间，设计科的灯总是从夜晚亮到天明，别洛乌斯和设计人员总是通宵达旦地工作。在设计过程中，别洛乌斯采用了世界各国内燃机车制造中的新装备。别洛乌斯在苏联设计内燃机车时，没有安装润滑油热交换器设备，但是他考虑到中国的气候特点，又考虑到经济因素，主张安装这种设备，这样既可以节约大量金属，又能延长机车寿命。在别洛乌斯的具体指导下，设计工作进展较快，计划完工的日期不断提前。工厂还试制成功了具有世界先进技术水平的驱动空气压缩机用的电磁离合器。

大机车的试制工作也得到了市委、市政府的高度重视。1958 年 6 月 18 日，旅大市工业局召开由工厂、部分院校、科研机关等十几个单位的负责人参加的会议，研究开展全市性的大协作，保证提前完成内燃机车试制任务的具体事宜。会议决定，大机车吸收全市有关工厂、院校的技术人员，组建内燃机和电动机两个设计组。全市各大企业全力支援内燃机车试制，大连钢厂包下了内燃机车所用的 14 种特殊钢材的试制任务，大连仪表厂承担了内燃机仪器仪表的制作任务。工厂还召开了 1500 余名干部职工参加的誓师大会，为试制工作加油鼓劲。

6 月 23 日，工厂召开由大连工学院（大连理工大学前身）、大连海军指挥学校（海军大连舰艇学院前身）、大连海运学院（大连海事大学前身）和大连柴油机厂〔道依茨一汽（大连）柴油机有限公司前身〕参加的内燃机设计制造协作会议。随后，与会各单位立即派出专业人员参加设计，并承担了提供参考资料、指导设计、制作精密部件等工作。市委还在全市的技术革新经验交流会上专题研究内燃机设计和试制的问题。由于资料和经验不足，设计科在这种情况下采用边学习边设计、快学习快设计的办法，力争早日把图纸下到车间进行试制。设计人员放弃一切休息时间夜以继日地工作，历经一个月的辛勤劳动，终于在 7 月 25 日完成了最后一张草图的设计工作，打破了过去任何一台机车设计施工的纪录。

为了给奋战中的大机车职工鼓劲加油，7 月 23 日，大连市举办了内燃机车广播晚会，旅大市委第一代理书记胡明到会讲话。他指出，我们搞内燃机车这种先进的机车，其实就是在跟英国、美国、联邦德国等一切资本主义国家比高低，力争抢到他们的前边去。他说："这就是技术革命，我们不大力试制新产品、向新技术进军，停留在原来的技术水平上，那还叫什么技术革命呢？我们旅大地区是东北工业基地里的一个老工业城市，搞跃进、搞技术革命、贯彻总路线，就得搞出一点儿大名堂来。这是一个考验，考验整个旅大地区能不能经得起总路线的考验。"

胡明还表扬机车工人："我们大连的工人阶级人人都是英雄好汉，难道能甘居中游、甘心落后吗？我们要创造更多更大的技术革命和文化革命的成就，去跟兄弟厂比，跟北京、上海比，跟国内一切先进水平去比，跟一切外国去比。要敢想敢干，破除迷信，解放思想。"

他强调，试制内燃机车是大机车职工和全市人民的光荣，全市各单位、各部门要群策群力，保证内燃机车提前试制出厂。

全市人民的支持使大机车人备受鼓舞。广播晚会结束的当晚，金构车间便完成了内燃机车的底架任务，十天后又完成了总组架的组装和加工。锻造车间的工人热情高涨，提前完成锻造特殊铸造件和合金钢锻造件的任务。承担机械加工和装配任务的机械和机车车间的工人们，个个干劲冲天，加工出来的产品又快又好。设计人员在设计过程中还采取了一系列先进的设计方法，如施工设计和决定方案同时并进，工艺和设计合作，大大缩短了出图时间；改变了过去一件一图的惯例，而在组装图上标记尺寸，节省了大量图纸。这些方法的采用保证了施工设计以高速度进行。金构车间还打破了传统路线，采取了边设计边放样、边加工边组装的方法，大大缩短了试制周期。机车车间技师张世恭、孙成治和老工人程绍全等试做的精细风扇也获得了成功……

7月25日，在设计工作基本完成后，机车开始进行组装。工厂职工日夜奋战，加快组装进度，全国50多家单位和工厂提供了原料、材料、零部件、仪器仪表等器材和设备。

当时正值"大跃进"时期，国内形势真可谓"一日千里"，不仅大连和北京在试制内燃机车，青岛的四方机车车辆工厂也在试制，连过去只做一般机车维护工作的沈阳铁路机务段也在试制内燃机车。这样，大机车在跟从南到北的全国机车厂赛跑。

大大小小的技术革新也在内燃机车研制中发挥了作用，提高了劳动效率。老技术工人高和乐在加工转子轴时，采用双刀加式法取得成功。机车车间组成了一个内燃机车的试制小组，邀请了有经验、有专长的老技术工人参加试制，短时间内完成大小部件150多件，完成内燃机车的热交换器法兰、筒体、固定管板等20余件。

内燃机车的主要部件2000马力柴油机，工厂从来没有设计制造过，在试制这一复杂精密的产品过程中，困难重重，设计图纸和材料都没有。上海江南造船厂、上海船舶修造厂等在当时生产任务紧的情况下，坚决把生产的一部分活塞、曲轴、汽缸套等50余种精密部件供给柴油机的组装。设计之初，上海江南造船厂还拿出了成套的柴油机图纸，加快了柴油机的设计速度。辽宁省也开展了空前规模的大协作，"要人有人，要物有物"。有些单位牺牲

检查主发电机转子的质量（上、下图）

自己的生产，抽出优秀和技术熟练的工人和工程技术人员，到大机车参与研制。全国各地支援内燃机车研制，表现出了崇高的协作精神。

1958年9月26日，内燃机车开始试运行。前一天，别洛乌斯晚上9点多钟还未离开车间，大家劝他回去休息，他说："这里在准备试车，我回去也睡不好。"因为第二天一早第一节内燃机车就要试运行了，别洛乌斯一方面是兴奋，另一方面又有些不放心。终于挨到早晨4点钟，天还没亮，别洛乌斯就来到出车现场，指导试运行前的准备工作。

"开始试运！"随着厂领导一声令下和"呜"的一声长笛，中国第一台内燃机车向前驶去，顿时，现场的人群中爆发出了热烈的掌声和欢呼声。

第一次试运，从大连沙河口火车站开到金州火车站，全程约60公里。在从工厂到金州、又从金州回到工厂的整个试运过程中，别洛乌斯和有关设计人员一直在非常闷热的车头中指导试运。每到一站，他都亲自下来查看各个部分运行的情况。当看到各个部分运行情况良好时，他脸上就显露出愉快的笑容，那份对设计工作的成就感，还有对机车事业的热爱之情都写在脸上。

第一台内燃机车经过试运后，机车的性能等一切情况良好，达到了设计标准和要求。那天试运行回来后，别洛乌斯激动地说："中国第一台货运内燃机车诞生了，试制的速度超过了一切资本主义国家，祝贺你们！"

120多个备选名字

第一台内燃机车凝结了中国老一代机车科研人员和广大干部职工的不懈追求，体现了大机车人的爱国情怀和聪明智慧。毛泽东当年感慨中国不能造火车、汽车的遗憾彻底不见了，大机车用行动为中国民族工业的崛起树立了信心……

早在内燃机车设计之初，全厂职工就在热烈讨论，争相给内燃机车起名，提出的名字也五花八门，普遍带有鲜明的时代特色。有的提议命名为"东风"，有的提议叫"超英""赶美"，还有的提议叫"红旗""上游""灯塔""巨龙"等等。全厂职工对内燃机车的命名表现出了空前的热情，共收到120多个名字。根据大多数职工的意见，工厂最终确定采用得票最多的"巨龙"，正式把新研制的内燃机车命名为"巨龙型"。

1958年8月15日，机车刚完成时，工人们就给它穿上了盛装：车身贴上五颜六色的标语，司机室的瞭望台由两名青年高举着两面大红旗，车身上披着鲜红绸缎做的大绣球，车头当中摆着向党报捷的捷报书，车头两侧贴着两个大红双喜字，真是神气十足。有人说它像雄狮，有人说简直就是一条巨龙。"巨龙型"第一节车体完成时，工人们说，"巨龙"的"龙头"诞生了。

第一台内燃机车被命名为"巨龙001号"。"巨龙型"内燃机车正面的顶部是姜黄色的，车身是深蓝色的，前脚下围着一块银灰色的挡板，远远望去，英姿勃发，它不凡的制造历程和历史性的试运行，已经载入中国机车的史册。

首次驾驶"巨龙001号"机车的司机是左长庚和傅育人两个人，他俩曾经共同到苏联学习了一年多时间。试运行那天，当登上犹如客厅一样的司机室时，两个人都有些激动，他俩不由得同时用拳头互相击打了对方的肩膀，又同时开心地笑了起来。左长庚说："我能驾驶中国第一台内燃机车，这是多么幸福、多么光荣的事啊！"傅育人也说道："这是咱俩的光荣，咱们一定要好好驾驶，不能给咱们机车人丢脸。"

两个人的手紧紧地握在了一起，那么有力，彼此能感觉到一种力量，发自心底的力量。然后，他俩开始操作起来。刹那间，只听见柴油机发出了"轰隆隆"的响声，不远处，信号员摆出了信号旗，"呜"的一声长鸣，"巨龙001号"

1958年9月26日，大机车研制成功我国第一台电传动"巨龙型"干线货运内燃机车

机车在左长庚和傅育人的操作下徐徐启动了，轰隆隆跑起来，驶出了大机车，驶出了市内，向着远方奋力前进。

这是具有历史意义的时刻，参加这次"巨龙001号"机车试运行的除了70多名设计师和工人，还有大机车党委副书记张詧金、副厂长景绍曾、工会主席姜鸣九、副总工程师魏富琳、总设计师王恩铭等，还有大连海运学院教授俞懋旦、大连电机厂工程师秦锡正、上海江南造船厂技师吴杏利、上海船舶修理厂工人方敏。他们分别守候在发电机、柴油机、散热器旁，不时查看着机器的发动情况，详细地记录运行过程，他们共同见证了中国第一条"巨龙"运行的历史时刻。

这是中国人首次乘着自己设计和自己制造的内燃机车进行试运行。司机左长庚和傅育人说，他俩开过十几年的蒸汽机车，进行过千百次的运行，从来没有这么舒畅过，也没有这样干净过。以往在开蒸汽机车时，不仅天天烟熏火烤，机车运行时一路上还要不停地添煤加水，劳动量大，而操作内燃机车比开电车还要舒服得多，坐在舒适的沙发椅上，只要按几下电钮，操作着手把，就能轻松地使机车快速地运行。

"巨龙001号"第一次试运行，时速从10公里提高到最高时速，达到50公里。在试运行途中，沿途的铁路职工和群众不停地向"巨龙001号"挥手，左长庚和傅育人更是无比自豪，他俩也不停地向人群招手。也许当时他们并不知道，他们和中国第一台内燃机车一起，永远地写进了中国机车的历史。

1958年9月29日上午8点，我国首台内燃机车在人们的欢呼声

"巨龙型"机车在北京

中，从大机车出发，一路高歌，开到了全国铁道展览馆。与青岛、北京等地试制成功的电气机车、摩托列车组等各种机车、客车、货车会师，在北京进行展览，向全国人民展示中国铁路交通运输事业走向现代化的巨大成果，与全国人民一道欢度国庆节。

"巨龙"横空出世

我国第一台电传动"巨龙型"干线货运内燃机车在大连的试制成功，结束了我国不能制造内燃机车的历史。铁道部机务局发来贺电："大连机车厂全体职工，在党的社会主义建设总路线的鼓舞下，以冲天干劲，试制成功我国第一台铁路干线用的内燃机车。这个成就标志着我国的机械工业开始以现代化的头等装备来武装我国的铁路运输事业。"

大机车人在短短的几个月时间里试制成功了中国首台内燃机车——"巨龙型"内燃机车。这是继"和平型"蒸汽机车研制成功后，大机车自行设计制造的我国第一台内燃机车，结束了我国不能制造内燃机车的历史，填补了我国机车工业的一项空白，为我国机车车辆工业的发展奠定了基础。

"巨龙型"内燃机车的诞生，振奋了党中央。党中央和国务院得知"巨龙型"内燃机车诞生的消息后，在不到半个月的时间里，邓小平和彭德怀两位中央领导参观了"巨龙型"内燃机车。

在和平时代如何搞建设，对年轻的共和国来说，是一场考验，而中国机车工业也是在不断的摸索中前进的。当时新中国的知识分子有着强烈的民族责任感，他们关注民族工业的发展，敢于提出建议，这些建议颇有远见。据当年曾经参与"巨龙型"内燃机车设计研制的工厂老领导魏富琳回忆，那时候的人敢想敢干，既有干劲，又有热情，大家拧成一股绳，心往一处想，劲往一处使，那时候就想，没有什么困难能难得住大机车人。

京剧《巨龙红旗游月宫》

> 月宫装上电话机，嫦娥悄声问织女："听说人间大跃进，你可有心下凡去？"织女含笑把话提："我和牛郎早商议，我进纱厂，他去学开拖拉机。"

这是"大跃进"时期的一首打油诗，今天读来，未免浅显幼稚，但是在那个时代，全国上下都是一片盲目的自信。一度，几乎每一个工厂车间，都充满文学艺术的味道，大家对艺术的热情伴随着"大跃进"的号角越发高涨。

为了宣传大机车"巨龙型"内燃机车的诞生，工厂上下开展了轰轰烈烈的庆祝活动，专门排演了话剧、歌剧、快板剧以及相声、舞蹈等节目。这些节目都结合了生产工作的特点，在内容编排上也充分体现了浪漫主义特色。

大机车的铸造车间还排演了京剧《巨龙红旗游月宫》。该剧由铸造车间工人编剧，于1959年2月7日到2月10日春节期间在大机车俱乐部演出。这出戏是由铸造车间业余文艺演出队自编自演的，火得不得了，三天时间演出三场，场场爆满，真可谓一票难求。

京剧《巨龙红旗游月宫》是根据工厂试制"巨龙型"内燃机车和"红旗型"蒸汽机车的事件创作的，歌颂全厂职工发扬敢想敢干的精神，提前完成我国第一台"巨龙型"内燃机车和试制成功具有独特风格的"红旗型"蒸汽机车的壮举，整出戏充满了浪漫主义色彩。剧中，人间放飞了"巨龙"和"红旗"两颗大卫星到天宫，西海龙王闻报"巨龙""红旗"飞进了南天门后大吃一惊，认为不仅冲犯了他的名字，而且还加了一个"巨"字，简直不将他放在眼里。西海龙王十分羞怒，便与龙太子去灵霄殿领了玉帝圣旨，带领天兵天将偷偷去月宫欲擒"巨龙""红旗"。"巨龙""红旗"在天宫周游了多时便直奔月宫。这时月宫里的嫦娥正在思念人间，已经忧虑成疾，"巨龙""红旗"却闯了进来。当问明根由得知他们是从人间飞来时，吴刚非常高兴，他带人间贵宾去寻找月宫中受苦的嫦娥。会面后，嫦娥热情地接待了家乡人。正当他们转述现今人间的几件大事时，龙王率天兵天将闯进月宫，指示嫦娥捉拿"巨龙"和"红旗"。"巨龙"和"红旗"不惧，把人间各项建设的巨大成就和天上的威力相对比，驳得龙王和天兵天将无言以对，龙王恼羞成怒，欲行比武，结果被打得狼狈不堪，束手就擒。"巨龙"正要挖龙王的眼睛，被善良的嫦娥说服。众仙不敢再与之争斗，并决心向人类学习。最后嫦娥仙子为了庆贺人间的胜利和"巨龙""红旗"两位贵宾的到来，在月宫轻歌曼舞，以表欢迎。

京剧《巨龙红旗游月宫》中没有一个专业演员，其中"红旗"由车间工人孙淑琴扮演，嫦娥由车间工人陈艳君扮演，吴刚由车间工人范培芬扮演，他们无疑是那个时代工厂里的大明星。

第九章

亲切关怀：那些伟岸的身影

新中国成立后，党和国家领导人十分重视铁路机车工业的发展，在大机车的发展历程中，留下了许多党和国家领导人的身影和足迹……

时光流逝，却抹不去那些珍贵的记忆……

据不完全统计，先后有30多位党和国家领导人到大机车参观、考察、调研，他们对大机车的发展悉心关怀，热情鼓励，寄予厚望，为大机车的前进指明了方向，为大机车的发展增添了动力。大机车发展、壮大、崛起的每一步，都凝聚着党和国家领导人无微不至的关怀和殷切的期望……

周恩来与大机车的不解之缘

1998 年 3 月 5 日，周恩来总理百年诞辰纪念日，大机车向周总理家乡新建的新淮铁路无偿提供"东风D型"客、货运机车各一台，即"东风4D1868一号"和"东风4D1998一号"，并分别以周恩来的乳名"大鸾"和字"翔宇"命名，作为这条新线路3月5日正式通车的剪彩机车。这是大机车人的心意，表达了大机车人对周总理深深的怀念和热爱。

周恩来总理一生多次来大连，而最早一次到大连，就与大机车结下了不解之缘。

1928年5月初，为筹备并出席在苏联莫斯科举行的党的"六大"，周恩来化装成商人，和邓颖超一起，从上海乘船到大连，再经东北转赴莫斯科。这是周恩来第一次来大连，当时，正是由大机车参加"六大"的代表唐宏经等人负责护送周恩来等远赴莫斯科开会，保证了此次会议的顺利召开。

新中国成立后，周恩来总理又是第一位走进大机车的党和国家领导人。大机车人时常会回忆起，当年周恩来总理在繁忙的公务中抽出时间，轻车简从到大机车调研考察的往事。

1951年6月30日，正在办公室里看文件的大机车党委书记王丕一接到市委打来的电话，说周恩来总理一会儿就到工厂来，要了解一下工厂的生产恢复情况。这突然而来的消息使王丕一书记异常激动和兴奋，要知道那时正是新中国成立初期，国家有那么多大事要处理，周总理的工作异常繁忙，还要抽出时间到工厂来视察，中央是多么关心国家的铁路工业发展啊！

那天，接到电话后，王丕一书记和时任厂长董良玉一起，心情激动地等在了工厂大门口。不一会儿，工厂门前笔直的马路上驶来了两辆小轿车，周总理来了，王书记和董厂长激动地迎上前去。王丕一后来回忆那天的情景，还记得非常清楚，那天周总理身着浅绿色制服，神采奕奕，陪伴周总理的还有邓颖超同志。周总理一下车就和王书记、董厂长等一一握手、问好。

那天，周总理先到了厂长室。厂长室里布置得朴素大方，左侧的墙壁上挂着毛主席和斯大林的画像，右侧的墙壁上挂着毛主席和周总理1950年2月14日在克里姆林宫签订具有伟大历史意义的《中苏友好同盟互助条约》的大幅照片。当时在工厂的苏联厂长西特罗夫也在场，西特罗夫厂长尊敬地握着周总理的手，周总理对西特罗夫说："谢谢您，辛苦了！感谢苏联人民的伟大支援。"

王丕一书记和董良玉厂长详细地向周总理汇报了大连解放后大机车的生产恢复情况：工人们在党的领导下，发扬光荣的革命斗争传统，粉碎了国民党反动派和敌伪势力勾结破坏工厂的阴谋，保护了工厂，掌握了工厂的管理权；突破了国民党反动派的经济封锁；在苏联专家的帮助下，迅速培养了管理企业、组织生产的能力。西特罗夫厂长还向周总理汇报了工厂的规模、组织机构和当时的生产情况。当时工厂担负着生产和修理支援抗美援朝的机车车辆的任务，周总理十分关心工厂的生产任务的完成情况，他听得非常仔细，并且不时地对不清楚的地方详细询问。

周总理还询问了几位厂领导的个人情况和工作经历。他问王丕一书记："你以前做什么工作？搞过经济吗？"王书记向周总理介绍了自己的经历。

周总理语重心长地说："过去我们忙于打仗、消灭反动派，现在反动派消灭了，但是搞工业建设还是刚刚开始，没有经验，许多东西还不懂。"他还引用毛主席的话："我们熟悉的东西有些快要闲起来了，我们不熟悉的东西正在强迫我们去做。"

周总理专门到各个车间去视察，他在车间里看得非常仔细，不时地提出问题，对一些不太了解的事情，有时还要寻根问底，直到弄清楚为止。他来到了机车分厂，当时车间工人们正在紧张地组装机车，庞大的吊车吊着锅炉从南头轰隆轰隆地移过来，在工人们的熟练操作下，准确地安装在车架子上，大家开始紧张地组装，锤击声以及吊车的隆隆声交织在一起，到处是一派紧张繁忙的劳动景象。当时谁也没有注意到周总理正在现场观察着工人们的劳动。

周总理详细地了解了吊车有多少吨，全厂一共有多少台，以及工厂的设备能力和生产情况。周总理在厂子里走得很慢，问这问那，对什么都关心，不时地打听各种设备的用途、数量，以及工厂的自动化程度。周总理十分关心这些关系到国家发展的基础设施，指示要充分发挥设备的潜力。这时，现场工作的工人们有人认出了周总理，工人们激动得不得了，纷纷向总理问好，向总理致敬。

周总理非常关心工人，特别是老工人的情况，他详细了解了工厂有多少老工人、熟练工人以及工人的思想和生活状况等。

周总理视察完机车分厂，又来到了工具分厂。当王丕一书记向周总理介绍全厂最年轻的年仅 20 岁的分厂长张来财时，周总理高兴地握着张来财的手问："你几岁开始工作的？"当周总理了解到张来财从小读不起书、12 岁进厂当学徒时，周总理说："你很年轻，要努力学习，要多向老工人学习，向苏联专家学习。我们中国长期遭受了帝国主义的侵略，很苦，可是苦也使我们中国人养成了艰苦奋斗的品格。几十年来，我们就是在困难中用艰苦奋斗的精神改变了旧中国的落后面貌。今后我们要进行大规模的有计划的经济建设，在我们面前有许多工作要做。"

西特罗夫厂长看到周总理对工具分厂的环境卫生很满意，告诉周总理，全厂职工不仅加紧生产，同时也很注意卫生、安全和厂容的整洁。周总理听了后高兴地说："好啊，工人要生产，也要健康。我们生产的根本目的就是为了让人民过幸福美好的生活。"

周总理从工具分厂出来后，又到了制动机分厂，制动机分厂是 1948 年才建立起来的。日本殖民统治时期，工厂不能制造车辆用的三通阀等制动装置，全部由日本进口。大连解放后，工厂为适应国家建设的需要，决定建立制动机分厂，研究制造制动装置。工人们在研究中发挥顽强的钻研精神，在苏联专家的帮助下，经过十几次的反复试验，终于在 1949 年试制成功。周总理听了汇报后，又看了一次现场的产品试验演示，称赞工人们的创造，他说："可见，我们的人民是最聪明的，在党的领导下，我们还要进行更大的创造。"

从制动机分厂出来后，周总理看到对面有一幢二层楼房，当了解到这里是工厂附设的青年技术学校时，周总理提议说："我们去看看。"

学生们正在上课，操场上显得格外宁静。周总理站在学校的操场中央，环视着这所被环抱在厂房、机器和树木中的学校，详细地询问了学校的教学内容、学生的学习成绩、思想状况，又参观了学生的实习场。董厂长向周总理汇报说："现在的学生是三天学文化理论和技术课，三天的时间参加生产实践。"董厂

"周恩来号"机车

长指着9个实习场说：

"这些专业都是根据生产性质需要设立的，学生经过理论学习和生产实践，很快就成为掌握文化知识的新型工人，保证了生产发展对技术工人的需要。"

周总理很高兴地说："半工半读、学习与劳动相结合，很好！这样培养的有文化知识、经过劳动训练的新工人，正是社会主义建设所需要的人才。"最后，周总理还特别强调，要加强对学生的政治思想教育，更好地发扬工人阶级的优良传统。

周总理在工厂里视察了两个多小时。从周总理一进厂，传达室的几位工人就觉得周总理面熟，等周总理走后，他们找出报纸上周总理的照片看了又看才认出了周总理，都后悔当时没有认出来，都遗憾没有当面问候总理。

1978年1月，国务院批准将上海铁路局的一台"东风3型"内燃机车命名为"周恩来号"。如今，"周恩来号"机车已更换为"和谐1D型"电力机车，车号为"1898"，正与周恩来的出生年份相同，表达了大机车人对周总理的怀念之情。从周总理第一次走进大机车到现在，虽然已经隔着几十年的光阴，但周总理的音容笑貌和教导却永远留在了大机车儿女的心间。

刘少奇和邓小平同行视察大机车

伟人关注的目光投向了大机车，那些历史的痕迹深刻在大机车人的心中，历久弥新……

1955 年 11 月 5 日，全国人大常委会委员长刘少奇和国务院副总理邓小平、王光美一起，到大机车视察。他们是到大连庄河观看军事演习的，在大连期间，他们先后到大连港务局、大连造船公司、旅顺海军基地、大机车视察。

上午 10 时许，刘少奇和邓小平一行在旅大市委领导的陪同下，来到了大机车。时任厂长李青向刘少奇、邓小平一行汇报了工厂的发展变化及生产情况。当时的大机车经过三年的经济恢复期，正处于发展国民经济第一个五年计划的建设中，经过全厂职工的共同努力，已经将工厂从一个在日本帝国主义霸占时只能修理机车的破烂厂，初步恢复成一个既能制造货车、客车，又能制造机车的新型企业。当李青汇报到工厂在日本殖民统治时期只能修理和组装蒸汽机车，现在在苏联专家的帮助下，正组织技术人员自行设计、制造蒸汽机车时，刘少奇和邓小平鼓励大家，要依靠工程技术人员和广大职工，尽快研制出新型蒸汽机车来。

刘少奇和邓小平一行先后到锅炉组对、机车装配、新机器、客车和铸钢等生产车间视察。在长达两个半小时的视察中，刘少奇和邓小平边走边看，每走到一个产品和新设备前，他们都仔细地观看和询问。从生产过程、产品质量到工人们的生产和生活情况，无一不在刘少奇和邓小平的关心范围之内。

在机车装配车间，刘少奇和邓小平仔细地观看了机车组装的过程及工人们的劳动，详细地询问了车间的生产能力、产品种类和性能。在场的干部和工人深切地感到，党和国家领导人是多么关心国家的工业建设，希望能够很快地改变经济落后的面貌的心情是多么急迫。当刘少奇和邓小平来到客车车间时，车间各条生产线上都排满了正在组装的客车，工人们正有条不紊地在各自的岗位上忙碌着，电钻声、锤子的击打声响个不停。在这忙碌的人群中，年过半百的老车间主任司春运也在边指挥生产，边参加操作。刘少奇和邓小平走到司春运跟前，亲切地与他握手，关心地询问他的身体健康状况，又向他询问了工人们的工作、生产、生活情况。

司春运还陪着刘少奇和邓小平登上新组装的正待出厂的崭新客车。面对美观舒适的客车，刘少奇谈笑风生，还把它同他在国外看到的机车做了比较，对新中国工人用辛勤劳动制造出的质量良好的产品给予了热情的赞扬，嘱咐大家要努力学习文化技术，大力发展生产，富强国家，改善人民生活。邓小平边观看机车边抚摸着崭新的车体，语重心长地对在场的干部和工人们说："做了国家主人的工人阶级要努力发展生产，富强国家，改善人民生活。要学会搞经济建设，迅速学会管理工厂的本领；要走我国自己发展工业的道路，也要虚心学习外国的先进经验。领导干部要深入实际，关心群众，依靠群众，把工作做好，把工厂办好。希望早日听到你们的好消息。"

离开时，刘少奇和邓小平与司春运合影留念。

后来，司春运常常向干部和工人讲述刘少奇和邓小平同志与他谈话的情景，经常以此来激励大家，鼓舞士气。

党和国家领导人对机车工业的重视、对工人群众的关心，如同一股无形的动力，激励着一代又一代机车人勇往直前，奋发向上，创造出一个又一个奇迹。

出特刊只为传佳音

亲切的关怀，总会点燃大机车人的激情；历史的瞬间，永远地留在了大机车人的心间……

1959 年 6 月 11 日，朱德委员长和董必武副主席到大机车考察，第二天，工厂就打破常规，加急出版了一份《前进报——快报》，及时地报道了他们来厂的消息，这在 20 世纪 50 年代实在是快节奏、高效率又雷厉风行的风范。正是这份《快报》，让我们看到了党和国家领导人对大机车的特别关爱和期望。

1959 年 6 月 11 日上午，国家副主席、全国人大常委会委员长朱德和中央政治局委员、国家副主席董必武，在辽宁省委书记黄欧东和旅大市委书记、市长胡明的陪同下，到大机车视察工作。

在工厂的会议室里，时任大机车党委书记郭欠恒向朱德委员长和董必武副主席汇报了工厂的生产情况。朱德委员长和董必武副主席还接见了劳动模范、红旗手、优秀工人、工程技术人员、职工家属等十几名代表。当时的代表有机械车间刨工崔兆南、金构车间工段长于永信、铸造车间女合同工蔡秀芬、职工家属代表王金凤、机车车间工段长李德声、车辆车间车工林宝永、机车车间工具管理工赵玉兰、金构车间主任工段长王福祥、动力科工程师舒正芳、财务科会计员肖宜昌、机械车间车工韩起江、铸造车间工段长赵文恒、锻造车间锻工董有洪、电焊条车间轧钢工韩刚华、机械车间徒工刘国爱、金构车间徒工孙玉英等。朱德委员长、董必武副主席和代表们一一亲切握手。

据当时参加接见的旅大市劳动模范、铸造车间女合同工蔡秀芬后来回忆，那天接见的情景她记得非常清楚，朱德委员长握着她的手，关心地问她有几个孩子上学、孩子都多大了、最小的几岁等情况，蔡秀芬一一做了回答。蔡秀芬说："我有 7 个孩子，我最大的孩子今年 17 岁，最小的今年 4 岁，一共有 4 个孩子在上学。"朱委员长听到 7 个孩子都很健康，他满意地笑了。

当时的蔡秀芬不知道是兴奋还是激动，眼睛里泪花闪烁。她用手帕擦了一遍又一遍，眼睛跟着朱委员长转，生怕记不住他老人家的样子。朱委员长关心一个普通女工，那么细致，那么真诚，让蔡秀芬无比感动。

当朱委员长和董副主席来到机车车间时，正在组装机车主架的立架小

"朱德号"机车

组工人听说朱委员长和董副主席来了，无比兴奋，他们干劲冲天，把大锤抡得震天响。机车的组装速度加快了，他们要把当时正在组装的机车主架抓紧装完，作为欢迎的献礼。当他们把主架后铸物上的最后一个螺丝拧好后，就立即跑出去欢迎朱委员长和董副主席。钳工徐金亭激动地说："我看见了朱委员长，看，他老人家多健康啊！"

本来干夜班的汽缸小组组长夏清海，听说朱委员长和董副主席要到工厂里来，决定不休息，在工厂等。他说："今天是我最幸福的一天，我想看看他老人家的愿望实现了。"

当天晚上，大机车宣传部的同志们连夜加班，提前出版了《前进报——快报》，报道了朱德和董必武来大机车视察的消息，为大机车留下了珍贵的历史资料……

康克清大姐的叮咛

作为走进大机车的女性国家领导人，康克清大姐的到来，对大机车的女工们来说更像是遇到了一位知心大姐，亲切而温暖……

1959 年 6 月 11 日上午 10 点，陪同朱德委员长和董必武副主席到大机车视察的全国妇联副主席康克清，在大机车主持召开了工厂女工座谈会。

参加座谈会的女工代表都是工厂各个岗位上的优秀职工，有当时的旅大市劳动模范、铸造车间女合同工蔡秀芬，有旅大市职工家属代表王金凤，有旅大市劳动模范赵玉兰，有车辆车间刨工韩凤喜，有铸造车间造型工崔代兄，有电焊条车间主任车工赵金凤，有设计科设计师张彩薇，有动力科看电工王美华，有女打铁匠初文娥、陈桂荣，还有资料员陆祥珍等 20 多人。

在这些人中，当时三十出头的女工蔡秀芬引起了康克清主席的注意。要知道，当时的城市中，大多数妇女来自农村，她们文化水平相对较低，许多方面还有些无法适应城市生活。当时，蔡秀芬刚到工厂还不到一年的时间，她原来在街道第一职工家属小组做卫生工作，因为工作做得好，又会持家过日子，获得过全市第一名，并在全市的现场会上介绍经验，得到了当时市长的表扬。她还因为勤俭持家，被多家企业和机关请去介绍经验。由于她表现出色，被调到大机车铸造车间担任工具管理工作。从没有过工厂工作经验的蔡秀芬，做什么事都是出了名的认真，仅用了不到两个月的时间就掌握了整个材料室的工作，并精心钻研，很快掌握了工具修理技术。她还想尽一切办法为工厂节约成本，发动女工洗补劳动护具，搞回收，洗补工作服、围裙、手套等等，被评为旅大市劳动模范。

当大机车党领导介绍蔡秀芬已经是7个孩子的妈妈时，康克清拉过她的手，放在眼前看了看，那是一双粗糙又结实的手，康克清主席眼睛里似乎有泪水在打转。她对中国妇联宣传部部长郭明秋和辽宁省妇联主任陈素韵说，这是我们妇女学习的榜样，我们国家建设需要这样勤俭持家的妇女。

康克清认真地听取了女工们大搞技术革新和技术革命、开展增产节约运动和女工的生产等情况。当听说赵玉兰提出了革新建议近百项时，康克清向她竖起了大拇指。康克清对女工们的工作和生活情况非常满意，她对在场的女工们提出了几点期望。她说，妇女参加各项工作做出了模范事迹，这是由于党的培养和妇女们的努力。她接着说，我们妇女要能想能干，有困难去克服，克服了困难我们就能前进。她特别对新入厂的女徒工和新参加工作的妇女同志指出，要下决心做好各项工作，决心要学出徒，不能半途而废，学不成是一辈子的事；要工作好、学习好，还要身体好，同时要当好家、安排好生活。

康克清指示人机车的领导，要多关心妇女生活。女工们要吃好饭，睡好觉，带好孩子。她说我们要继续发扬克勤克俭、艰苦奋斗的优良传统，在生产上、工作上保证质量，质量拿得准，工作就干得好。当听说现场有几个女工还没有结婚，她语重心长地说，青年女工找爱人不要过急，过急了也会出"废品"，要先搞好工作，后找爱人，工作是第一。

她最后向妇女们提出希望说："我们要踏踏实实地把工作安排好，把生活安排好，永远永远走在最前面，为妇女争光。"

康克清的话让在场的女工们备受鼓舞。劳动模范蔡秀芬当场表示，我的孩子多，不仅要把家务做好、搞好，而且要把孩子培养成为毛主席的好孩子，把一切献给党。

座谈会后，与会的同志和康克清合影留念。

每当回想起康克清到大机车与女工们倾心交谈的情景，大机车的女工都满怀着深深的敬意和怀念，她们亲切地称呼这位质朴又温和可亲的国家领导人为"我们的大姐"。

第十章

艰苦创业：打造内燃机车中国第一厂

进入 20 世纪 60 年代，我国铁路运输虽然有了少量内燃机车，但主要产品大都购自国外，我国自行生产内燃机车的工业基础还十分薄弱。大机车人凭借着敢闯敢干、勇于创新的精神，克服了一个又一个困难，为中国机车牵引力革命创造了一个又一个奇迹。大机车从中国第一个内燃机车制造厂，逐渐发展成为中国第一个批量生产第二代内燃机车的企业，内燃机车产品在长达二十多年的时间里，占据着中国铁路运输的"老大"地位，成为当之无愧的"火车头"。

无论是政治动荡，还是自然灾害，都无法消磨大机车人勇往直前的意志，因为大机车人心中有爱国的赤诚……

在三年困难时期，大机车即开始做"ND 型"内燃机车的研制准备。

由于"大跃进"和"反右"等运动，加上三年困难时期，我国国民经济遇到了严重困难。从 1960 年开始，国家实施了"调整、巩固、充实、提高"的政策，铁道部也做出了"以煤运为纲，大力支援农业，保证重点，全面安排"的部署，机车车辆生产按照"先修后造，以修为主，质量第一"的方针进行。

20 世纪 60 年代初，大机车以国外内燃机车为实物教材，组织职工开展练兵活动，反复进行解体、测绘、重装，在从练兵中积累经验的基础上，迅速转向创新。从 1961 年 7 月起，大机车对生产经营进行了调整，机车系统停造转修，车辆系统继续制造各种类型的罐车，同时，通过技术和人才的积累储备，加紧进行内燃机车的研制。

经过三年的调整，随着国家经济逐步好转，内燃机车的研制工作正式启动。

大机车强身健体

高飞的大雁，总是有着丰满的羽翼，那是它们得以远行的装备……

20 世纪 60 年代，铁道部工厂总局对大机车提出了试制柴油机的要求，并批准了工厂年产 60 台 10L207E 型柴油机的方案，投资总额限定在 375 万元。大机车开始了第二次技术改造的前期准备。

此时，国家压缩基本建设规模，停建、缓建大批基本建设项目，大机车只能将有限的资金用于工厂改造。大机车的转产改造在"基本不增加建筑面积，利用改造原有厂房；基本不增加一般机床，补充必要的专用机床"的原则指导下进行。

1961 年 5 月 5 日，大机车改造转产为我国第一个内燃机车制造厂。

大机车成立柴油机车间，将原煤水车车间新建部分厂房作为柴油机车间第一厂房，将原锻工车间厂房改作柴油机车间第二厂房，先后购置了捷克斯洛伐克、波兰和苏联生产的各种机床等先进设备，增加了国产大型设备和精密设备等，主要安装在柴油机、制动和利材车间。

铁道部对大机车第二次技术改造非常重视，批复工厂关于制造内燃机车及柴油机的技术改造，投资概算为380万元。1962年8月，从四○八厂调拨设备，增加当年投资407万元。9月，铁道部副部长石志仁在检查工厂试制内燃机车的情况后指出，大机车作为成批生产内燃机车的工厂，现有的设备和临时性的设施达不到要求，要从速配套，补充检查试验设备。于是，工厂从全厂抽调70多台设备充实到柴油机和内燃机车试制系统，对担负内燃机车试制任务的柴油机车间、内燃机车总装配工段、冷却器工段、管子工段、热处理工段、机械加工工段等分步进行场地调整和设备移装。铁道部工厂总局调拨的20台设备也全部到厂，年内全部安装完成。铁道部还从四○八厂调拨15台加工大型柴油机零件的专用设备。此外，工厂自行设计制造了加工柴油机机体的专用机床、车床和柴油机全功率试验台等专用设备60多项，设计制造了工艺设备700多套。

1963年，工厂制订了《内燃机车小批生产技术改造扩大初步设计（调整）方案》，有步骤地由生产蒸汽机车向制造内燃机车过渡。第二年是工厂第二次技术改造规模最大的一年。工厂将机械车间二工部厂房改建为柴油机车间大型工段厂房，建筑面积达2550平方米，并将焊剂工段厂房改作管子油漆场地，生产科备品库改建为柴油机车间齿轮工段厂房，改建了柴油机车间打磨间，新建了柴油机车间第二厂房变电所。工厂购置了苏联产的曲轴连杆颈车床、美国产的电力变压器等大型设备和国产的滚齿机、摇臂钻床、各种铣床等设备，以及水压和柴油机试验台等设备，总投资额达1360万元。

转产与改造同时进行。

按照国际标准，生产内燃机车必须有专业厂房、专用设备、专家和专业技术工人，而大机车从技术力量上看，当时厂里只有五六个大学生学习过柴油机技术，大多数对这行不了解。有人说，我们没有制造柴油机的技术基础，勉强是过不了关的。

但大机车人从来都不服输，更不怕困难。大机车人自制专用设备43台，改造旧设备近60台，还抽调180台设备支援西安、大同两厂和其他兄弟单位。至1965年，大部分改扩建工程基本完成。

第二次技术改造，国家投资仅为第一次技术改造时的1/4，工厂坚持依靠自己的力量，制造了乙炔气割机等一批设备，广泛使用风动夹具，结束了落后的电动机传动方式，采用了一大批新技术、新工艺，使工厂的生产工艺技术和机械加工能力提高到了一个新水平。

第二次技术改造是大机车的一次关键性的改造，大机车凭借着艰苦创业的实干精神，积极挖潜和创新，为国家节省了大量的资金，完成了几乎不能完成的任务。正是第二次技术改造的顺利完成，为大机车未来从事内燃机车的进一步研制和生产打下了坚实的基础。

吹响内燃机车的建设号角

团结的集体总会迸发出无穷的能量，刻苦的钻研总会创生出无穷的智慧……

1961 年冬天的大连严寒逼人，加上北风怒号，天气显得更加寒冷。

这天晚上，虽然时间早已过了午夜 12 点，但是大机车锻造车间里却是灯火辉煌，一片繁忙，工人们正在加班加点地加工各种部件。老工人于师傅已经好几天没有回家了，他和同伴们正在为早日生产出"ND 型"内燃机车夜以继日地忙碌着……

知难而上，从不在困难面前低头，是大机车人的传统。不懂技术，他们就刻苦学习，没有专用设备，就自己动手大搞土设备。大机车人用自己的聪明才智开始"造车"。

工厂先后把老锻造车间厂房改建为柴油机车间，把蒸汽机车车库改建为内燃机车总组装工段，把白云石车间改建为冷却器工段，并在全厂各车间抽调出许多台设备充实柴油机生产系统。机床精度不够，就进行一次又一次的调整修理。柴油机许多关键部件的加工必须使用大型的专用机床设备，靠国家供应又有困难，大家就采取土洋结合、厂内外结合的办法，设计制造出了 50 多套设备，既保证了试制工作的进行，又为国家节约了大量资金。柴油机的机体加工难度较大，部件重达5.7吨，有4米多长，12个主轴孔的加工精度要求在5毫米以内，按一般工艺要求，需要使用5台大型专用机床，需要投资约300万元。这些设备国内没有，进口时间上又来不及，技术人员参照国外设备说明书上的机床照片，和工人一起一边比照研究，一边画图，对旧设备进行改装，做了两套镗模，安装了两个动力头，拼凑起汽缸孔和曲轴孔镗床各1台，经过努力改装的机床基本保证了加工精度，满足了试制需要。

据一位参与过此次内燃机车试制的老工人回忆，1961年成立内燃机车配管组的时候，真是一穷二白：技术不懂，工具设备也缺少，而内燃机的结构又非常复杂，工人们甚至连图纸都看不懂……

在三年的试制过程中，国家在人力物力方面大力支援工厂，从厂房建设、设备添置，到人员调配，工厂得到了铁路系统内外40多个厂矿、科研部门和大专院校的大力协作。

按照当时国外经验，这种内燃机车从试制到批量生产，一般需要六七年时间，而大机车只用了三年时间。不仅如此，在试制的过程中，还建设成了初具规模的内燃机生产和试验基地，培养和锻炼出一支具有一流技术水平的队伍，还落实了100多个机电产品协作点。

大机车人发扬敢闯敢干的精神，开展产品设计、管理和技术革命，锻炼了队伍，加强了厂内外的生产、技术和科学研究的大协作，使工厂跨入了世界大型内燃机生产企业的行列，成为中国铁路系统的一个新兴企业。

第一台"ND型"内燃机车研制成功

工人们围着新建的机车看不够，成功的喜悦，在工厂四处传递，那是大机车人的骄傲，中国机车工人的骄傲，更是大连城市的骄傲……

1963 年 12 月 29 日，由大机车组装成功的第一台"ND 型"内燃机车进行厂线试运。1964 年 9 月，大机车又生产出第二台内燃机车，准备赴京参加国庆活动。

1964 年国庆前夕，大机车十里厂区充满了喜庆的气氛。由大机车试制成功并命名为"ND 型"的新型内燃机车，单节牵引力为 2000 马力，它是在 1958 年"巨龙型"内燃机车的基础上进一步改制而成的。

"ND 型"内燃机车完全由中国自行设计生产，所有的零部件和使用的材料全部由我国自己生产。内燃机车结构复杂，内燃机车的心脏——柴油机和其他许多零部件的精度要求高，需要使用多品种的合金钢材和采用一些新工艺、新技术。其中 2000 马力的柴油机是机车上的主要设备，大机车过去没有制造过这样大功率的精密设备，按原有工艺要求，柴油机机体的加工需要 5 台大型专用机床。大机车人自己设计制造了代用设备，完成了机体的加工任务，并先后制造和改装了曲轴车床、研磨机等 50 多项非标准设备，保证了精密部件等加工任务的完成。

在"ND 型"内燃机车设计试制过程中，大机车人为了摸索规律、打好基础，秉持严谨的科学态度，进行科学试验，在实际操作中，以质量为重，以摸索规律、积累经验为重，不通过试验不定型，产品不合格不组装成品。在三年多的试制过程中，工厂编制了 2800 多件冷热加工工艺文件，制造了 1700 多套工艺设备，主要零部件和工艺装备都进行了试验。

"ND 型"内燃机车是用柴油机发电作为动力，比蒸汽机车效率高、性能好，双节功率为 4000 马力，而"建设型"内燃机车为 2300 马力。"ND 型"内燃机车在 9‰的坡道上牵引 3500 吨货物，可以以每小时 20 公里的速度行驶，而蒸汽机车只能在 6‰的坡道上载重 2500 吨，以每小时 16 公里的速度行驶。由于"ND 型"内燃机车不用煤，非常环保，加一次柴油可以连续满载行驶 800 公里，适合在无水、无煤、高原、多油区、森林区和长大隧道行驶，这在当时已经是了不起的革命。

"ND 型"内燃机的试制，不仅培养和锻炼了一支生产内燃机车的专业技术队伍，也为大机车生产内燃机车培养了新生力量。工厂也从最初只有几个人掌握柴油机技术，形成了近千人的专业技术队伍。

大连解放前就在工厂工作的老工人王传让回忆说："过去虽然机车厂组装了大批机车，但是没有一个中国工人真正学会了制造机车的技术，中国工人只不过是给日本人当苦力、打下手，组装机车的技术完全掌握在日本人手里。工厂组装用的机车零部件都来自东京、大阪，甚至连螺栓都配齐了部件，再运到工厂组装。就这样，还生怕中国工人把技术学走了，在车间外面圈上一圈，中国工人在旁边站着都不行。"

第一台"ND 型"内燃机车的研制成功，让中国人真正扬眉吐气了。

首获铁道部一等奖

第一份国家最高荣誉的取得，缘于大机车人自强不息、艰苦奋斗的精神，也让大机车人感受到了科学技术带来的巨大变化……

1964 年 7 月 26 日，铁道部在大机车召开全国工业新产品展览会暨铁道部门授奖大会，大机车被授予"铁道部先进工厂"称号。大机车研制的柴油机曲轴获得铁道部二等奖，"ND 型"内燃机车、10L207E 型柴油机、6L207E 型柴油机获得铁道部专项一等奖。同年 12 月，铁道部经过组织专家鉴定后，批准大机车研制的 10L207E 型柴油机投入批量生产。

大机车内燃机车的研制工作，为工厂造就了一支能够担负起批量生产内燃机车重任的技术和职工队伍。

心系国家铁路建设的铁道部老部长吕正操虽然已经六十多岁了，但他曾亲自上车往返于大连、沈阳、丹东区间，一跑就跑了四五天，回到大机车后，他兴奋不已，激动地说："西南要开发，那里的坡高，山洞又多，要赶快上内燃机车。"

1965 年 3 月，铁道部指示大机车从下半年起停止修理蒸汽机车，转为批量生产内燃机车。大机车领导抓住有利机遇，发动群众，自力更生，艰苦奋斗，自己动手改造老厂房，调整工艺布局。最有力度的就是制动车间，曾经创下了在十六天内拆除了墙壁、架上了房梁、移装了 40 多台设备、整修了地面的纪录，不仅缩短了工期，也节省了约一半资金，被称为"十六天革了个命"。铸铁车间经过一个多月的准备，只用一昼夜就把整个车间的各种熔化炉、热处理炉和砂箱、砂子全部搬到原铸钢车间厂房。全厂共移动 200 台设备，制造了 1000 多台工艺装备，完成了靠专业队伍需要两三年才能完成的技术改造工程，于当年提前实现了由制造修理蒸汽机车到制造内燃机车的历史性转变。

"ND 型"内燃机车开始批量生产，中国机车车辆工业进入了一个新的发展阶段，跨入了中国铁路运输牵引动力革命的新时代。

1965 年，工厂实现利税 4408 万元，是国家投资的 3.24 倍，全员劳动生产率由 1963 年的每人 4226 元提高到 1965 年的每人 8991 元，达到了新中国成立后的最高水平。

了不起的大机车人用行动开创了中国机车的新里程。

为了告别的聚会

忘不了那大气磅礴的鸣笛，曾无数次地唤醒山川大地的沉默；忘不了那铿锵有力的奔跑，曾强有力地碾碎荒原大漠的荆棘……

从生产新中国第一台蒸汽机车，到送别最后一台蒸汽机车，大机车完成了华丽的转身，那光环的后面，凝结着大机车人的智慧和汗水……

西方发达国家早于 20 世纪 50 年代就停止了蒸汽机车的生产，进入 60 年代，世界上已经没有几个国家生产蒸汽机车，而中国是世界上淘汰蒸汽机车较晚的国家之一。那喷薄着白色烟雾奔跑的蒸汽机车，终将被先进的内燃机车所替代，这是历史发展的必然。

1965年6月4日下午，大机车上千名职工聚集在机车车间的厂房外，他们既满怀欣喜，又心存不舍，静静地等在那里，他们将一起欢送最后一批蒸汽机车出厂。

这是一次为了告别的聚会。现场整齐排列着两台机车，一台是老式的蒸汽机车，另一台是漆着黄色顶棚、天蓝色围腰的漂亮的内燃机车。这台蒸汽机车是大机车修理的最后一台蒸汽机车，从这一天起，大机车正式结束了蒸汽机车生产维修的历史，同时标志着大机车正式步入全新的内燃机车生产时代。

这是一个特殊的时刻，大家静静地等待着，等待着两列机车同时启动……

随着一声指令，两台机车同时启动了。它们缓缓地向厂区外驶去，现场的许多工人一边欢呼，一边抹着眼泪，有许多女工竟然有些泣不成声。虽然两台机车同时出厂，但更多人的目光却投向了最后一台蒸汽机车，工人们像看着心爱的女儿出嫁远行一样，眼里满是浓浓的爱意和不舍。永别了，蒸汽机车！工人们不断地挥手，不断地抹着泪水，淘汰老式蒸汽机车是历史发展的必然选择，但是他们永远不会忘记，当年为了生产中国自己的蒸汽机车而奋斗的那些个日日夜夜。蒸汽机车见证了大机车人忘我工作的精神，见证了大机车人敢打敢拼的奋斗精神，蒸汽机车是大机车人的心血和汗水的结晶啊！

但是，蒸汽机车时代必然远去，新的时代终将到来，这是中国机车工人的历史使命，从这一天起，大机车开始了新的里程，正式进入内燃机车生产的全新时代。

内燃机车定型后，大机车将"和平型"蒸汽机车的图纸全部转给了兄弟工厂使用。为中国铁路事业立下汗马功劳的蒸汽机车永远地告别了大机车。

谈到蒸汽机车，曾经的铁道部部长吕正操回忆："世界上，没有哪一个国家曾云集过那么多类型的异国蒸汽机车，也没有哪一个国家对机车的运用、制造、设计倾注过那么多的人力物力，并把它的效用发挥到了极致。"

　　诞生、成长于西方的蒸汽机车，在新中国达到了它发展史上的巅峰时期；鼎盛时期，在中国铁路线上同时运行的蒸汽机车多达近 8000 台。

　　虽然大机车不再生产和维修蒸汽机车，但是中国制造蒸汽机车的历史直到 1988 年才正式结束（整个中国蒸汽机车制造的历史终止于 1988 年 12 月 21 日，这一天，"前进型" 7207 号机车在大同机车厂制造完成，铁道部宣布中国从此停止生产蒸汽机车）。从大连解放后大机车生产新中国第一台蒸汽机车开始到彻底结束蒸汽机车的生产，在中国蒸汽机车的生产历史中，全国曾有 16 家机车工厂参与制造，总共生产了 14 个型号的蒸汽机车共计 9814 台，相当于旧中国总产量的 1 倍还多。

　　虽然蒸汽机车已在中国被淘汰，但在以后的岁月里，许多蒸汽机车的爱好者依然怀念蒸汽机车时代。蒸汽机车独特的结构、精美的造型、刚劲而有力转动的车轮、浪漫而又动人的白雾气浪、穿山越岭的磅礴气势和音乐般节奏感极强的强劲轰鸣，都深深地吸引了蒸汽机车爱好者的目光。很长一段时间，世界各地的蒸汽机车爱好者纷纷到中国来"寻根"。内蒙古集通铁路曾经有 100 多台蒸汽机车，吸引了大批来自国外的蒸汽机车爱好者。曾经，中国生产的蒸汽机车还作为怀旧的纪念品被美国等西方国家购买，成为一些旅游线路上流动的

1969 年 9 月 26 日，大机车研制成功第一台"东风 4 型"内燃机车

独特风景。

从 1969 年起，国家加大内燃机车的研制工作力度，一系列新机型开始不断开发研制。1969 年 4 月 11 日，大机车研制出新一代"东风 3 型"内燃机车，这种机车是在"东风型"机车的基础上改进设计的，速度由原来的每小时 100 公里提高到每小时 120 公里，这是我国第一代内燃机车；同年 9 月 26 日，大机车试制出第一台"东风 4 型"2001 号内燃机车，"东风 4 型"内燃机车将第一台 16V240ZJ 型柴油机安装在机车上，柴油机装车功率为 2426 千瓦（3300 马力），这是我国第二代内燃机车。

援建坦赞铁路

　　早在 20 世纪 70 年代前后，大机车就已经走出国门，开始帮助国家援助非洲的铁路和机车建设。

　　大机车是最早进入非洲的中国机车企业，而与今天走进非洲相比，那时候更多的是艰苦和不易……

根据中华人民共和国政府与坦桑尼亚联合共和国政府、赞比亚共和国政府《关于修建坦桑尼亚—赞比亚铁路的协定》和交通部、铁道部的具体工作安排，1969 年，大机车开始接受援建坦赞铁路的任务。工厂主要担负兴建坦赞铁路配套工程——赞比亚姆比卡机车车辆修理工厂和坦桑尼亚达累斯萨拉姆机车车辆修理工厂的技术服务，帮助两国工人掌握生产和管理技能，以及在坦桑尼亚铁路分局机关专家组、坦桑尼亚曼古拉机械机床有限公司和坦赞铁路沿线的姆比卡机务段、姆林巴折返段等处从事技术服务工作，同时承担交通部、铁道部下达的生产援建坦赞铁路所需车辆、配件以及技术援助等任务。

1970 年，工厂派人参加了坦赞铁路的修建，负责坦赞铁路机车、车辆安装空气和真空制动机的研究、安装及试验等工作，为坦赞铁路生产了 4 辆"DLH16

型"轻油罐车，制造了1台"东风1型"铺轨机。

1971年，工厂参加设计并为坦赞铁路运输制造了2台"东风2型"铺轨机，可用于铺设12.5米长的轨排。同年，又生产了4台"DLH16型"轻油罐车和1台干线机车、15台调车用液力传动内燃机车。

1972年，工厂开始派出技术人员和工人到坦桑尼亚和赞比亚，帮助兴建姆比卡机车车辆修理工厂和达累斯萨拉姆机车车辆修理工厂，主要负责安装设备、在工厂技校讲课、培训技术工人等任务。铁路建到姆比卡和达累斯萨拉姆后，工人技术人员还从事柴油机修理工作。同年，工厂支援坦赞铁路运输生产了40辆"DLH16型"轻油罐车和19台内燃机车协作件、68项辅助机配件以及2713件（组）各种零配件，并派出专业人员参加机车油漆的喷涂、试验及性能鉴定工作。

1973年和1974年，工厂派出48人参加坦赞铁路建设，这是派出人员最多的两年。1975年，工厂生产援建了"DLH16型"轻油罐车67辆。

1976年，坦赞铁路建成后正式移交，两个工厂也同时建成移交，大机车继续派专业人员从事技术和管理工作。截至1987年，大机车先后共派出182人参加了援助坦赞铁路的建设工作，其中2人担任专家组组长，3人担任专家组副组长，1人任副总工程师，45人任工程师，为坦赞铁路建设做出了巨大贡献。

也许数据的堆积显得有些生硬，但大机车工程技术人员援助坦赞铁路的岁月都是实实在在的日子。那些不为人知的甘苦，那些他乡奔波的冷暖，都跟随岁月的脚步，留在了时光与记忆的深处……

第十一章

"东风"万里："国宝"进入黄金时代

掌握自己命运的大机车人乘势而上，抓住机遇，以机车人的成熟与执着，修炼内功，外展宏图，确立了"技术立厂、滚动开发"的治厂方针，演绎了新中国机车跨越万道雄关的拼搏创新之路。

如今，一提到大机车，人们自然会想到闻名遐迩的"东风型"系列机车。在中国大地上，哪里有铁路，哪里就有"东风"。大机车人不断完善和改进"东风型"系列机车，始终引领着中国内燃机车发展潮流，成就了中国最大的内燃机车生产基地和中国机车当之无愧的行业老大。

而为使"东风"在中国机车行业独领风骚，大机车人走的是一条不懈的奋斗之路。

"东风型"内燃机车在黑龙江加格达奇机务段

夯实根基

自第一台内燃机车问世以来，世界机车市场一直被一些西欧、北美国家的大公司所垄断，这些国家出口机车的历史已有半个多世纪，而我国内燃机车发展起步较晚。

1971 年，根据交通部内燃机车、船用柴油机会议，大机车内燃机车研制工作重新启动，大机车开始了 4000 马力内燃机车的研制和 16V240/270 柴油机的试制、试验工作。

为适应由生产第一代内燃机车转产第二代内燃机车的生产需要，大机车开始了第三次技术改造。

1972 年 3 月，工厂提出转产 4000 马力内燃机车，计划用两年多时间具备转产条件，计划年产 4000 马力内燃机车 150 台，16V240/275 柴油机 180 台，投资总额 338 万元。

1973 年，工厂第三次技术改造全面铺开。

这次改造的重点是生产柴油机和内燃机的 9 个车间。在国家投资有限，工厂又面临机车转产需要大量扩建厂房和改造设备的情况下，工厂职工发扬艰苦奋斗的精神，在转产前完成了大量的改造工程，当年就正式转为生产"东风4型"内燃机车。

转产第二代内燃机车使工厂生产跃上了一个新的台阶。

1977年，大机车研制成功第一台16V240ZJB型柴油机

1973年，根据国家统一安排，大机车对生产做了重大调整，车辆系统停止罐车生产，全部转给西安车辆厂生产。

到1974年上半年，大机车共生产第一代内燃机车818台，占全国同期第一代内燃机车产量的62.5%，占据着中国内燃机车生产的半壁江山。

了不起的"东风4型"

"东风4型"内燃机车是中国研制的第二代内燃机车中首先定型的机车，可以媲美进口机车，很长一段时间里一直是中国铁路牵引的主力车型……

"东风4型"——单机4000马力的交直流电传动内燃机车，经过10多万公里的各种条件的牵引试验，性能良好，运行可靠，牵引旅客列车可以每小时120公里的速度平稳运行，牵引货物列车能够在大坡道和隧道多的路段行驶，比以前我国牵引力最大的"前进型"蒸汽机车的运行速度和起步加速度还要快。同大机车生产的2000马力的内燃机车相比，它一台可以顶两台用，每马力的耗油量和每马力的重量比2000马力车型分别下降了10%和40%。同时，这种车型操作容易，修造方便。

1974 年下半年，大机车开始批量生产"东风 4 型"内燃机车，结束了我国不能自行设计制造大功率内燃机车的历史。工厂由制造中等功率内燃机车转为制造大功率内燃机车，成为第二代内燃机车的骨干企业，标志着大机车开始了一个新的里程。

"东风 4 型"内燃机车从 1973 年正式投入运行后，同当时具有世界先进水平的进口机车进行了多项比较。长城脚下的八达岭地段的铁路线，是全国坡度最大的线路，以往火车经过这里时，要靠两个车头前拉后推。一台进口的 4300 马力的内燃机车带着一列客车在此处做爬坡性能试验时，火车头十分吃力，而且不能在这样大的坡路上做刹车和起步试验。大机车研制的"东风 4 型"内燃机车比进口的这台内燃机车小 300 马力，它拉着同样的列车能在此处轻松而过，并且在斜坡上做了突然刹车和迅速起步这样高难度的试验。这两种机车还分别拉着一列火车，来到和长城平行的兴台至沙城路段进行牵引力比较。这条线路坡多、洞多、转弯多，进口车在接近爬坡时，柴油机的排气管烧得发红，被跟在后面的机车推了一把，才涉险过关。而我国自行设计的"东风 4 型"内燃机车，拉着同样的一列火车，接连爬坡、穿洞、转弯，

1974 年下半年，大机车开始批量生产"东风 4 型"内燃机车，成为我国第一个生产第二代内燃机车的企业

1974 年 6 月 28 日，大机车结束生产 2000 马力内燃机车纪念

继续前行，安然自如。

"东风 4 型"内燃机车还与进口机车在北方地区进行过行驶速度的比较。进口机车设计时速为 100 公里，开到每小时 90 公里时，机车就出现了较大的蛇形摇摆。"东风 4 型"机车设计时速为 120 公里，开到每小时 130 公里时，列车仍飞速行驶，平稳自如。"东风 4 型"内燃机车在炎热地带与进口机车也做过高温环境行车的比较，在耗油和热力方面，都展示了优良的性能，各种性能都达到或者超过了进口机车的技术指标。

"东风 4 型"内燃机车各项指标达到了世界先进水平，这样的机车不是靠现代化的大工厂生产出来的，而是由大机车这样的老厂制造出来的。同时，大机车货车产量也已经超过设计能力的 3 倍。

50 多条生产线称霸行业

经过二十年大规模的技术改造和二十年艰难的技术攀登，大机车不但掌握了制造大功率内燃机车的技术，工厂的现代化水平也上了新台阶，为企业的腾飞创造了条件。

在不断改进和完善"东风4型"内燃机车的同时，大机车的技术改造也同时发挥着重要的作用。1978年，第三次技术改造基本完成，国家仅投资308万元，工厂自筹资金2473万元。大机车主要依靠自己的力量，新建、扩建、改建厂房，扩大了作业面积，对工艺进行调整，安装了新设备。工厂仅购置了48台新设备，自制专用设备1300多台，改造老设备400多台，建成生产流水线、联动线和半自动线620多条，自制改造的设备占全厂设备总数的一半以上。全厂共实现技术革新、科研成果2万多项，试验成功"四新"成果700多项，使冷热加工、机车和柴油机组装以及辅助生产系统都发生了明显的变化，技术装备由风动技术到液压技术，进入程控技术阶段。机械加工、铸造生产、铆焊生产等都采用了新工艺……此次技术改造历时六年，改造后共有50多条生产线，累计实现利税将近2.7亿元，是国家投资加自筹资金的9.6倍，实现了由生产中等功率内燃机车到生产大功率内燃机车的转变，为新型机车的开发研制和转产打下了坚实的基础。

工厂转产的"东风4型"内燃机车，是中国研制的第二代内燃机车中首先定型的机车，与"东风型"内燃机车相比，功率和速度都有了大幅度提高，很快成为中国铁路内燃牵引的主型机车之一。

这次技术改造是在"文革"的困难条件下进行的，全厂职工用智慧和勇气，为工厂的发展写下了光辉的篇章。

"毛泽东号"机车组的期待

任何事物的发展都会经历波折，一个全新的产品必将经历市场的检验才能最终成熟。"东风4型"机车曾被形象地比喻为"国宝"，而"国宝"的成熟却经过了千锤百炼……

20世纪70年代末期，最初生产"东风4型"内燃机车时，由于国家急需大量的机车产品，机车生产速度过快，部分机车在运行中出现了一些质量问题，致使一些人对这种国产大马力机车的前途产生了怀疑。

我在大机车采访时了解到，在最困难的时期，最早使用"东风4型"内燃机车的"毛泽东号"机车组，曾经给大机车送来了一面绣着"东风万里，为国争光"的锦旗。"毛泽东号"是从1977年才开始由蒸汽机车改用"东风4型"内燃机车的。"毛泽东号"机车组的工作人员对"东风4型"最有发言权。这种功率大、性能好的机车大大减轻了他们的劳动强度，最受火车司机的欢迎。他们相信，大机车人一定会制造出最好的机车，中国的内燃机车一定会取得更大的成功。

大机车人追梦的步伐从未停止过，他们就是要制造中国最好的机车。他们开始全面改进"东风4型"内燃机车。

铁道部也对大机车的内燃机车改进寄予期望，要求大机车在不断提高质量的同时，迅速把"东风4型"的产量搞上去。这份对大机车人的信任和支持，鼓舞着大机车人。面对机车出现的一些问题，全厂上下齐心协力，坚定地走不断改进、不断完善的道路，实行攻关和创优并举，制造出适应中国国情的大马力内燃机车。

内燃机车是20世纪20年代发展起来的，30年代内燃机车技术得到了大发展。1938年，美国通用汽车公司（GM）的易安信公司（EMC）开发出了567型柴油机，一年后推出了采用该柴油机的新型货运内燃机车，从此，铁路干线上的客货运输开始批量使用内燃机车。二战结束后，1945年至1956年间，美、英、法、德、日、苏等国家相继开始大规模实行铁路技术装备现代化，即大量采用内燃机车和电力机车代替蒸汽机车。纵观国内外机车发展，每一个新车型的研制都是在不断改进和不断完善中前进的。美国的ALCO251型柴油机，由A型发展到K型，先后进行了13次大的改进；美国通用电气公司（GE）的7FDL柴油机是从7FAL型柴油机经过多次改进才成熟的；美国通用汽车公司（GM）的柴油机不仅从结构性能上进行过大量改进，缸径尺寸也做了两次变更。美、英、日、德、法等工业发达国家研制新车型，过性能关需要两年多的时间，过结构、材料和工艺技术关也要经过五至七年。

"东风4型"内燃机车是大机车，也是中国第一次自行设计的大型精密、单功率大、材料和制造工艺要求极严的产品，大机车力夺内燃机车设计制造的制高点，开始走上了加快产品升级换代速度、提高产品开发水平的科学发展道路，在激烈的产品竞争面前形成了自己独特的产品开发路径和产品优势。

围绕"国宝"，大机车人进行了一次又一次的攻关。1979年，围绕"东风4型"存在的机体、曲轴、连杆、气门、齿轮等方面的六大关键性问题，工厂改进了74处设计，实现了攻关措施60多项。1980年，围绕曲轴、连杆、排气总管等60个关键件和17个部件，实现攻关改进措施173项，解决了15个关键性的课题，并将所有的改进成果运用在一台柴油机上，进行了2000小时的耐久性台机试验，以比正常工作运行条件更为恶劣苛刻的工况，通过了超负荷、多交变工况的考验。1981年，工厂又实现攻关措施139项，使攻关改进由单一发展到综合，由部件发展到整机，取得设计改进试验成果28项、工艺改进成果23项……

此时的大机车羽翼渐丰，不仅拥有了一支在不断实践和发展过程中成长起来的过硬的职工队伍，还拥有了由500多名工程师组成的技术人员队伍。再加上建厂八十年来积累下的丰富的机车制造经验和雄厚的物质基础，以及国家对大机车大量投资进行的三次大规模技术改造，大机车已经具备了年产百台大马力内燃机车的能力。

1981年3月，国务院副总理万里到大机车视察，对全厂职工提出了"完善B型，研制C型，搞好系列化"的战略决策。根据铁道部建议，大机车确定与国外技术合作，改进产品，提出了"以我为主，取长补短，改进产品，培养人才"的指导思想，并在合作中看到了自己的优势，坚定了"生产一代产品，试制一代产品，研究一代产品"的滚动开发方针，加速了产品的升级换代。

经过广大工程技术人员的不懈努力，"东风4型"机车经过改进，质量不断提高，技术不断完善，各项指标已经完全达到了进口机车的水平。

经过连续多年的攻关改进，"东风4型"机车40多个惯性质量问题基本上得到了解决。1982年12月，大机车又在不断改进和完善"东风4型"内燃机车的基础上，成功研制出我国第一台"东风4B型"内燃机车。经过严格性、耐久性试验和实际运行的考验，"东风4B型"机车在经济性、可靠性和牵引性能等方面有了显著的提高，适应了中国铁路苛刻的运行条件，机破事故逐

1982年12月，大机车研制成功我国第一台"东风4B型"内燃机车。1984年9月批量生产

年下降，成为真正的名牌优质产品，一等品率达到了100%，各项技术水平达到了工业发达国家同时期的同等水平。

当时在中国最繁忙的丰台机务段，使用的是从法国进口的"ND4型"内燃机车，而从这一年起，丰台机务段全部线路都换上了中国制造的"东风4型"内燃机车。

"国宝""东风4型"百炼成金。

中国机车告别大批进口的历史

历经三次技术改造后，大机车发生了巨大的变化，实现了由修车到制造蒸汽机车、到制造小马力内燃机车、到制造大马力内燃机车的三次质的飞跃，大机车已经成为中国最大的内燃机车生产基地。

为加速铁路牵引力革命，适应国民经济发展需要，中共"十二大"以后，大机车制定了新的发展规划和措施：为提高"东风4型"内燃机车的质量，扩

大生产能力，计划通过三年的技术改造，将"东风4型"内燃机车年生产能力提高一半以上。

1983年6月8日，铁道部正式批复大机车第四次技术改造规划申请，此次改造总概算5213.9万元，大机车第四次技术改造拉开了帷幕。

这次技术改造围绕新产品开发、提高质量、降低消耗等关键环节，对自制设备坚持高效化、专用化，在保证提高产品质量、产量的前提下，尽可能增加柔性装置，以适应产品换代和多品种生产的要求；由一台微机控制单台机床发展到控制多台机床，由控制一台金属切割设备发展到控制生产线，再到一机多用、一地多用、一人多用，为实现高效率、高功能、高性能、高精度的设备改造，推进生产过程的自动化、柔性化和机电一体化开辟道路。工厂自制设备中，有30多台是全国一流设备。引进设备抓住选型、技术座谈、商务谈判、签订合同、试切削预验收、安装调试正式验收六个环节，坚持货比三家，优中选优，并处理好进口设备的国内配套问题。土建工程也进行了发包改革，为工厂扩建增产创造了条件。

此时，改革开放的春风吹遍中华大地，国家建设开始需要大量的机车产品。

为解决铁路运力不足的燃眉之急，1984年至1985年两年时间里，国家以每台100万美元的价格，从美国进口了"ND5型"内燃机车421台。此时的大机车加速改造的步伐，努力向国际标准看齐。1986年，大机车开始批量制造"东风4B型"内燃机车。此后"东风4型"内燃机车和"东风4B型"内燃机车不断完善，"东风4B型"内燃机车已经达到国际同类产品的先进水平，被国家指定为替代进口产品。大机车人靠勤奋和智慧，结束了中国大批进口机车的历史。

第 十 二 章

往事荣耀：数不尽风流人物

"独立寒秋，湘江北去，橘子洲头。看万山红遍，层林尽染；漫江碧透，百舸争流。鹰击长空，鱼翔浅底，万类霜天竞自由。怅寥廓，问苍茫大地，谁主沉浮？

"携来百侣曾游，忆往昔峥嵘岁月稠。恰同学少年，风华正茂；书生意气，挥斥方遒。指点江山，激扬文字，粪土当年万户侯。曾记否，到中流击水，浪遏飞舟？"

1925 年，青年毛泽东写下了荡气回肠的《沁园春·长沙》，面对日益高涨的革命形势和风起云涌的群众运动，他心潮澎湃，满怀豪情，对未来充满信心。

抒写豪情壮志的青年毛泽东，领导中国人民创造了中国历史，成就了东方大国崛起的梦想。

时代造就英雄，时代成就梦想。青年怀揣梦想，梦想成就青年。

在大机车，也有着心怀梦想的产业工人，他们无愧于伟大的时代，他们为民族工业之崛起而奋斗，他们用行动诠释中国梦的精神内核。

失聪的工程师

那天，我送赵燠南总工程师走出大机车老干部活动中心的小院。我们挥手告别后，我看着他走出小院，突然想起了什么，忙大声招呼赵总，请他等等，但是赵总并没有回头。或许是他没听到，我又更加大声地喊着"赵总赵总请等等"，但是，他仍然没有回头，而是大步流星地往前走，走进了喧闹的市井之中，走进了熙熙攘攘的兴工街人流中。他的步伐那么坚定，那么沉着，那么专注。

我突然意识到，他不是有什么急事，也不是不想搭理我，而是他的耳朵听不到……

大机车老干部部的邢海曾经告诉我，赵总长期在柴油机试验站监测柴油机运行数据，经常连续几个小时甚至十几个小时、几十个小时地守在车间里，陪伴在柴油机旁边，监听柴油机的运行情况，收集数据。那些机器无情的轰鸣声以及超大分贝的噪声，已经将他的耳朵震聋了，把他变成了真正的聋人。

采访他的那天天气很冷，他穿着厚重的皮夹克，望着他的背影，我有种哽咽的感觉，远远看去，他的背影是那么高大、厚重，他的脚步是那么坚定、有力，我的眼眶突然有些潮湿。这位耳聋的总工程师，一位80多岁的老人，他对事业、对机车有着炽热的情怀，也许，他的耳膜已经习惯了柴油机的轰鸣，也许他的耳畔时刻回荡着柴油机彻夜不绝的轰鸣，也许只有蹲在柴油机旁边关注机器的细微变化时，那些机器的轰鸣声，才可以唤醒他敏锐的神经。

我真担心，他独自走在大街上，无法听到那些纷乱的汽车喇叭声。

曾经，他睡在柴油机旁边监测数据——

赵燠南 1933 年 4 月出生于江苏江阴。小时候赵燠南就非常聪明，5 岁时开始上学，小学时就开始跳级。1953 年正在上海交大读书的赵燠南提前一年毕业，走出校门时他才刚刚 20 岁。大学毕业后的赵燠南被分配到了四方机车车辆厂实习，之后调到北京机车车辆工业管理局。当时国家要研制第一台属于中国人自己的蒸汽机车，铁道部于 1953 年决定把这项重大的国家任务交给大机车。当时已在铁道部机车设计科工作的赵燠南和他的同事们服从命令，按照铁道部的意见，与当时部里的设计部机关全部搬到大连，在大连成立了我国第一个机车设计科。就这样，20 岁的赵燠南作为新中国第一批大学生，来到了大连，来到了大机车。

赵燠南回忆，大学毕业时，大家都满怀着热情投身到国家建设当中，那时候同学们全部无条件服从分配，积极投身到机车事业中。来到工厂后，苏联红军刚走，工厂刚刚由我国自己经营，国家建设需要人才，机车事业也需要人才。当时一起来的同班同学有 11 人，他们把一生都交给了大机车，他们为中国机车的发展倾注了毕生的心血和汗水。

赵燠南回忆，那时候一切都是从零开始。蒸汽机车的设计要求省煤、省油、少冒烟，技术人员自己设计，自己摸索，白天黑夜连轴转，常常工作到半夜。当时的机车技术依赖于苏联，他在上海读书的时候学习的是英文，到大机车后，新华书店的书大多是俄文的，他就开始自学俄文。机车方面德国的资料相对较多，他又自学德语。为了便于掌握第一手资料，工厂开设了德语班、俄语班和英语班，赵燠南大多数时间都是在自学。后来他又参加了内燃机车的设计。当时世界上只有蒸汽、内燃、电力三种机车，而这些机车的设计制造过程，他有幸全部经历过。

1980 年，赵燠南有幸走出国门到德国学习，并到慕尼黑的克劳斯玛菲公司实习。他坦承，在这家企业里，他学到了当时许多先进的技术。

我问赵总，将来电力机车会不会代替内燃机车？他坚决地说，不可能。前几年南方发生冰雪灾害时，电力机车无法施展本领，要靠内燃机车前去救急。

在他看来，内燃机车有着电力机车不可替代的优势。电力机车需要架线、电网，而内燃机车只要有轨道就行，可以说内燃机车无处不能走。内燃机车与电力机车有各自的客观需求和发展空间，将来的发展趋势是二者并存。

大机车从一张白纸开始，从依赖苏联专家，到完全自主研发，赵燠南见证了大机车的发展历程，也见证了中国机车的发展历程。1985 年，赵燠南担任大机车总工程师，1994 年开始担任大机车技术顾问。

在研发柴油机的过程中，需要对新型柴油机进行连续 360 小时不间断的试验，最多进行过 900 小时的连续试验。当时的检测工具还较为落后，为了保证试验数据的准确性，赵总常常睡在柴油机试验车间，曾经连续 72 小时守在柴油机旁边，与机器为伴，不肯离开机器半步，用耳朵捕捉机器的变化，哪怕是微小的变化。他经常睡在高分贝的车间里，有时甚至打个盹都不舍得，只为观察试验情况、记录试验数据，保证数据的完整性。他说，如果遇到突发的问题，机器跟前不能没有人，如果试验停了，就要全部重来一次，那样油的成本、燃料的成本、人的成本等等都要增加，都要计算在内。长期高分贝大功率的柴油机的轰鸣声，已经震坏了他的耳膜，使英俊高大的赵燠南成了一个地地道道的"聋子"。

曾经，他获得过詹天佑铁道科学技术奖大奖——

1997 年，任大机车教授级高工的赵燠南获得第三届詹天佑铁道科学技术奖成就奖，当时全国仅有 10 人获此奖。该奖项旨在表彰奖励在铁路科技领域做出突出贡献的科技人员，促进科技创新和优秀人才成长。"詹天佑铁道科学技术奖"设立于 1993 年，每两年评选一次。赵燠南的获奖，无疑奠定了他中国机车制造行业领军人物的地位。

赵燠南退居二线后并没有离开技术岗位，在大机车又工作了好多年，直到80 岁才离开工厂。离开工厂时，他把自己几十年来保存的机车方面的有关资料全部装订成册，交给大机车。

从 1953 年到大机车，赵燠南在大机车工作了一辈子，也跟柴油机整整打了一辈子交道。时光荏苒，几度春秋，他从一名普通的大学生，成长为中国机车制造行业的专家，成为中国柴油机领域的权威、专家和学术带头人。如今82岁高龄的赵总，还担任着机车专家咨询委员会委员。他一生与大机车结缘，一生为大机车的发展倾心尽力，他用辛勤和汗水谱写了大机车人最美的篇章。

赵总虽然已经退休，但他非常关心时政，关心大机车的发展。他说，"十八大"提出"中国梦"，令他联想到自己过去的经历。当年中国没有自己制造的机车，铁路上跑的都是进口机车，而今天，中国机车已经领跑世界，中国机车人就是"中国梦"的最好践行者。

说得多好！我从赵总身上，看到了中国老一代机车人的执着和奋斗精神，他们是振兴中国机车工业的追梦人。

"专家"的力量

1960年5月6日，大机车在文化剧场召开了隆重的庆祝大会，庆祝大机车历史上首批工人工程师诞生。机械车间党总支副书记崔兆南、铸钢二车间转炉老工人张洪奎、金构车间工段长王福祥、机车车间工段长李德声和锻冶科的吴技成共5名工人被提拔为工程师，同时还有13名技术员被提拔为工程师。

这是大机车历史上的第一批工人工程师。从工人中培养和选拔大量工程技术人员，在特殊历史发展时期，具有非常重要的意义。要知道，在长达四十多年被侵占和蹂躏的岁月中，中国工人只是当苦力，打下手，干粗活儿。而工厂通过培养自己的工人工程师，不仅掌握了技术，也适应了当时高速发展和生产的需要。这些工人工程师在机车建设的历史上做出过重大贡献，他们是中国工人的光荣。

曾经闻名全国的技术"大拿"——

在大机车自新中国成立以来涌现的 10 名全国劳模中，崔兆南引起了我的注意，这是在大机车厂报上和市内一些媒体上出现频率最高的名字。这个人引发了我强烈的好奇心，也让我不得不下功夫，去了解他的一些不为人知的故事。

提起崔兆南，不能不提到他的技术革新。1960 年，30 岁的崔兆南已经是大连市的名人，是出席全国群英会的代表、旅大市特等劳动模范。作为一个刨工，在短短的六年时间里，他在同一台设备、同一个部件上，先后进行了 30 多次较重大的技术革新，使生产效率猛增 8 倍多，为工厂制造更多的新型机车创造了重要的条件，成了闻名全国的技术"大拿"。

大机车自开始制造机车以来，为了加工机车上被称为"脊椎"的重要部件——主车架，在机车车间安装了一台大型的高度自动化的龙门刨床。当时，崔兆南和任忠源、李绍先一起在这台机床上进行操作。经过他们多次设计、加工、改进，加工一台主车架的时间从最早的 110 小时缩短到 9 小时。这在 20 世纪 60 年代的中国，是一项了不起的发明，即便今天回想起来，也总让人敬佩不已。

曾经发明双头龙门铣床新技术——

1960 年 9 月初的一天，工厂机械车间主车架工段里人山人海、锣鼓喧天、鞭炮齐鸣，机械车间党总支副书记崔兆南和铣工曹继传大步跨上一台 18 米长、4 米宽的双头龙门铣床操作台。只见他俩娴熟地端正了飞刀盘，按了一下红色电钮，两个装着 16 把强力铣刀的飞刀盘"嗡嗡嗡"吼叫着飞旋起来，宽宽的床面缓缓地带动着机车主车架，一时间现场火花飞溅，20 毫米厚的钢屑随着一缕缕的油烟从主车架上被削了出来。

这是崔兆南发明的双头龙门铣床新技术，这是他自 1954 年开始技术革新以来的第 39 次"技术革命"。这项技术在 20 世纪 60 年代的中国机车制造业，可以说具有重要的意义。

在没有计算机的时代，使用这项技术，可以 9 小时就加工一台机车主车架。

　　自 1954 年以来，崔兆南在机车主车架加工方面，先后进行了几十次技术革新，曾使加工工时由 110 小时缩短为 16 小时。崔兆南走上领导岗位后，仍坚持工作在生产一线，对这项技术又进行了改进，使机车主车架加工工时缩短到 14 小时。但这个速度还远远不能满足当年的生产任务的需要，崔兆南下决心再次进行改进，攻克机车主车架加工难关。崔兆南在车间领导的支持下，组织了 9 名工人和技术人员组成攻关小组，提出了初步措施，除了充分发挥铣床潜力外，还利用三号铣床来代替刨床加工主车架。

　　在同一台机器上重复进行改造革新，这是一个挑战自我、战胜自我的过程。当时崔兆南带着攻关的主力王崇发和胡崇聚来到三号铣床前查看。三号铣床起重机吊着庞大的主车架往床面上一摆，床面还没有主车架长。车床动起来后，虽然能够走刀，但是力气太小，一天 24 小时只能加工出一片主车架，而且把原来铣床上加工的部件都压了下来。铣床力气小，一天还啃不出一片主车架，对床子的寿命也有影响。崔兆南想起过去要制造加工主车架床子的念头来，他恍然大悟，兴奋得几乎跳了起来：如果按照三号铣床的原理做出一个大的铣床

20 世纪 70 年代，机车总装厂房

来，关键问题不就解决了吗？但有经验的师傅提出，利用三号铣床加工主车架并不是好的办法。有人提议，能不能搞一个大土铣床。这想法正合了崔兆南的心思，说干就干，他们下决心一定要干好。

不过，要制造双头龙门铣床，困难确实不少。没有图纸和资料，按一般机床的结构原理和材质要求，床座、床面等都要铸造，要铸造就要制作木型、泥型等，从浇铸成毛坯到加工，需要一个多月的时间。再加上铸造生产任务重，根本不能承担这项任务。崔兆南提议，铸造干不出来，就用报废的主车架焊成床座、床面，没有图纸，就动员全车间技术人员和工人一起，按照三号铣床的构造，结合加工主车架的大小，照葫芦画瓢，非造出来不可。

制造工作终于开始了，大家边研究，边画草图，边开始制作床座、床面和主轴减速箱。他们打破常规，没有安刀架，而是根据三号铣床原理，设计了2个飞刀盘，每个飞刀盘安装了8把高速铣刀，让16把刀同时加工。他们又从设备科找来直径150毫米的滚珠。材料有困难，基建科送来了水泥、电机，锻造车间送来了锻造好的齿轮；人力不足，金构车间把电焊的液压全部包了下来。车间领导干部、工人、技术人员、实习的大学生，全部都参与进来。

那些天里，夜晚的车间里总是灯火通明，闪动着动人的蓝色弧光，回荡着震耳欲聋的马达声。起重机吊着巨大的床座、床面、主轴、龙门架，一次次地起落。每次一落下，工人们拿着焊枪就奔过来，铲的铲，焊的焊，一派火热的场面。大家一起，在开挖的18米长、4米宽的基坑里，奋力挖着，挖着，手掌磨出了水泡，汗水湿透了衣衫。就这样，经过日夜奋战，长长的床座、床面和粗壮的主轴、庞大的龙门架制作成功了。

设备组装时，床面衬板遇到了问题，因为底座是铸钢的，必须使用10毫米到12毫米厚的面积为4平方米的塑料板做衬桥台。可是这种规格的塑料板一时找不到，只有一种25毫米厚、2平方米大的塑料板。刨不好，就会报废，不仅浪费，还不易操控，而且塑料又硬，用电锯也刨不开。没办法，为了保证机床的精密度，大家只好用锯一点一点地锯。大家分成三班，轮流上阵，三天三夜不停歇地锯，终于将2平方米的塑料板割开了，解决了没有床面衬板的关键问题。

床面衬板的问题解决了，新的问题又出现了——要在一个月内制作出电气装置。制作电气装置需要许多电气材料，可是材料还没有着落，有人认为需要半年时间才能干出来。这时，崔兆南又出现在电气小组里，鼓励大家想办法。电气工人们翻箱倒柜找材料，他们上房顶找电线，上废品堆里找材料，终于凑齐了断面60平方毫米粗、300米长的电线和38平方毫米粗、100多米长的电线管子，还有绝缘板、卡子、开关等。大家重新收拾一新，经过一个月的大干，一部新的电气装置终于试制成功了。

双头龙门铣床组装终于完成。1960年8月24日，双头龙门铣床周围站满了人，大家都在等待奇迹的诞生。只见崔兆南和曹继传两个人沉着地在两个飞刀盘上装上16把强力铣刀，然后按住红色电钮，两个主轴立即隆隆地转动了。此时，两个人像刚上场的新兵，既紧张又激动，现场观看的人，心都提到了嗓子眼儿。在大家的注视下，他们手不离操作柄，眼不离两个飞刀盘。只见吃刀量由5毫米、6毫米，一直增加到20毫米，越削越快，突然间"嚓"的一声，飞刀盘开始空转。经检查，主轴箱扭歪了，主轴和轴套冒出一缕缕的青烟，摩擦发热粘住了。越试验问题越多，接连试了四五天，还是没有成功。大机车的干部、工人、技术人员蹲在车间里反复研究，把零件拆下来，一项项分析，查找原因。经过仔细分析，大家发现主轴箱扭歪了的原因主要是设计考虑不当，安得不适合，主轴和轴套发热的主要原因是没有燃烧好油和轴套材质不好。老工人李德明建议，把主轴箱改成串销子就不会扭歪了。钳工刘述清建议给铣床安上一个自动压油机，自动给油。还有的工人建议为了保证安全，把铸铁的轴套改成铜套，将主轴键箱改成串开口销。经过改进，重新安装后，终于，一台双头龙门铣床试验成功了。

崔兆南共提出了100多项革新建议，实现近百项。由于他的杰出工作，1959年11月，崔兆南代表大机车工人参加了全国群英会。

第一代设计师的优秀代表

内燃机车的研发和投入使用，倾注了众多大机车人的心血，人们永远无法忘记那些曾经为"巨龙"腾飞而付出心血和汗水的设计师们，而曾任开发中心高级工程师的刘子康，就是参与"东风4型"内燃机车设计研发的众多设计师的代表之一。

曾经是大机车最早的大学生——

刘子康是我国蒸汽机车和内燃机车的第一代设计师，也是大机车最早的大学生之一，1949年从重庆大学毕业，1954年正式调到大机车机车设计科，先后担任设计师、主任设计师。他一直主持内燃机车柴油机的设计和开发工作，在我国内燃机车发展所走过的曲折而艰辛的道路上，洒下了辛勤的汗水，走过了不平凡的道路。

20世纪60年代初，40多岁的刘子康正值干一番事业的年龄，而且还有一定的工作经验。然而"文革"开始了，他和许多科技工作者一样，离开了设计岗位，之后又离开了工厂。

1974年刘子康重新回到工厂时，已经人过中年，这时的他，带着振兴中国机车工业的使命感和紧迫感，重新走上了设计之路。

曾经不断研磨改进"东风4型"——

"东风4型"内燃机车是中国货运机车的主力车型，被人们形象地比喻为"国宝"，但"国宝"的成长经历过艰苦曲折的过程。20世纪70年代，国家开始加强内燃机车的生产。1974年，"东风4型"内燃机车投入批量生产，但是由于这种车型缺少长期严格的运行等考验，投入批量生产后，运行的质量不理想。有些人开始对"东风4型"内燃机车持怀疑态度，有的建议砍掉，有的建议改进和完善，"东风 4 型"内燃机车一时成为争论的焦点，面临着命运的挑战。

在各种压力和现实面前，刘子康却开始了默默的研究工作。他深入调查研究，搜集国内外内燃机车柴油机发展的有关资料，分析各种数据，对照"东风 4 型"内燃机车的运行情况，冷静分析柴油机的现状。他认为柴油机总体结构是好的，燃烧系统本质上是比较完善的，有储备能力，暴露的问题有改进的可能，"东风 4 型"内燃机车有发展前途。

严谨的科学态度和实事求是的论证，使刘子康找到了问题的所在，也坚定了他改进和完善"东风 4 型"内燃机车柴油机的信心。他借鉴国内外先进经验，听取技术人员的建议，详细分析产生问题的原因，从柴油机的根本问题入手，提出了改进柴油机机体的建议。很快，他的建议得到了工厂领导的支持，刘子康主动承担了改进柴油机机体的任务，挑起了主持设计新机体的重担。

经过大量的试验验证，1979 年，一种横贯螺栓式的五面体机车柴油机机体由 A 型发展到 B 型。B 型机体的诞生彻底消除了 A 型机体裂纹变形的现象，使整个机车柴油机的改进找到了正确的途径，打下了坚实的基础，使"东风 4 型"内燃机车的质量有了质的飞跃。

作为内燃机车老一代设计师的代表，刘子康常常有种危机意识。他经常挂在嘴边的一句话是"人无远虑，必有近忧"。他经常告诫年轻的设计师，只有不断地用新产品取代旧产品，才能最大限度地满足用户的需要，才能在激烈的竞争中立于不败之地。

正是这样强烈的进取心，影响了年轻的设计师。

不断改进的"东风 4 型"内燃机车质量进一步提高，投入机车运输行业后得到了用户的好评和肯定。但对真正有责任感、使命感的设计师来说，没有最好，只有更好。刘子康对机车车型不断改进的同时，也在构思零部件的攻关改造。

刘子康认为，好的文章是改出来的，好的产品也是在不断的改进中才得以成熟完善。世界各国先进的产品都是经过不断改进、不断完善的。

　　和许多热衷于机车事业的设计人员一样，刘子康始终对中国机车事业的发展充满了感情，他们经历了"反右""文革"等特殊的历史阶段，历经风雨，却痴心不改，对党和人民忠诚不改，为中国铁路机车实现内燃化做出了杰出的贡献。刘子康退休后，仍然坚持在机车设计一线工作，而在大机车，还有许许多多刘子康式的老一代设计师，他们为中国机车事业的发展默默地耕耘着、奉献着。

第 十 三 章

长子情深：胸怀开阔勇担当

被誉为"共和国工业长子"的大机车，有着深深的爱国情怀和浓浓的家乡情，它以无私的奉献精神，与国家共呼吸，与民族共命运，与时代共前进，与城市共荣光……

305条英雄好汉

他们都是普普通通的工程技术人员，他们没有做出什么惊天动地的伟业，他们也没有说出什么语惊四座的豪言壮语，他们都是普普通通的大机车人，但是又都是大机车人的优秀代表，他们用朴实无华的质朴情感，为共和国的建设，无私地奉献着自己的美好年华……

2015年1月8日上午9时，我在大机车老干部部见到了大机车的老领导冯焕金和张金恒。两位老人都是 1933 年出生的，又都有过支援"三线建设"的特殊经历，他们向我讲述了曾经经历的那一段光荣而艰难的岁月……

1964 年 10 月的一天，一列长长的黑色闷罐列车经停在桂林火车站。车停下来后，从车上跳下来一群清一色的男人，有好几百人，大多光着膀子。只见他们纷纷跑到车站的水龙头前，先是大口大口地喝水，然后又把头伸到水龙头下冲洗着……他们太渴太累，也太热了，他们从大连出发，经过长途跋涉，到达了桂林火车站。他们坐在闷罐火车里整整三天时间，他们已经记不清一路上载着他们的罐车停过多少次，被改过几条火车线，又改挂过几台火车头。他们吃住在列车上，他们睡在草垫子打成的地铺上，一路颠簸。车辆进入南方城市后，车厢里闷热加剧，他们只盼望着早日到达目的地，好早些安顿下来。因为一路上吃住在闷罐车厢里，长途奔忙仿佛快把他们的骨头折腾散架了……

他们是来自大机车的第一批支援"三线"铁路建设的 305 个男子汉，他们个个都是厂子里的技术骨干和优秀工人，他们响应国家号召，自愿报名申请前往"三线"支援国家建设。

"三线建设"是 20 世纪 60 年代中期国家做出的一项重大战略决策，它是在当时国际局势日趋紧张的情况下，为加强战备、逐步改变我国生产力布局进行的一次由东向西转移的战略大调整，建设的重点在西南、西北。因为国家"三线建设"需要和铁路建设需要，大机车自 1964 年首批派出 305 名工人支援西南铁路工程局"三线建设"后，到 70 年代初期，又相继多次派出干部和技术人员及工人 1100 多人，为西南铁路和机车建设事业做出了巨大贡献。

虽然五十多年过去了，但张金恒仍然清楚地记得那段坐着闷罐车集体前往大西南的情景，那段经历让他终生难忘。

1964 年国家发出支援"三线建设"的号召以后，来自全国各地的干部、工人、知识分子和工程技术人员，在国家号召下，打起背包，跋山涉水，来到祖国大西南、大西北的深山峡谷、大漠荒野。

当时已经 30 多岁的张金恒主动报名支援"三线建设"，当时他已经有了 4

个孩子，而且孩子们都还小，可以说他是家里的顶梁柱。我问他，你走了，你家里的孩子谁照顾？你爱人愿意吗？你父母同意吗？单位给你什么待遇？生活不习惯怎么办？……面对我一连串的问题，张金恒老人说："当时根本没想那么多，只想着这是国家建设的需要。我是一名共产党员，我的工作干不好，铁路修不好，毛主席他老人家会睡不好觉。"

张金恒老人的话让我的眼圈一下子红了，那种质朴的情感一下子打动了我。

"无情未必真豪杰，怜子如何不丈夫"，每个人都有自己的情感，但是，冯焕金老人告诉我，那时候的想法很单纯，只想着国家的需要才是第一位的，其余的什么儿女情长、工资待遇、房子票子的通通不会考虑。

支援"三线建设"的日子，正是国家刚刚经历过困难时期，物资匮乏、生活艰苦的时候。他们一起去的305人被分配到了不同的地方，他们大多住在潮湿的工棚里，风餐露宿。南北生活水平和生活习惯的差异，时时刻刻困扰着他们。许多人到了"三线"地区后，做了与以前不一样的工作，有的干了老本行当上了机车工人，制造和修理机车等等，有的则当了建筑工人，修路、架桥、打山洞，几乎做什么工作的都有。大多数人援建后都没有回来，有很多工人还直接从西南铁路线上去了非洲，支援坦赞铁路建设。

两位老人告诉我，他们那时候从不知道什么是苦，什么是累，心中只想着为国家努力工作。在我看来，虽然他们不善言辞，不会索取，不懂享乐，但他们每个人都是无私的奉献者，他们是大机车的骄傲，是中国工人的骄傲。

国家"三线建设"规划的实施，的确给西南地区带来了巨大的变化，许多援建的项目都是当时最好的项目，许多援建的设备采用的是当时国内甚至是国际上的先进技术。

两位老人向我介绍，当年按照铁道部的任务要求，大机车到"三线"协助执行架桥任务时指导使用的两台架桥机，是当时国内也是国际上最先进的独一无二的技术设备，是由大机车专门为"三线建设"制造的，一直沿用至今，为西南建设做出了重要的贡献。

自1964年至1980年间，国家在属于"三线"地区的13个省和自治区的中西部投入了 2000 多亿元巨资，占同期全国基本建设总投资的 40%，建起了 1100 多家大中型工矿企业、科研单位和大专院校。

这一切，都有大机车人的身影闪现其中……

共和国长子情怀

作为"共和国工业长子"，大机车的援建工作由来已久。只要是国家建设需要，大机车人从来不讲条件，不计代价，要技术给技术，要人才给人才，要设备给设备。他们有着深深的爱国情怀，有着无私的奉献精神。

大连解放初期，作为我国铁路机车车辆老工业基地和大型骨干企业，大机车服从国家需要，利用工厂技术、物资、人才的优势，发扬社会主义协作精神，

大机车曾经的厂区全貌

发挥带动作用和辐射作用，积极支援兄弟工厂和单位的建设。

自 1948 年 4 月工厂开始恢复生产后，除了继续完成苏联对外贸易部的任务外，也开始新造货车，工厂修理的 20 多台蒸汽机车首次通过海上运到了东北解放区，200 多名优秀工人自愿到前线支援解放战争。

20 世纪 50 年代，支援兄弟厂和新建厂是大机车的重要任务，工厂先后向全国十几家工厂派出干部千人以上。仅 1955 年，工厂停止了客车生产后，全厂客车设计人员、图纸等全部转给了长春客车厂。要知道，在 50 年代，工厂的生产规模和技术水平刚有起色，一下子派出上千名工程技术人员，这是何等的精神境界啊！

1964 年起，工厂在抽调干部和技术工人支援西南铁路建设的同时，还无私援助成百套的技术设备、技术资料，并承担为兄弟单位生产各种机车设备、罐车零部件、轨钢机、排灌、矿山设备以及大量的冶金设备铸件和机械加工等任务，与鞍山、包头、武汉、柳州、太原、重庆等钢铁厂和三门峡水利工程局、兰州化工厂、抚顺煤矿、空军十六厂、瓦房店轴承厂等 150 家企业及重大基建部门完成了 500 多项协作任务。

大机车老干部部的邢海向我讲述了他的一段特殊经历。20 世纪 90 年代，有一次，他和几位同事到大机车曾经援建过的一家外地机车厂办事。一天中午，他们在工厂的食堂里吃饭，不知道谁说了一句"他们是大连来的客人"，只见呼啦一下，食堂里许多正在吃饭的人站了起来，纷纷走过来，把他们一圈圈地围了起来，排着队轮流向他们问好、握手。这些人是从大机车走出去支援兄弟单位建设的工程技术人员，还有的是他们的后代。他们看到家乡大连来的客人，像看到久别重逢的亲人一样，感觉特别亲切，心情也非常激动，围着邢海他们，有说不完的话题、道不完的家常。

"有许多家机车工厂，几乎有一半都是来自大机车的人。"邢海告诉我。据不完全统计，新中国成立以来，大机车抽调到祖国各地支援建设的干部和工人近 5000 人，相当于新建一个大中型机车企业的规模，大机车为中国机车工业的发展做出了巨大的贡献。

如今,大机车人和大机车的产品一样,遍布全国各地。可以说,在中国大地上,只要有机车的地方,就有大机车人,只要有大机车人的地方,就有大连机车。

建造东北第一人行立交桥

说起大连兴工街大型人行天桥,老大连人或许还会记得,那是20世纪80年代大连市最大的人行过街天桥,修建这座天桥的正是大机车人。如今,这座天桥早已经拆除了,而且,在城市的沧桑巨变中,这样的一座天桥算不上什么宏伟的建筑,或许有些"土"的施工方法在许多人看来还太不科学,甚至有些落后,但是在当时的艰苦条件下,大机车人完成了几乎不可能完成的任务。兴工街人行过街天桥并没有随着历史的脚步而被人们忘记,它建设的速度和规模以及建设者的事迹,都写进了城市的历史,更写进了大机车的历史中。

大机车人有着浓浓的家乡情怀,只要是家乡人民需要,就会不讲条件地去完成。在有些浮躁的当下,重新回顾这座天桥的建设过程,或许会让我们更多地体会到大机车人那种无私的奉献精神,感受到机车工人的铮铮铁骨和拼搏精神。

兴工街天桥于1986年建成,是当时我国北方地区工程量最大、难度最大、结构最复杂的一座人行天桥。大桥占地面积4900多平方米,桥高6米,桥体总长度115米,最大宽度4.5米。桥身呈X形,分别由12个圆台体立柱和方形立柱支撑,桥总重量283吨,仅组焊桥梁结构所用的焊条就达7吨多。大桥跨长江路、西安路和兴工街交叉路口,连接大连市东西和南北两条交通动脉。这座风格独特的人行天桥的建成,不仅缓解了该地区的交通拥堵状况,确保了大连市交通运输干线的安全畅通,也为大连增添了光彩。

当时与兴工街天桥同期开工建设的还有5座城市中心区天桥,兴工街天桥最早竣工完成。参与建设的大机车派出的是非工程专业的建设队伍。而参加这样的城市建设，对大机车来说，已经数不胜数了。

1985年2月，市政府把建设兴工街人行天桥的任务下达给了大机车。大机车有一个传统，就是完成上级任务从不打折扣。

工厂把设计任务交给了车体车间老工程师张广正，三十多年来，他一直从事非标准产品设计，从未接触过桥梁工程设计。为了建设好大桥，他以顽强的毅力刻苦钻研桥梁工程技术，虚心向内行请教，开始了通宵达旦的设计工作。他在一名助手的配合下，经多方请教和研究，仅用了两个多月的时间就完成了140多张图纸的设计任务。为了确保大桥的强度、刚度等技术参数的计算准确无误，工厂还组织相关力量几次对有关数据进行电算校核。

1985年9月17日，大桥工程指挥部正式成立，大桥开始建设。当时大机车生产任务格外繁忙，机车、敞车的产量大幅度增长，产品创部优、国优和技术改造的任务艰巨，人力、设备和材料、能源等方面又面临严重的不足，但大机车人从来不在乎困难，他们能吃苦，善打硬仗，在工程技术人员加班加点、连续作战的不懈努力下，大桥从放线到下料再到零部件加工，仅用了四十天的时间便完成了。

大桥建设需要的近300吨各种大桥零件，件件都要经过车体车间大炉组进行设计、整修和压型加工。工段长姜连顺和组长黄永红带领他们的先进标兵组，连续二十多天加班加点，每天都干到晚上七八点钟，克服了机床小、工件大、起重设备吨位不足等困难，采取"蚂蚁啃骨头"的办法，用2台吊车同时作业，硬是在只有1.7米见方的工作台上，分5次调平了长10米、宽3.6米的大桥上盖板，还打破常规用滚床完成了钢管煨弯任务，缩短了大桥扶手和栏杆的工期。

当年10月，大桥进入部件组对焊接的关键阶段。车体车间从生产一线抽出最好的设备和最精干的技术力量组成施工组。为加快进度，他们同时开辟了厂内小部件和厂外大部件两个组焊战场。厂外作业是在马路上封路施工，没有大型工作台、工艺装备和专用吊具，而大部件的几何尺寸较大，结构、技术要求也很高，他们开动脑筋，攻克了一个又一个难关。组装大型部件时，原计划用 30 多吨的工字钢制作临时工作台，但因工字钢缺货，工人们便提出用大平台拼接起来做工作台的建议。大桥工程指挥部一声令下，全厂各单位立即运来了 20 多个大平台用于施工。

大桥主体吊装时，按常规要进行分段吊装、高空合龙组焊工艺，这样要进行二十多天的封路施工。当时，市长到现场视察，提出无论如何封路时间要压缩到 42 小时以内。工厂突击研究，及时制订新的吊装方案。市政府也从有关单位抽调了 4 台 45 吨吊车，支援现场。据当时参与施工的工人回忆，现场施工总指挥、车体车间副主任王金瑞当时正患重感冒，高烧 39 度，却不肯离开工地半步。终于，一个在地面上进行大桥主体三段合龙，然后整体吊装的新方案产生了。

12 月 6 日上午，大连天寒地冻，寒风刺骨，大桥工地的气氛却异常热烈，四周人山人海，把施工现场围得水泄不通。上午 9 点，大桥主体吊装开始了，千万双眼睛一齐凝视着年轻的吊装总指挥姜伟。只见他信心十足、镇定自若地站在指挥车上，随着他清脆而有节奏的命令，4 台 45 吨吊车同时启动，合龙后的大桥主体徐徐升起，平稳地坐落在 4 根立柱上……

大桥主体一次性吊装成功，他们马不停蹄，连续作战，终于圆满地完成了大桥的施工建设任务，成为当时大连同期 5 个开工建设的天桥中最早完成施工的工程。

在很长一段时间里，兴工街人行过街天桥缓解了这一带人车密集带来的交通压力，也成为城市西部地区的一道风景。虽然随着城市建设的不断推进，兴工街人行过街天桥被拆除了，但是，它在大连人的心中从未消失，它像一道美丽的彩虹，永远地留在大连人的记忆里。

第十四章

中外合作：从合作伙伴到竞争对手

　　1978 年 12 月 18 日至 22 日，短短五天的时间里，全世界的目光聚焦北京，具有划时代意义的中共十一届三中全会召开了。也许当时从十年动乱中一路走来的国人无法想到，这是一场新的革命的序幕，改革开放的东风正裹挟着滚滚春雷，响彻中华大地……

　　进入 20 世纪 80 年代，我国西煤东运、北煤南运的任务十分繁重，煤炭运输主要依靠铁路，占当时铁路总运量的 40% 以上。能否满足工业生产的需要，在很大程度上还取决于煤炭运输这个环节。当时华东和东北等工业集中地区严重缺煤，山西、宁夏、内蒙古等地的煤却运不出来，铁路部门运输能力有限，铁路运输的需求与生产布局的矛盾日益突出。

　　在改革开放的大背景下，大机车一方面加强全面质量管理，使企业适应从单纯生产型向生产经营型的转变，另一方面，开始了中外合作之路。

走出去天高地阔

生命里最重要的事情是要有个远大的目标，并借助才能与毅力来完成它。

——歌德

1697年，一批俄国青年来到当时的海上强国荷兰学习造船技术，学徒中就有赫赫有名的沙皇彼得一世。此后他还到其他国家学习，据说在英国学习建筑学时，他还曾经与牛顿讨论科学方面的问题。

1871年，日本派出近百人前往欧美各国，开始历时两年的学习，而此次学习的费用占成立不久的明治政府当年财政的2%。

1872年至1875年，在曾国藩、李鸿章等洋务派大员的主持下，清政府设立了一个长达十五年的派遣留学生计划，先后派遣120名幼童赴美留学，其中有50多人后来进入哈佛、耶鲁、哥伦比亚、麻省理工等著名学府深造。正是这些最早走出国门的学子，带来了思想、法制、军事、政治、科学技术等诸多方面的先进理念。这批深受欧风美雨熏陶的学子学成归来后，成为中国矿业、铁路业、电报业的先驱。他们中出现了清华大学、天津大学最早的校长，出现了中国最早的一批外交官，出现了中华民国的第一任总理等等，他们在中国历史上写就了光辉的篇章。

历史证明，强者崛起总是从学习开始的。

改革开放打开了国门，带来了先进的技术和理念，大机车人开始走出国门，迈出了与世界机车先进技术接轨的步伐。到20世纪80年代末期，大机车先后派出工程设计人员300多人到美国、英国、联邦德国、日本、中国香港等国家和地区进行考察深造和技术交流，学习世界上先进的机车生产技术和管理方法。

走出去天高地阔！

1980年，在清政府派出庞大的留学团队100多年后，在中国北方城市大连，大机车首次派出 7 名工程技术人员到联邦德国学习考察和进行技术与预验收培训，这距大机车 1958 年 10 月派出最后一名工程技术人员到苏联学习考察内燃机车设计、制造和科研新成果，时隔整整二十二年。1982 年，大机车又相继派出 10 名工程技术人员到泰国、英国和奥地利等国学习考察。大机车开始把目光投向了世界。

1982 年，根据当时铁道部的意见，大机车决定与国外进行技术合作，改进柴油机和机车，启动"东风 C 型"机车和"东风 D 型"机车的研制工作。经过考察和比较，英国里卡多公司对柴油机性能的研究和开发历史悠久，且开发能力和设计水平在同行业中占有优势，对先进技术的开发交流也比较开放开明，与里卡多公司合作对改进大机车柴油机技术、培养中国机车设计人才都非常有利。

英国，世界机车的发源地，这里开出的第一列火车，曾经影响了世界。英国不仅在世界史上占有重要地位，也有着许多魅力无穷的风景名胜。位于伦敦市中心的大英博物馆、伦敦塔、泰晤士河等处总是游人如织。对于那些爱好旅行的人，泰晤士河沿线的温莎城堡、格林尼治天文台、温布顿等众多小镇，也充满了无尽的美景。周边著名的大学城——牛津、剑桥，以及罗马时代就已经建成的温泉——巴斯，同样吸引着众多的人前往。而这些令人神往的地方，在英国学习了很长时间的大机车设计师王惠玉和他的伙伴们，却从没有真正地到访过。对于这些在改革开放后开始走出国门的大机车机车设计师们来说，牵动他们内心的不是那些迷人的景色，而是暗藏心底的强大的中国机车梦。

国门打开不久，王惠玉就成为幸运儿，作为大机车较早走出国门的工程设计人员来到了英国，开始了大机车改革开放后与国外最早的合作。

王惠玉告诉我，机车的设计和制造水平某种程度上代表了一个国家的工业和科技水平，也反映了一个国家的综合实力。正是因为心里装着沉甸甸的责任，王惠玉和他的伙伴们到了英国后，没有去看那些闻名于世的美景，没有流连于那些享誉世界的艺术中心，而是争分夺秒地开始了在英国繁重的学习生活。

1984 年，大机车与英国里卡多公司合作开发 240 型柴油机。位于英格兰南部萨塞克斯郡海边的英国里卡多公司，离伦敦仅 80 公里，1915 年创办，是一家全球一流的专业内燃机研究机构，在世界上享有很高的声誉。20 世纪 80 年代，里卡多公司就拥有各类试验室，如噪声、废气排放、气道、油料等试验室 70 多个，多缸发动机台架 50 台，单缸发动机台架 20 台，计算机室 1 个，有相当雄厚的科研试验能力。里卡多公司主要的经营业务为代客设计、改进、试制和试验各种内燃机，对客户的发动机做设计评定，提出有关发动机性能、结构、采用材料及配套等方面的问题和改进措施，对咨询单位提出的有关设计方面的问题进行研究解答，同时出售其子公司所生产的教育仪器和试验仪器以及试验机。也许创办人哈里·里卡多爵士没有想到，他于 1915 年创办的这间私人试验室，有一天会与来自遥远东方的中国大连的机车厂合作。

1983 年，大机车还与里卡多公司签订了 16240ZB 型柴油机设计合同，计划合作目标定在 C 型机上。通过一段时间的合作，尤其是对大机车的柴油机进行过试验以后，英方认为大机车设计的柴油机基础很好，潜力很大。而大机车派出的工程技术人员，通过在英国的学习与合作，已经掌握了里卡多公司改进设计的程序和方法，感到 C 型机的功能目标完全可以由我们自己完成。

大机车工程设计人员决心跨越 C 型机阶段，直接提出了 D 型机的合作目标，即装车功率 4000 马力、油耗 150 克每马力小时、厂修期 100 万公里。而里卡多公司专家认为，这个目标是在向美国通用电气公司的柴油机挑战，必须通过双方的极大努力才能实现。

1984 年，大机车与英国里卡多公司签订了对柴油机进行设计、改进、试制和试验的合同。从此，大机车展开了开发具有当时世界先进水平柴油机的工作。

谈到国外企业的先进理念，同时期到美国学习考察的设计师邸新元很有感触。他说，在 20 世纪 80 年代研究一个产品需要十年左右的时间。当时大机车还与美国合作，从美国购买了 400 台"ND5 型"机车，合同约定双方合作设计新车。从 1985 年第一次到美国，与美国电机电器公司合作，他就感觉到中国机车与美国机车相比差距很大。而现在，大机车无论实力还是技术，在全国都是首屈一指的，在机车研发技术上已可以和任何一个国家相比，在世界上也是位列前茅的。中国机车与美国等发达国家的机车已经开始平等竞争，这是走改革开放之路的成果。

里卡多公司重视人才的培养，公司尽量为年轻设计师提供不同的工作岗位，便于考察和发挥每个人的才能，从而提高工作效率。公司要求每个人在完成一项任务、进行一段工作后，必须根据试验内容写出学术性的论文，并在自设的印刷所印刷，对外赠送或者作为资料出售，并选出较好的论文推荐给国内外的各种协会、学会和年会以及在学术刊物上发表。

虽然在英国只有短短的三个月，但是这三个月的时间，给了王惠玉和他的伙伴们刻骨铭心的感受，那就是强烈的危机感、使命感和紧迫感，他们心中始终怀着让中国机车走向现代化的雄心和信念。在英国公司的几个月，中国机车设计师们不仅学到了最新的技术，也开阔了眼界，学到了先进的理念，尤其是里卡多公司对建立资料档案的重视，给他们留下了非常深刻的印象。里卡多公司对每一项设计，自设计任务确定之日起，就开始建立档案，内容包括任务来源、研究人员构成、计划进度、研制经费、相关会议记录、设计研制方案、各种计算和试验数据及报告、技术总结、学术论文等等，供公司工作人员随时查阅，他们将这些保留下来的资料视为公司的宝贵财富，谢绝外人查阅。

不断升级的合作之路

1981年9月22日，在法国著名工业城市里昂的布罗托火车站开出了一列时速260公里的火车，这列火车被称为当时世界上跑得最快的火车。这条由里昂开往巴黎的电气化高速铁路是1974年开始建造的，其中一个动车组在这条线路上曾经创造出每小时380公里的试验速度，这是当时世界铁路最快试验速度，轰动了世界。

与强手过招，则遇强更强。

大机车在加紧派出工程技术人员出国参观、考察、培训、学习世界先进的生产技术与管理经验的同时，决定与世界上最大、最强的机车企业——美国通用电气公司和德国西门子公司合作，研发属于中国人自己的机车产品。

终于，大机车迎来了第一份海外"大单"。

大机车开始与国外公司合作开发柴油机、内燃机车，大机车合作的原则非常明确，就是要"以我为主、取长补短、改进产品、培养人才"，使自己拥有最终产品的知识产权。在"走出去、请进来"的过程中，大机车通过技术引进、消化吸收、改良改进，最终走上了自主研发的发展之路。

1983 年年底，中国机械进出口公司与美国通用电气公司签订了合同，由大机车承担加工 1794 个机车车轮。这是大机车第一份间接的数额较大的海外合同，这份合同完成后，不仅可以为国家创造外汇，也可以使大机车收获一定的经济效益，还可以通过与国外公司的合作锻炼队伍。

按合同要求，第一批 280 个车轮，要在 1984 年 2 月 10 日在大连港装船，2 月 6 日前，工厂必须完成全部工作任务。

以往大机车生产的机车车轮的轮芯材质都是 25 号钢，这批车轮要求的则是 45 号钢，而且含碳量同我国 45 号常规钢相比要小一半。生产这种材质的车轮，大机车还是第一次，这对大机车来说，是一项艰巨的任务。

越是艰巨的任务越有干劲，这是大机车人的性格。全厂上下开始了一次次攻关。铸钢车间工程技术人员和工人一起，经过精心试验和操作，终于熔炼出合格的钢水，一炉炉合格的钢水很快就为加工车间提供了轮芯的毛坯。锻工大窑组工人连续奋战，保证了轮芯正常进度的实现。车轮进入加工工序时，一开始由于没有专用量具，操作者和检查人员的检测尺寸不统一，加工精度难以断定。为了攻克这一难关，机械二车间职工在计量室的协助下，做出了标准球，统一了 9 个单位的尺寸。车辆加工车间职工经过多次试验，采用小车床拉荒后再用大车床精车的办法，保证了加工精度。

1984 年 1 月 21 日，美国通用电气公司的工程师曼格先生到大机车参观生产合同车轮的车间现场。虽然车间里一片繁忙的景象，但是想到下月初就要交活儿，曼格先生还是心里没有底，他曾三次用怀疑的口气问公司领导："你们真的能按期完成第一批合同吗？"他甚至想到了折中的办法，提出如果第一批完不成280个，可以先减量，完成60个就行。但大机车人郑重地告诉曼格："我们说话是算数的，你可以往回发电传，我们保证按期如数完成。"

2月4日，当第一批280个车轮提前两天完成时，曼格先生有些不敢相信，他非常激动，对大机车人称赞不已。大机车人用智慧和汗水赢得了美国通用电气公司的认可，也为中国机车工业在世界上赢得了信誉和尊敬。

"东风"劲吹

> 每一个人成功的背后，都有不为人知的艰难岁月；每一个企业成功的背后，都是无数人艰难探索的足迹。
>
> 成功总是青睐那些执着追求梦想的人们。

1985年10月，大机车与美国通用电气公司进行技术合作，签订了改进"东风4型"机车的合作合同，引进他们先进的电机电器技术，把主发电机、牵引电动机、带扩展的电阻制动和微机控制技术用在"东风4D型"机车上。大机车在与国外公司合作的过程中，打开了局面，取得了主动权。在目标的提出和课题的选择上，大机车既吸收国外先进技术，又坚持从中国国情出发，从中国铁路的路情出发，科学谋划，引进吸收，使国外先进技术为我所用，通过质疑深究，更多地掌握他们的"看家"技术，改进产品，避免中国产品"他国化"，而使外国技术中国化。在施工设计和评价分析中，大机车坚持建议方案由国外专家提出，双方分别评价论证，施工设计以中方为主，外国专家协助，既互相渗透又互相补充，在共同探讨中掌握高难度的技术，达到改进产品和培养人才的目的。

在自主开发中，技术人员把从合作中掌握的高难度技术用于老产品的改进和新产品的研制中，为开发"东风4D型"机车做了雄厚的技术储备。从1986年开始试制D型柴油机，到1988年试制成功D型柴油机，到1990年投入小批量生产，再到1992年全面转产D型机车，功率由3600马力增加到4000马力，按当时年产300台机车计算，年增加的功率可达12万马力，在年产量不变的情况下，相当于多生产33台C型机车，为国家节约了机车购置费4700万元。厂修期由C型机车的70万公里增加到90万公里，延长43%，按年产300台计算，年节约厂修费1539万元，可节油3万吨。

技术的改进、提高，带来巨大的经济效益。

短短几年，大机车在不断完善"东风"系列的过程中，也开始了第四次技术改造。这次技术改造使大机车的开发设计水平与生产制造水平双双上了新台阶，使"东风4型"内燃机车渐趋成熟。设备精密度的提高也保证了产品的质量和新产品的开发，工厂两大主产品——内燃机车和敞车的一等品率达到了100%。

这次技术改造使建厂八十多年的大机车发生了重大变化，厂房整齐明亮，

1988年，大机车厂部大楼

工艺布局合理，厂容厂貌焕然一新。截至 1986 年年底第四次技术改造结束之际，大机车的内燃机车生产水平达到了年产 167 台"东风 4B 型"内燃机车的生产能力。四年间，总产值近 10.46 亿元，平均年递增 19%，实现利税超过 2.3 亿元，是国家投资的 3.26 倍。

大机车借第四次技术改造的东风，已先后开发出"东风 4B 型"货运机车、客运机车、高原机车、重联机车，"东风 5 型"调车机车等系列产品，适应了市场的不同需要。大机车发展壮大成为我国拥有一流设备、一流技术、一流产品的内燃机车生产基地。

铸就 1000 台内燃机车的传奇

> 一生要走多远的路程，经过多少年，才能走到终点。梦想需要多久的时间，多少血和泪，才能慢慢实现。天地间任我展翅高飞，谁说那是天真的预言，风中挥舞狂乱的双手，写下灿烂的诗篇。不管有多么疲倦，潮来潮往世界多变迁，迎接光辉岁月，为它一生奉献……
>
> ——《光辉岁月》

1986 年 6 月 13 日，一个平常的日子，但在大机车的历史上却是值得铭记的日子。这一天，大机车生产的内燃机车总量达到 1000 台。当天下午 3 点 31 分，全国政协副主席吕正操和大连市市长魏富海，在大机车人的见证下，共同为第 1000 台内燃机车——"东风 4B 型"1198 号内燃机车剪彩。随着剪彩结束，1198 号机车汽笛长鸣，徐徐开动，那一刻，十里厂区红旗招展，鲜花争艳，锣鼓喧天，鞭炮齐鸣，一片欢腾……

许多大机车人的眼里盈满了激动的泪水。这是一个让大机车人感到骄傲和光荣的日子，一个让中国人大长志气的日子。

从试制到正式生产，经过不断改进和完善，"东风 4B 型"内燃机车逐渐完善，

大机车庆祝出厂千台车、动员再夺千台车大会

已经批量生产。"东风4B型"内燃机车从设计到试制，从台架试验到运行考核，从技术攻关到批量生产，从颠簸摇晃不稳到技术成熟稳定运行，从 A 型到 B 型的艰难转身，一步一步，走过了一条漫长而艰苦曲折的发展道路，只有亲身经历，才能体会个中的艰辛。大机车人一步一个脚印，为"东风"系列产品积累了成功的经验，创造了适合中国国情的大马力内燃机车的传奇，也为中国机车打了漂亮的翻身仗，铸就了中国机车的成功样本。

经过严格的定置试验和在实际运行中对其经济性、可靠性和牵引性等方面的考核说明，"东风4B型"内燃机车可以同工业发达国家的同类型机车相媲美。在中国当时铁路最繁忙的天津至北京段，"东风4B型"内燃机车全线取代了进口机车，并分布在广东、上海等全国 11 个铁路局、26 个机务段，成为中国铁路货运牵引的主力车型，广受欢迎。

"东风4B型"作为当时中国最大功率的内燃机车车型，在过去的十二年间，整整出厂了 1000 台机车，这是大机车人创造的了不起的奇迹。大机车人发扬革命传统，艰苦奋斗，勇挑重担，抓住大改造的机遇，边改造、边增产、边开发，才取得了这样的成绩。

在庆祝内燃机车出厂 1000 台的日子里，大机车收到了铁道部、中华全国铁路总工会、全国铁道团委联合发来的贺电：

> 在你厂制造"东风 4B 型"内燃机车累计达到 1000 台的时候，特向你厂全体职工、家属致以热烈的祝贺和亲切的问候。你厂从 1974 年开始生产"东风 4B 型"内燃机车以来，特别是十一届三中全会以后，在铁道部和省市的正确领导及路内外兄弟单位的大力支持下，全厂职工团结奋斗、艰苦努力，急铁路运输之所急，在工厂边改造扩建、边生产的情况下，新造机车产量每年都有大幅度增长，同时还实现了产品升级换代，获得了辽宁省优质产品称号。目前，"东风 4B 型"机车已经成为铁路干线货运牵引动力的一支骨干力量。你们为铁路运输的发展做出了贡献。

在第四次技术改造收尾的同时，大机车开始了第五次技术改造。第五次技术改造，是为了以改造促增产，形成年产 300 台的生产能力，要在整个"七五"期间，再造"东风 4B 型"内燃机车 1130 台。这就是说要在四年多时间里，走完过去十二年的历程，质量和性能要达到国外发达国家 20 世纪 80 年代的水平。

对于第五次技术改造，大机车重点抓柴油机南试验站、机车车间机车部件组装厂房、车体车间机车车体厂房、铸钢车间车钩厂房和铸钢电炉厂房 5 个龙头项目，带动其他工程的实施。在改扩建工程中，主要针对厂区动力管线（网）的陈旧老化、布局不合理、供应能力不足等问题，对公用工程进行改造；继续在一些关键部件和关键工序上引进国外先进的设备仪器，提高工艺水平、技术水平；投资 4000 多万元引进设备仪器十几台套，包括德国产机体加工中心、磨齿机以及美国、瑞典、英国等国家的设备和仪器；增置国产大中型设备近 300 台，用于扩大机车生产系统、车辆生产系统和热工系统的生产能力。

　　大机车开始运用微机和数显技术对设备进行改造，不断提高生产过程的自动化、柔性化和机电一体化水平，围绕扩大生产能力和产品升级换代，继续研究开发新工艺、新技术。

　　第五次技术改造于1990年基本完成。

　　经过五次大规模的技术改造，大机车发生了重大变化，已经成为中国最大的现代化内燃机车的生产基地，固定资产也达到了4.6亿元。大机车设有铸造、铆焊、热处理、机械加工、电子器件、柴油机、机车、车辆及机修、工模具等24个分厂和车间，技术设备居国内领先水平，拥有各种动力设备4500多台，建成了建筑面积4000多平方米的大功率、多功能的产品开发试验基地，购置了200多台国外先进的高精度数控机床和计量、理化检验等设备，增加了柔性设备比例，形成了较完整的柔性技术装备系统。

　　大机车先后制成了中国第一台大模数控齿轮单齿埋油淬火机床、第一台柴油机机体加工数控组合机床和第一台增压器试验台，开发了"65"水爆清砂、球墨铸铁、低压浇铸、辉光离子氮化等新工艺、新技术。截至1988年，大机车已经拥有了先进大型加工中心和作业流水线、生产联运线、精密的检测仪器和试验设备，以及大型计算机管理体系和高水平的计算机辅助设计工作站，技术基础更加雄厚。

　　技术改造为企业插上了腾飞的翅膀，大机车加速产品更新换代。"七五"期间，大机车依靠职工自力更生，实现技术革新1100多项，推广应用"四新"成果600多项，制造设备1561台，改造老设备400多台，五年开发出两代四种新型内燃机车，为国家提供高质量的内燃机车951台，比从国外进口同类机车节省外汇6亿多美元。美国前总统乔治·布什当时任美国驻华联络处主任，曾到大机车参观。当他看到由全国人大代表、高级工程师马殿峰设计，工厂自行制造的25米大型组合机床时，称赞说："这么先进的设备我们美国都没有。"

　　截至1990年年底，大机车实现利润居同行业首位，机车产量已经占全国一半以上。

"机车摇篮"的 1988 年

> 1988 年，对大机车来说是难忘的，这一年的大机车可以说是喜事
> 连连……

1988 年 1 月 12 日，国家质量奖审定委员会公布上一年度全国质量结果，大机车研制生产的"东风 4B 型"内燃机车荣获国家优质产品金质奖，这是中国铁路机车历史上的第一块国家金牌。这块金牌的取得，奠定了大机车在国内同行业中的领先地位。

4 月 20 日，大机车被评为"全国十佳企业"之一，荣获全国企业管理优秀奖——金马奖。

同是 4 月，大机车被授予"全国先进集体"称号，荣获全国五一劳动奖章。

同年，大机车获得全国设备管理优秀单位、国家环境优美工厂、全国工业普查先进单位等十几项荣誉。

这一年，大机车生产的"东风 4 型"机车已经生产出了 1300 多台，配备在全国 11 个铁路局 39 个机务段，大机车的产品像一条巨龙，在中国大地上飞奔……

大机车，已经成为中国铁路机车车辆制造行业的领军者。

一连串的荣誉，让全厂上下沉浸在喜悦之中。更让全厂职工难忘的是，这一年国家主席李先念来到大机车视察，他为大机车欣然写下"机车摇篮"四个大字。如今，"机车摇篮"几个大字镶嵌在工厂正门的大影壁上，成为大机车人的骄傲，李先念在大机车视察的情景，如今仍然留在大机车人的记忆里——

这一年的 8 月 9 日，正值盛夏，繁花似锦，绿树成荫。大机车厂区内一片喜气洋洋，工人们早早地就把厂区打扫得干干净净。而工厂车间里的生产正在

加紧进行，机器隆隆，一片繁忙。工人们都带着喜悦的心情在等待着，他们接到通知，李先念主席要到工厂视察。

上午9时许，李先念主席一行直接来到了机械三车间，当时已年近八十高龄的李先念主席神采奕奕。他在接见了大机车的有关领导后，开始在工厂的机械三车间等地视察，他详细地询问了机车生产工艺和性能等情况，亲切地接见了工人，并兴致勃勃地在"东风4B型"客运内燃机车前照相，和工厂的领导干部们合影留念。

李先念在结束视察之前，不顾疲劳，应工厂领导的要求，在机车出车场的现场，挥笔为工厂题写了"机车摇篮"的横幅。"机车摇篮"四个大字，是对大机车成就的肯定，更是对大机车万名职工辛勤劳动的赞誉，也是对大机车人的期望和鞭策。

"东风6型"走向世界

1989年4月5日，大机车设计制造成功的"东风6型"内燃机车0001号和0002号在大机车出厂，标志着我国内燃机车进入了同时代同类产品的世界先进行列。这是我国内燃机车制造史上的一个重大突破，不但为我国铁路运输提供了性能好、质量高、适合我国国情的先进机车装备，而且为发展我国机车外向型经济、让国产内燃机车走向世界创造了条件，开辟了道路。

经过四年努力，大机车成功研制出了"东风6型"内燃机车。由铁道部和美国通用电气公司颁发给大机车的证书上写道："'东风6型'内燃机车的研制成功，是运用了丰富的成功经验、精湛的工艺技术，坚持高质量、高标准的结果。""东风6型"内燃机车继承了"东风4B型"机车的优点，引进吸收了美国通用电气公司的电机、电器和微机控制技术，安装了与英国合作开发的柴油机。

"东风6型"内燃机车具有功率大、耗油低、耐久可靠、经济性能好等特点，并且首次在机车上采用了微机监控、电阻制动和防滑装置，可对机车114项保证项目实行故障诊断、提示和记录，对94项运行参数进行监控，可牵引3500吨重载，时速可达到118公里。美国通用电气公司副总裁洛克哈特称赞说："'东风6型'内燃机车是世界水平的机车，可以同世界最佳机车相媲美。"

大机车与美国通用电气公司签订改造"东风4型"的机车技术转让合同，开始合作开发"东风6型"机车时，国产化率仅占64%，绝大部分的主要部件是从美国、英国、瑞士引进的，价格偏高。大机车进行国产化攻关，在吸收国外先进技术的基础上，对设计不合理的部分进行了改进，仅用了一年时间，就将国产化率提高到了96%以上。

"东风6型"内燃机车开发研制成功，标志着中国机车的制造已经达到世界先进水平，中国内燃机车的生产达到了一个新高度，成为中国机车工业历史上一个重要的里程碑。

第十五章

沧桑砥砺：中国机车 奏响民族工业的时代最强音

　　进入 20 世纪 90 年代，随着中国经济的快速发展，铁路运力紧张的问题日益突出。一方面，我国铁路的发展相对较慢，1991 年与 1949 年相比，我国铁路完成客货运量增长了近 43 倍，而这期间铁路营业里程仅增长了 1.4 倍，机车只增长了 2.4 倍。但据有关部门测算，我国工业产值每增长 1%，铁路运货量就应当增长 0.5%。当时，中国人均拥有铁路 4.5 厘米，居世界 100 位之后，与此对应的铁路单位负荷强度却居世界第一位。1991 年，中国铁路平均每公里负荷量是 2579.4 万吨，换算成吨公里，是日本的 1.98 倍、美国的 3.43 倍、印度的 3.28 倍。随着经济社会的发展，中国铁路要完成客货运量的大幅度增长，任务十分艰巨。

中国铁路线上的"大连制造"

市场经济大潮滚滚而来，始终有订单、有任务、不愁吃喝、旱涝保收的大机车人一下子跌入危机的旋涡。大机车人开始以全新的理念，迎接中国铁路大时代的到来，奏响了中国机车建设的最强音……

1991 年 9 月，大机车生产的内燃机车已经达到了 2000 台，内燃机车品种已经达到 16 种，货车类型达到 36 种之多，一等品率也连续十一年达到了100%，为中国铁路大动脉不断地输送着新鲜血液。当时，大机车生产的机车在中国铁路上占有巨大的比重，最高峰时达到 60%，可以说，在中国铁路线上，到处都飞驰着"大连制造"。

根据市场经济体制的客观要求，中国铁路加快了改革的步伐，开始全面走向市场化。铁道部制定了新的发展目标：进一步扩大对外开放，积极参与国内国际市场的竞争；利用国内、国际两种资源，大胆引进国外的资金、先进技术和管理经验；大胆利用外资、合资或者独资修建铁路；积极发展合资企业，同时加大利用外资的力度，对于铁路急需的国外成熟的先进技术设备和成套的生产线要直接引进；搞好对外技术交流，发展对外经济；积极支持有条件的铁路集团和期货公司争取自营进出口权和对外经济技术合作，大力发展国际联运。

铁道部开始全面转变职能，实行政企分开，开始了走向市场的新里程。

市场经济的大潮涌来，也给大机车带来了危机感。经过几十年的发展，中国机车工业虽然不断发展壮大，但产品单一，产品开发相对滞后，抵御市场风险的能力还相对较弱。

第一份国家海外订单

> 翅膀硬了，就要高飞，是金子，就要发光。大机车的决策者们把目光投向了国外市场，勇敢地开始了国际竞争的征程……

随着社会主义市场经济体制的建立，人们的思想观念也发生了巨大的变化，大机车在机车产品已经稳固占领国内市场半壁江山的同时，开始向国际市场挺进和冲击。

经过多次技术改造，再加上实施走出国门与国外合作等举措，工厂具备了开发生产世界先进水平内燃机车的实力。国家也适时地做出了用大机车产品替代进口产品的决策，引起了国际市场的强烈震动。许多国家和地区派团到大机车考察，洽谈购车业务，大机车的国际知名度一路高涨。

大机车凭借着多年积累的雄厚实力，先后在国际竞标中同美国通用电气公司等老牌知名机车大公司展开较量。美国通用电气公司，这家世界知名大公司，中国机车最早的合作伙伴之一，它再也无法忽视大机车这样的中国企业。

20世纪80年代最后一个春节后的大连，虽然已经立春，严寒却并未离去，真正意义上的春天似乎还很遥远，尤其是夜晚异常寒冷。深夜已至，忙碌了一天的人们早已进入梦乡，大机车设计部的一间间办公室却依然灯火通明，技术开发中心的科技人员正在伏案工作，他们为了在短时间内完成出口内燃机车的设计任务，正埋头苦干，挑灯夜战。

大机车将向缅甸首批出口6台干线电传动机车，这是中国机车出口历史上的第一份国家海外订单。

直到1989年，中国还没有生产出一台出口的内燃机车，更别说进入国际市场参与机车行业的竞争。生产出口机车，使中国机车走出国门，让大机车生产的内燃机车打入国际市场，这是大机车人的理想，也是历史赋予大机车人的使命。

2 月 14 日，西方的情人节，紧邻大机车的繁华的西安路商业街开始了玫瑰的传递，幸福的气息到处流淌，而在大机车大院内却呈现出异常繁忙紧张的气氛。大机车人要在短时间内把生产的内燃机车打入国际市场，这不仅需要技术上的保障，时间上也不能有丁点儿的浪费。大机车人实事求是地分析了当时遇到的各种困难：由于中国铁路机车限界和轴重与国外不同，装用进口的 CAT 机和 MTU 机需要做较大的改进，还有许多部件，尤其是车体几乎需要重新设计，还有其他让人意想不到的困难时时在考验工程技术人员的智慧和勇气。

困难既是挑战，更是机遇，出口机车不仅关系到大机车的效益和未来，也关系到国家声誉，困难再大，也要克服。大机车的许多工程技术人员把行李搬进工厂，抓紧攻关、突击，大家上下一心，不肯错过市场给予企业的这次良机。为了制造出出口机车，大家自觉贡献力量，一幕幕挑灯夜战的画面，至今让人难忘。

从接到任务的那一刻起，车体转向架室的工程技术人员就开始加班加点，大家集思广益，一起研究讨论方案。为了抢时间，大家一连二十多天在厂里搞设计，许多人夜里就睡在单位。系统室、综合室、柴油机室、电气室等，到处都是工程技术人员忙碌的身影。技术开发中心的老工程师们不仅参与了方案设计，还和厂领导一道参与了与外商的谈判，争取到主动权。他们为了给谈判提供可靠的技术数据，和年轻人一样加班，整个设计团队仅用了半个月的时间就完成了出口发动机的设计任务……

1993 年 6 月 5 日下午 3 点 50 分，标有"中国大连机车车辆厂制造"字样的首批出口缅甸的内燃机车，发出欢快的汽笛声，在人们的欢呼声中徐徐开动，从大机车驶出，走出国门。这是我国干线电传动内燃机车首次走出国门，闯进国际机车市场，实现了中国干线机车出口零的突破。它向世界宣布，中国机车已经正式亮相国际市场。

首批出口缅甸机车的成功，开启了中国机车出口的新里程，也坚定了大机车人制造中国最好机车的信心，他们要把"中国制造"变成"中国创造"，在国际机车市场上占有一席之地。

　　大机车为缅甸生产的"CKD7型"米轨内燃机车是按国际标准进行设计和生产的，从产品设计到组装试验全过程都设立了质量管理和检验体系，运用了工厂几十年生产大功率干线内燃机车的成熟技术和经验，先后攻克了质量关、柴油机发电机组试验关、机车水阻试验关、转向架性能试验关等关键技术难关，并在设计、工艺和材料方面采用了20多项当时最为先进的高新技术。

　　由于缅甸不具备机车制造能力，多年来，缅甸使用的机车基本上都是从法国、德国等欧洲国家购买的。此次出口缅甸的内燃机车是一种全新型米轨机车，车型是全新的，与"东风4B型"机车相比，零部件不具备通用性和互换性，而且制造时间短，质量要求高，给设计与制造带来了很大困难。然而，敢打硬仗、敢于啃硬骨头的大机车人凭着几十年制造机车的丰富经验，提出了"造国际名牌机车、创一流产品质量、开拓东南亚市场"的口号。全厂万名职工用智慧和汗水，经历了无数个不眠之夜，攻克了一个又一个技术难关，仅用很短的时间，就完成了从设计到制造的整个过程。

　　出口缅甸机车的研制成功表明，中国机车车辆工业不但有能力提供本国所需要的各种铁路运输设备，也完全具备向国际市场提供铁路干线牵引机车的能力。

　　缅甸国家铁道部部长吴温盛在出口缅甸机车的竣工典礼上激动地说，以往缅甸铁道部用的机车和卡车都是从德国和法国引进的，这次是第一次进口中国的内燃机车，也是第一次进口亚洲国家的内燃机车。从这次合作开始，我们缅甸铁道部要进口更多的中国内燃机车。

　　分三批亮相缅甸的22台"CKD7型"内燃机车，以其适应当地线路的设计、耐久可靠的性能和极低的故障率等优良品质为中国机车赢得了好评。缅甸北部山势险峻，最高海拔2000多米，线路坡度最大达到40‰，如此大的坡度世界少有。承担这些地段运输的大连机车发挥着其他国家机车不可替代的作用，大机车以良好的产品形象和完善的技术服务，在受到了缅甸铁路官方的高度称赞的同时，也为自己赢得了国际声誉，产生了辐射和连锁效应。

　　大机车出口的机车以可靠的质量、合理的价格和优质的售后服务在缅甸一炮打响，不仅在国际市场上站稳了脚跟，也赢得了一批又一批的订单，从此在东南亚乃至世界其他国家都有了一定的声誉。对缅甸的机车出口，是中国内燃机车首次冲出国门，实现了我国干线机车作为商品出口零的突破，从此，世界铁路机车市场上有了中国的一席之地，也开启了中国机车走向国际化的新纪元，为大机车从亚洲挺进非洲、欧洲、南美洲等地打下了坚实的基础，积累了丰富的经验，为大机车走向世界赢得了先机。

1993 年 3 月 8 日，在香港举办的"大连—香港经贸合作洽谈会"上，大机车与美国通用电气公司签署了关于合资建立通用电气大连机车公司的合作备忘录。双方同意在大连经济技术开发区建立通用电气大连机车公司，公司组装电传动内燃机车和电力机车等多种产品，配件以大机车和美国通用电气公司伊利机车制造厂生产为主，产品 70% 销往国外。美国通用电气公司拥有 50% 的股份，合作期限暂定为二十年，通用电气大连机车公司拟订年组装机车 50 台，投资总额暂定为 1400 万美元。

签约现场，美国通用电气公司高级副总裁、亚洲地区总裁麦克诺尼的兴奋之情溢于言表。他表示，和大机车合作，是美国通用电气公司做出的最重要的决定，对公司未来发展具有重要意义。

勇敢的"自我淘汰"

"你想用卖糖水来度过余生，还是想要一个机会来改变世界？"这是美国苹果公司联合创始人史蒂夫·乔布斯说过的话。然而，要做到将已经取得的成就推翻并改进，需要勇气和胆量，更需要足够的智慧……

1994 年，大机车提出了重振雄威、再创辉煌的发展新战略，由"上产量、保质量、守任务、等市场"迅速调整为"上档次、上品种、争市场"，形成了多元化经营的新格局。

此时的"东风4B型"机车已经成为中国铁路的主力车型，而且市场需求量大，产品供不应求。进入20世纪90年代，高速重载已经成为世界铁路牵引动力现代化的方向，也是中国铁路走向现代化的必由之路。按铁道部的"九五规划"，"九五"期间要将京沪、京广、京哈三大干线旅客列车时速提到140至160公里，其余干线提到120公里，在繁忙干线逐步开行5000吨级重载列车，其他干线也要采取措施提高牵引重量。

此时的大机车已经成长为铁道部的骨干企业和中国机车行业的领军者，大机车再一次站在了时代的风口浪尖上，开始了走客运提速、货运重载道路的新传奇。

此前，大机车在淘汰"东风4A型"内燃机车后，又生产了"东风4B型"内燃机车，这种车型获得国家优质产品金质奖并广受用户好评，一度成为供不应求的抢手货。但大机车人以敢于超越自我的勇气和智慧，在"东风4B型"内燃机车最炙手可热的时候，做出了尽快淘汰"东风4B型"，开发新型内燃机车的决定。

大机车人始终对市场有着清醒的认识。他们认为，再好的产品也不是永恒的，在产品最抢手的时候就要考虑如何淘汰，敢于淘汰自己是进步，如果让别人淘汰，那就是落后。虽然"东风4B型"内燃机车已经成为市场上的主力车型，但是在重载和提速机车中没有发挥应有的作用，如果不及早转型，总有一天会丢掉这块"金牌"。

20世纪90年代中期，世界铁路已经进入了高速重载、机电一体的时代，而中国铁路运输还存在着货运不重、客运不快的局面。按照"超前一步规划，领先半步实施"的大市场方略，结合中国铁路现状，大机车将新产品的目标定位在既能从事客运时速140至160公里的高速牵引，又能满足双机牵引5000吨货物重载要求，还要适合在铁路条件差、曲线半径小的特殊区段运行。

在中国铁路处于历史性转折的关键时刻，大机车以实现全面提速提载为己任，以雄厚的技术力量开始了新车型的研发工作，仅用了十个月时间，就成功开发研制出迅速提速提载的最佳车型——"东风 10 型"内燃机车。"东风 10 型"内燃机车的开发研制成功，加速了中国铁路全面提速提载的进程，它迅速成为我国铁路牵引动力的主力，为中国铁路运输事业发展做出了重大贡献。

大机车大胆自我淘汰，从"东风 4A 型"到"东风 4B 型"，从"东风 4B 型"再到有着"蓝精灵"美誉的"东风 4C 型"，几代机车，功率一代比一代大，油耗一代比一代低，大修期一代比一代长，为用户增加的效益一代比一代多，形成了大产量、多品种、低储备、快节奏的生产格局，在激烈的市场竞争中彰显了雄厚的实力，开拓了广阔的市场。

与以往的"东风"系列车型相比，一车多用的全新"东风 10 型"内燃机车有着许多优异的特性，既可以从事准高速牵引，又可以从事重载牵引。其设计技术是柔性的，既为高新技术发展留有出路，又对不需要高新技术的用户应用成熟设计留有退路，最大限度地满足了不同国家、不同线路、不同运量、不同限界、不同技术档次、不同气候条件下的用户需要。这种机车的特点，一是功率大，能多拉快跑。"东风 10 型"内燃机车最大功率 6000 马力，牵引 20 节旅客列车，时速可达 150 公里；平道牵引 5000 吨货物列车，时速可达 85 公里；平道牵引 4400 吨货物列车，时速可达 90 公里。这在中国机车发展史上是史无前例的壮举。二是适应性强。"东风 10 型"内燃机车可作为单机使用，也可以作为多机重联操作；轴重可以在 19 吨到 23 吨之间按需选定；轨距可以在米轨、准轨或宽轨之间根据需要选择；机车车体可以是棚式流线型或者外廊式罩型；机车控制可以使用简易的机械液压调控系统，也可以装备多 CPU 多任务的微机实时控制系统。三是起动快，平均运行速度高。"东风 10 型"内燃机车启动牵引力达到 605 千牛，牵引 20 节旅客列车启动后，11 分钟内时速达到 140 公里；而牵引 11 节旅客列车，7 分钟内时速可达到 160 公里。四是制动好。机车采用两级带扩展的电阻制动，轮周最大制动功率可达 4970 千瓦，机车牵引 20 节旅客列车时，即使在 21‰的坡道上下坡，也能确保机车时速在 35 至 75 公里范围恒速运行。同时，这种机车还有运行平稳、省油、结构简单、通用性好、双轨重联质量高以及灵活方便等诸多特性。

一车多用的"东风10型"内燃机车的开发研制成功，为中国铁路提供了先进可靠、适应性极广、高速重载、多拉快跑的崭新车型，标志着大机车内燃机车设计制造水平上了一个新台阶，成为中国机车发展史上的一个里程碑和走向辉煌的新起点。

大机车的"中国心"

《庄子·秋水》里有这样一个故事：战国时，燕国有一个少年羡慕赵国人走路的样子，便去赵国首都邯郸细心观察行人走路的姿势，并竭力模仿。结果，他不但没有学到赵国人走路的姿势，反而失去了原有的走路能力，最后只好爬着回国……

如果不考虑实际情况生搬硬套，机械地模仿别人，不但不能超越别人，反而丢失了自我。

大机车一开始的引进合作，吸引了国际上许多大公司的目光，一些国外大公司主动向大机车伸出了橄榄枝要求合作。大机车人做事一贯坚持自己的原则，技术合作可以，但是改换牌子不行，大机车人要让"东风"这个"国宝"，永远拥有一颗中国心。

大机车最早与英国里卡多公司和美国通用电气公司开展技术合作时，合作起点非常高。在合作中，大机车始终坚持引进当时合作方的最新技术，而不是要他们已经投产的成果。同时合作方案由双方共同审定、设计、评价、分析，共同运行，把培养人才作为技术合作的目标，在引进技术的同时培养一批自己的高科技人才。

在讨论改进柴油机缸套设计方案时，大机车人大胆提出了保证刚度、加强冷却的方案，对方给予了高度评价，把他们当初认为是"小学生"的中方，当成了平等的合作伙伴。

技术引进不是丢掉自我，不是妄自菲薄，而是要正确处理引进技术与保护民族工业的关系。保护民族工业不是保护落后，是在当时中国技术水平相对落后的情况下，把国外先进的技术拿来，为我所用，使中国机车产品的档次和质量尽快提高。这种拿来，不仅拿到了先进的柴油机、机车，还拿到了英国生产的世界上最好的油泵嘴、美国的电机电器和微机控制新技术及机车带扩展的电阻制动技术等，从而使大机车借梯升高，使只有几十年历史的后起之秀"东风"系列机车迅速地缩短了与拥有上百年历史的国外先进机车的差距，使"东风"系列有了质的飞跃。

中国心，机车情，这是大机车人永远不变的情怀。

大机车尊重知识和人才。20世纪90年代中期，大机车创建了技术中心，汇集了机车设计的高精尖人才。同时，实行总工程师负责制的产品开发和科技攻关改进，对取得重大成果、有突出贡献的科技人员予以重奖，保证开发资金，保证了现在型、改进型、发展型、未来型产品滚动开发的实施，让人才走出去，开阔眼界，增长见识。

正是因为有一支过硬的技术人才队伍，大机车才与一些盲目引进、在引进中丧失自我的企业不同，大机车在引进中始终保持清醒的头脑，注重发挥人才优势，将国外先进技术为我所用，使引进技术"国产化"，而不是把中国产品"他国化"，保持"东风"机车永远有一颗不变的"中国心"。

第十六章

风雨洗礼："东风"万里谱华章

      曾经在中华大地上，中国铁路刮起了万里大提速的旋风，那坚硬的铁轨上追逐时光的奔跑，仿佛要将繁华旧梦一并抛弃。时代大潮中，只有勇往直前永不停歇地进取，才能奔向最美好的未来。

角力中国铁路大提速

      每一次角力，都是综合实力的大检阅，那些惊心动魄追梦的岁月，写满了大机车人不懈奋斗的篇章……

    1996 年 9 月 15 日，中国历史将记住这个特殊的日子，中国铁道部决定：自 1997 年 4 月 1 日起，京广、京沪、京哈、哈大四大铁道干线铁路列车全面提速。这是铁道部为实现铁路运输的两个根本性转变所采取的重大决策。铁道部要求，提速区段客车时速要达到 140 至 160 公里，其他区段全部达到 120 公里，同时规定全部准备工作必须在 1997 年 3 月 15 日前完成。离提速只有半年时间，而此时，提速的"火车头"还没有着落。

同年 10 月，铁道部正式批准大机车"东风 4D 型"客运内燃机车的设计方案，要求于当年年底拿出样机，并完成 150 台机车的生产任务。"东风 4D 型"机车是专门为中国铁路提速而设计的，时间紧，批量大，过去十年才开发出一种车型，现在却要用不到两个月的时间拿出一种提速车型，这不仅在大机车，在整个中国机车发展史上也尚无先例。

虽然大机车先后生产了"东风"金牌机车和有着"蓝精灵"之称的"东风 4C 型"以及"东风 6 型"等从 2400 马力到 6000 马力不等的 10 多种车型，但要在极短的时间里完成"东风 4D 型"内燃机车的研制，绝非轻而易举之事，不仅要有决心、恒心，更要解决好工艺技术、工艺装备、工艺生产布局等十几个大的难题。能否在极短时间内批量生产出提速机车，成为中国铁路全面提速能否成功的关键。

大机车凭着多年积累的成熟技术和消化吸收国外先进技术的综合创新能力，以一种追赶超越的气魄，立下军令状，接受了这个艰巨任务。大机车人要抓住铁路大提速的历史机遇，为中国铁路运营的盛世再创辉煌。

早在之前的国庆节期间，全厂上千人就主动放弃休息，投入紧张的生产准备。10 月 10 日，厂工艺处完成工艺准备总体方案，并分头逐项落实。整个机车生产从投料、加工、组装到试验各个环节均严格按计划执行，只许提前，

提速主型内燃机车"东风 4D 型"在线上奔驰

"东风 4D 型"客运机车在牵引列车中

"东风 4D 型"客运机车在深圳牵引列车

不准滞后。工厂还成立了由生产副厂长、副总工和有关处室人员组成的技术服务组每天在现场办公，遇到技术难题当场研究、拍板，做到问题不过夜。

"不讲怎么难，只讲如何保。"大机车当时少工装、少设备，即使工厂给钱购置，可是连花钱的时间都没有。当时，机一车间加工缸盖部件，应购进一台数控机床，在设备尚未到位的情况下，车间发动职工想办法，采取"工序分解，分散加工"的办法，统筹安排生产，难题解决了。机三车间加工凸轮轴部件，要在一台进口的数控机床上进行。由于外方没留下任何资料，原定的程序无法破译，新的程序就编不上。可是这部机床 1 小时就能加工 4 根轴，若改用其他机床，2 台机床干 11 个小时才能出 3 根，这样的效率显然不行。负责维修这台机床的青年高级技师刁培松当时正在搬新房，他得知这一情况后，二话没说赶到工厂，采用"倒推法"连夜破译，重新编程，一次成功。

一个个困难被解决，一道道难关挺过去。大机车靠着一支能吃苦、敢为先、技术硬的职工队伍，创造了一个又一个奇迹。

1996 年 12 月 15 日，中国首台"东风 4D 型"内燃机车在大机车问世，创造出我国机车开发、制造史上三个之最——投产速度最快、首批数量最多、市场份额最大。

"东风 4D 型"内燃机车研制成功，大机车仅用几个月的时间干出了按常规需要三到五年才能完成的工作量，提前十天完成了首批 53 台客车的制造任务，确保了全国铁路全路段于 1997 年 4 月 1 日首次全面提速的顺利实施。

大机车迅速形成了年产 150 台"东风 4D 型"机车的生产能力，创造了不可思议的奇迹。大机车生产的提速机车，占全国提速客车总量的一半以上，真可谓"中国铁路十万里，哪里都有大连车"。

这之后，中国铁路又多次提速，大机车的"东风 4D 型"内燃机车都作为主力车型，为中国铁路大提速立下了汗马功劳。

借着铁路大提速，大机车的经营规模迅速扩大，步入了良性循环的轨道。面对全新的市场经济形势，当国内有的企业还无所适从时，大机车已从容实现了无震荡转变。在中国许多企业靠下岗分流、买断工龄等方式为企业减员增效、为企业生存寻找出路时，大机车没有让一位职工下岗。他们还保留着传统的价值观，爱护每一位职工，把每一位职工当成亲人来关心。当然，如果只靠朴素的情感，企业也会有支撑不住的那一天，上万人的国有大厂之所以没有让一个人下岗，没有为了减轻负担丢下一位职工，大机车人靠的是聪明才智，靠的是以超前一步的规划掌握了市场主动权，在风云突变的市场面前，不仅牢牢占住了中国铁路客货运机车市场的半壁江山，路外市场也迅速扩展，10 多个不同品种的机车打入电力、冶金、石油、港口等 30 多个大型企业和地方铁路。在当年的铁路机车招标议标采购中，大机车的"东风 4D 型"客运机车作为独家产品，一举拿下 100 台订单。

1997 年，铁道部对机车产品全部实行公开招标，机车车辆购置费下放到路局。市场主体下移使产品封闭了几十年的工厂敞开了大门，大机车从此告别了计划经济的模式，全面走向市场。

"非洲雄鹰"青睐大机车

尼日利亚友人盛赞大连机车

2014 年 7 月 1 日凌晨，在巴西世界杯上，有着"非洲雄鹰"之称的尼日利亚的国家队迎战实力强劲的法国队。这是这支球队继 1998 年世界杯后第一次进入淘汰赛阶段。虽然最终尼日利亚队不敌法国队，但是他们是此届杯赛上走得最远的一支非洲足球队。而有着"非洲雄鹰"之称的尼日利亚，在 1997 年，就与大机车结下了不解之缘。

地处西非南部的尼日利亚早在 20 世纪 70 年代就靠石油工业而崛起，而这个国家石油的开采历史更可追溯至 20 世纪 50 年代。尼日利亚第一口油井于 1958 年发现并开采，比该国独立还早了整整两年。尼日利亚 1971 年加入"欧佩克"（石油输出国组织），据"欧佩克"数据显示，尼日利亚已探明的石油储量达 372 亿桶，排名世界第十位，处于非洲第二位。在尼日利亚经济中，石油产业举足轻重，其收入占 GDP（国内生产总值）总量的 40%、政府收入的 80%、外汇储备的 95%。

正是石油的发现，让这个石油出产国在 20 世纪 90 年代仅石油出口的年收入就达上百亿美元。随着石油工业的发展，原有的铁路运输已经远远不能满足其需要。1995 年，尼日利亚仅有 3500 公里的铁路，且大多年久失修，道床下铺着薄薄的石渣，板结而无弹性；全国仅有 235 台机车，这些机车中能使用的只有24台，客货车辆能使用的也只有不到20%；列车行驶的速度更是不容乐观，时速仅能达到30公里；每天一两趟客车，基本没有运行图，机车还经常掉道、出轨，发生事故。

经济的快速崛起和铁路糟糕的现状，让尼日利亚政府下决心要对现有的国家铁路进行全面技术改造，他们把目光投向了东方，投向了中国。

尼日利亚铁路代表团对中国机车的生产情况进行了全面考察。1995年年底，尼日利亚铁路代表团来到了大机车，参观了生产车间和培训基地等，对大机车进行了全面细致的考察了解。正是这次大连之行，打消了尼方的疑问，他们认为中国完全有能力承担尼日利亚铁路的更新改造任务。

回到北京后，尼日利亚代表团对考察过的几家中国机车厂家进行比较，研究商定后，决定购买由大机车生产的机车。当年年底，《中尼铁路双边合作协议》在人民大会堂正式签署，中尼双方签署了《尼日利亚铁路修复改造和机车车辆购置合同》。

根据合同要求，从1996年6月21日起到当年年底前，大机车要制造出4台样车，也就是说，从设计到样车的完成只有半年时间。

时间紧、任务重、要求高，大机车全体职工开始了大干出口尼日利亚机车的热潮。敢于吃苦、敢打硬仗的大机车人，在攻坚战中经受住了考验。当时正是炎热的夏天，全厂上下一片繁忙景象，一张张面孔挥汗如雨，一道道工序有条不紊地进行着，无数个难题迎刃而解，无数个奇迹在这里诞生……当时，工厂设计处承担了机车的首道工序设计任务，他们先行开始了总体的设计；车体、转向架、柴油机等技术方案也开始了紧张的论证；机车设计组仅用一个半月时间就完成了结构部分设计，同时还承担了车体动力室装配和车体附件两大部分的设计。一个半月里，工程设计人员几乎没有休息过一天，每天加班到深夜，为了早日完成任务，有人带病工作……正是一个个大机车人忘我工作，创造了三个月完成1300张设计图纸的奇迹。

12月30日，首批4台机车终于完成。这是大机车完全按照合同要求和国际标准设计、生产的机车。出口尼日利亚的机车在设计生产中采用了大机车几十年生产大功率干线内燃机车的成功经验和先进技术，设计结构合理，耐久可靠，外形美观，质量上乘。大机车又一次成功研制开发出新型出口机车，这充分展现了大机车研制开发高性能出口机车的雄厚实力，标志着大机车研制开发的机车正走向更加广阔的国际市场。

这次出口机车揭开了中尼两国铁路合作的新篇章。

1997年4月7日，在尼日利亚最大的港口城市拉各斯举行了隆重的交车仪式。尼日利亚交通部部长古迈尔说："我们对这个项目交给你们实施的决定感到满意，我们毫不怀疑你们的产品质量，更不怀疑你们的能力和承诺。"

正是这份信赖，使中尼双方开始了新的合作，此后，尼日利亚向中国订购了4批50台机车，其中既有专门为尼日利亚铁路设计的窄轨外走廊干线电传动机车，又有用于修建城轨线路的调车机车。

历史上，尼日利亚的铁路都是由英国人修建的，已经有百年的历史。当这个国家对铁路进行更新改造时，许多国家都想进入这个市场，而大机车以雄厚的技术实力和快速的市场应变能力，一举拿下了尼日利亚机车的制造合同。

大机车在生产第二批出口尼日利亚的机车的同时，开始制造援建坦赞铁路的机车。至1998年年底，大机车陆续开始向朝鲜、缅甸、尼日利亚、坦桑尼亚、赞比亚、伊朗等国家出口机车近百台。在20世纪90年代的经济大潮中，大机车多头并举，在悉心经营国内市场的同时，在开发国际市场上也取得了重大的突破。

"钢铁丝绸之路"上的检验

陕北地区矿藏资源相当丰富，仅煤炭储量就达到3160亿吨，且煤质特别好，因此，发展此地区的铁路运输意义重大。由于陕北地区西延线的坡度较大，随着运量的增加，急需大马力的内燃机车来提高运输能力和牵引吨位。

1998 年 9 月 25 日，由大机车生产的"东风 4D 型"0348 号内燃机车，被延安市政府命名为"延安号"机车，服务于西安到延安的西延线上。

由于改革开放二十年的迅猛发展，加上机车产量的急剧增长，到 1998 年，中国机车的发展似乎进入了瓶颈期。机车产品购买量开始锐减，产品也出现了供大于求的情况。国内一些机车企业开始停滞不前，市场上的机车产品一度出现滞销的情况，市场的竞争日渐激烈。

大机车充分分析形势，调整思路，靠开发适销对路的新产品和质量优势，多方位拓宽市场，赢得了新的商机。然而随着产品订单的增加，工厂也一度出现了对产品质量"厂级领导喊得凶，中层干部抓得松，具体岗位落了空"的懈怠现象。为此，大机车在全厂发起了"要珍惜来之不易的大好局面"的大讨论，使职工增强质量意识，把质量与企业的兴衰和自己的饭碗联系在一起。

"有时好不容易敲开了市场的大门，揽来了车，就是因为在制造过程中不重视质量，结果伤了用户的心。这样的事实如果视而不见，任其发展下去，没饭吃的日子就会为期不远了！到那时，再重视质量就晚了！"许多职工发出了感慨。

这种全厂范围内的大讨论是有理由的，职工们的担忧也不无道理。也许这样的讨论在今天看来有些浅薄，但正是大机车人常常绷紧了"质量至上"这根弦，才使得大机车的产品质量不断提高，赢得了用户的肯定和源源不断的商机。

"东风 4D 型"机车在西延线交付使用

为了适应市场经济形势的变化，大机车围绕铁路建立了弹性市场机制，调整生产布局，强化机车组装，注重新产品开发，完善 240、280 柴油机组装和调整货车生产线；成立了进出口部和产品售后服务部，在北京、西安、长沙等城市分别建立了办事处和代理销售部，建立了上百人的经销队伍，并借用横向联合的力量促进机车产品销售，开辟了全新的市场。

除了完成上级下达的任务外，大机车开始自行"找米下锅"。厂内模拟市场机制，将小型机车厂、工具车间、生活服务公司等下属部门全部变成独立的经济实体，向社会敞开了大门。

1999 年 1 月，大机车从全路机车招标采购中拿到第一批 20 台"东风 D5 型"货运机车订单。为了与新型的货运机车配套，工厂又研制了"东风 D 型"调车机车并投产。工厂已经成为开发型、开放型、多元化、多功能的崭新企业。

大机车强化了售后服务。他们承诺，一般故障二十四小时内服务到现场，较大故障四十八小时内服务到现场，并注重开辟全新的市场。

工厂在对 D 型客运机车改进的基础上，推出既适应铁路干线提速区段货运重载牵引，又适应非提速区段客货两用的 D 型客运机车，因其功率大、性能好、走行部分不甩油和节省燃油等突出特点，深受用户欢迎。

D 型客运机车批量投产后，在平原地区表现不俗，但在高原地带能否经得住更严格的考验，成了工厂最关心的问题。

1999 年 3 月的一天，大机车的质量走访组乘火车途经吐鲁番，穿越戈壁滩，到达有着"天然试车场"之称的鱼儿沟机务段走访。

鱼儿沟机车试制的运行环境在国内堪称一流，海拔高、温差大、风沙大，尤其是拥有全国罕见的翻越天山的长大坡道：上、下坡长各 120 多公里，坡度竟达 22‰。大机车质量走访组成员走访机车运转、检修、技检、教育的负责人以及给油指导、司乘人员等，对机车的情况进行调查。过去，进入鱼儿沟段的机车常因机破率太高影响运行，自选用了大机车的 D 型客运机车后，春运期间投入运行的机车机破情况没了，齿轮箱密封好，不甩油，车底部总是干干净净，保养方便。车辆比以前更有劲，以前翻越天山 22‰的大坡道，用"东风 4B 型"

单机牵引货物 800 吨、双机 1600 吨，时速仅 28 公里，且很吃力，现在改用 D 型客运机车后时速提高了 5 公里，且很轻松；用"东风 4B 型"牵引客车双机只能拉 12 节，而 D 型客运机车单机就能拉 15 节。过去从鱼儿沟到山上一个交路下来要十个小时，司乘人员中间还要换班次；改用 D 型客运机车重联，可缩短两个小时，一个班次就可以跑下来，这样就会节省人员，用户更为满意。

在鱼儿沟机务段，22‰的长大坡道很多，"之"字形绕山而上，大机车的"东风 4D 型"机车的运行实践证明，D 型客运机车在南疆铁路完全能够经受住如此苛刻条件的考验，产品过硬。

"嫁出的女儿不是泼出去的水，我们要负责到底，保证让质量最优的机车奔驰在祖国的南疆。"大机车人到位的售后服务，既解决了机车问题，又让用户解除了后顾之忧，让用户真正体会到"上帝"的感觉，安心用车。

南疆铁路全线开通后直达喀什，一条方便快捷的"钢铁丝绸之路"出现在塔里木盆地北部边缘。而南疆铁路线上奔驰的机车，正是大机车改进后的 D 型客运机车。

百年大机车厚德流光

1999 年 9 月 28 日，大机车迎来百年华诞。

从大连建市时同时开挖的第一锹土开始，大机车已经陪伴大连这座城市走过了一百年的征程。大机车生产的内燃机车从无到有，从小规模到颇具规模，从单一产品到多种系列，从替代进口到批量出口，设计开发效率成倍提高，由过去的五年、十年开发一个新产品，发展到一年、半年甚至几个月就能开发一种新产品并迅速地投入市场。

1999 年 8 月 28 日上午 11 时 18 分，大机车厂区内一片沸腾，大机车生产的"东风 4D 型"0408 号客运提速内燃机车披红挂花，鸣笛出厂。这是大机车出厂的第 5000 台内燃机车。

百年大机车，已经成为中国机车的"大哥大"：拥有 30 多个品种的机车投放市场，形成了年产 300 台以上机车的生产规模，已经覆盖全国所有铁路局，装备了全国 90 个机务段、60 多个大型企业及地方铁路，机车的年产量占全国的一半以上。机车批量出口远销亚非 6 个国家和地区，占全国内燃机车出口量的 80% 以上，每年创汇都高达 4000 万美元以上。大机车成为仅次于美国通用电气公司的世界第二大内燃机车生产厂家。

铁道部老部长傅志寰曾经自豪地说："天上的飞机、地上的轿车，充满了洋货，唯有铁路上跑的机车是完全靠我们中国人自己创造出来的！"

同新中国成立之初相比，大机车的固定资产提升了十几倍，相当于新中国成立初期 10 个机车厂的生产规模，生产工艺装备设计、检测手段均居国内一流水平。

柴油机从仅有 A 型发展出 B、C、D、E 型四代产品，内燃机从仅有 175 千瓦机型发展到拥有 2940 千瓦不同等级的"大力牌"内燃机车系列产品。"大力牌"的"东风型"系列内燃机车成为中国铁路运输客货运的主力车型，除装备中国铁路，多种型号的机车还装备了电力、冶金、化工、油田、港口等60 多个大型企业和地方铁路。

大机车先后获得 30 多项国家级荣誉称号，创造了新中国机车一个又一个"第一"。大机车不仅是中国铁路机车制造工业资格最老的企业，而且成为中国内燃机车开发、设计、制造的最大的主导厂家和基地。

新世纪来临，大机车已经发展壮大成为中国机车制造业的领军者，已经成长为中国铁路内燃机车最大的开发基地、最大的制造基地和最大的出口基地，已经成为世界知名的大企业，内燃机车产量占中国铁路机车 60% 以上的比重。

一个开发型、开放型、多元化、多功能的崭新现代化大企业昂首迈向 21 世纪。

第 十七 章

再造优势：铸就中国机车新时代

进入了新的世纪，已经稳坐中国内燃机车"老大"位置的大机车并没有停留在昨日的辉煌和功劳簿上。此时国内已经有 6 家内燃机车制造厂，而在国际市场上，中国即将加入 WTO，市场竞争日益激烈，如何保持大机车的发展优势，如何在未来的国际市场上为中国民族机车工业赢得荣誉、取得效益，这些都成为大机车人思考的重点。

学习的敌人是自我的满足，永不满足现状是大机车人的性格。进入新世纪，大机车人有了更大的"野心"，他们有更高的追求：要把大机车建成亚洲最大、最先进的内燃机车生产基地，使中国机车与北美、欧洲机车三分天下，要建设成为在技术上与世界发达国家并驾齐驱的大企业。在保持内燃机车产品传统优势的基础上，大机车又加快调整产品结构，拓展市场领域，实行"内电并举""造修并举"的经营策略，彻底改变单一产品结构，形成多元化经营新格局，成为我国轨道交通装备制造业中唯一一家既能研制大功率交流传动内燃机车和电力机车，又能研制中高速柴油机和城轨地铁车辆的企业。

"大力牌"电力机车创造历史

　　"十五"期间，我国大力发展电气化铁路，对机车的需求量约为
5000 台，其中内燃机车仅 1000 多台。机车需求的格局发生了变化，
如何在电气化铁路飞速发展和内燃机车需求锐减的市场趋势下再创辉
煌，为中国机车高速重载做出更大的贡献，始终是领导者思考的主题。

　　大机车对产品结构和发展方向做出重大调整，开始了电力机车的研制工作。
　　一个几十年一直从事内燃机车设计制造的工厂，一下子要制造电力机车，
这可是大姑娘坐轿——头一回。当时，工厂既无生产电力机车的实践经验，又
缺少专业人才，工程技术人员从没有人真正从事过电力机车研制工作，更没有
现成的技术资料可以借鉴，也没有工艺装备和试验基地，短时间内研制出电力
机车对大机车人来说，可以说是难上加难。
　　一切都从零起步，但大机车人知道，凡是大机车人想干的事，没有干不成的。
　　没有什么能阻挡大机车人超越自我、勇往直前的步伐。
　　大机车开始了全厂总动员——
　　没有专业人才，就在全厂内组织协调，抽调技术人员集中培训，组织技术
人员外出学习考察，大胆起用年轻的专业技术人才；
　　没有工装设备，就发动全厂职工献计献策，自己动手解决；
　　没有现成图纸，技术人员就根据实物测绘后再画图，光是照片就足足堆了
半尺多高；
　　……　……
　　工程技术人员还根据电力机车的特点和工厂试制的难点，编制出工艺技术
大纲，确定几十项必保的工艺措施，分四期对全厂工艺人员进行培训，明确工
艺流程……

2000年9月11日，新千年里首台电力机车正式投料生产。电力机车在完成组装后，大量的工作集中在调试上。其最高电压达25000千伏，从送电到检查都必须格外小心，稍有疏忽，轻者烧损电线，重者不堪设想。大机车领导要求工作人员必须在做好各项调试项目、确保万无一失的基础上，再进行地面模拟试验。

当时，大机车面临的最大难题是没有接触网无法试验，生产电力机车的兄弟厂一般都有3公里长的试验线路，设计人员想出个办法，加一节发电车直接提供电源，但是这种电源与有关厂家多次联系后，回答都是无法提供。智慧的大机车人创造出奇迹：他们把"东风4D型"机车的主发电机换成自己改进的特殊电机作为发电车，向电力机车直接供电，内电之间首次来了个"世纪之吻"。经过多次调试和反复模拟试验后，电力机车开始线路试验，一次试验成功。12月12日，我国首台电力机车研制成功。

新鲜出炉的电力机车被命名为"大力牌"，它由两节完全相同的四轴机车重联成八轴机车，功率为6400千瓦，时速100公里，拉动5000吨货物在6‰的坡道上，时速仍可保持在50公里以上，特别适合当时国家铁路货运重载牵引的需要。

首台电力机车的研制成功，不仅为大机车进入电力机车市场取得了"许可证"，更为大机车电力机车的研制摸索出了成功经验，培养锻炼了一支电力机车研制开发队伍，为实现跨越式发展奠定了基础。大机车成为中国铁路机车车辆制造行业唯一一家集内燃机车制造和修理为一体，同时生产内燃机车和电力机车的厂家，创造了中国机车的历史。

重拾"老本行"

随着市场经济深入人心，大机车逐渐摆脱了计划经济的桎梏，开始了多种经营。

大机车在保证新产品研发的同时，重新开始机车大修业务，全面参与中国铁路机车大修市场的竞争。大机车在修车的老本行上也闯出了新路……

对于机车大修，工人们似乎并不陌生。20世纪五六十年代，工厂主要修理的是老旧的蒸汽机车，但那都是老皇历了。如今，工厂已经发展为以生产先进机车为主导的厂家，生产结构发生了根本性的变化。修车的业务早已不再经营，重新捡起修车的业务，不仅技术上困难重重，即使在思想认识上，也让许多干部职工一时间转不过弯来。有的工人认为，新造机车干得好好的，为什么要修旧车，那不是倒退了吗？

担任机车大修任务的是产品开发制造部。他们首先转变观念，召开各种会议，反复向职工宣传修车的目的和重要性，提高职工对修车业务的认识，逐渐使职工认识到修车也是工厂一项经营主业，也是工厂走向市场经济的一个重要举措。在新的形势下，随着市场竞争的加剧，修车已成为工厂提高经济效益的一个新的增长点，是一个发展机遇。

重新开始修车的业务，一切都要从头开始。生产组织、生产结构等已经发生了变化，而且工人修车技术生疏，场地、工装设备不足，难以满足修车的需要。大机车加紧盘活人力，将来自不同车间、不同岗位的人员形成合力，加紧工艺调整，重新布局定位。在工厂投资完成柴油机解体台位等项目之后，他们在内部资金短缺的情况下，挖掘潜力，盘活存量资产，改制改建了一些大型工装设备，自制了多项工装，搬迁设备20台，腾出4个近600平方米的场地搞检修，使场地和设备得到充分利用，生产能力大大提高。同时，工厂组建了修车技术组，在缺乏经验和技术资料的情况下，自行编制修车资料及大修工艺流程，编制候车网络图，编制机车解体、组装工艺和大修流程卡，完成了组装工艺明细等一系列技术文件，填补了许多修车技术上的空白，修车技术在摸索中逐步完善。

为了确保修车任务的完成，工厂派出大批职工去外地学习，取经调研，组织技术骨干实施"传帮带"，以尽快适应机车大修业务的需要。

2000 年 4 月 11 日，第一台大修的 D 型客车运抵工厂，铁道部对首次进行内燃机车大修的大机车下达了任务完成期限，要求必须在三十三天内完成大修任务。

工厂开始了大修攻坚战。

修车不同于造新车，既苦又累又脏，有人形容修车工作是"一身油包一身汗，油了麻哈脸难看"。机车解体需要八天时间，分到每个班组的时间不到两天，工人们放弃了公休日，加班加点，早来晚走，挤时间，抢工时。机械传动轴拆卸的工作量大，只给两天时间。工人们在脏乱不堪、油污满地的机车里干活儿。在拆卸中，由于车内油渍和水没放尽，增加了作业难度，加上工艺装备不齐，拆卸十分困难，工人们就钻进车里，趴着拆，跪着拆，油污沾满了全身，被油污弄花了的脸上，只能看到滚动的眼球和扇动的上下唇。"五一"节，工人们也是在大修的车间里度过的……

5 月 11 日，在机车车间的精心调试下，工厂首台大修的 0050 号 D 型客运机车顺利踏上了牵引试运的路途，当时机车牵引力为 3000 吨，经过 200 多公里的干线试运，机车各项性能指标均达到了优良。至此，工厂历时一个月，按时完成了第一台机车大修任务。大机车在机车新造、改制、大修上形成了三位一体的优势，构建了市场竞争的新格局。

来自大西北的召唤

2000 年 7 月，兰州铁路局动车考察组一行几人从深圳到南昌，再到北京、天津，跑遍了大半个中国，要选定适合西北铁路运行的动车组。这次机遇成了大机车拓展西部铁路机车市场的一方铺路石。

为了争取大机车的机车产品挺进大西北，厂领导与兰州铁路局于 2001 年春节前夕，在北京进行了技术、商务会谈，之后又进行了大体框架和细节等的艰苦谈判。大机车从用户的角度出发，最大限度地满足兰州铁路局的要求，终于拿到了订货合同：9台动车。这些动车可编组4列动车组，剩余的1台动车备用。

广袤无垠的大西北，给人的印象是那么粗犷、豪放，而大西北对动车的要求，却又是如此苛刻、挑剔——

西部著名的青藏高原、戈壁滩大沙漠，造就了高海拔、大风沙、多坡道的特殊地域与恶劣气候。机车在高海拔地区运行，再大的功率也是有劲使不上，海拔每上升1000米，功率须向下修正10%左右，人有高原反应，车也一样。

高原地带多山，形成数不清的大坡道，机车必须爬坡有劲、入谷灵活。位于兰新线上著名的乌鞘岭，坡度达20‰，国内罕见！

面对一年四季有三季风沙的环境，人都感到呼吸道不畅，机车同样如此。风沙颗粒那么细，有缝就钻，一旦侵入机车那些精密的电器内，什么毛病都能犯。

为了让挑剔的大西北满意，2001年春节大年初二，作为头道工序的大机车设计人员就放弃与家人团聚的机会，进入实战准备，精心设计了各种图纸多达89套。针对大西北的环境特点，一些国内首次采用的高新技术、一些在总结其他产品成熟经验的基础上做出的一系列重大改进、精华的设计思想都汇集到动车上。大机车设计人员首次在微机控制系统中增加了高原功率修正功能。机车在运行时，可以根据海拔高低，通过微机自动对功率进行修正，让机车达到自我平衡，保持良好的运行状态。此外，他们还对动车运行中轴温的变化、门的开关、有无火警险情等，通通上网监控，实现自我保护。针对风沙大、颗粒细的特殊环境，大机车重点做好机车防风沙功能的设计，关键的电器均加装了防沙保护装置。为了让旅客更舒适，大机车将车钩由传统的自动式改为现代的密接式，不管车速怎么变化，也不会造成旅客前冲后仰。

春节过后，为大西北生产动车的战役在大机车全面展开。设计图纸、工艺方案、生产计划一经敲定，道道工序向前抢，样样部件不落后。在机车组装、调试的关键时期，机车车间职工连续两个月无双休日。

5月24日，大机车首台动车到达兰州西机务段。从合同签订到提供动力，大机车仅用了四个月。

6月下旬，大机车生产的"金轮号"动车组进行首次试运行。在试运中，动车一次顺利通过了海拔3700米、坡度达16‰、长达4公里的关角隧道。随后，又顺利经受住坡度达20‰的乌鞘岭的考验。

在兰州至西宁开行"金轮号"动车组运营仪式上，兰州铁路局盛赞大机车的动车"国内一流，国际先进"。

然而，把渤海的温情送给大西北，研制出优秀的动车只是成功的一半，另一半还要靠完善周到的售后服务。为此，工厂派出售后服务处、设计处、机车车间、柴油机车间等部门的18名技术人员与技师组成了驻兰州局服务组。

5月24日，18名服务组成员陪伴着"嫁"往大西北的第一台内燃动车到达兰州西机务段，从这天起，便开始了艰苦的奋战。他们每天早晨7点从驻地出发，晚上8点才回到驻地，往返30余公里，没有节假日和公休日，许多同志七十多天没有回家一次。白天，兰州天气非常炎热，机车的机械间内部温度有时达到60摄氏度左右，服务组的同志冒着酷暑，一干就是一整天，先后有6名同志中暑。

6月14日晚，由四方厂提供的第一组客车车体到达兰州车辆段。兰州铁路局要求三天之内必须完成动车组的连接、联调试验。此前，大机车在北京至天津城际间列车动车组进行联调试验用了半个多月，这次要在三天内完成，这在动车组的联调历史上是前所未有的。

客户的要求就是命令。动车服务组全体成员连夜奋战，于15日2时完成机车与客车车体的连接。15日由大机车服务组牵头，与四方厂、武汉正远公司组成了动车组联调试验小组。大机车设计处工程师黄学海工作到凌晨，编制出动车联调试验大纲草案，一次通过审核。从6月17日开始，联调试验小组同心协力，连续两昼夜奋战，终于在6月18日晚10时，顺利地完成了动车组联调试验，创造了动车组联调试验的奇迹。

更严峻的考验还在后头。6月下旬，兰州铁路局决定由动车组为青藏铁路开工典礼担当背景机车，要求大机车服务组随车服务。大机车的同志兴奋地挺进青藏高原。当机车行至海拔 3700 多米、长 4000 多米的关角隧道时，服务组的同志先后出现了强烈的高原反应，头晕恶心，呼吸困难，但他们以强烈的责任心克服身体的不适，不间断地对机车进行巡检，保证了动车组于 6 月 29 日安全正点地到达格尔木，在青藏铁路开工典礼上接受了中央领导同志的检阅。

高原反应、水土不服、身体疲惫，在考验着大机车服务组的每一个成员。7 月 8 日，"金轮号"动车组奉命执行兰州铁路局在嘉峪关召开会议的运输任务，在返回兰州途中，服务组的同志突然发现柴油机燃油系统限压阀阀体因故突然泄漏，在强大的压力作用下，燃油呈雾状喷射出来，情况十分危急，如果继续运行，将可能面临机械间起火的危险。在这关键时刻，服务组成员立刻进行应急处置，用毛巾和塑料袋把整个阀体包起来，避免燃油呈雾状喷射。在狭小而闷热的机械间里，小组成员忍受着高温和噪声，坚守在柴油机旁，保证了动车组顺利返回兰州站。

大机车服务组以全心全意为用户服务的精神，把渤海的温情送给大西北。兰州铁路局局长董喜海赞誉说："大机车的产品是国内一流的，售后服务也是一流的！"

大机车人用自己的优质产品与辛劳汗水，树立起企业良好形象，驶出了西北第一速！

伊拉克——大战前的坚守

一边是隆隆作响的炮声，一边是紧张的交车工作，大机车人和时间赛跑，他们奔忙的身影留在了大战前的伊拉克……

2002 年 4 月，大机车向伊拉克出口机车 52 台，创下了中国当时一次性出口机车批量最大的纪录。

出口伊拉克的机车在设计时充分考虑了机车运行的地域等自然条件。采购方对机车的设计要求也很苛刻，既要能抗风沙，又要能耐高温，密封性、运行性能都要佳。对大机车来说，第一次设计这样的产品，可参照的车型很少，这给整个设计工作增加了难度。但设计人员克服困难，齐心协力，攻克了许多技术难题，确保了出口伊拉克机车的设计任务按期完成。

2002 年 3 月 23 日，大机车伊拉克出口机车服务组一行 10 余人，提前赶到了伊拉克首都巴格达，开始了在伊拉克将近一年的机车售后服务工作。这一年，对于伊拉克这样一个国家来说，真是性命攸关，而对于大机车来说，是走进中东市场的关键一年。这一年，对于服务组一行来说，有意义的是不仅亲历了战争迫近的紧张，更重要的是以出色的业绩，打造了一支作风和业务双双过硬的队伍，他们出色的业绩和独特的经历，为自己的人生写下了重要的一笔。

52 台出口伊拉克机车是当时大机车首次大批量一次性交车的纪录。52 台机车在国内相当于一个规模不小的机务段的机车总量，要保证机车 100% 的使用率，对于仅十几个人的服务组来说，困难相当大。而且这个服务组的人员大多数来自工厂不同的岗位，个个是精兵强将，技术上个个是行家里手。在国外，他们团结一心，只把自己当成一名普通的服务人员，专心地开始了在伊拉克的服务工作。

伊拉克气候环境异常，风沙大，气温高，尤其是 4 月至 10 月的时间里，平均每天的气温都近 50 摄氏度。大机车服务组在机车上对机车进行维护，车上的温度最高时能达到七八十摄氏度，一不小心皮肤就会被灼伤。

恶劣的环境不仅对出口伊拉克的机车是个

出口伊拉克机车正在装船

严峻的考验，对服务组的十几个技术人员的意志、品质也是一次大考。为了使出口的这 52 台机车尽快签字交车投入使用，服务组的人员一到伊拉克，就立即投入机车的整备工作中。

服务组一行根据伊拉克当地的气候条件，对机车部件进行了相应的调整，仅用了两个多月的时间就完成了签字交验工作，而他们精诚团结的精神、忘我的工作热情及优质的服务水平，也得到了外方的高度赞扬。

交车以后，伊拉克全境铁路线上跑的全是大连机车，这些机车担负着各类繁重的运输任务，服务组还有许多后续工作要完成，他们要对在机车运行中出现的各种问题及时进行处理。

对于机车出现的问题，服务组的人不是简单地处理，而是分析和研究问题的根源，有针对性地制定整改措施。机车部件的更换如果大手大脚，操作起来会更省时省力，但是服务组的人都是想尽办法精打细算，处处节省，能修的部件坚决不换，哪怕一个小小的螺母也不放弃，一定反复使用，直到不能再用为止。在一年的服务中，52 台机车更换部件的费用不足 30 万元，为工厂节省了近千万元的备件备品，当服务组撤离时，存放备件的库房满满当当的，而且都进行了防腐处理，成了工厂扩大中东铁路市场的一个"备品大本营"。

中国首列城轨车辆大连下线

2002 年 7 月 15 日，一个让中国机车工业和大连城市无比骄傲的日子，中国首列自行研制开发的城市快速轨道车辆在大机车正式下线。它填补了国内空白，标志着大机车的机车研制开发达到了一个新的阶段。

还是在世纪之交，大连市委、市政府就做出了重要的战略决策，要建设大连第一条城市快速轨道交通线，打通大连市区到开发区的快速通道，以提升城市的现代化水平，满足日益发展的大连经济、社会和人民生活的需要。同时，决定由大机车来承担研制、开发和制造大连城市快速轨道交通车辆的任务。

大机车人从来都是迎难而上、知难而进，他们不负众望，仅用一年多的时间，通过自主研发，研制成功了我国首列快速轨道交通列车。这种快轨车的编组为两动两拖，中间是带动力装置的动车，两端是带司机室的拖车，全列座席176个，总载客量784人，超员状态可达1054人。快轨车的最大设计时速为100公里，启动后13.4秒速度可达40公里，1分钟内即可达到最大设计速度并以同样时间顺利停车。这种快轨车拥有完全自主知识产权，具有先进技术水平，迅速引起了国内外的广泛关注。

2002年6月，国家副主席胡锦涛到大机车视察时参观了首列快轨车，他称赞这列快轨车"比在德国乘坐的快轨车更宽敞"，并提出了"要建设一流机车厂"的期望。

快轨车的一炮打响，充分显示了大机车的实力，鼓舞了士气，展示了威风，成为大机车发展史上一个新的转折点。

城轨车辆市场前景广阔，大机车正是抓住了这一发展机遇，形成

快速轨道交通车辆厂房（上、下图）

了新的产业，以清晰的思路、敏锐的洞察力和准确的判断力，凭借雄厚的技术实力，及时开发研制出了快轨车辆。工厂城市轨道交通车辆研究所于同年7月13日正式挂牌揭匾，这是工厂顺应历史发展潮流、适应新形势、拓展工厂经营领域的一项重大举措，大大增强了工厂在城轨方面的科研力量，为工厂投身发展方兴未艾的城市轨道交通打下了基础，成为工厂新的经济增长点。

2002年，大机车销售收入首次突破20亿元大关，生产经营规模跃上新的台阶，在中国机车行业名列前茅。

曲线轨道上的一匹野马

一条铁路不可能是笔直的，总会有很多曲线，尤其是我国西南地区的铁路线大多为曲线式的。火车在这种曲线轨道上行驶时，会产生离心力，为了保证安全，必须降低速度。为了使列车以较快速度通过曲线路段，大机车研制出我国首台摆式列车牵引动力车，不仅有效提高了运行速度，增大了客流量，而且提升了铁路在交通市场的竞争力。

2003年5月8日，由大机车研制的我国首台摆式列车牵引动力车在大连问世，填补了我国在这一领域的空白。

摆式列车最大的优点是可以提高列车通过曲线轨道的速度，实现全程提速。摆式列车与普通列车最大的区别在于，当列车进入曲线运行时，根据列车速度、曲线半径和轮轨作用力大小等情况，由动力车上的微机网络控制系统向列车发出信号，给出车辆应倾摆多少、什么时间开始倾摆等执行指令，并通过安装在车辆上的特殊装置使列车向内侧倾斜，抵消离心力的作用，使列车可以用较快速度通过曲线，有效提高列车全线运行速度，同时，乘客也会因为列车的自然倾斜而感到舒适。

大机车只用了一年多的时间，就设计并制造了摆式列车牵引动力车，它就像一匹飞驰在曲线轨道上的野马，最高时速可达160公里。摆式列车车头为流线型，车上装有WTB（绞线式列车总线）机车网络控制系统，实现了列车的全面监控，从动力车的牵引工况到各节车辆的倾摆、制动、轴温等数据，都进入网络控制系统，就连哪节车门未关都知道得一清二楚。动力车走行部分采用先进的准高速径向转向架，其突出特点是，在机车通过曲线半径较小的弯路时，通过其关键技术部位——转向结构的动作，使车轴产生一定的转角，使其随着弯道的曲线改变轴距，有效地减少机车轮与钢轨间的摩擦，降低轮缘磨耗，其磨耗量仅为普通转向架的1/10左右，延长了机车轮和钢轨的使用寿命，有效地提高了机车通过曲线的能力。

摆式列车当时是国外投入商业运营不久的新产品，这种采用径向技术的动力车与采用倾摆技术的车辆组成完整的摆式列车，是中国机车人的骄傲，大机车人又一次为中国机车工业写下浓重的一笔。

第十八章

大机车改制：而今迈步从头越

　　2004 年 1 月 1 日，历史终将记住这一天，大机车结束了 104 年的工厂制历史，经过资产重组，由一个国有企业改制成产权和投资多元化的大公司，正式命名为中国北车集团大连机车车辆有限公司。一个历经百年的国有企业掀开了发展史上崭新的一页，大机车由传统企业制度向现代企业制度转变……

　　大机车靠着自强不息的奋斗精神，始终保持旺盛的发展态势，数十年独领风骚，为民族机车工业的振兴写下了辉煌的篇章。

　　经过百年风雨洗礼，大机车成为中国机车行业领先、国际知名的大企业，已经可以与北美、欧洲的机车制造企业一起，在国际市场上形成三足鼎立的局面，在机车整体技术水平上已接近世界发达国家水平。

改制后的第一份大单

从 1986 年的第 1000 台到 2004 年的第 6000 台，不到二十年的时间里，大机车的内燃机车产量迅速增长，这看似简单的数据改变中却凝聚了大机车几代人的心血和努力……

2004 年 10 月 18 日上午 10 点，标有 4179 号的"东风 4D 型"机车披红挂彩，缓缓地向前驶去。这是大机车改制后，专门为内蒙古集通铁路有限公司定制的"东风 4D 型"货运机车之一，这台机车的出车有着特殊的意义。这台机车是工厂自生产内燃机车以来的第 6000 台内燃机车，也是大机车开始自营自销以来生产的第 638 台内燃机车。

大机车走向市场后，为克服铁路干线订单相对不足的困难，挖掘潜力，推动自销车辆的销售，一方面弥补了产量不足的情况，另一方面保证并促进了生产经营的稳定和健康发展。在这些变化中，受到触动最大的当属大机车的职工。他们在从计划经济向市场经济迈进的过程中，不断地提高认识，改变观念，增强市场竞争意识，使企业的应变能力和机车产品质量，都迈上了新的台阶，为企业发展注入了新的动力。

随着第 6000 台内燃机车写进大机车历史，大机车被铁道部确定为 6 家重点扶持企业中唯一一家承担内燃机车和电力机车两个引进消化吸收再创新项目的企业。

这一年，铁道部做出了"引进先进技术，联合设计生产，打造中国品牌"的重大战略决策。大机车开足马力，奋勇向前，直面市场，通过引进国外先进、成熟的设计和制造技术，推进铁路装备现代化的进程。2004 年 8 月，大机车参与了一次国际投标，标的为 60 台交流传动电力机车。此时的大机车，制造电力机车的历史只有短短的四年，加上自身经验不足以及合作方信心不足等多种原因，第一炮没打响，流标了。

一时的挫折并没有使他们丧失斗志，反而激发出更强烈的成功欲望。

大机车主要领导亲自挂帅，与合作方高层直接接触，清除合作障碍，精选出色人员组成谈判组，坚持原则不让步，突破谈判焦点，对转让的 11 个系统 10 余项关键技术的各项条款、责任、风险以及各种图纸、文件的制作等达成共识。时隔一个月，他们重返标场。近千页的标书，从技术规范、商务条款到技术转让，一条条简明、清晰地跃然纸上，经评委严格审定后一致认为：标书制作规范，装订精美，技术转让全面，转让费用合理。随之，60 台交流传动电力机车的订单落入囊中，这是大机车在技术引进项目中获得的第一个订单。

表面看，获得订单如此简单，但内含的艰辛只有他们自己最清楚。"谈判的过程其实就是一个发现陷阱，识别陷阱，并有随机应变的办法应对，逐渐占据主导地位的过程。一定要有大局意识，不仅在市场份额和价格方面要据理力争，更要在责任划分、风险规避方面做好掌控。"这是大机车从主要领导到参与谈判的全体成员的切身感受，因为他们面对的谈判方都是世界知名企业，两强相遇，智者胜。

2004 年 10 月，铁道部下发了《大功率交流传动内燃机车采购和技术引进项目询价书》。大机车又抓住机遇，组织有关技术人员，用了近十个月的时间，就该项目的开发、投标以及有关技术、商务条款的商定，与选定的合作伙伴美国 EMD 公司多次进行技术规范和技术转让方面的谈判，与对方达成共识。

2005 年 9 月 1 日 15 点 30 分，在北京通用技术大厦，铁道部举行了 6000 马力大功率交流传动内燃机车采购和技术引进项目合同签约仪式，此项目机车采购数量为 300 台，合同总额 66.42 亿元。按照合同约定，制造方式为大机车与选定的合作伙伴美国 EMD 公司分工制造部件，成品全部在大机车组装，自合同生效后 25 个月开始陆续交付机车，至第 49 个月全部交付完毕，双方权益大致各占合同额的 50%。

这是大机车改制后接到的第一份合同大单。此项目的实施加快提升了中国干线铁路动力的装备水平，推进了铁路现代化的进程。

大机车在执行合同的过程中，通过对引进技术的消化吸收，使中国机车的国产化率逐步提高。这种全新的机车是铁道部重点发展的目标产品之一，将成为未来中国铁路干线货运机车的主力车型。该项目的成功实施，为提高中国机车自主创新能力、发展中国机车民族工业以及大机车自身发展都搭建了一个良好的平台，大机车的技术设计、工艺制造以及综合管理水平得到了全面提升，加快了与世界先进水平接轨的进程。

此后，公司与 EMD 公司长期合作，结成重要战略伙伴关系，共同为中国铁路提供先进、成熟、经济、适用、可靠的牵引装备。

6000 马力大功率交流传动内燃机车的采购和技术引进，开启了公司全新的技术开发之路，将大机车的发展带入了快车道。短短几年时间，大机车如虎添翼，飞速发展，相继研发成功"和谐3"系列大功率交流传动电力机车。这一系列机车，大机车在主体上拥有自主知识产权，采用多项世界领先技术，具有功率大、能耗低、维护检修方便、智能化程度高等一系列优良特性，牵引功率为 7200 千瓦，在海拔 2500 米以下的高度，单机牵引 1000 吨旅客列车运行时，最高时速达到 120 公里。

蓬勃的"心脏"

有人把柴油机比作内燃机车的心脏，从某种意义上说，柴油机也是大机车的"心脏"。通过几代人的不懈努力，如今大机车生产的柴油机已经享有世界声誉……

2005 年 1 月 7 日，大机车自行开发研制的首台柴油机发电机组正式下线。此次下线的柴油机发电机组功率为 1520 千瓦，而此时的大机车还握有 20 台燃气发电机组的合同。以往大机车的柴油机产品大多作为机车的关键设备使用，而作为独立的产品进入市场销售还是首次。这是大机车广泛进行市场调研后实施的拓宽柴油机应用领域的新战略取得的成果。

大机车加大开发力度，集中优秀设计人才，通过技术引进和自主创新，先后开发研制了系列柴油机产品，开发的产品都具有自主知识产权和核心技术优势。

大机车拥有自主知识产权的 DL240 系列柴油机自 1965 年开始设计，1978 年开始批量生产，从 A 型一直发展到 E 型，走过了几十年的历程，16 缸机的功率也从 3000 马力发展到 4400 马力。大机车的柴油机性能不断地强化提升，成为中国高中速柴油机产品的代表。大机车自主开发的 280 型柴油机，是当时国内最新中速大功率柴油机。从 240 柴油机到 280 柴油机，其运行的功率覆盖 1000 至 6000 马力范围，不仅适用于内燃机车，还适用于油田采油、工业发电以及民用、船舶动力等许多领域。尤其是 DL280 柴油机，1997 年由大机车和美国西南研究院合作研制，经过多年努力，已经成为国内最新中速大功率柴油机中最先进的产品。

也许专业的语汇和枯燥的数字会影响人们对文学作品的顺畅阅读，但是如果越过这些影响大机车命运的柴油机产品的介绍，恐怕难以说明大机车在中国机车行业中的分量。正是这些冰冷的专业名词和无数枯燥的数据，让我这样的外行，不得不以敬佩的目光去注视大机车，文字的力量在厚重而精进的技术面前，显得那么乏力。

柴油机部件加工现场

240 系列柴油机：大机车拥有完全自主知

识产权的产品。该系列从4缸到16缸，标定功率从735千瓦到2940千瓦，适用于工程船舶、船舶推进、工业电站、应急电站、交通运输等领域。产品采用世界最先进的设计理念、技术和结构，并达到世界先进水平，拥有近万台的市场保有量。其终端用户遍及全国，并出口非洲、东南亚、中东等10余个国家。其高技术水平、高可靠性、寿命长及良好的售后服务体系，使之获得了中国名牌产品的殊荣。

16V265H型柴油机：大机车于2005年从美国EMD公司引进，标定功率为4660千瓦，2005年开始批量生产。265柴油机采用动力组模块设计，方便维修，同时采用电子喷射系统，大大提高了经济性和可靠性，并以其国际领先的技术水平，在船用主辅机、工业发电、钻井平台和铁路牵引等领域都取得了非凡的业绩。

12RK270M型和16RK270T型柴油机：是通过技术转让形式从MANB&W公司引进的中速大功率柴油机，主要用在船用主机、船用辅机、发电、牵引等领域。

12V280Z型柴油机：标定功率为4410千瓦，标定转速为1000转/分。该型号柴油机采用了多项世界先进技术、结构和设计理念，新技术的应用使得该型号柴油机外观简洁美观，各项性能指标达到世界先进水平，同时大大提高了该型号柴油机的可靠性、耐久性。

……………

这一系列的柴油机，像大机车蓬勃的"心脏"，健康跳动，带动着大机车驰骋。它们的各项技术达到世界先进水平，应用领域宽，市场前景广阔，在装备内燃机车的同时，已经开始向船舶、发电机组和工程机械等多个市场领域推进。

柴油机组装车间

柴油发电机组

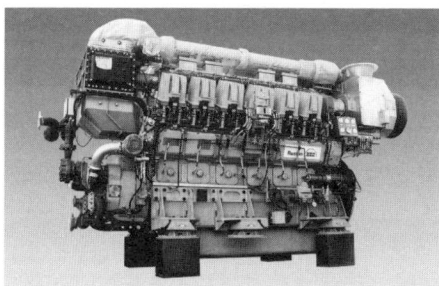

270 型柴油机

16RK270 型柴油机机体

16V240 型柴油机

12V240 型柴油机

引进技术，接轨国际

　　合资合作是快速大量吸纳国内外先进技术和管理经验的有效方式。中国加入 WTO 以后，一个更广阔的全球市场开始形成，大机车顺应时代潮流，与世界强手联合，加强合资合作，在新的更大的市场领域里不断取得新成果。

合作的大门一旦打开，必然会迎来强劲的东风。大机车先后与美国、英国、德国、日本等国多家企业进行合资合作，迅速掌握了多项核心技术和特种技术，为开发核心产品和进行产品结构调整创造了条件，实现了优势互补，开发了多种高新技术产品投入市场，造就了一大批高水平的技术人才，为大机车的腾飞储备了智力资源。

技术引进和吸收再创新，首先必须做好技术改造，大机车对厂房、台位进行了改造、扩建，购置了大批新的设备。

围绕大功率交流传动电力机车项目，大机车确立了转向架、车体钢结构、机车总组装3个工艺调整及技术改造板块，投资1亿元进行技术改造。

对于交流传动内燃机车项目，大机车进行国产化工艺布局调整方案设计，基本确定了热工、加工、焊接、组装试验和其他5个工艺调整及技术改造板块的总体方案，投资近4亿元。

工艺的提升是顺利实施引进项目的基础，与国际接轨不仅仅是就设计技术而言，在工艺技术上也必须与国际接轨，这关系到引进消化吸收再创新工作的顺利进行，关系到引进技术最终目标的实现。大机车消化引进工艺、更新工艺管理理念，主要通过观察外方员工现场操作，学习外方员工执行操作标准和操作程序等途径，理论与实践相结合，使严细、实用、适用的国际先进工艺管理理念在员工头脑中扎根。

同时，大机车以外方先进的管理理念为基础，编制出适合设备工装情况，同时符合外方产品工艺和质量控制要求的工艺文件，一序一卡，对每一道工序都记载有详细的工艺。这是消化、吸收外方产品制造工艺后的再创新，可使本公司技术基础、管理水平提升到一个新的高度。

大机车在引进消化吸收再创新工作中坚持"两个符合"的原则——一是符合国际质量标准，二是符合中国国情。对外方转让的技术文件进行分类，并在此基础上进行分析，确定哪些可以直接执行，哪些值得借鉴，哪些不适应公司现有生产，加以区别对待并有所创新。

大机车还借鉴外方的质量管理文件，为我所用。对于质量控制文件，根据其实用性加以转化，用于公司实际生产质量控制。

每一处细小的变化都可能带来巨大的能量，正是不断地求新求变，才使大机车前行的脚步越走越踏实，越走越远……

文化助力

一个民族的崛起或复兴，标志着民族文化的复兴和民族精神的崛起；一个企业的发展和壮大，伴随左右的一定是文化的滋养和精神力量的携手。民族复兴呼唤民族精神，企业改革需要文化跟进。

大机车在实施引进的过程中，障碍不仅来自技术层面，更重要的是来自文化层面。大机车在最初三年的引进消化过程中，与高水平的技术引进项目要求相比，员工的观念、团队的管理水平等都存在着许多不足，观念、态度以及行为规范、职业精神等方面的差距尤为明显。

企业发展，其根在于人，而人的素质需要文化的支撑。要保证引进项目的顺利实施，除技术上的攻关消化外，一项迫切的任务就是转变员工旧的思想观念，根除陈规陋习，强化规则意识，培育执行力文化。唯此，才能为高质量实施技术引进提供思想和文化的支撑。

看花容易绣花难。旧有的观念已经根深蒂固，哪里是想转就能转、想变就能变的？几十年计划经济浸染的痕迹，不是一朝一夕可以抹去的。大机车党委紧紧抓住消化引进的大好时机，开始了全面的企业精神和文化的重塑。

最直观的方法是对照外方的工作态度和行为找差距，在全厂范围内开展"我们差在哪儿"的大讨论，人人照镜子，个个找差距，班组定措施，整体转态度。大机车还通过典型案例开展教育活动，结合外方公司从事调试工作的员工海波勒爱岗敬业的事迹，以"向海波勒学什么"为题，组织开展了全体员工大讨论。这位外方员工是德国伏伊特公司的普通员工，他对工作的严谨、精细和对产品、

大机车职工参观厂史陈列馆

对岗位的热爱，给人们留下深刻印象。特别是他在组装驱动装置从动齿轮时，每次组装前都要对扭矩扳手认真核对，对每个螺栓都要查看螺纹是否有碰伤，对每一个齿面都要一个个地用手摸，任何一个小小的毛刺都要修复，让周围的员工目睹了什么是精益求精。大机车员工从中看到了自身的不足，他们各抒己见，自找差距，自摆问题，在观念的碰撞中推动了思维的转变，产生了巨大的反响，收到了很好的效果。

其实大机车人早已意识到，企业改制需要文化跟进，企业的竞争说到底是文化的竞争。企业改制需要在战略上重新定位，更需要文化的及时跟进。用全新的企业文化和形象，再造一个全新企业，这是建立现代企业制度不可缺少的要素之一。

2001 年，大机车党代会确立了工厂"国内领先，国际知名"的发展目标，提出要加快企业核心竞争力的培育必须形成六大优势，其中之一就是文化优势。2002 年初，大机车职代会及"十五"发展规划把企业文化作为一项重要内容和主要任务写进日程，纳入其中。与此同时，厂党委组织全厂员工开展了为时十个月的解放思想、转变观念大讨论，形成三点共识：企业文化是培育企业核心竞争力的重要组成部分，是建立现代企业制度的一项基础性工作，是参与国际市场竞争不可缺少的必备条件。在此基础上，大机车又采取"以我为主、借助'外脑'、专兼结合"的方式，与中国企业形象策划设计委员会的专家合作，对工厂进行企业文化再造和企业形象重塑。

大机车企业文化转型的核心内容，是建立以企业名称及企业精神为核心内容，框架出企业最高层次的战略形象；以企业管理文化为中心，框架企业中介层次的文化形象；以企业精神文化中的价值观或方法论为主要内容的品牌形象。

那么，大机车的企业战略形象如何定位呢？

在对工厂所处环境取得深刻认识和对自身清醒判断的基础上，为了更清晰和准确地传达企业的理念，经反复研究论证，大机车将企业重新命名为"Dloco"，其核心要素取自英文"柴油机"和"机车"的关键字母，代表工厂两大核心产品能力，"DL"与现产品商标"大力"及企业所在地"大连"的汉语拼音相吻合。

企业精神方面则可追溯至20世纪80年代。那时，大机车曾提出"建一流队伍、造一流产品、创一流企业"的"三个一流"企业精神，对实现企业发展目标起到了积极的促进作用。但是，企业精神要与时俱进，市场经济新形势对企业精神提出更高、更深刻的要求。在这样的背景下，大机车的决策层以扬弃的态度，重新提炼企业精神，重塑企业形象。

2001年，大机车党委发动全厂员工，开展征集理念口号和企业精神文字表述活动。在所征集的几千条口号中，依据工厂的历史与现状，面对企业的发展与未来，经过归纳、提炼与升华，确定了新的企业精神——超越期待，牵引未来。

"超越期待，牵引未来"的企业精神，蕴含着大机车全体员工志存高远的追求和与时俱进的时代精神，具有鲜明的个性特征。"超越期待"蕴含的内容体现在四个方面：以客户为中心超越客户期待；以先进的文化和优秀的形象超越社会期待；以开拓创新精神带动机车行业发展超越企业期待；以不断满足员工利益超越员工期待。"牵引未来"蕴含的内容也可用四句话概括：传递一种信念——引领产业变革；明确一种理念——实现客户价值；确立一种行为——你我携手同行；强调一种责任——共创企业未来。

由企业精神可引申出大机车精神文化两大方面内容：价值观和方法论。

价值观之一是"动态哲学"。以"事物是运动变化和不断发展的"这一哲学思想作为企业价值观的哲学基础，作为支持企业锐意进取、不断创新的理论依据，以此提出的价值主张是"文化、人品、产品、服务、价值"五者互动的企业循环发展观。

价值观之二是"领先法则"。它体现了"国内领先，国际知名"的企业发展目标，以领先形象面向未来，让"是否领先"成为文化评价企业与员工行为的第一标准。

在此基础上，大机车又提出了"ACT行动"的企业管理文化，就是将观念的变革转化为每个员工的具体行动，从精益求精、客户中心、全程可靠三个方面重新把握自己的工作。"ACT"分别是精益求精、客户中心、全程可靠三个英文词语的第一个英文字母。以符号化表现大机车的管理文化，用"ACT"作为工厂"看得见的管理"的基本元素，既化繁为简地传递了文化理念，也方便员工记忆。如今，"ACT"不但印在了员工的工作服上，更成为铭记于心的行动准则。"精益求精"就是每个人、每道工序都从点滴做起，践行"精良生产、精益制造"。"客户中心"就是永远将客户作为"主语"，用客户的眼光挑毛病、找问题，让客户得到最大限度的满意。"全程可靠"就是要全员关注所有业务流程，打破部门局限，跨部门解决问题，要把提供可靠的产品作为全体员工的共同责任和任务。

文化，使大机车这棵百年老树绽出新花，企业呈现勃勃生机。大机车的经验告诉我们，任何一个有作为的成功企业，无不以其丰厚的文化底蕴和具有鲜明个性的企业文化作为整个企业最有力的支撑。企业文化不是万能的，但是，在企业的改革、改制进程中，没有企业文化的及时跟进和转型，也是万万不行的！

牵手庞巴迪

2007 年 2 月 12 日，德国柏林，大机车与加拿大庞巴迪运输集团签署合作协议，由庞巴迪提供技术支持和设备供应，大机车向中国铁道部提供 500 台货运电力机车。

庞巴迪公司创始于 1943 年，作为世界五百强企业，庞巴迪在中国建立了多个合资企业，主要负责铁路客运车辆、轨道和地铁车辆、铁路车辆牵引设备的制造、销售和维修等。

位于中国北方大连的大机车，是一个具有一百多年铁路装备制造历史的国家大型骨干企业，也是事关国计民生和国家经济战略安全的骨干企业，主要产品有内燃机车、电力机车、城市轨道交通车辆、铁路货车、大功率中速柴油机和各种机车车辆配件产品，同时承担修理、改造内燃机车任务，具有年产各类机车 400 台、城轨车辆 100 辆、铁路货车 2000 辆、柴油机 300 台的能力。

这两家重量级的企业一起开展对话和技术交流，一时间碰撞出灿烂的火花。

庞巴迪运输集团总裁那瓦利说道："我们非常骄傲地为我们的客户——中国铁道部和大连提供支持，在庞巴迪的设计基础上为中国开发这款全新的电力机车。这一合同的签订加强了我们与中国业已存在的富有成果的业务关系，而且进一步证明了全世界的铁路运营者对于庞巴迪产品的信心。"

庞巴迪中国区总裁兼首席代表张剑炜补充说："在中国，庞巴迪参与了一系列具有挑战性的铁路项目，并由此获得了极高的声誉，同时对中国铁路市场的特别需求有了更深刻的了解。这份订单确认了庞巴迪在中国市场的重要地位。通过提供欧洲的尖端设计和技术，庞巴迪正在为使中国铁路更加可靠和高效做出自己的贡献。"

这次与庞巴迪"牵手"合作的机车为大功率交流传动六轴货运电力机车，它采用大功率 IGBT（绝缘栅双极型晶体管）元件组成的变流器、大功率交流牵引电动机和轮盘制动等先进技术，运用成熟的驱动装置和微机网络控制系统，机车总功率 9600 千瓦，单轴功率达 1600 千瓦，为当时世界上技术最先进、单轴功率最大的牵引动力装置。机车牵引 5000 吨货物最高时速 120 公里，其启动加速度、持续牵引速度等性能指标均创同类产品之最。这种全新机车是铁道部确定的重点发展目标产品，也是实现中国铁路干线货运重载、快捷运输的主型机车之一。

纵观世界机车发展，铁路运输若要有效地缓解瓶颈问题，除了加快路网建设，关键还在于实现客运快速高速、货运快捷重载。同时，从提高铁路与民航、水运和公路等运输市场的竞争能力考量，也需要提高运能，降低运价，满足社会公众出行方便、舒适和安全的需求，这就对加快实现机车车辆装备现代化提出了更高的标准。

然而，机车车辆制造技术是多种技术的综合，特别是一些基础元器件、基础性技术的研究以及复杂的高端技术等，研制周期长、费用高、难度大，这不是当时中国某一个企业自己能够承担的。另外，作为一个机车制造的主导企业，最核心的能力是高水平的系统集成，而不是在低层次、低水平、低起点上从头研究、从头试制。广泛吸纳世界一切先进技术成果为我所用，包括关键零部件的全球采购，这是国内外优秀企业普遍采取的做法。特别是我们多年来制造的机车都采用的是交直流传动技术，而发达国家普遍采用的是交流传动技术，实现由交直流传动到交流传动技术的提升，是实现中国机车车辆装备现代化的关键。通过引进、消化、吸收，快速掌握核心技术，使单一企业在短时间内攻克技术难关成为现实，也使得中国企业能够在短时间内进入世界机车车辆制造企业的先进行列。

大机车与庞巴迪"牵手"，走引进先进技术这条道路，并不意味着中国企业的技术水平、研发能力和制造工艺都不行，只是如果单靠自己研发，周期太长，铁路运输也等不起，国民经济发展更等不及。另外，中国铁路先后进行了六次大提速，对机车车辆的耐久可靠性和行车安全要求越来越高，而新车型的推出需要一个试验验证的长期过程，特别是高速重载列车，关系国家财产和旅客人身安全，责任重于泰山，更不能仓促上马。通过引进先进技术这条路，用较短的时间和较少的投入接近或达到世界先进水平，不失为加快实现铁路技术装备现代化的明智选择。

铁道部这一引进先进技术的战略决策，加快了铁路技术装备现代化战略的实施，解决了多年制约企业快速发展的难题，为企业掌握关键技术、提升自主创新能力、加快与世界先进水平接轨创造了条件。

技术引进、消化、吸收、再创新，让企业学到了先进的设计理念和技术，加快了与世界先进水平接轨的进程。过去十年研发一代机车新产品的周期迅速缩短为三年，产品的技术水平与世界先进水平的差距缩短了十年，中国机车车辆制造企业生存发展的空间也大大拓展了。

登高远望

天行健，君子以自强不息；地势坤，君子以厚德载物。

——《周易》

站得高才能望得远。

通过技术引进、消化、吸收、再创新，大机车认识到：在全球经济、技术一体化的今天，世界铁路先进技术完全可以全面引进，引进来的先进技术完全可以消化、吸收并结合我们的国情、路情、厂情再创新，完全可以在较短时间内缩短与发达国家之间的差距，跻身世界铁路机车制造企业的先进行列。

大机车以技术引进项目为切入点，系统集成，嫁接先进技术成果，借梯登高，提升了企业的自主创新能力。

2008 年 12 月 29 日，首台我国拥有自主知识产权的"和谐型"9600 千瓦货运电力机车在大机车下线。这是当时世界上单机功率最大、技术水平最高、性能指标最先进的国产品牌机车，节能、环保的品质更加突出，机车再生制动功率的提高将更多的电能反馈回接触网，自动化程度更高；功率更强，可靠性更好，改变了机车传统设计，除受电弓及支持绝缘子之外，全部高压设备由车顶转移到车内，大大提高了机车雨雾天气的抗污闪能力；集众多现代高新技术、多项关键技术于一体，是铁路运输现代化和铁路技术装备现代化的标志性产品，标志着大机车车辆制造技术引进、消化、吸收的重大跨越，将引领中国乃至世界机车的技术发展。"和谐型"机车也是中国机车车辆制造企业瞄准国家扩大内需、加强铁路建设的市场需求，不断加快自主创新步伐，为中国铁路技术装备现代化做出的巨大贡献，走出了一条具有中国特色的铁路技术装备自主创新的道路，在中国铁路技术装备史上具有重大意义。作为中国铁路机车设计、制造、出口的主要基地和铁道部重点扶持企业，大机车也由此开始向掌握世界一流技术、构建世界一流基地的目标迈进。

随着 500 台"和谐型"六轴 9600 千瓦大功率交流传动货运电力机车投放市场，中国铁路货运运输能力得到了大幅度提高，取得了国家知识产权 5 项发明专利和 15 项实用新型专利，多项关键技术引领我国乃至世界机车技术发展潮流。

随着与国外合作的深入和公司技术改造的成功，大机车确立了"实施战略联盟，创新领先优势"的发展方向，通过联合联盟、综合创新、技术开发，全力形成市场新优势。大机车的内燃机车质量与世界先进水平持平，在国际上，已经具备了与世界先进水平媲美的实力，在国内，形成了机车质量的绝对优势，有些产品是竞争伙伴难以在短时间内模仿、复制和抗衡的，从而拉开了竞争的档次，避开了同档竞争。

此时的大机车已经形成了年产 300 台以上机车的规模优势，牢牢地占据了国内市场，不断地开拓国际市场，已经仅次于美国通用电气公司，远远超过了其他国家机车车辆制造企业的规模，成为中国机车的"大哥大"，成为世界机车行业的领跑者。

一家外国机车企业驻华代表曾经说过，有大机车在前面挡着，外国的内燃机车很难打入中国市场。

聚集人才的高地

人既尽其才，则百事俱举；百事举矣，则富强不足谋也。

——孙中山

说到大机车对人才的重视，大机车首席设计专家张晓宝深有感触。他1984年8月从兰州铁道学院毕业分配来到大机车，至今在大机车度过了三十多年。他在大机车从一笔一画画图开始了他的设计师生涯，经过三十多年的历练，他从一个稚气的大学生，成长为首席设计专家，也见证了大机车实施人才战略的全过程。

随着竞争格局的变化和市场需求的多样化，大机车加大新产品开发力度，各种新型机车、出口机车等繁重而艰巨的开发任务总是一个接一个地摆在设计师的面前。开发新产品，设计先行。他告诉我，在大机车设计中心，夜晚的灯光总是亮到很晚，加班加点已是常态，双休日也很少休息。抢时间，赶设计，确保新产品试制的周期是大家的共识。

在张晓宝的印象里，即使在春节这样重要的节日，设计中心也照样加班。虽然辛苦，但大家都乐在其中。在大机车总有做不完的工作，这也是大机车人希望看到也非常珍惜的局面。正是这些永远做不完的工作，不仅锻炼和培养了人才，也使公司拥有了不可战胜的力量。张晓宝担任工程师时年仅32岁，在大机车设计师队伍中，年轻人占有很大的比例。许多年轻设计师开始挑大梁，成为公司的中坚力量。张晓宝说，年轻设计师能否迅速成长，主要取决于是否拥有大量的实战经验。他说正是大机车的不断发展壮大，才给年轻人的成长创造了条件，为年轻人快速成长搭建了不可多得的平台。

机车产品是综合性工业产品，涉及面广，技术含量高。一方面，大机车通过技术研发、产品的不断升级和更新换代，使设计人员得以全过程参与工作，加速了技术人才的培养，一批博士型、专家型人才迅速成长，他们是大机车的希望所在。另一方面，市场化以后，大机车与市场和客户的联系更加紧密，加快了国际合作的步伐，客户需求的机车品种逐渐增多，为设计师们的设计不断提出新的研究课题，繁多的品种也带来开阔的眼界，从而促进了设计师设计水平的提高。

张晓宝说，大机车设计中心有着光荣的历史。自20世纪50年代开始自行设计蒸汽机车后，又设计内燃机车，当时设计中心集中了全国顶尖的设计人才。那时大机车的设计中心相当于铁道部的设计中心。而改革开放后的三十多年，是大机车历史上设计的机车品种、生产的机车数量最多的时期，作为机车设计师队伍中的一员，能在这样的设计团队里工作，他感到特别自豪，也感觉责任重大，唯有不断地学习，不断地研究探索，才能适应未来机车发展的需要。

机车生产是大兵团作战，每个环节都很重要。如今，大机车已经拥有400多人的设计团队，研发的机车品种也越来越多、越来越复杂，而完善一个机车品种需要长期的实践检验和技术沉淀。

"人才，只有人才，才是持续前进的动力。"人才是一个国家的至宝，是强国的资本，是国家建设和发展的重要人力资源，更是一个企业得以发展壮大的关键。在大机车，重视人才从来都不是一句空话，而是实实在在得到落实的，大机车为年轻人才脱颖而出创造一切便利条件。在人才选拔上，大机车着眼于长远的发展规划，以事业为生命，重文凭更重水平，重能力更重人品。

大机车正是在不断开发产品、不断引进技术的过程中，结合产品研发，给设计人员搭建了成长的平台。一大批年轻的设计师、工艺师通过与国外知名公司的工程师、技术人员面对面交流切磋，开阔了视野，打开了眼界，增长了才干，逐步形成了符合时代潮流的设计理念和工艺质量管理理念；一大批从事变压器、驱动装置等关键部件组装的技术人员和技术工人成为生产制造的中坚力量；一大批适应先进机车制造工艺的能工巧匠和新一代机车设计大师正在迅速成长，形成了以"茅以升奖"获得者张思庆为代表的内燃机车研发队伍，以全国劳模刁培松为代表的高技能技术工人队伍，等等。这些人才队伍，为大机车的发展提供了重要的人才保障。

在大机车，如果你是人才，只要你能脚踏实地勤恳工作，只要你不在意一时一事的得失，只要你持之以恒地热爱自己选择的事业，你就会找到真正属于自己的最美丽的人生舞台。

机车工人挥汗如雨

第 十九 章

筑梦天下：民族工业的世界传奇

　　每年9月，都是大连最美的季节。而每到9月，大机车都和美丽的金秋一样，进入了黄金般收获的季节，都会传来让人振奋不已的消息……

　　2009年9月25日，110岁的大机车开始建设新家。这一天，大机车旅顺基地正式奠基，新设计的环形试验线项目正式开工建设。

　　2008年年底，大机车与大连市政府签署战略合作框架协议，通过扩建改造大机车，凭借大连临港临海和全面对外开放的优势，以及雄厚的工业基础，在大连打造世界级轨道交通装备和通用动力机械制造基地，以推进黄渤海经济圈国家战略的实施，加快大连建设国家重要的先进装备制造业聚集区，为大机车的未来发展开疆拓土，积聚力量。

　　大机车新厂建设分三期，将建设200多万平方米的新厂区。其中一期建设的城轨地铁车间，厂房面积27万平方米，工艺设备达到600多台，新建设环形机车和城轨地铁车辆铁路试验线 4.1 公里。大机车扩能改造后将达到年制造各类机车 1000 台、城轨地铁车辆 1000 辆、中高速柴油机 1000 台，实现年销售收入 200 亿元以上，各项经济指标增长 5 倍以上，在大连形成机车相关的产业链和产品配套体系，增加就业机会。

喜获国家科技进步一等奖

按照国家《中长期铁路网规划》，到 2020 年，中国铁路电气化率将达到 60% 以上，铁路运输需要大批技术先进、性能可靠的大功率电力机车。铁道部的铁路技术装备现代化的宏伟蓝图的实施，给大机车的发展提供了前所未有的历史机遇。它迅速搭建了自主研发具有世界先进水平的电力机车的技术创新平台，占领了世界机车研发生产的制高点，努力打造轨道交通装备行业的世界级企业，开始了比肩世界的阔步前行。

2011 年 1 月 14 日，中共中央、国务院在北京隆重举行国家科学技术奖励大会，党和国家领导人胡锦涛、温家宝、李长春、习近平、李克强出席大会。在本次大会上，大机车主持的《六轴 7200 千瓦大功率交流传动电力机车的研发与应用》项目喜获国家科技进步一等奖，在全国铁路开创了机车整机产品荣获国家最高科技奖的先河，填补了国家最高科技奖项在此领域的空白。

大机车生产的六轴 7200 千瓦大功率交流传动电力机车（"和谐 D3 型"）实现了多项创新，主要是建立了六轴 7200 千瓦交流传动货运电力机车技术创新平台。通过系统集成创新，在世界范围内首次搭建了六轴 7200 千瓦交流传动电力机车设计平台，形成了系统和部件的技术条件和评价标准，建立了相关系统的仿真分析和试验验证平台；形成了年产 1000 台机车的技术创新平台，并形成了新型产业链，通过该技术创新平台的搭建，进一步研发时速等级为

120公里、160公里、200公里的交流传动机车，满足不同要求的货运及客运牵引需要；创新研制了轴控模式的六轴交流传动系统和车载计算机控制及通信网络系统，在国内首次采用了轴控模式的交流传动系统；实现了轮轨黏着利用的精细控制，机车黏着利用系数达到0.39；系统提出了交流传动系统的优化设计方案，在国内电力机车上首次采用4500V/900A的IGBT元件的水冷牵引变流装置，实现了与牵引电动机、变压器良好匹配；采用再生制动技术，实现了能量回馈再利用，机车再生制动功率为7200千瓦，与其牵引功率相同；控制网络系统车载计算机双机热备冗余，实现无间隙切换，保证机车可靠运行；创新研制了适应重载牵引的转向架、高强度车体及车体过载保护结构，建立了机车刚柔混合模型，进行机车可靠性分析，合理确定了各部件承受的载荷；通过仿真优化转向架结构和悬挂参数，采用二系高圆簧悬挂结构和低位牵引装置，实现了良好的动力学性能和较高的黏着利用率。

为满足重载牵引需要，使机车能承受列车巨大的纵向冲击力，机车还设置了过载保护装置，实现了车体的过载保护；创新研制了大容量牵引变压器和大功率交流异步牵引电动机，车载变压器容量在世界上首次达到了9006千伏安，

"和谐型"机车总装现场

单位重量容量处于世界先进水平；在有限的安装空间内，研制了大功率、大扭矩的交流牵引电动机，功率为 1250 千瓦，最大扭矩达到 12600 牛·米，与以往直流牵引电动机相比，单位重量功率提高了 1 倍以上；创新研制了具有微机控制网络和大功率轮盘制动装置的空气制动系统，研制了大功率环保型合成闸片和轮盘制动装置。

六轴 7200 千瓦大功率交流传动电力机车与国外投用数量较大的六轴交流传动电力机车对比，牵引功率提高了 10%，黏着利用系数提高了 15%，总效率、等效干扰电流、功率因数等参数与之相当。

"和谐 D3 型"大功率交流传动货运电力机车获得 2008 年中国铁道学会科学技术奖一等奖，配属在全国 9 个铁路局 17 个机务段，用于货运及临客牵引任务，已成为京广、京沪、陇海等铁路干线上货运牵引的主力车型。机车采用再生制动技术，以西康线为例，单台机车每万公里运行可向接触网回送电能 41 兆瓦时，按年走行 20 万公里计算，每台机车年回送电能 820 兆瓦时，价值人民币 50 万元以上。随着整车生产规模的扩大，零部件配套企业分布在全国 21 个省、自治区、直辖市，带动了电力、电子、冶金、机械制造等相关产业的发展，拉动社会经济产值约 300 亿元。

该型机车已向大同电力机车有限责任公司和北京二七轨道交通装备有限责任公司进行了技术转移，并开始生产。

大功率交流传动电力机车的成功研制，不仅使大机车掌握了机车总成、车体、转向架、主变压器、牵引变流器、网络控制系统、牵引电动机、驱动装置和制动系统九大核心技术，实现了我国机车制造由交直流传动技术到交流传动技术的革命性跨越，而且搭建起与世界先进水平接轨的技术平台。根据铁路运输需要，大机车将掌握的核心技术转化为新的生产力，向提升功率和客运牵引方向发展，加快了公司发展方式的转变。同时，该型机车的成功研制和应用，培养了一批掌握交流传动电力机车研发、制造、试验、运用技术的专业队伍。

国产大功率机车开上"世界屋脊"

青藏高原是世界上海拔最高的高原，平均海拔在 4000 米以上，有"世界屋脊"和"地球第三极"之称。青藏高原实际上是由一系列高大山脉组成的高山"大本营"，地理学家称它为"山原"。高原上的山脉主要是东西走向和西北—东南走向的，自北而南有祁连山、昆仑山、唐古拉山、冈底斯山和喜马拉雅山，这些高山海拔都在 5000 米以上……

2014 年，大机车"和谐 N3 型"高原内燃机车首次登上"世界屋脊"，打破了青藏铁路大功率机车主要依赖美国进口的历史……

中国西部大开发战略在铁路上已经取得了重大成就，那就是青藏铁路的修建与开通运营。青藏铁路纵贯青海、西藏两省区，成为沟通西藏、青海与内地联系的具有战略意义的大通道，同时也成为西部腹地路网骨架的重要组成部分。青藏铁路为西部地区的经济发展建设提供了有力的运输保障。

青藏铁路是世界上海拔最高、运营里程最长的高原冻土铁路。青藏铁路的格尔木至拉萨段全长 1142 公里，其中位于海拔 4000 米以上的线路有 960 公里；昼夜温差达 40 摄氏度，最高风速达 32 米/秒，常年有风沙雨雪，并有较长的雷电区段，空气稀薄，空气的含氧量为平原地区的 50%，还有较强的紫外线照射；铁路最大坡度为 20‰，最低海拔为 2800 米，最高海拔为 5072 米，还要经过世界海拔最高的风火山隧道、世界最长的昆仑山隧道和条件恶劣的羊八井隧道；铁路为单线运行，沿线基本实现了无人管理。青藏铁路的延伸线拉萨至日喀则段全长 253 公里，桥隧占全程的 60% 以上，其中最长隧道长达 10.4 公里。一直以来，担当青藏线客货运任务的是从美国通用电气公司进口的 78 台"NJ2型"机车。

2012 年 3 月 27 日，由大机车制造的"和谐 D3C 型"0473 号机车——牵引功率为 7200 千瓦的新型机车——牵引着 K110 次旅客列车从昆明火车站出发，途径滇、贵、湘、鄂四省 2000 公里长的铁路线，于次日正午抵达武昌，这是大机车制造的机车第一次穿越海拔平均 2000 米的云贵高原。

2014 年 8 月 16 日上午 9 时，随着韩红优美的歌声在车厢里响起，青藏高原的拉日（拉萨至日喀则）铁路线上首趟"和谐号"客车缓缓启动，由大机车独家研制的"和谐 N3 型"高原火车头，牵引着长长的列车，昂首驶进"天路"。青藏高原铁路上从此用上了大功率国产牵引动力机车，将不再进口美国机车。

高原内燃机车的开发，大机车充分考虑和依托了青藏铁路的运行条件。青藏铁路是世界海拔最高的铁路，有强紫外线、多风沙、长交路等特点，而且青藏高原空气稀薄，气压低，燃料无法有效释放能量，此前，国产机车在青藏铁路面前只能望而却步，仅从事一些简单的调车任务，无法在这个区域运营。大机车研制的"和谐号"机车在拉日铁路担当客运和货运牵引任务，这是中国国产大功率机车首次登上"世界屋脊"。

大机车在研制高原内燃机车时采用了近远期方案相结合的思路。近期方案主要是在现有的"和谐型"机车基础上进行适应性改造，争取机车在短时间内小批量投入运用，充分摸索和研究目前"和谐型"机车在高原的适应能力和运用情况。远期方案是根据近期机车的使用情况及积累的数据和经验，为青藏铁路量身打造一款适用的机车。

总体方案设计是在"和谐 N3 型"机车主结构和主参数不变的基础上，针对高原地区的特点进行适应性改进，以保证机车满足青藏线的运行要求。"和谐 N3 型"机车是我国目前性能最卓越的内燃机车，此前主要运用于我国东北平原地区，担负北煤南运等重要物资运输牵引任务。大机车在主传动参数、电气系统、冷却性能、柴油机、制动系统、转向架及司机休息室等方面对"和谐 N3 型"做了适应性改进和优化配置。机车为双司机室、内走廊、底架承载、整体式燃油箱结构；双司机室分为操纵端和非操纵端司机室，非操纵端司机室为司机生活休息区，内有休息床等生活设施，操纵端司机室内有操纵台、座椅、电暖气、空调、热水壶及制氧系统等；电气间为模块化整体式电气控制柜，强迫正压通风，左侧装有整体干式卫生间；电阻制动间内有电阻制动、I架通风机、主发通风机及空气制动柜；空气滤清间内有惯性滤清器、玻璃纤维滤清器等；动力间有16V265H型柴油机、主发电机及膨胀水箱；冷却间有顶置式散热器、冷却风扇、转向架通风机、两台空气压缩机及油水管路。每台机车单司机室操纵，双侧贯通内走廊，两台机车重联使用，两台机车可通过非操纵端司机室实现互通。电气系统、制动系统、辅助系统、转向架等都愈发科学合理。

大机车先期试制的两台"和谐N3型"高原内燃机车，于2014年7月13日抵达青藏铁路公司格尔木机务段，并且顺利完成了格尔木至拉萨、拉萨至日喀则的往返牵引试验，完成了高海拔地区的冷却能力、油耗、排放及制动的高原适用性试验。

"和谐N3型"高原内燃机车具有优异的牵引和制动性能，具有牵引吨位大、速度快的特点，能够缓解突破铁路客运运输紧张的局面，满足西部铁路客货运市场的基本要求，带来巨大的经济效益和社会效益。由于机车采用了电子喷射柴油机及交流主辅传动技术，机车传动系统的效率提高到92%，辅助功率仅占机车总功率的4%。

由于"和谐N3型"高原机车最高时速可达120公里，从拉萨到日喀则（世界最高峰珠穆朗玛峰位于日喀则市南部）仅需三个小时车程，缩短了

拉日铁路正式开通，中国北车集团大连机车车辆有限公司独家研制的"和谐N3型"高原内燃机车亮相"天路"，担任客运和货运牵引职责。这是国产大功率机车首次登上"世界屋脊"，打破了青藏铁路大功率机车主要依赖美国进口的历史

从拉萨到珠峰的时间，实现了拉萨至珠峰一日通达，游客坐火车看珠峰不再是梦。日喀则地区还有着丰富的矿产资源，通过拉日铁路运输方便、经济，改变了以前只能依靠汽车运输的历史。

高原机车是大机车针对极端地理和气候条件研制的产品之一。通过攻克极端条件下的市场和技术难关，大机车不仅快速推进了研发制造技术的提升，也有利于市场的大规模拓展。

随着我国在高原铁路上投资建设力度不断加大，西藏铁路网在"十三五"期间的扩张势如破竹，高原机车的需求将进一步增加，同时也为我国高原机车向智能型、环保型方向创新发展提供了更为有利的广阔空间。

"和谐 N3 型"高原内燃机车的成功研制填补了国内高原型交流传动内燃机车的技术空白，完全满足西部铁路对客货运内燃机车的需求，同时其先进性高、可靠性好、油耗小等特点使用户产生可观的经济效益。"和谐 N3 型"高原内燃机车价格在 2500 万元左右，远低于美国的"NJ2 型"机车，而且各项水平参数相当。大机车首期向青藏铁路交付了 30 台"和谐 N3 型"高原内燃机车，不仅促进了西部地区的政治、经济、文化、科技、生态文明的发展，也是实现民族团结、社会稳定和边防巩固的重要保证。

泪洒唐古拉山口

2015 年 1 月 26 日，中国北车集团发布重大合同公告：中国北车集团大连机车车辆有限公司已与中国铁路总公司、大秦铁路公司等签订了大功率机车销售合同，累计金额 23.1 亿元。此次签订合同的"和谐 N3 型"高原内燃机车共 30 台……

自 2014 年拉日铁路正式开通以来，"和谐 N3 型"高原机车牵引的旅客列车已输送旅客约 25 万人次……

拉日铁路开通后不久，2014 年 8 月 26 日，我在大机车见到了刚刚从青藏铁路线上回来的总工程师曲天威。让我惊讶的是，曲天威总工程师是个"70 后"，在这个有着一百一十五年历史、上万名职工的大厂子里，他这么年轻就担任总工程师，不由得让我肃然起敬，同时也让我对大机车领导重视人才、大胆起用年轻人才的举动满怀敬意。大机车领导者这样心存高远、开阔大气的胸怀，是大机车长盛不衰的所在。

曲总的脸上看上去满是疲惫，这之前，为了拉日铁路的顺利开通运营，他和他的团队已经在青藏铁路线忙了一个多月的时间。当他向我说起奔跑在青藏高原上的"和谐 N3 型"高原内燃机车，说起为了中国机车能够开进青藏高原的艰难探索，说起在世界上海拔最高的青藏高原进行机车运行试验的日日夜夜，说起那些为高原机车苦战奋战的人和事时，我不由得湿了眼眶。

自青藏铁路开通以来，青藏线上运行的都是美国通用电气公司生产的机车，从机车的采购到机车的维修维护，全部依赖进口，而且青藏铁路公司与美方已经有过多年的合作，机车的性能和运行质量等都非常稳定，双方的磨合期也已经度过。但是，作为中国机车人，每当想到让中国人骄傲的青藏高原上跑的是外国的机车，曲总的心里却特别不是滋味，那份渴望成功的心情可想而知。

据曲总介绍，虽然中国机车目前处于世界领先水平，但是高原机车一直是中国机车的弱项。青海、新疆、西藏等地区地域辽阔，这些地区铁路发展相对滞后。随着中国西部发展战略的逐步实施，加强铁路建设、生产具有自主知识产权的高原机车势在必行。

2013 年 8 月，中国铁路总公司开始筹划研制高原机车。他们组织了大机车等两家工厂各自设计，分别拿出两种型号机车进行试验。大机车专门为高原试制的"和谐 N3 型"高原内燃机车和另一家工厂设计的机车在北京怀柔通过试验。

完成了平原试验后，接下来就要开始高原试验，试验路段从格尔木到拉萨和成都，全长 1130 公里，其间要经过海拔 5000 多米的高处——唐古拉山口。

曲总记得非常清楚，第一次试验，机车刚进入唐古拉山口附近就出现了故障，在平原上试验各项指标合格的机车，到了高原上便水土不服，许多指标都发生了变化。由于受高原自然条件的限制，机车如果瘫痪在半路上，维修和处理起来的困难难以想象，如果高原机车试制失败，就要继续购买国外机车，这不仅关系到国家战略，更关系到中国机车未来的发展。他说："作为一个中国机车人，我们不服气，大家给自己打气，只许成功，不许失败。当时，整个高原机车工程的设计人员，心里承受着巨大的压力，大家憋着一股劲，无论多么困难，都要打破国产机车在高原上不能奔跑的'魔咒'，我们一定研制出属于中国人自己的高原机车，让中国机车在青藏高原上奔跑。"

再次试验，设计人员根据机车在高原上的具体运行情况，结合综合功率等级等参数，现场更改，重新调整运行方案。一切准备就绪后，当天晚上机车重新开始运行，连续跑了四十多个小时共计1000多公里。那天，所有的工程技术人员全部都站在车头的司机室里，机车到达格尔木时，大家高原反应强烈，但是没有一个人去休息。

整个试验段路况复杂，隧道一个接一个，其中有一处隧道内有4‰的坡路，内燃机车在隧道内需要"呼吸"，对油温、水温和柴油机的温度以及运行等各方面指标都要考虑，对可能发生的一些变化都要有详细的预案。试验段经过一段海拔5000多米的高处——唐古拉山口，这是世界上海拔最高的铁路要道，中国机车前行的脚步曾在这里"歇脚"，这是最难行驶的一段，也是最考验机车质量的地段。闯过去！闯过去！曲总在心里坚定而执着地祈盼着。后半夜2点，机车进入唐古拉山口，当表针指向2点整时，机车像一条沉稳的巨龙，缓缓地越过了唐古拉山口，就在那一刻，几乎所有的人都屏住了呼吸。当时机车带着两节车厢，铁道部、青藏铁路公司和大机车的有关领导以及部分工程技术人员都在机车上，他们无法入睡，难以平静。由于机头太小，他们只好在车厢里焦急地等待着消息。当电子显示屏上显示机车正一步步接近唐古拉山口时，所有人的心脏几乎停止了跳动。当机车终于顺利地通过唐古拉山口时，曲天威总工程师拿起对讲机，他压抑着激动的心情，对着另一节车厢里等待消息的同志们高声喊道："各位领导、同志们，现在，你们可以放心睡觉了！我们的机车已经顺利地通过了唐古拉山口，最艰难的路段我们挺过来了，最艰难的历程我们走过来了！"他的话音一落，两个车厢里同时发出了欢呼声，而曲总也和他的同伴们拥抱在一起，流下了激动的热泪。

大机车人做事认真是出了名的。曲总记得，机车设计出来后，安排两家同时竞标的公司去高原做试验，结果大机车的工程设计人员提前十多天就到了现场，而另一家公司只提前一天到达现场，他们还带来了合作的外方工程设计人员。当时曲总和同伴们心里直打鼓，看着对方信心满满、胸有成竹的样子，当时就想，他们这么自信，一定是做好了充分准备。大机车人不去想那么多了，他们还是认真准备，预案周全，全力投入机车试验中，大机车人靠着他们的执着、精益求精圆满地完成了试验任务。

有付出必有收获，在经过四十多个小时的艰苦运行后，由大机车设计的"和谐 N3 型"高原内燃机车顺利地通过了竞标试验，各项性能指标达到了高原机车的要求。同年 10 月，中国铁路总公司确定由大机车生产高原机车。同年年底，大机车加快各项方案的改进，所有在试验中遇到的问题全部得到了解决，性能和运行的可靠性得到了进一步加强。2014 年 2 月，大机车研制的高原机车通过了专家评审，3 月份，确定了最终方案。同月，高原机车开始正式生产，5 月初，实现了整车出厂。

2014 年 7 月 5 日，满载着大机车人厚望的高原机车从大机车厂出发，开始了通往青藏高原的漫长征程。7 月 12 日，高原机车抵达格尔木。7 月 13 日，所有参与高原机车调试的技术人员全部到达格尔木，开始了紧张的工作。当时参与首列高原机车正式调试的人员，包括相关技术人员，达到 100 多人，大家对高原机车又期待又担心。

整个正式牵引运行试验开始了。7 月 20 日早 7 点 30 分，高原机车从格尔木出发了，这是一场严峻的大考，整整三十六个小时的试验，曲总和他的同伴们几乎没有合眼。车头的司机室里只有几把椅子，他们坚守在这里，见证了试验的成功。

8 月 1 日起，高原机车又进行了多次往返试运行，技术人员采集了大量机车运行过程中的现场数据，及时计算分析，对机车的相关性能和结构进行调整，最终实现了高原内燃机车能够在青藏铁路上长期安全可靠运行的目标。当时，所有调试基本上都是在夜间进行，曲总和他的伙伴们只有一个想法：确保运行成功，不能在全国人民面前丢脸，不能丢大机车的脸，更不能丢中国人的脸。

8月15日那天，拉日铁路开通，当天，所有的工程技术人员都到了现场。当第一列高原机车顺利地跑完全程时，虽然当时大家都在现场，但后来看到电视直播的画面时，看到全国人民对高原机车、对拉日铁路的关注和喜爱时，曲总说，他和同伴们还是忍不住掉下眼泪。他说："那一时刻，作为一名中国机车人，想到自己亲自参与设计制造的机车挺进青藏高原，感觉非常骄傲，感觉无比自豪，为我们自己的祖国，为中国机车，更为大机车骄傲和自豪！"

曲总告诉我，在青藏高原上试验机车，工作条件艰苦，大家能战胜困难顺利完成任务，完全靠的是意志。在格尔木做青藏铁路新线开通准备前的试验时，海拔为2800多米，工作至三四天时，大家就开始出现了强烈的高原反应症状，吃不下，睡不着，有的人上火，满嘴起大泡，还有的人嘴唇干裂，但大家没有一个叫苦叫累的。

高原机车的试制成功，是国家重视的结果，也是大机车人为中国铁路做出的贡献。曲总说，他记得非常清楚，在最初进行机车试验时，他们受到了铁路沿线藏民们的欢迎。一些年长的藏民从没有见过机车，当机车停下来进行修理时，藏民们就会主动来到机车前，抚摸机车，到机车上参观，一个个喜欢得不得了。许多人打听拉日铁路何时开通，他们期盼的目光常常让人感动，也让人感觉到身上的责任重大。机车在高原运行时，他们经常会看到藏民们远远地向他们挥手致意。可以说，青藏铁路的开通，尤其为那些边远地区的藏民们带来了福音……

记得2006年7月1日，青藏铁路正式开通的同一天，中共中央政治局常委李长春来到大机车。李长春对公司的领导说："像你们这样的企业，是关系到国计民生和国家经济战略安全的骨干企业，是'国家队'，在对外开放中一定要坚持以我为主，不断加大投入，加快自主创新步伐，填补国内空白。"

李长春说："今天，青藏线铁路正式开通，胡锦涛同志去参加了典礼，青藏线有没有你们的车？"大连机车车辆有限公司董事长、总经理孙喜运回答说："修路用的工程机车都是我们的，这次从格尔木到拉萨正式开通使用的车是进口的。"这时，中共辽宁省委书记李克强说："如果这次青藏线正式开通，用的能是你们大机车的机车，我们将多么自豪啊！"孙喜运说："高原用机车有许多我们不熟悉的技术，而美国曾为秘鲁和北欧提供过高原机车。"李长春说："客观地讲，这些年我们国有企业的一个共同特点是技术投入不足、技术储备不够，一下子拿出高水平的高原机车也很困难，需要有一个过程。你们是百年老厂，有很强的技术实力和装备实力，要加快中国高原机车的研发。"

今天，高可靠性、高适应性的高原机车由中国制造的"中国梦"成为现实。

在曲总办公室的墙上有两张大大的地图，一张是世界地图，一张是中国地图。他站在中国地图前，向我介绍青藏铁路未来的发展蓝图。他说："随着西部大开发战略的实施，国家大的铁路网建设正在加紧铺开，我们机车人的任务还很繁重。目前我们的高原机车功率过大，没有充分发挥作用，还不算为高原'量体裁衣'，仍要继续改进。未来针对高原运行环境和高可靠性的要求，在主传动参数、电气系统、冷却性能、柴油机、制动系统、转向架及司机休息室等方面会相应地适应性地改进和优化配置，在满足青藏铁路牵引要求的前提下，适当进行功率修正，提高设计余量和可靠性，要完全专门为高原打造成熟车型。"

身材有些瘦小的曲天威，站在中国地图前，一下子变得高大而强壮，似乎浑身充满了力量，像一个运筹帷幄的将军。他的手在中国地图上指引着我，向我描绘中国铁路未来的发展蓝图，描绘未来中国机车和大机车的发展前景，他目光坚定，信心十足。我知道，那是大机车人特有的担当和责任意识锻造的精神力量，是充满民族气节和国家荣誉感的大机车人身上恒久不衰的中国力量。

新兴的"无辫"有轨电车

传统意义上的有轨电车"地面有轨道，空中有电网"，连接空中电网的就是大家看到的"辫子"。大机车率先引进的有轨电车及地面供电技术，与传统有轨电车的根本区别就在于"地面有轨道，空中无电网"。

空中电网的消失是有轨电车从传统走向现代的一次革命，为有轨电车的发展带来了新的生机与活力。

现代有轨电车及地面供电技术，专业上称为"地面有轨电车运载系统"，主要由地面供电系统和100%低地板有轨电车两大部分组成，是一种依靠地面供电、空中无吊挂电力网的绿色节能的现代化有轨电车系统。它不仅可以保护古迹，保持市区内重要建筑的视觉美感，而且由于采用嵌入式轨道，无需专用道，与其他车辆可以路权共享。地面供电系统既可在现场安装，也可在厂内预制模块再运到现场安装，并且维修简易。随着我国城市化进程的加快，绿色低碳、节能环保、智能便捷将是未来城市功能定位的主要特色，必然带动以提升城市承载能力为核心的城市建设综合水平的提高。大力发展城市轨道交通已成为国内众多城市完善城市功能的举措之一，而发展现代有轨电车正悄然成为城市轨道交通市场的发展趋势。同时，世界范围内对有轨电车的需求也呈上升趋势，必然催生新的市场需求。目前我国北京、上海、天津、广东等省市已经规划了几十条现代有轨电车线路。

大机车瞄准现代有轨电车世界顶级技术，规划建设了现代有轨电车生产基地，并引进世界最先进的意大利安萨尔多百瑞达有限公司的"空中无网，地面供电"全套地面移动控制技术，成为国内第一家全面引进国外有轨电车技术的生产厂家。其产品涵盖地铁车辆、有轨电车、城际列车等多个产品系列。大机车2014年签订的珠海1号线、北京西郊线等"无辫"现代有轨电车项目引起了海内外的广泛关注。

中国企业史上内燃机车最大出口订单

2014年5月4日，国务院总理李克强率团出访非洲，带去了中国制造的现代化铁路机车车辆。5日，在非盟总部所在地埃塞俄比亚首都亚的斯亚贝巴举办的中国铁路航空展上，由大机车研制的"和谐D3型""和谐D3B型""和谐D3C型"3台交流传动电力机车格外惹眼，成为非洲政要和当地铁路交通官员关注的焦点。

同日，中国铁建中国土木工程集团有限公司与尼日利亚交通部签订了高达800亿元人民币的尼日利亚沿海铁路项目框架合同，这份铁路大单可带动包括机车车辆在内的30亿至40亿美元的中国装备出口。这条横跨尼日利亚沿海地区10个州的铁路，完全采用中国铁路技术标准。大机车此次参展的3台机车最高设计时速均为120公里，恰恰符合尼日利亚沿海铁路项目所采用机车的条件。

就在李克强总理出访非洲之前，2014年3月17日上午，在南非经济中心约翰内斯堡，大机车与南非国家运输集团（Transnet）公司签署了232台内燃机车的销售合同。这是中国企业内燃机车出口海外的最大单笔订单，大机车成为中国机车坚持"走出去"的最大赢家。中国内燃机车首次进入南非市场。

2005年，我曾经到南非考察，南部非洲迷人的自然风光和丰富的自然资源，都给我留下了难忘的印象。但让我印象最深的一件事也是最刺激我的一件事，就是在整个南非几乎看不到中国企业的广告，唯一一次看到的中国广告是在高速公路边上的一家电器产品的广告牌。不是他们端着国际大都市见多识广的架子不买中国广告的账，而是很长一段时间，在南非，中国商品就代表着地摊货、劣质品，这样的感觉让我的心痛了好久，这件事也一直在我的脑海里转悠，久久挥之不去。如今十年时间过去了，中国机车成功地登陆南非，而且是出自我们中国大连的拥有自主知识产权且世界领先的机车工业产品，这样的成就，抹去了我心中久久挥之不去的那份遗憾。

非洲自然资源丰富，人口众多，但铁路网稀疏，铁路客货运均不足。非洲地区铁路装备制造业水平较低，无法满足非洲铁路建设的需要，随着非洲城镇人口的增长和聚集，非洲各国参与全球贸易的机会增加，铁路客运和货运的需求都会呈现出增长态势。南非以前最常使用的内燃机车主要来自美国通用电气公司，此次中国内燃机车成功开进南非，对当地铁路运输发展起到了有力的推动作用，同时对中国机车挺进非洲其他国家也起到了积极的促进作用。

据南非国家运输集团方面的数据，大机车获得了 232 台内燃机车订单，总金额将近 9 亿美元。此外，庞巴迪和美国通用电气公司分走了其他订单。大机车此次为南非 Transnet 公司设计的交流传动内燃机车，功率高达 3300 千瓦，采用先进的交流传动技术，轨距 1065 毫米，行驶速度更快，机车最高时速 100 公里，可与南非当地既有电力内燃机车重联运营，是目前技术最先进、功率最大、可靠和高效的窄轨机车，对当地铁路运输发展起到有力的推动作用。

大机车自 1993 年实现国产机车作为商品出口"零的突破"以来，累计向约 20 个国家和地区出口机车产品，大机车成为我国唯一一家同时有内燃机车、电力机车、城轨地铁车辆出口的企业。大机车凭借雄厚的机车技术研发实力和可靠运用，成功开拓非洲铁路市场，"大连机车"相继开进坦桑尼亚、赞比亚、刚果、安哥拉、尼日利亚、埃塞俄比亚等多个国家和地区。

善于抓住机遇、敢想敢干、永不言败的大机车人又将开始更加辉煌的征程。那些夜下挑灯的身影，那些异乡奔跑的背影，那些车间挥汗的面孔，那些如沐春风的笑脸，那些真诚友善的眼睛，都在告诉人们，大机车人有着生生不息的奋斗精神，有着一代代传承下来的光荣与梦想。

登陆大洋洲

自 1923 年美国人制造出第一台内燃机车以来，世界机车市场一直被西欧、北美一些国家的大公司所垄断，这些国家出口机车的历史已有半个多世纪，而中国内燃机车发展起步较晚。参与国际竞争，大机车面对的是最强硬的老牌对手。

2014 年 8 月 23 日，中、新双方再次相聚新西兰奥克兰，中国造高端火车头凭借其高度的可靠性与稳定性，持续出口发达国家，其创新技术达到了世界先进水平，在国际高端轨道交通装备市场逐渐形成品牌效应。

新西兰现有铁路 4700 公里，多年来使用的机车基本上来自美国。然而，大机车以不俗的表现，引起了新西兰铁路公司的密切关注，该公司多次派员前往马来西亚、巴基斯坦以及土耳其等国家考察大机车车辆的运行情况。大机车以优良的产品规范、长期稳定的配件供应、可靠的售后服务以及人性化的设计，使新西兰最终决定采购大连机车，这是新西兰近三十年来批量最大的一次机车购置行动。

新西兰铁轨技术采用英制标准，比标准轨距要窄很多，特别是由于铁路限界比国内小得多，且各路段还不统一，机车设计必须首先进行微机软件模拟试验，以保证各不同限界都能通过。同时，国内机车一般轴重在 23 吨，而新西兰机车轴重仅 18 吨，机车自重相对其他同类产品要少 30 吨左右，但机车强度要求反而更高，增加了机车设计难度。新西兰使用的机车特别强调人性化设计，讲究舒适度。大机车设计人员改变设计思路，由传统的以产品功能为首位转为以产品运用为首位，在充分保障机车高性能的同时，还在司机室内装载微波炉、音响、空调等设备，增加机车操作的舒适度，全面满足客户的要求。

在新西兰等发达国家，现有机车车辆的运用质量是影响其是否继续采购的决定性因素。正是由于大机车窄轨内燃机车实现了良好运行，才实现了中国机车向发达国家的持续出口。

大机车凭借着雄厚的实力使产品登陆大洋洲，打破了西方发达国家机车市场长期由欧美垄断的历史。新方对机车的检验十分苛刻，大机车生产的机车所有功能、性能、噪声、电动系统、零部件等各个方面全部符合新方的条款要求。也正是大机车可靠的技术和赴新工程技术人员的不懈努力，满足了新西兰方面对质量的苛刻要求，使出口机车取得了成功。

为全面提高机车运用的适应性及可靠性，大机车技术及售后服务人员克服了中新两国的理念及文化差异，在新方配合下，双方共同努力，保证了机车的稳定运行，赢得并维护了中国品牌机车良好的国际声誉。

我曾采访过大机车一位副总工程师，他曾经多次到新西兰交车，在新西兰待的最长时间达到十五个月，他清楚地记得在新西兰工作的那些日子。他说，新西兰的天空是湛蓝的，风景也是美的，但是他和他的同伴们根本无心去欣赏美景，每天的工作表都排得满满的。他认为，大机车出口新西兰的机车运行稳定，性能优良，是出口机车中运行性能最好的机车之一。

电力机车冲出国门

塔什干是乌兹别克斯坦政治、经济、文化和交通中心，也是独联体内仅次于莫斯科、圣彼得堡、基辅的第四大城市。8月，正值乌兹别克斯坦瓜果上市的季节，街头到处都是五颜六色的西瓜、哈密瓜、葡萄等水果，散发着诱人的香甜之气，给塔什干这个有着一千五百多年历史的古都增添了亮丽的色彩和勃勃生机。

在这瓜果飘香的季节里，美丽的乌兹别克斯坦的首都塔什干迎来了特殊而尊贵的客人：由大机车生产的"和谐D3型"大功率交流传动电力机车，在这个芬芳浓郁的季节里开进了塔什干。

当地时间 2013 年 8 月 23 日上午 11 时，由大机车生产的出口乌兹别克斯坦电力机车首批机车在乌兹别克斯坦首都塔什干火车站举行交车仪式。交车仪式上，当中国驻乌大使张霄、大机车副总经理朱智勇与乌兹别克斯坦副总理扎其洛夫、乌兹别克斯坦铁路公司董事长拉玛托夫的手紧紧握在一起的时候，塔什干火车站交车现场响起了欢呼声。几天前，3 台崭新的"和谐 D3 型"大功率交流传动电力机车从大连出发，穿过新疆西部边境阿拉山口，经过哈萨克斯坦，历经 8000 多公里，挺进塔什干，这是一次具有里程碑意义的壮举。至此，大机车继内燃机车持续出口新西兰、阿根廷等近 20 个国家和地区后，大功率交流传动电力机车第一次驶出国门，这标志着大机车打破电力机车出口零的纪录，电力机车开始真正地进入国际市场。

交车现场，乌兹别克斯坦副总理扎其洛夫、乌兹别克斯坦铁路公司董事长拉玛托夫兴奋地登车参观，并与机车和中方人员合影留念。他们对大连机车的质量以及合同履约等情况给予高度赞扬，对双方未来合作的前景充满希望。

此次大机车先期向乌方交付的首批 3 台具有世界先进技术水平的大功率电力机车，是铁路干线货运机车，同时具有牵引客运机车的能力。该车以荣获国家科技进步一等奖的"和谐 D3 型"大功率交流传动电力机车技术平台为基础，首次搭建了符合俄罗斯国家标准的大功率交流传动六轴宽轨（1520毫米）电力机车技术平台。机车单轴最大功率1200 千瓦，最高运行速度每小时 120 公里，具有功率大、环保、速度快等优点。针对乌兹别克斯坦

2013 年 8 月 23 日上午 11 时，中国北车集团大连机车车辆有限公司举行出口乌兹别克斯坦电力机车首批机车交车仪式。图为交付的电力机车

冬季寒冷的特点，机车进行了特殊防寒设计，完全适应当地铁路使用环境，满足运用要求。按约定，其余8台机车将分两批在当年年内完成交付。

未来几年，乌兹别克斯坦还将修建多条电气化铁路，不断为乌兹别克斯坦扩充铁路运力，对性能先进、运用可靠的交流传动电力机车仍有大量的需求。通过此次电力机车顺利交付，中乌双方确立了友好伙伴关系，彼此期望有进一步的互利合作和共同发展。大机车将通过此项目的完美实施，占据更为广阔的中亚机车市场空间，在电力机车海外市场中逐渐占据主动地位。

永远的"毛泽东号"

2014年12月26日，是毛泽东同志121周年诞辰纪念日。12月12日15时26分，伴随着清脆的汽笛声和嘹亮的《东方红》乐曲，一台镶嵌"和谐D3D1893"金色标识的"毛泽东号"机车，缓缓驶出大机车的出车场，交付北京铁路局。这是"毛泽东号"机车的第五次换型。

北京铁路局"毛泽东号"机车司机长临行前给大机车技术开发部设计师戚百灵发来一条微信："我代表'毛泽东号'感谢你们的精心设计。"简短的一句话，让戚百灵百感交集。

戚百灵曾为上一代"毛泽东号"设计徽像，这次又接到换型任务，且被司机长"钦点"为"毛泽东号"设计徽像，他备感荣幸。第六代"毛泽东号"在上一代最高时速120公里的基础上，加快了33%。毛主席徽像的重量和安装方式成了需要尽快解决的关键问题。经反复计算分析，徽像改用重量更轻、强度更好的碳纤维复合材料替代原来的铸铜材质，减重率高达80%，确保机车在高速运行时安全可靠。

有着"机车摇篮"美誉的大机车与大机车人共同见证了"毛泽东号"机车的诞生与成长，与"毛泽东号"机车结下了不解之缘。"毛泽东号"机车被誉为"全国火车头中的火车头"，镶嵌在机车前面的铸铜喷金的毛主席头像闪烁着耀眼的光芒。自第一次正式命名"毛泽东号"机车以来，随着铁路事业的快速发展，"毛泽东号"先后五次更新换代。

"毛泽东号"的五次换型，见证了中国机车工业发展历程。

"毛泽东号"最初由一台废弃的旧蒸汽机车改造翻修而成。蒸汽机车原车型"咪卡尼1-304号"，配属到哈尔滨机务段。1946年10月30日，经中共中央东北局批准，以"毛泽东"的名字命名，"毛泽东号"机车正式在大连诞生。

1946年10月30日，"毛泽东号"机车在哈尔滨正式命名

1977年2月，"毛泽东号"告别蒸汽机车，改用大机车制造的"东风4型"0002号内燃机车

1991年8月，铁道部决定"毛泽东号"再次换型，选用大机车获国家优质产品金质奖的"东风4B型"内燃机车，并以毛泽东诞生年份为车号

2000年11月2日，"毛泽东号"第三次换型，选用大机车制造的中国铁路大提速采用的主力车型——"东风4D型"内燃机车

　　"毛泽东号"机车是我国第一次用国家领导人名字命名的机车，在解放战争中，"毛泽东号"机车担负着运送部队和战争物资的任务，在辽沈战役、淮海战役以及平津战役中屡建奇功。1949年春天，伴随着新中国的成立，"毛泽东号"机车正式进京，落户北京铁路局丰台机务段。

　　1977年2月，"毛泽东号"结束了三十年使用蒸汽机车的历史，永远告别了蒸汽机车，开始使用大机车制造的"东风4型"0002号内燃机车。

　　1991年8月，"毛泽东号"再次换型。这次换型选用了大机车制造的当时国内最先进的荣获国家优质产品金质奖的"东风4B型"内燃机车，选用毛泽东诞生年份为车号，编号为"东风4B1893号"。这次换型宣告了中国大批进口机车的时代结束。

　　2000年11月2日，"毛泽东号"机车第三次换型。这次换型选用了大机车最新推出的名牌产品——"东风4D型"内燃机车，仍以毛泽东诞生年份为车号。"东风4D型"内燃机车经过三次铁路大提速的运行考验，技术先进、性能稳定、质量过硬、牵引力更加强大，成为"毛泽东号"机车当之无愧的选择。

　　2010年12月20日，见证中国机车工业发展历程的"毛泽东号"机车第四次换型。此次换型，目标锁定大机车研制的"和谐D3B型"机车。"和谐D3B型"机车集众多现代高新技术于一身，多项关键技术将引领中国乃至世界的机车技术发展。此次交付的新款"和谐D3B型1893号"机车成为中国铁路线上一道美丽的风景。

　　2014年7月1日下午1点38分，由北京铁路局丰台机务段"毛泽东号"机车牵引的到安庆的K1071次旅客列车驶进北京西站。至此，"毛泽东号"机车结束六十八年货运的历史，开启了牵引旅客列车的任务。

　　2014年12月12日，"毛泽东号"电力机车正式换型"和谐D3D1893"，这是"毛泽东号"机车的第五次换型。六代"机车领袖"描绘了大连机车产品升级换代的发展轨迹。

　　"毛泽东号"从诞生之日起，就开始了不平凡的里程。穿越烽火硝烟的解放战争，踏过荆棘密布的创新之路，"毛泽东号"机车满载着民族使命不停前行，为中国的经济与社会发展做出重大贡献，成为中国铁路史上的一面旗帜，已然成为中国铁路的"形象代言人"。

"毛泽东号"5次换型，见证了中国机车从无到有的辉煌历程，见证了中国铁路数十年的沧桑巨变，更凝聚了大机车人缅怀伟人的情感。每次机车换型，大机车都提供了安全可靠、代表当时国内最先进技术的牵引动力，圆满地完成了任务。"毛泽东号"机车组所取得的成绩，也包含了大机车干部职工的心血和汗水，凝结着大机车人的期待与盼望，表达了大机车人对伟大领袖由衷的敬爱之情。

"毛泽东号"是中国机车工业发展历程的最佳见证，这既是大机车的骄傲，也是中国铁路装备制造业的骄傲。

第二十章

红旗红　机车蓝：城市精神的原乡

在大机车采访，我发现了一个特别的现象，大机车人一家几代人都在这里工作，特别是年轻又有知识的新一代人，他们对大机车的情怀让我惊讶：在商品经济大潮席卷下的机车后代们，为什么能安心待在大机车而又甘愿为大机车奉献一生呢？

随着我写作的深入，我似乎找到了一代代大机车人热爱大机车、依恋大机车、不舍大机车的至诚情怀所在——

那就是传承与希望！

凝聚人心的力量

一个企业的发展壮大，除了要不断适应时代的发展、科技的进步，还要有人才的聚集，更需要凝聚人心的力量。而这种力量的凝结和产生，离不开党的领导，更离不开共产党员的先锋模范作用。

在大机车，有一项开展了十几年的"共产党员标准化作业示范岗"评选活动。这项活动要追溯至 2000 年，当时，中国铁路装备市场正处于内燃机车需求逐步减少、电力机车需求急剧增加的过渡时期，大机车积极应对市场变化，转变思路，调整结构，开始走向了"内电并举"的发展之路。然而，没有任何电力机车生产经验的大机车人，要想从头开始研制生产电力机车，谈何容易？大机车提出了"精良生产，精益制造，全面提升工艺水平"的目标要求，结合党员先进性教育活动，适时地在全厂开展了"共产党员标准化作业示范岗"的主题评选活动，将党员的先进性体现在工作岗位上，让"红旗红"，让"机车蓝"。在活动中，大机车依托 3000 多名党员的力量，立足正在开展的党内"创岗建区"活动，在生产一线关键岗位评选出"示范岗"党员。每天的"七一"，大机车都要在表彰大会上为他们佩戴红花，给予奖励，到后来发牌匾和徽章，力度越来越大。特别是一些全国及省市劳模、先进操作法发明者等在大机车赫赫有名的人物的参选，极大地提升了"示范岗"的品牌价值。

"示范岗"含金量和知名度不断提高，也引来很多党员和职工群众的特别关注，这给当选的党员们带来不少压力。"过去只要活儿干好就行，现在挂牌作业了，仿佛很多双眼睛在盯着自己的一举一动。操作不规范、干得不标准、质量有问题会让别人说三道四。"这种压力也成为工作的动力，一大批免检岗位、样板工程和全年一次交验合格率达 100% 的"示范岗"接连涌现。"示范岗"党员毛正石发明的《整铸机体预埋芯撑浇注操作法》，被列入大机车十大操作法之一，并作为知识产权和公司技术创新成果，在铸造行业推广；柴油机凸轮轴磨削加工岗的刘德升，他加工的产品全年一次交验合格率达 100%，从未发生返修或报废的事故，产品质量有口皆碑……

不仅党员有了展示才华的舞台，基层党组织也找到了发挥作用的有力抓手。由于突出的是标准化作业，使得活动与生产经营紧密契合，受到行政的支持和职工的认可。在动力车间既当过主任也当过书记的孙德柱，对活动的看法更具代表性："'示范岗'活动让基层单位党政分工不分家，双方都找到了工作的侧重点，实现了殊途同归。"

有了基层党组织和广大党员的积极参与，"示范岗"的活动效果和示范效应逐步显现。高级技师高云巍在生产任务紧张时一人最多承担起265柴油机连杆加工中的六道工序，先后解决了一系列国产化技术难题；共产党员姜波勤勤恳恳、任劳任怨，带动班组党员职工在230台"和谐D3C型"机车生产攻坚战中创造了日产量的最高纪录……这些"示范岗"党员们的日常表现被职工们看在眼里，成为活动无声的宣传。

大机车这项活动已经连续举办十五个年头了，覆盖了公司600多个岗位近千名党员，超过公司党员总数的20%，"他们是无私奉献、攻坚克难的岗位标兵，他们是规范操作、恪守职责的优秀代表，他们是执行标准、提升工艺的示范者，他们是精良生产、精益制造的带头人"。他们以"示范岗"的标准严格要求自己，没有参评的员工也都努力成为他们中的一员。在全厂上下，党员带动职工，职工激励党员，标准化作业已蔚然成风。

滨海路上的蓝色河流

一个企业的文化和整体建设，不仅会对职工的生产积极性带来影响，也会直接影响企业的形象以及职工的心境。大机车在注重抓技术、抓生产、创品牌、增效益的同时，更加注重为职工营造一个良好的企业文化环境，使大机车人人心向上、向善、向美。

2014年5月31日，早上7点58分，随着一声发令枪响，聚集在亚洲最大的广场——星海广场上的大机车5000多名员工，踏上了大连重点名胜区滨海路，开始了一年一度的徒步大会，这是大机车第九届职工徒步大会。那天，他们身穿蓝色的厂服，打着彩旗和条幅，跟随在他们身后的还有他们的家属。他们像一条蓝色的河流，奔涌在大连滨海路上，成为城市一道流动的风景。

在大机车，业余时间各种文体活动从来都不乏参与者，每一次活动的成功

大机车第四届运动会

组织，都是一次成功的人心的凝聚。一年一度的大机车职工徒步大会，像大机车人的节日，员工们参与的积极性高涨，徒步大会不仅为员工提供了健康、文明、快乐的生活方式，大家在徒步中也锻炼了身体，培养了团队精神，走出了和谐和力量。

在大机车，父子同车、母女同工、三代同厂的情况比比皆是，尽管社会上风起云涌的经济大潮不时地刺激着人们的神经，不管小资和白领多么令人羡慕，大机车人和他们的后代，仍然喜欢选择留守大机车。在这里，他们舒坦，他们有劲，他们自豪。

在采访中，我经常听到大机车有人跟我说："在大机车没有下岗职工。"这几乎不合时宜的情况，一度让我费解。从某种意义上来说，下岗并非坏事，说起来容易，做起来也容易，但没有人下岗，说起来容易，做起来就难上加难。

改革必然带来阵痛，也必将影响一些人的既得利益，拥有上万名职工的大型国有企业没有一名职工下岗，听上去似乎有些不可思议。"下岗"一度似乎是解决企业发展瓶颈的重要环节，不让职工下岗，一度被认为是"影响发展"的问题，大机车领导却执拗地坚持着。表面上看，这是因为大家朝夕相处，领导们有些于心不忍，他们不想丢下任何一个人，哪怕走在最后的那个快掉队的人，他们执拗地维护着工人的利益；这还因为工人们觉得，只有走进厂区，进了机车厂，才踏实，才觉得充实，这里有他们患难与共的兄弟姐妹，他们宁肯少拿钱，也要到厂子里来上班。然而，实际上是大机车领导想要争口气，用自己的方式，增强职工对企业的荣誉感、自豪感和归属感，打造和谐的大机车。正是因为以人为本，人性化、科学化地处理改革和发展的矛盾，靠修炼内功，大机车度过了企业发展的阵痛期和瓶颈期，在许多同行企业没有订单或者关门倒闭的情况下，大机车却迎来了企业发展的高峰，强大的发展后劲使大机车始终立于不败之地。

大机车每年新招聘的大学生许多都是重点大学毕业的，这其中有许多是大机车人的后代。我采访过许多年轻人，他们有的是"80后"，有的是"90后"，他们中有的家里好几代人都在大机车工作，他们从小到大就在长辈的影响下，了解大机车的一切，知道大机车的前世今生。但是，现如今，大机车外面的天空异彩纷呈，而大机车的年轻人收入不高，待遇也不优，年轻人来到工厂，无论学历高低，无论出身名校与否，都要先到一线工作实践。可以说，在大机车工作又苦又累，他们选择大机车，安心待在大机车，难道仅仅是因为长辈的原因？难道仅仅是因为感情、因为热爱那么简单？

我曾经问一些年轻人，为什么会选择大机车。他们回答我，在大机车工作，有缘于父辈的情怀，更重要的是大机车的发展前景吸引着年轻人。大机车市场占有量大，产品更新换代快，有技术优势，年轻人在这里有机会接触更多的产品，有更多的实践和锻炼机会，能学到东西，有发展空间。大机车既有老一代人艰苦拼搏奋斗的历史传承，又有年青一代面向世界、引领未来、挑战自我的雄心壮志，选择这样的企业，未来才会有发展，才会有前途。

大机车重视人才，不拘一格，凡是有才能、有智慧、有进取心的年轻人，都会在大机车找到施展才华的机会，都会有适应他们成长的土壤。如今在大机车，许多重要岗位的中层管理者都是"80后""90后"，他们已经逐渐成长为企业的中坚力量，开始挑大梁、挑重担，逐渐地成长为企业的生力军、主力军。

"机车之夏"的情怀

每年8月，大机车就会在自己的家门口举办"机车之夏"职工文化艺术节，这项活动是大机车上万名职工及其家属的节日。

"机车之夏"曾经是大机车倾心打造的一个文化品牌，也是大连西部地区市民业余文化生活中的一项重要内容，曾经扬名大连……

大机车所在的兴工街一带，大多数居民都是大机车职工。大机车特殊的工业背景和历史延伸，使这里的人气旺盛，这样旺盛的人气正适合搞群众文化活动，于是这里渐渐成了群众文化活动的热闹地段。大机车职工文化艺术节正是借助这一良好的文化生态环境而开展得格外红火。大机车不仅积极参与全市性的文化活动，还自主开办了大连"机车之夏"职工文化艺术节。这项活动自1985年开始，每年举办一次，每次四到五天，这一大机车盛夏的节日渐渐成为大连著名的文化品牌，也成了大连西部地区市民最爱的群众活动。

"机车之夏"文化节

有一位在大机车从事文化工作的老同志曾经向我介绍，1985年第一次"机车之夏"活动时，内容非常丰富，当时更令他们没想到的是，活动吸引了成千上万的群众参与。那几天，兴工街一带可以用人头攒动、水泄不通来形容。当时不仅有各种文艺演出节目 20 多场，还举办了全厂性的歌咏比赛和职工文艺会演。光电影就放映了近百场，还播放幻灯片、电视片好几百场。大机车借助文化艺术节的热潮，当年就建立了 20 多个基层文化室，并设立了多个流动图书点，大机车一时间形成了读书热，全年有记载的图书借阅达 15000 人次，举行了 30 多场露天书会。这一年，大机车俱乐部被中华全国铁路总工会评为"六好"文化事业单位。

首届"机车之夏"文化艺术节大获成功后，自第二届开始，内容更加丰富，不仅有演出，还增添了广受群众欢迎的食品、自制品展销，以及花展、服装展、服装设计、居室装饰等商业活动。活动场地也不断发展，从最初的一条街拓展到后来整个兴工街一带，连绿化带上都挤满了人。在汽车拥有量不是太大的 20 世纪 80 年代，活动高峰时，兴工街一带堵车严重。

大机车文化艺术节的贸易活动，每天下午 4 点 30 分以后是产品自销阶段，也有便民服务，周边的老百姓像过节一样，走出家门参与其中，到处都洋溢着节日的气氛。"机车之夏"职工文化艺术节成为大机车职工、整个兴工街，甚至是整个大连很有影响的节日，其内容一年比一年丰富，形式一年比一年多样，参与的人数一年比一年多，活动的影响力一年比一年大。大连"机车之夏"，这个最初只属于大机车职工自己的文化品牌，随着活动的开展，每年吸引工厂内外社会各界成千上万名群众的参与，成了大连市最具影响力的品牌，远近闻名。它不仅丰富了大机车职工的文化生活，也成为大连市民争相观看和参与的城市节日，成了大连老百姓的节日。

许多大机车人还清晰地记得，在大机车修建的公司幼儿园门前，铸钢车间的象棋擂台年年摆，成了远近棋迷心里惦记的地儿；录放厅里歌手的比拼年年搞，参与的人数越来越多；喜欢传统戏曲的老人和京剧爱好者也能在这里找到喜欢的节目和表演舞台……大机车的文化节丰富和活跃了职工业余文化生活，为职工和家属创造了良好的休息娱乐环境，对提高职工的凝聚力、激发广大职工的生产工作热情都起到了积极的推动作用。

"机车之夏"文化艺术节是融文化娱乐和服务等项目为一体的综合性文

化活动，虽然名称不尽相同，但已经成为机车职工的最爱，为城市西部地区的夏季群众文化生活增添了风采，也成了职工家属们的最爱。我在兴工街的职工家属楼一带采访时，许多老兴工街人还记得，早期的"机车之夏"开幕式还燃放烟花，那美丽的烟花绽放在兴工街的天空中，也时常跳跃在他们的记忆里。

1987 年第三届"机车之夏"文化艺术节期间，大机车首次命名了 17 名厂级歌手。这一年，大机车业余文艺队代表大连市总工会，跟随当时的省长和市委书记到长海县演出，慰问驻岛部队官兵，受到了海岛军民的热烈欢迎，大机车业余文艺队也开始声名远播。

机车俱乐部——无法抹去的记忆

> 拆除俱乐部那天，从不请假的王玉大破天荒地没有到单位。都说男儿有泪不轻弹，那天，他一个人躲在家里没有出门，默默地流着泪，难过了好久……

为了留住机车俱乐部，王玉大师傅曾经四处奔波了很久，从规划部门到城建部门，从区里到街道，他一个一个单位去跑，一遍一遍地叙述，试图说服有关部门，告诉他们俱乐部的重要性和历史价值，想尽办法阻止拆除俱乐部。最终，俱乐部还是在推土机轰隆隆卷起的烟尘中，永远地消失在兴工街深巷之中，留在了机车人的记忆深处。王玉大所在的俱乐部整体搬家，他们提前搬出设备、音响以及各种道具，搬到了机车体育馆办公，同时搬走的还有他和他的伙伴们那份难舍的心情和美好的时光……

大机车俱乐部历史久远。早在日本殖民统治时期的 1909 年，这里曾是一处木质结构的小剧场。1935 年 7 月，工厂将木质结构的小剧场拆除，新建了砖瓦结构的二层建筑的剧场。当时，负责工厂文化活动的机构称为厚生会馆，厚生会馆主要为殖民统治者服务。

1945 年 8 月，随着大连地区解放，厚生会馆划归工厂庶务科管理，至 1946 年年初，工厂利用原厚生会馆的场址和设施，正式成立大机车工厂俱乐部，当时设立 3 名专职工作人员，成为真正属于中国工人的文娱活动场所。

1949 年，工厂在俱乐部建立了技术室，主要展览工厂各种产品模型和宣传画，建立了技术安全室，陈设宣传画、标语和教材等。同年，工厂拨款对俱乐部和小剧场进行了大修改造，购置了价值 50 多万元（关东币）的苏制电影放映机，从此大机车人可以在自己的厂子里看电影了。

1950 年 4 月 24 日，工厂在俱乐部首次成立工人业余文工团，其中包括话剧队、评剧队、曲艺队和秧歌队。1951 年，俱乐部正式列入工厂行政编制，俱乐部重新开始整编，下设电影放映组、文艺组、音乐组、体育组、美术组和总务组，当时定员 15 人。从 1949 年到 1952 年，俱乐部共放映电影 180 多部，俱乐部成为工人业余生活的重要场所。

1953 年 1 月，俱乐部更名为文化馆，群众文化活动初显成果。同年，工厂职工郭立发创作的速写参加了全国美展，他被誉为"工人画家"。工厂的业余文工团演出活跃，演出的新剧目有京剧《九件衣》《十五贯》、评剧《小姑贤》《画皮》、话剧《三星高照》《今朝有酒今朝醉》等，文化馆还举办时事政策、科学知识文化讨论和各种晚会等，极大地丰富了大机车职工的业余文化生活。

1958 年，由第一机械工业部工会部分拨款，大机车在俱乐部东侧建成了 1459 平方米的舞厅，工厂业余文工团在此排演了多部话剧、评剧、京剧、曲艺等文艺节目。在试制"巨龙型"内燃机车时，工厂还创作演出了《内燃机车诗歌大联唱》《巨龙舞》《为内燃机车出厂》等节目，配合工厂机车研制大会战。

1959 年至 1961 年期间，工厂共成立了 16 个基层业余文艺演唱队，节目也是大、中、小型相结合，丰富多彩，有京剧《赵氏孤儿》《拜月记》《孔雀东南飞》、吕剧《拾玉镯》等。

"文革"开始后，俱乐部基本停止了活动，工厂也解散了业余文艺演唱队，各种文化艺术活动全面停止。直到 1973 年，工厂才重新设立俱乐部机构。

十一届三中全会后，工厂职工文化活动全面恢复且日益活跃。1977 年，工厂俱乐部大剧场正式更名为机车影剧院，对社会全面开放。之后，工厂俱乐部每年都排演大型话剧，举办文艺晚会。1983 年，工厂俱乐部被中华全国总工会授予"工人的学校和乐园"称号。大机车俱乐部成了工人文化生活的重心和中心，俱乐部曾经排演话剧《万水千山》，这出剧创造了十三天排演完成并公演的纪录。当时，整台剧演员就多达 90 余人，由于排演时间紧，演员们边排演边自己做演出鞋子和服装，自行扮演了舞美、服装设计等角色，正式演出时盛况空前，引起了各兄弟单位的广泛关注。

还有一段难忘的经历让王玉大记忆深刻。当年，大机车业余文艺队曾在国内钢材供应紧张时走出大连，帮助工厂开展"文艺外交"，为大机车争钢材、争订单、争效益，也争来了荣誉。

进入 20 世纪 90 年代，随着国家基本建设力度的加大，我国钢材等原材料一度供应紧张，尤其是机车车辆生产需要的钢材更是紧缺，即使走后门"批条子"也无法满足生产需要，想要购买议价钢材更是难上加难。面对这种情况，大机车工厂领导决定，派业余文艺队到国内几家提供钢材的企业去慰问演出，发挥"文艺外交"的优势，争取解决工厂钢材供应不足的问题。

大机车业余文艺队出发了。他们演出的第一站是钢材生产行业的骨干企业马鞍山钢铁厂。

当时，业余文艺队出发前演员还未凑齐，临上火车前才基本凑齐，节目也不成熟，下车后业余文艺队立即现场排练。带队的领导心里承受着巨大的压力，现场盯着大家进行排练。从领导到演员，大家都知道，在外地演出不是在自家门口演出，这代表的是大机车，也可以说是代表了大连，节目半生不熟，第一炮打不响无法向家乡父老交代啊！当时王玉大是俱乐部主任，尽管他一再向领导保证演出效果，但是领导们还是不放心。

没有太多的寒暄，也没有领导讲话，晚上的演出在大家的期待中开始了。第一个节目是独唱，台上演员刚唱完，台下响起了热烈的掌声，演员连唱了 3 首，退场 3 次，都被热情的观众召回。

第二个节目，观众掌声如潮，演员又下不去了。

当晚，8 个独唱演员，个个出彩。在节目的编排上，他们首创了歌曲联唱、乐曲联奏的新形式，而且唱的都是那个年代流行的歌曲，《西游记》《上海滩》《四世同堂》《敌营十八年》等热播电视剧的曲目一首接一首。演员们还分别化装成许文强、孙悟空等电视剧中的人物，在台上边唱边表演，赢得了观众经久不息的掌声，整个晚会的演出获得了空前的成功。

那天演出后，带队的厂领导乐得合不拢嘴，他自掏腰包，犒劳全体演员。

第二天上午，马鞍山钢铁厂召开座谈会。经理说："今天让你们过来，我向你们报告，你们的演出轰动了马鞍山。这么多年，我们没看过这么好的节目，你们为我们工厂的生产鼓了劲，加了油，你们需要的钢材我们确保供应。"

演出后，业余文艺队应邀到马鞍山矿山又演出了三天。三天的演出结束后，马鞍山钢铁厂又要求业余文艺队到马鞍山某个区再去演出，他们还把全部演出录了像，在当地的电视台播放。

马鞍山演出成功，使业余文艺队名声大震，业余文艺队的"文艺外交"初战告捷，效果非常好，能间接地为工厂生产服务，队员们备受鼓舞也颇为自豪。

当时，文艺队有 30 多人，大家一有时间就在一起切磋技艺，相互学习，

1975 年，大机车业余文艺队为工人演出

1975 年，大机车宣传队学习毛泽东《在延安文艺座谈会上的讲话》

1977 年，大机车业余文艺队表演话剧《万水千山》

1980 年 10 月，大机车业余文艺队到车间演出

1982 年 7 月，大机车工人歌咏比赛

个个练成了多面手，吹拉弹唱样样精通。那时，大家收入都不高，吃饭住宿都是自掏腰包，有些人甚至还很贫困，演出虽然辛苦，但大家从不觉得累，能为工厂生产出力是让他们感觉最自豪的事情。

如今，虽然大机车俱乐部已经拆除，但大机车企业文化建设仍然红红火火。王玉大说，现在大机车职工业余生活最受欢迎的还是文体活动。我曾经参加过大机车 2013 年春节团拜会，这其实是年终总结表彰大会，但这个大会没有领导冗长的发言，没有工人代表信誓旦旦的表态，更没有一些企业僵化的循规蹈矩的表彰，大机车领导只是上台向全厂干部职工简要地汇报一下全年生产经营情况，就开始了年终总结的重头戏——一台高质量、高水平的文艺晚会，这才是每年总结大会的重要内容。

王玉大其实就是普普通通的大机车人中的一员，但正是这些无数普普通通的大机车人，正是大机车人对大机车的热爱，对自己从事的工作和岗位的热爱，对这片土地的热爱，才构成了一个立体的大机车，构筑了一个让我们城市骄傲的大机车。

风景这边独好

在大机车的厂房空隙和车间角落，在体育馆、运动场地、活动室，在郊外，在更远的地方，都有大机车的文体之花在开放。唱歌跳舞，做操拔河，打球赛跑，徒步登山，露营篝火，垂钓冬泳，集藏鉴定，

挥毫波墨，摄影采风，看龙腾虎跃，听燕语莺歌，风起处，各协会的

旗子，呼啦啦地飘……

　　这道风景这般地好，它让我们的职工有张有弛——

　　这道风景这般地好，它让我们的职工真正成为有生活情趣的

人——

　　职工是风景的主体，风景是职工的舞台——

　　这是大机车党委副书记毕毅为大机车工会出版的画册《风景这边独好》所作的序言《好风景，我们共同营造》里的文字。从这本画册里，人们看到了大机车的文体活动在企业中的普及与开展情况。

　　先进的企业文化是企业发展的灵魂，正确的文艺导向是鼓舞职工士气的强大精神力量，大机车始终坚持文化与生产经营相结合、文化与精神文明建设相结合、文化与职工队伍建设相结合，树立良好的企业文化形象，使企业文化与工厂发展紧密相连，用企业文化统领企业管理和企业发展。

　　在上万人的大企业里，再像过去命令式地组织开展活动，已没有生机和活力。关注职工最切实的文化、体育权益需求，关注不同层次、不同领域的群众对身心健康、生活娱乐的追求取向，寻找和建立一个人人得以展示自我、实现自我、超越自我的人生价值平台，成为大机车领导考虑问题的新视角。于是冬泳协会、户外协会、摄影协会、集藏协会、钓鱼协会以及美术书法协会等各种协会应运而生。

　　伴随着文体协会的成立，大机车文体网站开通运行，"风景这边独好"已经走进千万职工的视野，它不仅是各协会活动风采的展示舞台，也成为广大职工从中汲取思想、知识等精神食粮的平台。各协会借助网站平台开展各具特色的活动，把协会的活动变成精品，展示给职工。这个平台也成为各协会千帆竞发、百舸争流的竞技台，具有丰富的资源和快捷的通道。文体协会实现了文体活动与现代科技的完美结合，充分发挥了文体网站新兴媒介的宣传功能。大机车人的精气神在这里凝结，大机车人不仅会劳动，也会玩、会乐、会生活、会享受，更会珍重爱和温暖。

大机车钓鱼协会活动

在大机车，每周三上午是雷打不动的两级中心组学习日，这个制度已经坚持了数十年。大机车的各级领导干部正是在这样的日积月累的学习过程中，不断提高工作的能力和认识、解决问题的能力，在这不断的学习过程中，逐渐打开了视野，拓展了思维，一些旧有的观念也一点点地被破除，视野更加开阔，经营思路、治厂方略都更加活跃——

2006年，大机车以实施技术引进项目为契机，以开展"养成好习惯，形成好文化"专题教育活动为载体，用相当的精力引导职工提高职业素养，摒弃工作陋习，养成良好习惯。通过组织学习、观摩外国员工操作、推广精细工作典型案例、推广以优秀职工命名的操作法等，培养职工的精细意识；在全厂开展查摆陋习、谴责陋习、摒弃陋习的活动，结合提升产品品质重点工作，培养职工恪守规则、关注细节、精心操作的工作作风。

文化是走心的行动，文化也是熨帖心灵的妙方，文化更是企业凝聚力的最好体现。正是因为企业文化融入了企业管理和经营之中，大机车人才会把自己的行为自觉地融合于无处不在的文化氛围中，寻找到自身的价值所在。

守望城市工业历史文脉

兴工街改造，牵动了大机车人的心，也成了大机车的一件大事。

在老兴工街，仅大机车的职工就有1700多户，而这些职工，大多数选择回迁，因为他们离不开兴工街。

大机车职工对工厂的热爱无处不在。我采访过大机车老干部部的邢海，他曾经多次为保护老干部部所在地——北七街 19 号楼的老建筑进行呼吁。他形成了多份正式、非正式的文章，呼吁保留大机车为数不多的百年老建筑。没有人要求他这样做，他做这些都是发自内心的对大机车的热爱，对大连城市的热爱，对城市历史的尊重。他告诉我，对于许多大机车职工来说，兴工街这个地方就代表着大机车，大机车就代表着兴工街，大机车人把大机车当成自己的家，把兴工街当成自己的家，这里的一切他们都割舍不掉。邢海说，他热爱大机车，热爱兴工街，热爱工厂的一切，那里有他的根，他说人在工厂里工作感觉踏实。

兴工街最老的房子已经有一百多年的历史了，有的大机车人，祖孙三代甚至几代人都居住在兴工街，这里不仅是他们最早的家，也是大机车人的根。大机车人喜欢兴工街的地气儿，喜欢那里的老伙伴、老朋友、老工友、老邻居，喜欢那里的老街、老巷、老树、老房，那里是大机车人永远守候的地方，对于许多大机车人来说，兴工街是他们最早的精神家园。

我曾经在机车车间的办公室里，看到一条涂着紫檀色的木条长椅，足有一张床那么长。工人师傅告诉我，这条长椅是 20 世纪 60 年代的产品，已经有五十多年的历史了。他们机车车间改造了好多次，搬了好多回家，增加了许多新型的办公桌椅，但是他们始终也不舍得扔掉这条长椅，大家都非常爱护这条长椅。长椅一看就是个老物件，样式陈旧，但是保存得非常完好，几乎没有一点儿破损的痕迹。他们有时加班困了、干活儿累了就在这条长椅上休息，长椅成了他们朝夕相处的伙伴，也见证了这里发生的一切。机车车间的技师许京生说：“我们机车人都念旧，现在这样的老物件已经越来越少了，这条长椅我们走到哪儿，都把它搬到哪儿，永远也不会丢掉。这条长椅经常会让我们想起过去的一些事情，这条长椅要一直保留下去，是我们的念想。”

大机车人念旧，因为他们曾经在这里留下过艰苦奋斗的光荣足迹。在大机车大院里，有许多一百多年的老建筑、老机器，这里留下了太多的历史文脉，这里见证了大机车从无到有的漫长岁月。

大机车那些印有时代特征、历史痕迹的老建筑、老机器、老厂房、老厂区，是一个城市不可再生也不可多得的宝贵的文化遗产。从几年前开始，大机车工程师娄松然就开始了大连工业遗产调查，参与拟定了《大连机车制造业遗址群调研报告》。

在大连机车制造业遗址群中留存下的工业遗产多为厂房建筑和机器设备，这些厂房建筑有建筑结构坚固、工业建筑特点鲜明、空间适应能力强等特点。对此，娄松然提出了对大连机车制造业遗址群中部分工业遗产进行保护的建议。一是以机车车间厂房为馆址，建设大连工业遗产博物馆。机车车间结构坚固，内部空间高大宽敞，可以作为大连工业遗产博物馆的馆址。同时遗址群内保存1932年制造的日立牌压力机，1919年日本大西铁工所生产的车床，1938年美国俄亥俄州辛辛那提铣床有限公司生产的铣床，20世纪五六十年代生产的钻床、车床、刨床、铣床等10余台设备，这些设备可以作为博物馆内的展品，通过这些工业机器、生产设备，以大连工业文明为主题，展示大连工业百余年的发展历史，形成能够吸引人们了解大连工业文明的场所。二是将机械五车间厂房改建为大连文化创意产业园。工业遗产与文物古迹保护有所不同，不仅要使旧建筑留存下来，最重要的一点是要积极重新利用这些工业文化遗产，为它们注入新的生命力，使之重新焕发活力，让周围的历史环境复苏。从国外、国内的工业遗产保护利用的成功经验来看，有的工业旧址成功改造成了图书馆、档案馆、创意产业园、现代艺术展示中心、购物中心、餐馆、剧场、办公室、居民住宅，创造性地对工业遗产进行了再利用。大机车可借鉴这些成功经验，将机械五车间厂房进行功能改造，保留有特点的工业元素，将其改建成大连文化创意产业园，吸引创意类、艺术类、时尚类的企业入驻，让这里既充满工业文明的沧桑韵味，又散发出现代文化的气息，使不同领域的艺术工作者和各类时尚元素在这里互相碰撞，激发出灵感和创意。

大机车人对工厂的热爱体现在方方面面。我记得第一次见到大机车副总工程师郭福林时，他一口气给我讲了两个多小时的大机车，如果不是快过了午餐时间，下午他还有会，他说他还可以给我介绍更多。他说："你写大机车算写对了，大机车的历史太值得写了！"他那种对大机车的热爱和作为大机车人的自豪感让人感动，让我最初写大机车的想法变得更加坚定。

他说，他永远也忘不了他第一次来到大机车时的情景。1982 年 8 月 16 日，他到工厂报到的第一天，郭福林和一同分配来厂的同学早早来到了大机车。当时正是早晨上班时间，他站在组织部的窗前，注视着工厂大门，他说让他印象深刻的是看到工人们一个个都是精神抖擞、信心十足，每个人快步如飞，个个都是精神饱满的样子。郭福林顿时觉得这个工厂四处都是向上的劲头，职工充满了朝气，精神状态好，看上去让人为之振奋。他当时心里特别高兴，心想，这样的工厂正是自己梦想中的工厂，他庆幸自己进了一家好工厂……

如今三十多年过去了，郭福林说他对大机车的热爱之情丝毫未减，对机车事业的用情之深也丝毫未减。让郭福林欣慰的是，他的孩子学的也是内燃机车专业，用他的话说，"在我心中，内燃机车就是机车人心中的'神九'"。

其实学理科的郭福林，当年还是一个有才气的"文青"，他热爱文学，尤其热爱辞赋，不仅阅读了大量中国历代辞赋，还亲自创作。他追溯百年机车的历史，挖掘大机车生生不息、薪火相传、技术立厂、永不服输的精神内涵，历时两年多时间，完成了《大连机车赋》。

当我细细研读《大连机车赋》时，不由得心生敬佩。这是一个大机车人对工厂、对事业的深深热爱和发自心底的赞美，是一个远离家乡的游子对第二故乡的赤子情怀，是大机车人对中国民族工业振兴的那份忠诚的坚守：

> ……日照中天，海波潋滟，登高远眺，蔚为大观。昔者，峥嵘岁月，历经磨难；辽南雄起，大连之巅；百年传承，精神浩然；勤奋苦干，技术为先；优秀团队，薪火相传；兼容包并，海纳百川……

第 二十一 章

深深依恋：那片我热爱的土地

假如我是一只鸟，

我也应该用嘶哑的喉咙歌唱：

这被暴风雨所打击着的土地，

这永远汹涌着我们的悲愤的河流，

这无止息地吹刮着的激怒的风，

和那来自林间的无比温柔的黎明……

——然后我死了，

连羽毛也腐烂在土地里面。

为什么我的眼里常含泪水？

因为我对这土地爱得深沉……

——艾青《我爱这土地》

在大机车十里厂区里，在这片孕育过中国铁路机车事业最辉煌的成就的土地上，每一天，我都会被无数平凡的机车人感动，每一个车间里都有让我心动的故事，每一张面孔都写满骄傲和自豪。大机车人，他们像一盏盏灯，各自发出不同的光芒，他们磨砺自己，温暖岁月，成就辉煌。

大机车在实施人才战略的过程中，坚持两条腿走路，把鼓励工人岗位成才、培养工人技术尖子、技术大拿作为重要内容，努力培养了一支技术过硬、思想过硬的工人队伍。

随着老工人的退休，为了避免一些绝活儿、绝招、诀窍的失传，大机车开始了献绝招、选大王、名师带高徒等活动，开展岗位练兵、技术大赛、技术工人培训等一系列鼓励工人岗位成才的措施，使一大批技术工人脱颖而出，成为大机车宝贵的人才资源。

硬汉也柔情

毛正石，1963年11月生，山东胶县人，中共党员，1985年8月进厂，历任铸造车间（铸造分厂）工人、造型大件组组长、技术组组长等职，高级技师。2006年被评为中国北车集团劳动模范，2006至2007年度被评为大连市特等劳动模范，2009年被评为中央企业劳动模范，2010年被评为全国劳动模范。

没有见到毛正石之前，我就多次看到过毛正石的照片，也知道他的名气，有关他的先进事迹材料有厚厚一摞，那些事迹读起来也让人震撼，足够我写上几万字的。但是我更想看到真实的毛正石，我自己眼中的毛正石……

深秋的大连多么静美，霜林尽染，别有一番神韵。大机车办公大楼的后面轨道线上，一溜儿停放着好多辆即将出厂的机车，橘黄色的车体已经打扮一新，工人们一个个车上车下忙碌着……毛正石路过新机车时，站在那里看了好久，大家都认识他，但他没有打扰大家，他只是静静地看着崭新的机车。每有新车出厂，他都会去看看，尽管从机车建设初期到组装成整机，他都是全程跟踪，但每次机车出厂前，他还是会去看看，这已经成了他的习惯。每一次他都会默默地站在远处端详着，打量着，对待一台台崭新的即将远行的机车，就好比对待自己即将出嫁的女儿，既满心喜悦，又万般不舍……

下班的时间早已过了，毛正石突然像想起了什么，他大步走出大机车厂门，急匆匆地往车站走去。这样的深秋美景里，没有人去注意一个普通男人太过匆忙的脚步。这脚步离开大机车厂后，变得越发急促、紧张。

倒了几遍车，他终于到了位于泡崖的岳母家，他是去看自己的女儿。女儿出生以后，一直由岳母帮忙带着。很长一段时间里，他每天下班都先去看望自己的女儿，陪上女儿一会儿，然后再往自己家里赶，晚上他还要照顾瘫痪在床的母亲。

因为晚婚，50岁的毛正石女儿才两岁，两岁的女儿是毛正石捧在手心里的宝。那天见到女儿时，女儿正在睡觉，粉嘟嘟的小脸透着光鲜。毛正石在想，不知道女儿是否在做着甜蜜的梦，不知道梦里会不会梦到他这个老爸。如今，忙碌的工作之余，女儿成了他最动心的牵挂。他经常会长时间地看着女儿，有时看着看着，不由得流下泪来。毛正石告诉我说，他有时会莫名地悲伤——似乎他内心有太多的遗憾与不舍，他悲伤的是不能陪女儿走得太久，毕竟女儿还太小，而自己已经年过半百。

说到女儿，坐在我面前的毛正石突然两眼发红。他说，他不会陪女儿太久那是一定的，一是他自己的身体不好，许多疾病在折磨着他；二是他的年龄也大了，而女儿才只有两岁，路还很长，他只希望女儿平安健康地成长。我问他对女儿有什么期待，他说他不去给女儿规划，也不给女儿任何压力，只想给她一个快乐无忧的童年，给她更多快乐的记忆。当女儿有一天长大了，每当想到她的老爸时，希望留在她脑海里的都是美好的回忆。他希望女儿能用感恩的心对待亲人，对待他人，对待世界。

毛正石，这个朴实而坚强的男人，外表平常，言语不多，内心世界却非常丰富，说到女儿，说到已经去世的父亲，数度落泪，哽咽不止。我感觉，他坚强的外表下是一颗多么敏感脆弱、柔软慈爱的心啊，那种动情让我难忘。

那天他去看女儿时，女儿正睡得香甜，岳母想叫醒女儿，被毛正石制止了。他不忍心叫醒她，他说他只想静静地看着女儿，看着她熟睡的甜美的样子，就很满足了。

看完女儿，他又急忙往自己家里赶，他要回家伺候瘫痪在床不能自理的母亲。他坐在回家的公交车上，眼前是女儿酣睡的甜美笑脸。夕阳很美，他的心里装着幸福的感觉，满满的幸福的感觉。

我与毛正石的会面是在大机车办公楼六楼会议室里，眼前的毛正石没有照片上那么英武和精神，普通，甚至有些疲惫的样子，与我想象中的他不大一样。他给我更多的感觉是寡言少语。会议室里有一台复印机，不时有人进来复印，我们本不顺畅的谈话时常被打断。有人进来时，我们便缄口无语。他似乎一直在思考什么，而我在静静地观察他，我们一起等复印的人离开。正是这些间断间歇的谈话，让我一点点地走近了他。

毛正石从技校毕业后进大机车当了一名铸造工人，俗称翻砂匠。当时翻砂是全厂最苦最累的工种，也是常人眼里没有前途的职业，许多年轻人都想尽办法离开这个岗位，毛正石却留下了，并坚持了下来。他在心里暗下决心，只要刻苦学习，潜心钻研，努力成为知识型职工，翻砂匠一样可以创出一番事业。他买来许多专业书籍，把学习技术当成每天的重要任务，开始了漫长而枯燥的业余学习。经过十多年学习，他的业务技术水平提高很快，逐渐成为铸造行业的能工巧匠。

多年前，大机车与美国一家设计院联合研制出具有世界先进水平的大功率货运内燃机车，其12缸280型号柴油机的关键部件柴油机机体尺寸精度要求极高，3.5米长、9吨重的铸件毛坯误差为2至3毫米。由于铁水从液态到固态的变化，控制在一定的尺寸内非常难，之前毛正石从没有接触过这样复杂的铸件，从图纸到工艺再到铸造全过程都很陌生。

毛正石潜心研究，终于研制出一套国内外独有的八箱劈模、三维立体坐标控制尺寸的一流的先进工艺方法，成功试制出了超过美国标准的整铸机体，该工艺应用到280系列、240系列等整铸船用和机车用大功率柴油机机体生产中，美国专家称赞其工艺水平比美国的还要先进。

多年来，毛正石带领造型大件组生产的机体品种达数十种，仅2006年一年就开发试制成11种整铸机体，成为国内铸造行业的佼佼者，而废品率仅为0.08%，这个指标在国内铸造行业十分罕见。他创造出整铸柴油机机体预埋芯浇铸操作法，成为公司十大操作法之一，并作为知识产权和公司技术创新在铸造行业中推广。

具有1660千瓦功率的货运内燃机车的265柴油机整铸机体，是公司与美国EMD公司合作的关键项目。在洽谈中，美国公司的专家基于在前期进行试制中全部报废的教训，轻蔑地说："我敢打赌，你们前六台不可能试制成功，因为我们前九台试制期间全部报废。"

在接下来的试制工作中，毛正石谨慎地对待第一台试制时出现的钢质油管弯曲变形、多点热节缩松、机体各部位收缩不一致等技术难点，第二台即交付一台合格的产品，受到美国专家的认可，他们将中国产品拍摄成照片发到南美，作为他们的产品宣传资料。

有一年，上海沪东造船厂在生产某军用产品时，柴油机机体铸造遇到了困难，长4米的钢管要包在铸件里，却因钢管被高温铁水熔穿而失败。他们跑遍了全国都无法解决，据说这项技术在当时的国外也没有过关。毛正石接手后，与技术人员、操作工人一起，凭借多年的实践经验，大胆采取旋转低返式的浇铸工艺系统进行操作，硬是干了出来。

毛正石还带头承担了为日本三菱重工集团生产风力发电机装置回转头座的任务，技术要求非常苛刻。此次日本三菱重工集团出口北欧的球墨铸铁大件，表面精度和内部要求非常高，在磁粉和超声波探伤下不允许有任何微观缺陷，这在铸造行业中，其难度相当于把卫星送上天。毛正石与几名技师和工艺师一道攻关，翻阅了大量技术资料，经过16次模拟试验后，终于创造出比日本更先进的工艺技术。他们大胆采用底注式系统和石墨冷铁配合具有激冷作用的小出气冒口的新工艺方法，使得产品试制一次获得成功。此项技术在国际上很少见到，令外商折服。

大机车与日本东芝公司合作设计大马力货运电力机车时，毛正石与他的团队，成功地铸造出可与德国福伊特公司媲美的关键部件——齿轮箱体，并成功地装配到"和谐型"大功率交流传动电力机车上，确保机车国产化达到80%。

毛正石的名气越来越大，不少国内外企业给他丰厚的待遇，争相聘请他。他不仅不为所动，还时常会陷入思考：猎头公司生意兴隆，正说明人才对企业的重要性，一个人的力量再大也不能包打天下，他要让身边的每一个工友都成为技术上的"大拿"。为此，他在自己的班组开展了"创建学习型班组"和"严师带高徒"活动，利用业余时间给班组里技术较差的职工进行理论和操作技术指导，使班组成员都达到了一专多能。他撰写的技术著作荣获公司科技奖，省、市科技奖和国家级荣誉。

伴随着荣誉的不仅仅是风光，还有他糟糕的身体。毛正石身体不太好，多年的劳累使他疾病缠身，患有风湿、关节疼痛、腰肌劳损以及皮肤和呼吸系统疾病。他的手指关节粗大，又肿又痛，那是长期被吹风机吹的，由于长期浇注时看铁水，视力已经模糊不清。他干的是重体力活儿，一干就是八个小时，而且是长时间蹲着保持一个姿势和动作，有时还要将一百五六十斤的铸件搬上搬下百余次……

我问他，出了那么多力，得了那么多病，后悔过吗？

他说，年轻的时候，他确实有离开铸造这个最苦最累的工种的想法，但是在自己最困难的时候，组织上给了他很多帮助，领导的器重和信任让他很感动。领导常对他说："只要你在，我们心里就有底，就敢谈判，就敢放心拿活儿。"作为中国北车集团首席专家、大连市专家，享受国务院津贴，毛正石说，这行太辛苦了，而且传统观念和各种压力都客观存在，没有谁会一开始就喜欢这个工种，但铸造工艺在整个工艺中占的比重大，又很重要，没有一份对事业的热爱很难做好。对荣誉、对领导和同志们的信任，他只能用努力工作去回报。

毛正石还告诉我，他的父亲是72岁那年走的，之前他的父亲病了很长时间。

父亲走的那天早晨，母亲感觉不太好就不想让他上班。当时工厂正新开发一个项目，班组一共四个人，少一个人，许多工序就无法往下进行，他怕影响进度，犹豫了多时，最后还是迈出了家门。那时没有手机，也没有 BP 机，他上班时心里惦记着父亲，他是带着眼泪在干活儿。那天，他担心的电话还是响了，他冲出工厂大门口，打车跑回家，一路上他的眼泪不停地流……

他有时感觉很累很累，每天要去看孩子，又要回家伺候老母亲，他感觉自己这么多年在向一个山头又一个山头爬上去，他在心里告诉自己不能倒下去。他母亲过八十大寿那天，他本想请假好好地陪陪母亲，但是工作太忙。那天是周六，他早晨 5 点 30 分就到车间开始抢活儿，等 9 点 30 分把活儿抢得差不多了，再赶回家给母亲过生日。干工作也是一样，一个问题刚解决，新的问题又出来了。他说人需要不断地挑战自己，始终面临挑战，越是有难度，越有挑战性，解决问题、战胜困难的过程越会带来快乐。每次看到机车，想到哪个部件是自己亲手制造的，他心里特别亲切，有时也觉得很了不起，有种自豪感。

如今的毛正石一方面继续从事技术工作，一方面又带着一批年轻人。他说："一个企业做好了，不是一个人的力量，而是群体的力量，我们不仅要把技术传下去，还要把忘我工作的精神传给年青一代。一个企业在创造效益的同时，更应注重人性化管理，大家在一起工作，更多的是靠感情，在这个集体里能体现大家庭的温暖，大家互相关心，也是一种促动和感化。"在他的领导下，班组多次被评为质量优秀小组，还是国资委标杆班组。

"一个人首先要有自我，然后是忘我，最后才是无我。企业发展了，职工有福利了，才会为企业发展而忘我工作，这是做好一切工作的基础。"他说。他希望企业一直这样好下去、红火下去，为职工造福，使职工安居乐业。

毛正石靠着不断的钻研，靠着顽强而刻苦的努力，在自己的专业领域里取得了重要成就，用一句武侠故事里的话形容就是"笑傲江湖"。但不知道怎么，我的眼前不时浮现出的是另一番情景：一个壮实的汉子在一个陌生女人面前数度落泪的情景。我不禁湿了眼眶，我眼前浮现出毛正石说到女儿时眼含热泪的情景，说到父亲去世时难过的表情……

采访那天，他不时地从口袋里掏出纸巾擦拭眼泪。那纸巾在他的手里揉成团又打开，再揉成团再打开，纸巾早已湿透。都说"男儿有泪不轻弹"，我更想说，"无情未必真豪杰，怜子如何不丈夫"。

如今的毛正石说他感觉很幸福，人到中年，对父母的依恋、对家的依恋、对亲情的依恋都越来越深、越来越强烈，仿佛突然才发现，自己有那么重那么重的儿女情从身体的某个角落里钻出来。

是啊，如果一个人开始感叹年华的逝去，体现出的恰是他对生活最不舍的眷恋。

毛正石有一个善良的妻子，一个可爱的女儿。母亲现在身体不好，卧床不起，这种病痛苦的不只是病人还有其身边人，我能感觉到他的辛苦，但是他却说自己有种累并幸福着的感觉。他说："人都有些贪心，女儿还没有出生时，我想，要是能让母亲看到女儿出生就好了；后来女儿出生了，我就在心中默默祈祷，要是女儿能叫一声'奶奶'就好了；现在女儿已经开始牙牙学语，我又在想，要是女儿能和奶奶说说话该多好啊……"

人的生命既脆弱又坚韧，我深深理解了这句话的分量。有时候一想到他面对女儿时那柔情而又不舍的目光，我无法不为之动容。那天，我在家里写到毛正石这一段时，眼前不由得浮现出他的身影，我看着窗外不远处的大海，想着他几十年在翻砂车间的尘灰中摸爬滚打，在喧嚣不已的噪声中专注于自己的事业，那需要怎样的毅力和韧性啊。我被他感染着，想象和捕捉着他的心迹，内心却翻腾着巨浪。我突然想起还不知道他女儿的名字，我打电话给毛正石，我说毛师傅我想知道你女儿的名字，他声音里透着幸福，他说："我的女儿叫毛一诺，'一诺千金'的'一诺'。"

毛一诺！多么美、多么有分量的名字啊。一诺千金，这是一个父亲对女儿厚重的爱，也是一个男人对人生、对事业许下的诺言。我记下了毛一诺的名字，而且我还要把毛一诺写到我的书里，我希望有一天毛一诺看到这本书的时候，不仅仅记住她爸爸当过劳模、出过名，我更想让她知道，她的老爸毛正石，这个任何困难都难不倒的内心强大的硬汉，是个有情有义、懂爱、懂生活的好男人、好爸爸。我要让毛一诺知道，在她两岁的时候，他的爸爸在一个几乎完全陌生的女人面前说起她时，几度哽咽，几度落泪。我要让她记住，她的爸爸每说起毛一诺这个他心中的宝贝女儿时，眼睛里是满满的柔情。我要让毛一诺知道，她的爸爸比世界上任何人都爱她，这份爱，对一个女儿来说，足以让她骄傲一生。

毛一诺，2012 年 3 月 27 日出生。她是我这部作品里年龄最小的主人公。

毛一诺，她不仅是毛正石的骄傲，更是大机车人的未来和希望，因为她是了不起的大机车人的后代。

运动员变身"洋机神医"

刁培松是大机车专门负责维修进口设备的电子班班长。从一个只有初中文化的普通工人，成长为专门维修进口设备的专家，他走过了一条艰难跋涉的成才之路……

刁培松是运动员出身。

经常有人开玩笑说，运动员头脑简单、四肢发达。初次见面，排球运动员出身的刁培松确实给我一种四肢发达的感觉：他一米九的身高，在人群里一下子显现出来。这个曾经梦想当一名警察的大个子，却有着缜密的头脑。他用精湛超群的技艺，通过不断的学习实践，从一名普通工人成长为当代中国机车行业顶尖的技术工人。他以极高的综合素质走过坚韧不拔的成长之路，成为中国新一代技术型产业工人的优秀代表，成为大机车人的骄傲。

1993 年，大机车从德国引进 5 千瓦的激光淬火机床，在进行调试时，循环水流量控制系统出现了问题。两位德国来的博士专家查找了三天也没有找出原因，跟随专家调试的刁培松心急如焚。时间就是效益，刁培松试探地问外国专家："我可不可以试试？"

两位德国博士专家听了他的话，相视一笑，毫不在意地说："可以，可以！"

他们根本没把刁培松这个普通工人放在眼里。

刁培松果然查出了故障，并用国产元件取代了损坏的进口元件，就这样投资 260 万元的激光发生器运转起来了。在 20 世纪 90 年代初期，260 万不是一个小数目。第二天，两位专家进厂一看，惊呆了，半天说不出话来，不由得伸出大拇指，向他表示敬意，连声称赞："中国工人好样的，好样的！"

刁培松一下子在全厂出名了，"洋机神医"的称号不胫而走，有 6 名车间主任联名推荐他为高级工人技师。1994 年 5 月，刁培松经过严格考试和技术答辩，被破格晋升为高级电工技师，是当时工厂最年轻的工人技师，年仅 37 岁。

随着对外开放步伐的加快，合资合作项目增多，工厂先后从德、日、俄、美、英等国家引进 60 多台高技术含量的先进数控设备，分配在 11 个车间。这些设备，台数不及全厂设备总数的 15%，固定资产原值却占了近一半。这些昂贵的洋设备，在大机车从来没有得过"消化不良症"，更没有水土不服，在有着"洋机神医"之称的刁培松面前，它们总是被收拾得服服帖帖，俯首听命，马不停蹄地撒欢儿奔跑着。

铁路大提速，给大机车带来了难得的发展机遇，凭借几十年的发展根基和深厚的技术储备，工厂快速研发了"东风 4D 型"客运机车。进入 2000 年时，这种型号机车已经成为中国铁路干线上的主力车型。但想起当初研制和生产时遇到的困难，刁培松还是充满感慨。

1995 年，工厂投资 300 万元从俄罗斯引进两台集机械、电子、液压电控等多种功能于一体的综合设备。按规定，设备的安装调试由俄罗斯专家负责，费用 20 万元，由工厂负担。可俄罗斯专家几请未到，眼看着高价买进的设备无法安装使用，为避免造成经济损失，工厂决定自己干，于是这个任务就落在了刁培松的身上。

刁培松不负众望，闯过了日本先进技术和俄罗斯陈旧元件不匹配、俄方对关键部件技术封锁、图和实物不相符以及长途搬运使电器元件损坏的难关，大胆地学习、消化吸收国外的先进技术，同时对伺服板、编码器、供电系统等 20 余处损坏部件一一修复，仅用四十天就完成了安装调试任务，比请外国专家调试整整提前了半年投入生产。

1996 年，大机车刚刚开始试制"东风 4D 型"机车时就遇到了难题，加工凸轮轴部件需要在一台进口数控机床上进行，由于"老外"没有留下任何工件编程的资料，新的工件程序无法编制。而这台机器的作用是别的机器不可替代的。厂里的生产提速，再加上机车的生产任务量大、时间紧，这道工序接不上，整个进度就会受影响。刁培松再次挑战自己。他经过研究、破译机床指令，采取"倒推法"重新编程。他重新编排的 8 项加工程序，现场一次性试验成功。

从美国引进的等离子电焊机投产后，工作台时常失控，一度导致废品量增多，影响了生产进度。刁培松利用"五一"三天假期，查资料，搞测试，分析判断，确认是微机控制的软件指令有"病"，他重新修改了指令，又加了一道程序，故障很快排除。

从德国引进的数控瓦斯切割机系统主机 8 块电路板同时"发病"，刁培松连续抢修两天两夜，使身价百万元的洋设备起死回生。

1997 年年初，工厂正在加紧生产"东风 4D 型"机车，其中关键部件抱轴箱体的加工，要在一台从俄罗斯进口的机床上进行，但由于运输不当，造成机器多块电路板损坏，又没有备件替换，机床无法调试，生产无法进行。负责机器安装的"老外"一时束手无策，当时刁培松提议"修板"。在那密密麻麻布满各种电子元件的板上找出毛病谈何容易？刁培松硬是找出了 7 块故障板并成功地进行了修复，保证了机车的顺利生产。俄方工程技术人员激动地说，没想到大机车还有这么高水平的技术人才。

"不经历风雨，怎么见彩虹，没有人能随随便便成功……"这首歌也许很多人都会唱，但是，恐怕没有几个会像刁培松那样体会深刻。

刁培松 16 岁的时候被广州军区某排球队录取，当上了运动员。1978 年退役后到大机车当上了一名电工。电工这个职业当时是让人羡慕的职业，但是他的喜悦没有持续多久，就有了强烈的危机感。机车电工技术要求高，当时他的技术水平不高，文化水平也低，强烈的反差让他感觉到了压力。运动员出身的他，有着强烈的不服输的劲头。从此，他工作之余关起门开始学习，一开始只是对工作中遇到的有关问题进行研究，后来开始有意识地系统学习。毕竟底子薄，而且学的又是科技含量较高的计算机专业，他克服困难，用了七年的时间，取得了大专文凭，掌握了高等数学、电路分析、科技英语、计算机软硬件应用等专业知识，为以后的发展打下了坚实的基础。

一个人的水平再高，能力毕竟有限，企业发展需要的是一大批敬业爱岗的技术人才。刁培松每周三下午都会组织技术培训，亲自当教师，边画图边讲解。在"名师带高徒"活动中，他先后带了多位徒弟，在每周二晚上的固定时间为他们开一次"小灶"，从6点30分辅导到9点30分，让大家把白天遇到的问题讲出来，一起研究解决。

随着进口设备的增多，他们要处理的技术问题难度也在增加，但是他们从没有因为维修不及时耽误生产。修复电路板原本是他的绝活儿，经过他的培训，现在许多人都掌握了这项技术。

经过长期刻苦的自学，刁培松在那既神秘又时髦的电子技术领域里游刃有余。他的名气大了，麻烦也多了，诱惑更大了，他成了国内外众多企业追逐的焦点人物，尽管对方承诺他出国进修、高薪待遇等，但他从没有动心。他说："我不能翅膀硬了就飞走了，钱多当然是好事，不过，人活着不能光为钱，不能把技术当成个人赚大钱的资本，大机车是我的根。"

金牌"80后"

后生可畏，焉知来者之不如今也？四十、五十而无闻焉，斯亦不足畏也已。

——《论语》

2014年9月28日，由辽宁省总工会、辽宁省委宣传部共同召开的"最美辽宁工人"命名发布会在辽宁广播电视台演播厅举行，来自大机车机车车间试运班的机车电工调试技师张如意等 10 人被授予"最美辽宁工人"荣誉称号。本次"最美辽宁工人"推选活动历时四个月，通过群众推荐、媒体寻找和所在单位推荐三种方式，根据网络、报纸和评委的投票结果最终推选产生。

我是在辽宁电视台的新闻节目中看到这个消息的，电视上的张如意笑得有些腼腆。这之前我专门采访过他，现实中的他的确有些腼腆，甚至会不时地脸红。

张如意 1982 年 2 月出生在庄河，许是长期乡村生活的影响，他身上具有一种与生俱来的善良和质朴。作为一个"80 后"，他身上又有着"80 后"特有的气质，阳光、开朗，有担当，思进取。张如意，这个从庄河走出来的年轻后生，用他的勤奋和刻苦，成长为新一代技术工人中的佼佼者。

张如意最早是在组装和调试厂工作，如今他已是大机车最年轻的高级技师、公司级专家。他在调试机车方面是"技能大师"，也是这个专业的带头人。

我问他："进厂这么多年，你最难忘和自豪的一件事是什么？"

他想起了一件事。2009 年张如意到北京做新车型试验。4 月的一天，一位国家领导人要到工厂视察，要参观新制造好的机车。当时新机车上只允许留一位技术人员，那个人就是张如意。工厂把张如意从北京调回来，参与接待任务，他当时非常激动，那是他第一次近距离地接触国家领导人，他圆满地完成了任务。那次任务完成之后的很长时间里，他的心里一直处于兴奋状态，执行任务那天晚上回家告诉父母时，父母也和他一样高兴了好久，也为他感到自豪。

我问他："为什么单位要选你留在新车上？"

"我是党员！"张如意的语气里充满了自豪。

他的话让我的心里一热，一个"80 后"，"党员"这个身份在他心中的分量很重。

年轻的党员张如意，技术过硬，能够及时排除机车的"疑难杂症"，公司将许多重要任务都交给了他。作为首批"和谐 D3B 型"机车的调试主力，他参与了首台机车的北京环铁试验，并且在试运前排除了机车隐藏的故障，避免了二次试运，仅此一项就为公司节约燃油费百万元。近几年来，他先后解决了近百项生产难题。2012 年，张如意被评为大机车劳模，是全公司同批 20 多位劳模中最年轻的一位。他还入选公司"十大青年岗位标兵"，被评为优秀共产党员。2013 年，他所在的岗位被评为"共产党员标准化作业示范岗"，这一年，他还荣获了大连市首批青年职工"职业技能之星"称号。

如今，张如意已经成为大机车的首席专家。这个专家不仅为他带来了荣誉，也改善了他的生活。专家每个月还有 2000 元津贴，这给孩子刚出生的小两口解决了不少问题。而这份津贴，在他看来，也和他的一些称号一样，让他感到了一些压力。压力就是动力，他说他只能更加严格地要求自己，责任心也更强了，想法也和刚进厂时一样简单纯朴，多干点儿，多付出，多努力。这样的态度让他始终保持着冷静的头脑。

大机车公司级专家的评比非常严格，要经过严格的考试和答辩等过程，每两年还要重评一次。张如意脚踏实地，一步一个脚印地走过来：2006 年被评为青年人才，2008 年被评为优秀青年人才，2009 年被评为 C 级专家，现在是公司级专家，每一次晋级都是工厂开发新车型的时候。他认为自己的每一步成长都与学习分不开。在与日本东芝公司合作时，领导安排两名电工参加新车调试，当时张如意跟日本技术人员学习调试技术。他查阅资料，对每个步骤记录总结，不断积累学习，从不懂、不会到渐渐掌握，并能够独立自行调试，到最后他可以带职工进行调试。首批 50 台新车全部由他和他的同事自行调试，通过验收。

2008 年，车间安排张如意到缅甸出差，但当时公司正准备研制新车型，他不想放弃学习的机会，就放弃了出国。一年后，"和谐 N3 型"机车开始生产，又赶上了第一个设计试制成功 9600 千瓦大功率电力机车新车型"和谐 D3 型"调度车等等，这些具有自主知识产权的车型，他从头到尾参与其中。那段时间，他几乎天天加班，每天晚上都工作到 12 点。当时为与国外合作，他从生产理论到实践、从图纸设计到性能一点点地熟悉掌握，还跟车去北京，在中国铁道科学研究院试验，拿到试车合格证，直到最后机车大批量投入生产。

我说："年轻人都想出国，你没出去，后悔不？"

他说："人要懂得舍。"正是在他放弃了出国的这几年里，他学到了新东西，技术更扎实，进步更大。而到大机车的十四年来，他一直从事机车的组装和调试工作。2011年，在中国北车集团第五届技术技能竞赛暨第四届青年职业竞赛中，他一路过关斩将，从理论考试到现场故障排除，再到配电路盘、焊电路板，一项项做下来，以稳定的发挥，最终获得"中央企业技术能手""中央企业青年岗位能手"的称号，为大机车争了光，也为"80后"争了气。

比赛回来的时候，他所在车间的墙上贴上了大红的喜报，但腼腆的他根本不好意思看那份喜报，一直等到车间里没有人时，他才偷偷地看了看，心里偷偷地美了好久。张如意心中有自己的目标，他说他最佩服和羡慕毛正石和刁培松这样的大师级人物，他的目标就是将来成为他们那样的大师。

常常会听到有人说"80后"缺少担当，而张如意却用行动证明了"80后"的责任心和担当意识，现在，他已经是年青一代的技术领军人物，工作上已经独当一面。2014年"两会"、"十八大"、国庆节、春节期间，张如意都是在北京机务段度过的。他作为大机车的技术代表，代表中国北车集团到北京机务段客服中心服务，做好节庆期间机车运行的保障工作，保证机车无故障、运行中无事故。在北京机务段服务期间，他还应邀给机务段保障组从各地抽调的人员讲课，对机车故障进行分析研究。他还经常给大机车北车技校的学生和

意气风发的"机车摇篮"儿女们

大机车青年工人讲课，把自己的实践经验和学习心得毫无保留地传授出去。

我有些费解，一向腼腆的张如意，站在讲台上会不会紧张？他告诉我，只要一讲起技术、讲起故障排除等专业性问题，他的紧张和腼腆就一扫而光。

张如意几乎参加过大机车每一种新开发的车型的研制，亲自调试过上千台新机车，已经成为年青一代的领军者，成为大机车新一代技术工人的优秀代表。

永远绽放的"机车玫瑰"

机车女工在大机车占有相当高的比例。早期资料显示，1958 年，大机车已有女职工 1800 多名，分布在 30 多个技术工种，电焊、翻砂、造型、车床、铣工、钻工样样俱全。在 1958 年"大跃进"中，还出现了许多女工组，有"穆桂英组""女子描图组""女子看电组""三八组"……之后，还涌现出自动电焊工林茶凤和高桂花、女铣床工人于淑君、女设计师张彩薇等一批女工代表人物……

在大机车采访时，我接触到许多优秀的女性，她们自尊、自信、自强、自立，她们与男职工一起并肩作战，用精湛的技艺和吃苦精神撑起半边天，用勤劳的双手和聪明才智，书写着新时代女性的风采。她们像一朵朵美丽的机车玫瑰，绽放在十里厂区，吐露着沁人的芳香，留下了一个个动人的画面……

2009 年国庆节，全国妇联在新中国成立以来历年获奖的全国三八红旗手中遴选代表参加国庆观礼。大机车城轨车间副主任、全国三八红旗手孙莉作为中国北车集团唯一代表出席了国庆观礼活动，并作为嘉宾在观礼台观看了国庆大阅兵仪式。孙莉清楚地记得自己那天在天安门广场东观礼台的座位号是 13 排 32 号。那天的天安门城楼上几乎是花的海洋，但穿着大机车工装的孙莉却分外显眼，那蓝色的厂服胸前的"大连机车"几个字让孙莉格外自豪。站在天安门

2009年10月1日上午，时任大机车城轨车间副主任、全国三八红旗手孙莉（左二）作为中国北车集团唯一代表出席了国庆观礼活动

城楼上，对她来说，代表的不仅是她个人，更代表了大机车所有的女性，她感到无比光荣和骄傲。

正是夏天，玻璃天花板上透进来的阳光烘烤着车间，车间里热浪袭人，工人们正在挥汗忙碌。天车上，一个年轻的姑娘正全神贯注地操作着吊车。

只见她用吊钩吊起一个直径200毫米的圆桶，在只有50毫米的间隙中自如地穿行，接着，又将圆桶放入一个只有25毫米的小间隙里面。最后，她又自动挂钩，将一个直径100毫米的圆轴放在两个圆孔里，然后，重新吊起，运行，再放回原处并自行摘钩。高难的动作，她却操作得如此利落、娴熟。

还有大机车的"娘子军"，她们是齿轮车间五班的9名女工，被人称为"娘子军班"。别看齿轮车间是清一色的女工，但是却担负着车间30多种产品的滚、刨、铣加工任务。她们工作时泼辣能干，称得上是真正的"女汉子"。她们的班组获得过省、市"有知识、有技能、有作为"先进集体，"大连五一巾帼奖"，"全国女职工建功立业标兵岗"等多种称号，她们用荣誉诠释了女人别样的美丽。

在大机车还有一位"铁姑娘"——铸钢车间的刘善环，她进工厂后就与砂箱、钢水结下了不解之缘。说到铸钢车间，首先让人想到的是沉重的铸件、庞大的砂箱，空中是隆隆作响的吊车，电炉里的火舌掀起灼人的气流，四处尘土飞扬、烟雾弥漫……当她第一次听到工人师傅向她介绍，铸钢铸铁是机车生产的第一道工序，国家生产的机车是从这个车间的毛坯开始的时候，她一下子对铸钢铸铁这个车间产生了感情。有人说翻砂是男人干的活儿，身强力壮的小伙子对翻砂造型也退避三舍，尤其是又苦又累的冲箱，干这活儿的一般都是身强力壮的小伙子。而身材矮小、身高不到一米六的刘善环，面对的是一米高、两米宽的大箱，每一件活儿都要装1吨多型砂。装型砂时人站在砂箱上面，身体随着振实台上下震动，一边震动一边用铁锹把砂子推平。振实台一震，马上又要搭起30多斤重的风把子打个不停，由于作业面积小，风动工具笨重，还得一边打一边用脚往前趔砂子，手若一时握不住，铁把头就会砸到脚上。这活儿干一天下来，身子就像是散架了一样，这不仅是对体力更是对意志的考验。

刘善环在翻砂车间工作时，班里有台专干柴油机机体的多触头造型机，即使是一米八的小伙子操纵，在冬天也是一身汗。刘善环在造型机前，人还没有机器高，她工作时踮着脚，手里拿着2米多长的大刮板，刮平厚厚的砂面，再用肩膀扛着一根木头来回拨动几百斤重的铁板固定位置……这台大机器，硬是让刘善环操纵得俯首帖耳，她也赢得了"铁姑娘""假小子"的称号，谐谑中流露的是尊重，是敬佩，更是由衷的赞美。

刘善环在这个岗位上整整工作了二十个年头，她曾经是全厂唯一一个操纵10公斤重捣固机的女工。她曾创下了一年内超额完成工时4120小时并义务奉献工时1030小时的全厂最高纪录，被评为全厂唯一的一名女铸造工人技师。她经手的产品合格率达到99.9%，是大机车全国劳动模范中唯一的女性。

刘善环说过，一个工人光能吃苦不懂技术不行，只懂技术不能吃苦也不行，只有两者兼备了，才会成为企业真正的主人。她靠过硬的技术，在铸钢车间这个男人包打天下的车间里，成了让人佩服的行家里手，更凭借出色的表现和一流的技术被评为大连市特等劳动模范、辽宁省劳动模范、铁道部机车车辆工业总公司劳动模范、全国先进女职工，成为全国铁路系统火车头奖章获得者、全国五一劳动奖章获得者。

大机车的女性从来都不是配角，她们自强、自立、自尊、自爱，她们用智慧和汗水，将十里厂区装点得别样美丽……

第 二十二 章

中国机车："一带一路"的国家名片

2013 年 9 月 7 日，中国国家主席习近平在哈萨克斯坦纳扎尔巴耶夫大学做重要演讲，提出共同建设"丝绸之路经济带"的倡议：为了使欧亚各国的经济联系更加紧密、相互合作更加深入、发展空间更加广阔，可以用创新的合作模式，共同建设"丝绸之路经济带"，这是一项造福沿途各国人民的大事业。

自汉代起，东起长安（今陕西西安）、西达罗马的丝绸之路就是连接中国与亚欧各国的贸易通道。在这条具有历史意义的国际通道上，五彩丝绸、中国瓷器和香料络绎于途，为古代东西方之间经济、文化的交流做出了重要贡献。作为经济全球化的早期版本，这条贸易通道被誉为全球最重要的商贸大动脉。

经过岁月的变迁，古老的丝绸之路再度活跃起来。

2015 年，以中国南、北车集团为代表的中国高铁公司宣布合并重组，形成了强有力的拳头，定位于"跨国经营"和"全球领先"，不仅要把车辆卖到国外去，还要在海外投资、运营，提高国际竞争的整体实力。

中国铁路已经成为"一带一路"的国家名片。

"一带一路"是"丝绸之路经济带"和"21 世纪海上丝绸之路"的简称。2015 年 3 月底，国家发展和改革委员会、外交部和商务部联合发布《推动共建丝绸之路经济带和 21 世纪海上丝绸之路的愿景和行动》，指出"一带"重点畅通中国经中亚、俄罗斯至欧洲（波罗的海）；中国经中亚、西亚至波斯湾、地中海；中国至东南亚、南亚、印度洋。"一路"的重点方向是从中国沿海港口过南海到印度洋，延伸至欧洲；从中国沿海港口过南海到南太平洋。"一带一路"贯穿亚欧非大陆，是世界上跨度最大和最具发展潜力的经济合作带。

"一带一路"涉及的高铁规模为 2.63 万公里，中国高铁企业潜在的空间可达到 6.94 万公里，占全球总规划的 74.2%；中国高铁企业海外出口收入占比最高有望达到 50%。"一带一路"建设规划下，高铁项目主要集中在俄罗斯、泰国、柬埔寨及东南亚等地区，累计规模达 2.63 万公里，占全球高铁建设规模的 28.3%，占中国有望参与建设的海外高铁总量的 76%。

国家发展和改革委员会公布的数据显示，仅 2014 年，中国装备制造业出口额就高达 2.1 万亿元，占全部产品出口收入的 17%，其中铁路机车出口额近 40 亿美元，占全球市场份额的 10%。"一带一路"给中国装备企业确实带来了很多机会，同时也给海外企业提供了更多的市场机遇。

作为中国北车集团的骨干企业，大机车率先行动，2015 年多次参加了世界高水平的铁路展览洽谈会。2015 年 3 月 17 日至 18 日，大机车跟随中国北车团队参加了中东地区铁路领域最权威、最有号召力的铁路展会——中东国际铁路展览会。在此次展会上，大机车展台高大新颖，展示了"和谐 N3B 型"4400马力调车机车、出口乌兹别克斯坦电力机车、出口伊朗设拉子地铁车辆和 100% 低地板有轨电车等产品，吸引了来自沙特阿拉伯、印度、伊朗、苏丹、阿曼、卡塔尔等国家和地区不同客户的目光，成为耀眼的"明星"。这些"明星"产品，代表了大机车的最新技术研发成果。借此良机，大机车向世界各地的客户全面展示了公司在内燃机车、电力机车、城轨车辆和有轨电车领域的雄厚技术实力和生产能力。特别是在 100% 低地板有轨电车方面，先进的无接触网地面供电技术得到了阿联酋、卡塔尔等国家专业人士的认可和赞扬。

大机车在向中东地区及周边国家展示企业实力的同时，近距离详细地了解了中东地区不同客户群体的需求。2022 年，卡塔尔将举办世界杯足球赛，为缓解交通压力，将大力发展城市轨道交通，轨道交通装备需求看好，发展前景十分广阔。

2015 年 4 月 10 日，为期三天的"2015 第十届中国国际轨道交通展览会"在上海新国际博览中心闭幕。大机车携 4 种最具代表性的产品，跟随北车团队参加了这一盛事。

在展示最新产品、高端技术的国际交流平台上，大机车时速 160 公里的"和谐 D3D 型"客运电力机车、4400 马力"和谐 N3B 型"大功率内燃机车、西安地铁 1 号线车辆、100% 低地板有轨电车同时亮相，彰显出公司在铁路领域与城市轨道交通领域的技术创新实力。大机车展出的产品既有准高速电力机车，又有大功率内燃机车；既有能承载大运量的地铁车辆，又有零排放、高性价比的现代有轨电车，国家设计院、轨道交通专业人士、媒体记者等纷纷举起相机、手机与漂亮的车辆模型合影留念，并领取产品样本和宣传片查询产品性能参数。

伴随着"一带一路"国家战略的推进，在中国轨道交通装备大踏步走出去的背景下，大机车一大批具有自主知识产权的"中国制造"核心大部件与轨道交通装备产品引来了世界关注的目光，大机车借助"一带一路"的历史机遇，必将走向更加辉煌的未来。

尾 声

中国机车的大连样本

　　一条条复杂的流水线，一套套坚硬的机器设备，一道道繁复的工序，一排排高大的厂房，一条条闪亮的钢轨……像凝固的岁月，带着时光的烙印，恒久而执着。那间隙飞过的鸟，用美艳绚丽的翅膀，让拘谨而呆板的工厂天空，明亮而活泛起来……

　　2014 年 5 月 17 日下午，被誉为中国工业界"奥斯卡奖"的中国工业领域最高奖——第三届中国工业大奖在首都人民大会堂揭晓。凭借执着的"火车头"精神和领跑行业的企业综合实力，中国北车集团大连机车车辆有限公司获得"中国工业大奖表彰奖"，在机械、石化、煤炭、钢铁、纺织等 12 类跨行业的工业企业中脱颖而出，成为全国 41 家获奖企业中唯一的轨道交通装备企业。

　　中国工业大奖是经国务院批准设立的我国工业领域最高奖项，每三年评选一次，获奖企业实现了"中国引领"和"中国创造"，代表了我国工业发展的最高水平。大奖授予大机车，旨在表彰大机车坚持不懈的创新进取精神及在轨

大机车获得"中国工业大奖表彰奖",是41家获奖企业中唯一的轨道交通装备企业

道交通装备领域获得的卓越成就。

大机车董事长、总经理闵兴在接受记者采访时激动地说:"这份殊荣是对大机车人自强不息、自主创新精神的鼓励和鞭策。大奖是荣誉,更是巨大的动力。大机车将继续以'接轨世界,牵引未来'为使命,学习优秀企业的管理理念和经验,努力成为中国轨道交通装备行业的国际化企业,成为中国工业的骄傲。"

中国工业大奖,凝结着大机车人的心血。

我徜徉在大机车的历史长河中,目光在追寻着国家和民族工业发展高新水平的亮点。我的目光既关注一个企业的非凡业绩,也关注其动力和活力之源。是的,大机车作为中国机车的摇篮,其亮点就在于总能创造出体现中国机车工业最新发展水平的产品。可以说,"机车摇篮"的亮点不仅在于技术和技能的过硬,更在于精神。从大功率的蒸汽机车、内燃机车、电力机车研发的一个个"第一",到成为中国最大的生产和出口基地,大机车已然成为中国机车工业领域众多"第一"和"之最"的诞生地和孵化地。创一时之先,已是不易,大机车能够创几十年之先,谈何容易!

20世纪50年代,大机车自行设计制造的"和平型"蒸汽机车,是当时我国在世界工业博览会上唯一参展的机车。若干年后,大机车生产的"东风4B型"内燃机车成为获国家优质产品金质奖的机车产品,并成为每年为国家节省上百亿的替代进口产品。跨入新世纪,大机车实现了直流技术向交流技术的升级跨越,跻身国家高新技术企业行列,机车产品成为铁路六次大提速的主力车型,7200千瓦大功率交流传动电力机车亦荣获国家科技进步一等奖。

大机车出车场——中国机车从这里走向世界

2004 年，大机车抓住中国铁道部实施技术引进战略的机遇，加快与世界先进水平接轨的进程。大机车当时承担了电力和内燃这两个比较大的项目的工作。实际上，大机车一直强调技术立企、质量取胜。技术立企，大机车不能等，但单纯拿过来照着干，这个不是大机车的终极目标。大机车要把世界先进水平的技术逐步吸收消化，然后在这个基础上不断发展自己的产品，立脚点是自主研发。

2006 年，大机车通过消化吸收国外先进技术制造的"和谐 3 型"电力机车，成为支撑中国京沪、京广两大铁路干线运输的新主力。2008 年，拥有中国自主知识产权的首台"和谐 D3B 型"六轴 9600 千瓦大功率交流传动货运机车成功下线。

在"和谐 D3B 型"机车的装配现场，大机车高级政工师苏永安向我介绍："这个车就是具有完全自主知识产权、世界上技术最先进的、单机牵引功率最大的电力机车，9600 千瓦。我们的机车现在出口世界十几个国家，目前已经完成出口任务的全部是内燃机车，这种世界一流的电力机车，将来肯定会大量出口，驶向更多的国家。"

大机车当时已研制了 50 多种不同类型的机车，总产量占到全国同类产品保有量的 50% 以上，覆盖中国所有的铁路局。而且，大机车生产的机车产品已

3/4 出口尼日利亚、巴基斯坦、印度、土耳其、马来西亚等 10 多个国家。

在主业核心竞争力提升的同时，大机车也坚持多元发展。多种不同型号的机车进入电力、冶金、化工、港口、矿山等大型企业和地方铁路；城轨地铁车辆先后进入大连、沈阳、天津、西安等市场；具有世界先进水平的柴油机系列产品也向船舶、发电机组和工程机械等领域推进。

在科技研发方面，大机车自身更是将其视为不断发展的保障。大机车有3000 名专业技术人员，其中从事新产品开发的工程技术人员占 1/3，高级设计人才达 300 多人。大机车每一个大的产品领域都有自己的研发部门，而在一线的技术工人，其知识水平和能力同样过硬。

几十年来，大机车研制出了 50 多种类型的内燃机车、8 种类型电力机车，机车生产总量超万台。这么多品种的升级换代，足以证明其开发创新能力，所以大机车被国家认定为"全国百家企业技术中心"之一。到如今，大机车又成为中国机车工业中唯一既有内燃机车、电力机车出口，又有大功率柴油机、城轨车辆出口的企业，2014 年更被授予"中国工业大奖表彰奖"。勇攀高峰、不断创新，是"机车摇篮"最显著的特质。

虽然大机车在多个方面取得了成就，但它所代表的中国轨道交通装备行业发展水平与世界相比还有一些距离。大机车刘会岩总工程师感慨地说："我们的技术水平跟世界顶尖企业比应该说是差不多的。但是，我们在整个成本控制、质量控制、工艺、材料这些方面还有一些差距。这些方面也反映出中国整体工业化水平的差距。"因此，大机车正在不断推进改革向纵深发展。

产品不断创新，市场多元拓展，人才能力持续提升，大机车的现在令人欣喜。如今，大机车人已把"强车梦"融入伟大的"中国梦"中，在本职岗位，用自身行动，从每一次设计、每一道工序、每一个机件、每一台车辆做起，努力做到最好，真正做到世界一流。

大机车经历过不同的历史阶段，走过不平凡的岁月。以大机车工人为代表的一代一代中国机车人，以立足铁路、产业报国的爱国情怀，以负重爬坡、勇挑重担的奉献精神，以整机联运、精诚团结的团队作风，以恪守规则、崇尚文

整装待发的"和谐型"电力机车

明的职业操守，以安全正点、全程可靠的质量品格，以高速重载、勇往直前的进取意识，以敢为人先、与时俱进的创新思维，孕育了中国机车独有的"火车头品质"，产生了以"火车头精神"为内核的时代品质。大机车人用丰富的情感和炽热的情怀，以对国家、对人民的忠诚，艰苦奋斗，攻坚克难，使大机车成长为中国一流、享誉世界的机车制造企业。大机车人正在用自强不息的拼搏精神和百折不挠的坚强意志，用智慧和汗水，诠释着"中国梦"的真谛，谱写中国产业工人振兴民族工业的最美篇章，使中国机车昂首阔步地走向世界。

可以说，大机车的成长史，就是共和国的创业史；大机车的壮大史，就是共和国的改革开放史。

附　录

大连机车车辆有限公司大事记

（1899 年—2014 年）

1899 年

沙俄侵占大连后兴建市区第一期工程开工，在杰波夫街（现中山区胜利桥附近）建立东省铁道机车制作所（大机车前身）。

1901 年

东省铁道机车制作所建成。

1908 年

南满洲铁道株式会社沙河口新建工厂动工，新厂区占地面积 91 万多平方米。

1911 年

工厂全部迁移完毕，易名为南满洲铁道株式会社沙河口铁道工场。

1918 年

工厂设计制造"咪卡尼 1 型"货运蒸汽机车。

1923 年

傅景阳等发起成立沙河口工场华人工学会，第二年更名为大连中华工学会。这是中国东北地区最早出现的中国工人自发成立的工会组织，揭开了大连工运史崭新的一页。

1924 年

沙河口工场华人工学会第二届会员代表大会通过新章程，改名为大连中华工学会。

1925 年

傅景阳加入中国共产党，成为大连地区第一个中国共产党员。

12 月　大连中华工学会召开第三届会员代表大会，选举傅景阳为委员长，戚铭三、唐宏经为副委员长。

1926 年

大连中华工学会领导福纺纱厂近千名中国工人举行大罢工，傅景阳、侯立鉴、唐宏经等是主要领导人。

1928 年

满铁沙河口铁道工场改称大连工厂。

在出席中国共产党第六次全国代表大会的满洲省临委代表团 5 名成员中，有 4 人曾为满铁大连工厂工人，唐宏经当选为中央候补委员。

1934 年

工厂制成 2 对 4 列大连至新京（今吉林长春）"亚细亚号"流线型特快客车，最高时速 130 公里。

设计制造出流线型"太平洋 7 型"客运蒸汽机车，试制了电传动内燃机车。

1945 年

苏联红军进驻工厂，由苏联铁路专家管理，工厂改称为中长铁路大连铁路工厂。

1946 年

大连铁路工厂成立党支部委员会，后改设党总支部。

创办我国解放区铁路工业系统最早的技术学校——中长铁路大连铁路工厂青年技术学校。

10 月 30 日　"毛泽东号"机车在哈尔滨正式命名，该车于 1941 年制造。

1948 年

工厂发动职工开展"五一"立功创模竞赛活动。

工厂将 20 台蒸汽机车海运到东北解放区，200 多名优秀工人自愿报名到东北前线支援人民解放战争。

1951 年

工厂成立中长铁路大连铁路工厂抗美援朝会，将超额收入捐献出来购买了一架飞机，命名为"大连铁路工厂职工号"。

6 月 30 日　中央人民政府政务院总理周恩来和邓颖超同志到工厂视察。

1953 年

工厂由中华人民共和国独立经营。

工厂易名为大连机车车辆制造工厂，隶属于铁道部机车车辆制造局，成为我国第一个货运蒸汽机车制造工厂。

同年，工厂划归第一机械工业部，厂名变更为第一机械工业部大连机车制造工厂。

1954 年

工厂成立我国第一个机车设计科，成为我国第一个蒸汽机车设计主导厂。

工厂仿制了 5 台"咪卡尼 1 型"蒸汽机车，是新中国第一批自主制造的机车。

1955 年

全国人大常委会委员长刘少奇、国务院副总理邓小平、中共中央办公厅主任杨尚昆、铁道部部长滕代远到工厂视察。

1956 年

9 月 26 日　大机车召开中国第一台自行设计的"和平型"蒸汽机车试运成功剪彩典礼。

1957 年

工厂试制成功"建设型"蒸汽机车，该型机车至 20 世纪 80 年代中期仍是我国干线货运蒸汽机车的主要车型之一。

设计成功"人民型"干线客运蒸汽机车，该型机车曾是我国客运主型机车。

试制成功"C50 型"敞车。

1958 年

工厂由第一机械工业部划归铁道部，易名为铁道部大连机车车辆工厂。

9 月 26 日 工厂研制成功我国第一台电传动"巨龙型"干线货运内燃机车。

10 月上旬 中共中央总书记邓小平、国务院副总理兼国防部部长彭德怀元帅等党和国家领导人到北京展览馆参观"巨龙型"内燃机车。

1963 年

工厂组装出的第一台"ND 型"0003 号内燃机车进行厂线试运。

1964 年

工厂试制成功第二台"ND 型"内燃机车，开赴北京参加了国庆十五周年庆祝活动。

试制成功的 6L207E 型柴油机、10L207E 型柴油机、"ND 型"内燃机车获铁道部专项一等奖。

1965 年

工厂转为批量生产"ND 型"内燃机车，成为我国第一个内燃机车制造厂，实现了由制造蒸汽机车向制造内燃机车的转变。

1969 年

工厂设计试制出第一台"东风 4 型"2001 号内燃机车。

1974 年

工厂开始批量生产我国第二代内燃机车——"东风 4 型"内燃机车，结束了我国不能自行设计制造大功率内燃机车的历史。

1976 年

第一台"东风 4A 型"0109 号内燃机车出厂。

1977 年

"毛泽东号"机车第一次换型，选用工厂研制的"东风 4 型"0002 号内燃机车。

1978 年

铁道部命名工厂生产的"东风 3 型"0058 号内燃机车为"周恩来号"机车。

1982 年

工厂研制成功"东风 4B 型"内燃机车。该机车荣获 1987 年度国家优质产品金质奖并被指定为替代进口产品，结束了我国大批进口机车的历史，工厂成为我国内燃机车重要生产基地。

1986 年

工厂研制开发成功第一台 12V240ZJ 柴油机。

6 月　工厂召开庆祝出厂千台车动员再夺千台车大会，全国政协副主席吕正操、中顾委委员宋黎等国家、省、市领导出席大会。

12 月　工厂试制成功第一台"东风 4B 型"客运内燃机车。

1988 年

8 月 9 日　国家主席李先念到工厂视察，为工厂题写了"机车摇篮"的题词。

工厂内燃机车年产量首次突破 200 台大关。

1989 年

与英国里卡多公司、美国通用电气公司合作研制出我国第一台"东风 6 型"

内燃机车，该机车的牵引性能、经济性、耐久可靠性均达到 20 世纪 80 年代国际同类产品先进水平。

工厂自行设计制造的第一套用于秦山核电站的 3 台 16V240ZDA 应急发电柴油机通过国家级验收，填补了我国核电工业的一项空白。

1991 年

7 月 29 日 "朱德号"机车换用工厂制造的"东风 4B 型"1886 号内燃机车，我国用伟人名字命名的"毛泽东号""周恩来号""朱德号"机车全部采用工厂制造的"东风 4 型"内燃机车。

8 月 "毛泽东号"机车第二次换型，选用获得国家优质产品金质奖的"东风 4B 型"内燃机车。自此以后，"毛泽东号"机车均以毛泽东诞生年份 1893 为车号。

9 月 工厂生产的第 2000 台内燃机车出厂。

1993 年

工厂首批出口缅甸的机车出厂，我国干线电力传动内燃机车作为商品出口实现了零的突破。

1994 年

工厂由铁道部大连机车车辆工厂更名为大连机车车辆工厂。

12 月 被列为国家"八五"期间科技重点攻关项目的 3590 千瓦八轴重载牵引"东风 10 型"内燃机车在工厂研制成功。

1995 年

工厂研制的"东风 4C 型"内燃机车名列大连市名牌产品榜首，获得国家科技进步二等奖，这是工厂主产品作为科技成果首次获得国家最高奖项。

1997 年

工厂向尼日利亚、伊朗、坦桑尼亚、赞比亚出口 26 台机车，创造了我国干线电传动内燃机车出口的历史之最。其中，出口尼日利亚的"CKD8A 型"内燃机车获国家新产品证书。

1999 年

新中国成立的五十年间，工厂已先后设计了 30 种内燃机车，累计产量近 5000 台，占全国同类产品产量的 40% 以上。

8 月 28 日　工厂隆重召开建厂一百周年暨第 5000 台内燃机车出厂庆祝大会，辽宁省人民政府发来贺电。

研制成功首台"东风 4D 型"调车机车，是当时我国功率最大的调车机车。

相继研制成功"东风 10D 型"调车机车、"东风 4DF 型"调车机车、"CKD6A 型"调车机车，实现了 D 型机车系列化。

2000 年

工厂与长春客车厂研制的首列"神州号"内燃动车组在天津至北京的正线运行中，创下每小时 210 公里的我国当时内燃机车行驶最高时速。

11 月 2 日　"毛泽东号"机车第三次换型，选用"东风 4D 型"内燃机车。

年内，工厂首台"东风 4D 型"机车大修落成，首台"韶山 4 型"改型电力机车组装成功并迅速形成批量制造能力，结束了工厂单一生产内燃机车的历史，标志着工厂进入"造修并举"的新的经营发展时期。

2002 年

6 月 11 日　中共中央政治局常委、国家副主席胡锦涛来厂视察时指出："你们是百年老厂，也要建设一流机车厂。"

工厂研制成功的"韶山 7E 型"电力机车在西安至宝鸡间正式上线运行。

自行研制的城市快速轨道车辆下线，拉开了进军城轨市场的帷幕。全国政协主席李瑞环对该车给予高度评价。

2003 年

6月3日 工厂出口巴基斯坦的首批 8 台内燃机车装船起运，中央电视台、大连电视台进行现场直播。至 2004 年 7 月，完成 15 台整车产品出口。

公司与日本东芝公司合作研制的时速 120 公里的交流传动电力机车于次年 4 月定型为"韶山 J3 型"，为进军电力机车市场领域打下良好的基础。

2004 年

工厂改制后正式启用中国北车集团大连机车车辆有限公司的名称。

公司抓住铁道部实施技术引进战略的历史机遇，同时承担内燃机车和电力机车两大产品的引进消化吸收再创新项目，搭建起全新的技术和发展平台。

2006 年

公司研制的"和谐 D3 型"7200 千瓦大功率交流传动电力机车批量交付使用，成为我国铁路第六次大提速的货运主型机车，在中国铁路机车车辆制造史上具有重要的里程碑意义。

7月1日 中共中央政治局常委李长春来公司视察，称赞公司是"国家队"的企业，肩负着振兴民族工业的历史重任。

2008 年

公司研制的首台"和谐 3 型"4660 千瓦大功率交流传动内燃机车下线并开始批量制造。

公司研制的我国拥有自主知识产权的首台"和谐 D3B 型"六轴 9600 千瓦大功率交流传动货运机车成功下线，该车是当时世界上单机功率最大、技术水平最高、性能指标最先进的中国品牌机车，多项关键技术将引领我国乃至世界的机车技术发展。

2009 年

3 月 21 日　中共中央政治局常委、国务院总理温家宝视察公司时做出重要指示，赞誉大机车在最新的电力机车技术上走在了世界的前列，勉励公司干部职工"不仅要让和谐机车跑遍全国，而且要走向世界，在铁路领域和机车研发生产中占据世界的制高点"。

大机车旅顺基地奠基施工，项目总占地面积 200 多万平方米，基地建设将分三期进行。项目全部投产后，年生产能力将达到制造各类机车 1000 台、城轨地铁车辆 1000 辆、中高速柴油机 1000 台。

2010 年

12 月 20 日　"毛泽东号"机车第四次换型，选用公司研制的"和谐 D3B 型"大功率交流传动货运机车。

公司研制的"和谐 D3C 型"电力机车下线并投入批量生产，该机车是公司自主设计开发的新一代大功率交流传动货运机车。

公司研制的首批出口新西兰的内燃机车交付使用，该机车是目前世界上最大功率的窄轨客、货运内燃机车，我国机车首次进入发达国家市场。至 2015 年 3 月，公司向新西兰出口的三批共 48 台机车全部交付。

2011 年

"和谐 D3 型"六轴 7200 千瓦大功率交流传动电力机车获国家科技进步一等奖，在全国铁路领域开创了机车整机产品荣获此项大奖的先河。

2012 年

10 月 17 日　公司与意大利安萨尔多百瑞达有限公司达成"现代有轨电车及地面供电系统技术引进"项目，首次将全球独特的 100% 低地板有轨电车及地面供电系统技术引入我国。

公司与珠海市签订了建设城市有轨电车制造基地的投资协议，珠海市率先在城市轨道交通线路上采用城市有轨电车。

公司与香港铁路有限公司签订了 23 台内燃机车供货合同，我国内地机车首次成功进军香港铁路，打入世界高端轨道交通装备市场。

公司与伊朗相继签订 30 列（150 节）伊斯法罕地铁车辆、3 列（15 节）设拉子地铁车辆出口合同，首次实现地铁车辆的出口。

研制的"和谐 3B 型"4400 马力调车机车出厂。

研制出柴油—天然气双燃料船用发动机，实现液化天然气和柴油的混合使用，在工程船和运输船领域用途广泛。

2013 年

公司研制的时速 160 公里"和谐 D3D 型"大功率交流传动快速客运机车下线并批量生产，填补了我国铁路交流传动客运机车的空白。

首批 4 台出口阿根廷的内燃机车下线，公司首次向南美洲国家出口内燃机车，年内共交付 20 台。

首批 3 台出口乌兹别克斯坦的电力机车交车，年内出口该国的 11 台机车全部交付，国产大功率交流传动电力机车第一次驶出国门。

2014 年

1 月 24 日　公司与菲律宾交通部签订出口合同，为马尼拉城市轨道交通 3 号线提供轻轨列车，这是我国获得的首份菲律宾城轨车辆订单。

3 月 17 日　公司与南非国家运输集团公司签署了 232 台内燃机车销售合同。这是中国企业内燃机车出口海外最大单笔订单，中国内燃机车首次进入南非市场。至此，公司已经先后向约 20 个国家和地区出口机车产品 600 余台，并在一些国家实现了由产品出口到技术输出的新跨越。

7 月　公司最新研制的 2 台"和谐 3 型"高原内燃机车在青藏铁路线上顺利通过牵引性能试验。到 11 月份，公司交付的"和谐 3 型"系列机车超过 3000 台，配属全国 16 个铁路局 41 个机务段，满足了我国铁路两次提速的需要。

9 月 10 日　大连地铁首列车正式上线。至此，公司已先后在大连快速轨道交通 3 号线车辆、大连快速轨道交通金州支线不锈钢车辆、沈阳地铁 1 号线车辆、天津地铁 2 号线车辆、西安地铁 1 号和 2 号线车辆等项目中中标。

12 月 12 日　"毛泽东号"机车第五次换型，选用公司研制的我国新一代时速 160 公里的"和谐 D3D 型"大功率交流传动客运机车。

公司生产试制的首台新八轴电力机车下线。

与北京轨道交通建设管理有限公司签订 31 列北京西郊线现代有轨电车合同，公司制造的珠海首列现代有轨电车进行线路调试，为亚洲及其他国家和地区城市轨道交通提供 100% 低地板现代有轨电车系统解决方案。

参考文献

大连机车车辆工厂厂志编纂委员会，1993.铁道部大连机车车辆工厂志（1899—1987）[M].大连：大连出版社.

大连机车车辆厂年鉴编纂委员会，2000.大连机车车辆厂年鉴（1999）[M].北京：中国铁道出版社.

大连机车车辆厂年鉴编纂委员会，2001.大连机车车辆厂年鉴（2000）[M].北京：中国铁道出版社.

大连机车车辆厂年鉴编纂委员会，2002.大连机车车辆厂年鉴（2001）[M].北京：中国铁道出版社.

大连机车车辆厂年鉴编纂委员会，2003.大连机车车辆厂年鉴（2002）[M].北京：中国铁道出版社.

大连机车车辆有限公司年鉴编纂委员会，2004.中国北车集团大连机车车辆有限公司年鉴（2003）[M].北京：中国铁道出版社.

大连机车车辆有限公司年鉴编纂委员会，2005.中国北车集团大连机车车辆有限公司年鉴（2004）[M]. 北京：中国铁道出版社．

大连机车车辆有限公司年鉴编纂委员会，2006. 中国北车集团大连机车车辆有限公司年鉴（2005）[M]. 北京：中国铁道出版社．

大连机车车辆有限公司年鉴编纂委员会，2007. 中国北车集团大连机车车辆有限公司年鉴（2006）[M]. 北京：中国铁道出版社．

大连机车车辆有限公司年鉴编纂委员会，2008. 中国北车集团大连机车车辆有限公司年鉴（2007）[M]. 北京：中国铁道出版社．

大连机车车辆有限公司年鉴编纂委员会，2009. 中国北车集团大连机车车辆有限公司年鉴（2008）[M]. 北京：中国铁道出版社．

大连机车车辆有限公司年鉴编纂委员会，2010. 中国北车集团大连机车车辆有限公司年鉴（2009）[M]. 北京：中国铁道出版社．

大连机车车辆有限公司年鉴编纂委员会，2011. 中国北车集团大连机车车辆有限公司年鉴（2010）[M]. 北京：中国铁道出版社．

大连机车车辆有限公司年鉴编纂委员会，2012. 中国北车集团大连机车车辆有限公司年鉴（2011）[M]. 北京：中国铁道出版社．

大连机车车辆有限公司年鉴编纂委员会，2013. 中国北车集团大连机车车辆有限公司年鉴（2012）[M]. 北京：中国铁道出版社．

大连机车车辆有限公司年鉴编纂委员会，2014. 中国北车集团大连机车车辆有限公司年鉴（2013）[M]. 北京：中国铁道出版社．

工厂简史组委会，1999. 大连机车车辆厂简史（1899—1989）[M]. 北京：中国铁道出版社．

顾明义，方军，马丽芬，等，1999. 大连近百年史（上）[M]. 沈阳：辽宁人民出版社．

顾明义，方军，马丽芬，等，1999.大连近百年史（下）[M].沈阳：辽宁人民出版社.

马丽芬，韩悦行，傅敏，1999.大连近百年史见闻[M].沈阳：辽宁人民出版社.

孙立冰，赵飞，2009.世界工厂迁徙史[M].北京：人民邮电出版社.

新华时事丛刊社，1950.工业中国的雏形[M].济南：山东新华书店.

王胜利，王子平，韩悦行，等，1999.大连近百年史人物[M].沈阳：辽宁人民出版社.

王希智，韩行方，1999.大连近百年史文献[M].沈阳：辽宁人民出版社.

本书在写作过程中还参考了大机车内部出版物的相关报道，以及大机车于1999年拍摄的专题片《沧桑巨变》，并有部分资料搜集于互联网，来源无法一一翔实奉上，敬请原谅并致诚挚感谢。

后　记

　　《大机车》从最初的采访到最后的写作完成，经历了两年多时间。两年多的时间里，我马不停蹄地在采访，在写作。当书稿完成的那一刻，我产生的不是如释重负的感觉，恰恰相反，我有了更多的忐忑和遗憾，为那些不能加入的文字，为那些未写进书里的同样感人和鲜活的人和事。由于篇幅限制，我只能选取采访中的一部分去写作，还有许多我采访过的让我感动的人和事没有写进来。但我要说，我的内心对你们永远充满敬意。

　　记得有一天，我接到一位老领导的电话，他对我说："20世纪80年代，我们有《乔厂长上任记》《赤橙黄绿青蓝紫》，有《高山下的花环》等打动人心的作品，这些作品都是反映当时火热的生活和民族的精神的。你作为一个作家，应当多关注我们的时代，关注当下的生活，关注我们身边的人和事，要写出时代的声音，记录时代的变迁，写出传递正能量的优秀作品。"

　　这之前，在一次画展上，我认识了大机车的杜刚、姜宏夫妇，又通过他俩认识了幽默的林治水等许多大机车人，他们颠覆了以往我脑海中固有的工人封闭和沉闷的印象。他们豁达、开朗、阳光、幽默、聪明、机智，又不乏质朴淳厚。他们在和我聊天时，每每会把"我们大机车"挂在嘴上。而提到大机车时，我能感到，他们都是发自内心地热爱和自豪。他们热情地邀请我说："你到我们工厂看看吧，看看大机车是什么样的，写写我们大机车人。"

2013 年年初，作为新当选的政协委员，我参加了大连市第十二届政协会议，在政协委员的名单中，我看到了郭福林、张忠等几个大机车人的名字。我找到郭福林副总工程师，当我把要写大机车的想法告诉他时，他非常高兴，并对着我这个初次见面的陌生人讲起了大机车，一口气讲了两个多小时，差点儿过了吃午饭的时间。他语速极快，从大机车的历史到现在，从大机车的产品到大机车人，滔滔不绝，如数家珍，那种动情的样子，深深地感染了我。大机车人对自己工厂的那份爱，真是无法用语言来形容。在我看来，那份爱已经刻在了大机车人的骨子里，融入了他们的生命中。

2013 年 1 月 23 日，我第一次走进大机车，见到了毕毅副书记，他非常支持我的创作。2 月 6 日，应毕毅副书记的邀请，我参加了大机车一年一度的新春团拜会，那算是我深入大机车采访的第一堂课。这第一堂课，就让我非常感慨。我曾经在政府部门工作过十几年，参加过大大小小各种各样的总结会、团拜会，大机车的团拜会是我见过最简洁、最干脆利落的会。团拜会上，没有主席台上一排排"老中青齐全"正襟危坐的严肃面孔，没有一项项繁杂周到的仪式，没有惯常冗长的让人昏昏欲睡的报告，董事长闵兴极其简短的致辞后，团拜会的文艺演出就开始了。所有节目全部是大机车工人自编、自导、自演并利用业余时间进行排练的，我至今还保留着那份团拜会的节目单，全场 12 个节目环环相扣，个个精彩，演出质量极高。

团拜会不久后，我参加了大机车春节前的走访。我跟着大机车工会的同志一起到了退休工人李宝德师傅家中，这是我第一次走进大机车工人的家庭。让我惊讶的是，这个多年独自居住的 70 多岁的老人衣着干净整洁，家里收拾得整齐明亮，几乎是一尘不染。老式的柜子保存得完好如新，擦拭得锃明瓦亮；六七十年代产的老沙发，靠背虽然很旧，沙发布却洗得雪白；瓦斯台收拾得干净整洁。他曾经是一名吊车司机，工会的同志告诉我说，他开的吊车里里外外从来都是收拾得干干净净。李师傅精神矍铄，不停地打听工厂里的情况，言语中充满了对大机车的想念和热爱。

就这样，我开始了在大机车的采访。不知不觉，一个个大机车人开始向我走来，我也带着热情和期待，走进了大机车沸腾的厂区，开始了在大机车的采访和写作。

大机车已经走过了一百一十六年的历程。要写大机车，不仅要对大机车纷繁复杂的历史进行梳理，对那些尘封久远的往事进行甄选，更要了解中国机车的历史和大连城市的历史，了解那些曾经为中国机车工业发展而奋斗的人和事。我知道，这将是一项费心费力费时甚至是有些庞大的工程，仅仅有热情、有才华、有想法是远远不够的，还需要恒久的耐心、恒心、细心，更要有像大机车人一样对工厂的热爱、对工人的热爱、对中国机车的热爱、对中国民族工业崛起的自豪、对产业工人的"中国梦"的理解和对中国机车工业未来的美好畅想。

这是我给自己设置的一场大考，是对自己的一次挑战，没有任何命题作文的担忧，一切都是我自己的选择，这一切源于大机车的独特魅力和品质，源于大机车人对企业、对事业、对人生的热爱之情。

我住在城市的最东部，大机车在城市的西部，从城市的东部到西部开车大约要四十分钟。平时，我是个有些懒散的人，喜欢早睡晚起，但在大机车采访的日子里，我总是早早起床，9点之前一定要赶到大机车。我告诫自己不能迟到，因为几乎每一个提前约好的采访对象工作都非常繁忙，他们对工作的严谨态度影响了我，使我不敢有半点儿懈怠。我严格要求自己，每周至少要采访两到三次，不论多忙，都不能放弃采访。一段时间里，我以各种理由拒绝娱乐和聚会，为的是调整心态，静下心来，让自己的心里只装着大机车，只想着大机车。我开始潜心阅读关于机车工业方面的历史和技术书籍，查阅有关资料。而每一次的采访都是一个漫长的，有时甚至是枯燥的过程。我在采访的过程中，也在深入地思考这部作品，逐渐有了写作构想，有了内心里所要表达的内核。

写作的过程，不仅是我认识大机车的过程，也是自己内心升华的过程，大机车人独有的精神内涵不时地影响着我。正是大机车人自强不息、积极向上和坚韧不拔、不屈不挠的进取精神激励着我，使我完成了这样一部长篇作品，也使我能在这样一个盛夏最美的日子里，品尝收获的喜悦。

在两年多的采访和写作过程中，我与好多大机车人成了朋友，远远地看见都会一下子叫出对方的名字。大机车人的宽厚、热情、实在、坦诚给了我写作的动力，让我感动——

我无法忘记，闵兴董事长在百忙之中专门找时间和我交流，对我这个几近陌生的人像对待朋友一般坦诚，向我讲述他对大机车无法割舍的情感和热爱，讲述他从读书到工作等个人的成长经历，讲述做企业的艰难和困惑、欢乐和欣慰，向我描绘大机车未来的宏伟前景。他强调让我多宣传大机车，多宣传大机车的产品，那份真诚与豁达，让我感动。

我无法忘记党委书记连家余，他诚恳地跟我说不要写他，要多写写老一代机车人，多写写工作在一线的广大工程技术人员，多写写那些为机车工业发展而奋斗的人，他们是大机车的脊梁。

我无法忘记，第一次见到党委副书记毕毅时，他就给予我强力支持，主动向我推荐一些具有代表性的采访人物和事件，送给我许多大机车的书籍和相关资料，还安排宣传部的同志全力配合我。随着采访的深入，为了让我更好地了解大机车的情况，毕毅副书记还特别邀请有关同志与我一起座谈，给我提出许多中肯的建议，为我鼓劲加油。

他们的诚恳让我感动，他们在我的心中，与在大机车干部职工的心中分量一样重，他们是这个企业得以发展的核心和重要力量支撑。

一个企业要生存和发展，首先要有好的领导班子、好的带头人，才能带出一支好的队伍，企业才能生产出好的产品，才能占领市场，才能取得好的经济效益。大机车人之所以能在同行业中始终处于领先地位，除了广大职工自强不息、奋勇拼搏，还在于拥有一支好的干部队伍。

　　大机车领导处处以身作则，他们热衷的不是房子、票子、车子、位子等等，而是处处把群众利益放在第一位，处处为企业的发展凝心聚力。20世纪80年代，市里实行由各企业自行建房解决职工住房困难问题的政策。当时大机车最好的楼房不是给干部的，而是给高级技术人员、劳动模范、优秀职工的。大机车有专门的"高知楼"，却没有"厂长楼""书记楼"。大机车的领导和普通干部、职工住在一个楼，许多厂领导还没有劳动模范和工人的住房面积大。

　　我无法忘记，从我走进大机车采访的那天起，到我完成写作的整个过程中，几乎每一次采访，宣传部王永部长都从头到尾陪着我，从一个车间到另一个车间，从一个人物到另一个人物，一天又一天，经常过了吃午饭的时间；一次次地电话联络采访对象，落实采访地点和时间，帮我查找各种资料，联系有关事宜，不厌其烦，不辞辛苦，对我的采访鼎力支持。

　　我无法忘记，有一段时间我连续多天到大机车档案资料室查资料，那些天还没有供暖，资料室格外寒冷，资料室里的朱序红每天早早地就给我热上电热宝，早早地给我打来开水，给我冲上热咖啡，还把我匆忙复印的资料一个个标上详细的目录和时间。做这些时她从来都是默不作声，当我向她表示感谢时，她却说："我应当感谢你才对，从建厂到现在，还没有一个作家对我们大机车的历史从头到尾地进行梳理，还没有一本完整地描写我们大机车的作品，你做的这个事太好了，也很有意义，我们应当谢谢你！"她的质朴和真诚，还有她对大机车的热爱，都让我非常感动。

　　也是在查资料的那段时间，我中午经常到质保部的张忠部长那里蹭饭吃，第一次分了他的一盒盒饭，第二天起，他主动给我订饭。那些天的午饭，总让我感觉格外香甜和温暖。

　　还有大机车党委宣传部的陆世光老师，对我的作品提出了很多宝贵的意见。还有年轻的党委宣传部副部长邢毅，正是他的许多报道，让我及时地了解到写作期间大机车的动态。还有老干部部的邢海，他一次次地协助我完成对部分老同志的采访，同时他对大机车历史和工厂发展情况的熟悉程度，对大机车的热爱，也让我肃然起敬。还有谷春江、吴本立、苏永安、项文路、张伟、唐关达、卞兆庆、尹宝雨、娄松然、许京生、王玉萍、于婷婷、宋方忠、王江、张志昆、程绍麟、高震天、郝凤荣、高翔、牟鑫、曲剑锋、柳战宇、马明惠、王建军、王旭东、陈中福、裴化永、王宪生、宋彦忠、陈晶、王江、安卓、纪文华等大机车人，以及许多没有留下姓名的人，有些人我采访过多次，有些人是采用集体座谈式采访的，他们对我给予了全力支持，像对待自己的家人一样，既向我敞开心扉，又给予我太多关照。

还有许多许多让我感动的人和事……

随着采访和写作的深入，随着对大机车历史的逐渐了解，我对大机车有了更多的敬意，我和许多大机车人成了好朋友，彼此牵挂，相互理解。我在关注他们的时候，他们也在关心关注着我。在《大机车》写作过程中，我的长篇小说《他时光》获得《中国作家》剑门关文学奖，我收到了许多大机车人的祝贺短信。节假日里，还经常会收到大机车人暖心的问候。我常常忘记了自己的身份，不知不觉中把自己当成了大机车人，感觉自己时刻与大机车人心心相连，同呼吸，共悲欢。我格外地关注、关心大机车里发生的一切，电视新闻或者报纸杂志里有关大机车的新闻，都会吸引我的目光。无论在哪里，只要看到电视里有关大机车的新闻，我就会情不自禁地说："快看啊，有我们机车厂的新闻。"在与大机车人的交往中，我爱上了大机车人的纯朴和善良；在重读大机车历史的时候，我喜欢上了大机车的前世今生；在与大机车人面对面时，我懂得他们的喜怒哀乐；在与大机车人一起重温往事时，我感觉自己曾经与他们一起工作过，感觉自己就是一个大机车人。

感谢可亲、可爱、可敬的大机车人，感谢两年多来关心我、支持我的兄弟姐妹们，你们的精神气质已经深深地影响了我，每当我想到你们那种期待和信任的目光，想到你们对我的真心关爱，眼前就会浮现出你们朴实的笑脸，我就感觉有了新的力量，感觉信心倍增。

《大机车》书稿完成后，经过长时间的编辑出版过程，这期间大机车又发生了许多故事，而我又无法将这些故事及时地补充进书中，这成为我永远的遗憾。我不知道自己是否写出了令人满意的《大机车》，我只希望通过这样一本书，能让更多的人把目光投向大机车，让更多的人关心中国机车的发展，让更多的人关注中国民族工业，让更多的人关注中国产业工人大军。毕竟，民族工业才是国家的支撑、希望和脊梁。

我还要感谢辽宁省作家协会，感谢负责重点作品扶持项目的专家评委对我的信任，把《大机车》列为辽宁省作家协会重点作品扶持项目，给了我掘进的底气和力量。

经常，我看到远处飞驰而过的火车时，就会不由得想到大机车和大机车人，我会对着火车由衷地充满敬意地行注目礼。要知道，在中国，无论是冰天雪地的北疆，还是四季如春的南国，无论是风沙弥漫的戈壁，还是广阔无垠的草原，哪里有铁路，哪里就有大连机车的雄姿。

如今的大连已经昂首挺进地铁时代，那穿行于时光隧道里的地铁车辆，正是出自我们勤劳智慧的大机车人之手；城市最美丽最动人的风景，无疑是大机车生产的快轨车，当漂亮大气的快轨车疾驶过城市，我的心里会由衷地升腾起骄傲与自豪，为大机车，也为我们这个城市。

《大机车》终于写完了，虽然很累，但我又不舍得放下手中的笔，因为我发现，我有很多东西没有写进来，那些纯朴的笑容，那些期待的目光，还有那些鲜活的往事……我将在未来的写作中，对大机车和中国民族工业的发展振兴投入更多的笔墨。

当年，著名女作家安娥在大机车体验生活，她肯定不会想到，六十多年后的今天，也有一个和她一样对大机车充满好奇的女作家来到这里。她一定更想不到，六十多年后，她当年笔下曾经描写过的大机车，如今发生了怎样惊天动地的变化，成就了怎样的辉煌和荣耀。

也许再过六十年，还会有一位女作家走进大机车。我想，那时的她一定也会羡慕我，因为在大机车走向辉煌的进程中，我来过，亲历过，记录过，并真诚地热爱过。

走过一百一十六年历程的大机车正肩负着"接轨世界，牵引未来"的历史使命，正朝着成为跨地区、跨行业一流集团化企业的目标奋勇前行。

我知道，未来的大机车会更加辉煌。

祝福你，中国机车！

祝福你，永远的大机车！

鹤 蜚

2015 年 5 月